劉瀾昌——著

在河水井水漩渦之中

一國兩制下的香港新聞生態 【增訂版】

自序

2017年7月1日，香港回歸祖國整整20年。這20年，是極為不平凡的日子，香港始終還是處於河水與井水衝擊的漩渦之中。在這個新的歷史節點，最好的獻禮是思考，只有繼續思考，不斷思考，才能走好未來的路。

19世紀40年代，英國殖民主義者用堅船利炮，不但轟開中國的大門，還逼清政府簽約割讓了香港島。1997年6月30日晚上9時，中國人民解放軍先遣隊提前開進香港。3個小時後，1997年7月1日零時零分，英國國旗降下，五星紅旗升起，中華人民共和國政府恢復對香港行使主權。令全世界詫異的不是英國不但放棄租借的九龍半島和新界，還放棄了割讓的香港島，而是全過程沒有流血，一滴血也沒有。

那一天，我作為一個香港的新聞記者，見證了全過程。我激動不已，我更聯想翩翩。我思考，祖國憑甚麼不費一槍一彈可以收回香港，我更思考香港的未來，思考我的職業新聞工作的未來變化。

1982年，我在中國人民大學新聞系讀完學士課程，回歸前修完碩士課程，1997年回歸後又有幸在母校修讀博士學位，自然而然，「香港一國兩制下的新聞生態」，是我研究的課題。

在北京受過馬列主義的新聞教育，回歸前在香港資本主義新聞界討了十年生活，回歸後又繼續在一國兩制下的新聞行頭裡打滾了。做過香港七八家雜誌報紙和二家電視臺的記者，編輯，主筆，還有中高級管理的生涯，還在三所大學為新聞系學生做兼職講師。謀生與事業，理論和實踐，教學相長和冷眼旁觀，總算有足夠的沉澱，為完成博士論文鋪陳基礎。

以「河水」和「井水」，比「一國兩制」，大概沒有比這更好的比喻。河水井水互不相犯，曾是一個理想的原則，其實做不到。

河水井水不但時時流到一起，而且不時激起一個一個的漩渦。香港一國兩制下的新聞生態，其實就是無時無刻不在河水和井水的漩渦之中。

香港實行「一國兩制」，是鄧小平先生生前設計的的制度。在祖國的主體實行社會主義制度，香港作為中國的一個特別行政區實行資本主義制度，港人治港、高度自治，這是史無前例的嶄新的嘗試。在這種條件下的新聞活動，必然是國際新聞活動的新課題。

回歸之後，隨著政治制度的變遷，香港的新聞生態也相應發生了重大變化。在媒體的經營、發展，新聞價值取向，新聞真實性，新聞自由觀，媒體自律和他律，政府如何調控輿論為施政服務，新聞立法問題，都反映出這種變化。然而，對這種新聞生態的變化進行全面描述，深入地研究分析，總結出實踐經驗並上升到理論，在香港、大陸以及海外，尚為空白。本書正是嘗試回答這一問題。

回歸之後，香港新聞生態有許多原先始料不及的問題，其實，這也是香港政治生態始料不及的問題的一部分。一國兩制是一個不斷實踐的過程，一國兩制的理論也是一個隨之不斷豐富的過程。因此，可以說一國兩制下新聞生態的研究，其理論意義首先體現在豐富一國兩制理論上。

香港回歸後基本維持原有的資本主義制度和資本主義的意識形態，但由於香港是在一個實行社會主義制度和意識形態的祖國的框架內維持原有的制度和意識形態，就不可能是純粹的資本主義制度和意識形態，兩者有求同存異的一面，也有矛盾衝突的一面，而且這種矛盾統一，一定會隨著時代的發展而發展，隨著社會主義中國的發展和香港的發展而變化，不可能是一成不變的。在這個發展過程中，香港的新聞活動必會出現自身才有的特殊性，特殊的現象，特殊的規律，特殊的理論。於是，分析香港新聞生態在回歸以來的變化現象，並總結上升為理論，對於豐富香港特區新聞理論，豐富中國的社會主義新聞理論，豐富全球的新聞理論庫，都有現實和歷

史價值。

在一百五十多年的殖民統治下，香港新聞界對新聞自由的理解，帶有一種畸型的特徵。有的並不知道作為西方新聞理論完整體系，既有新聞自由的基石，亦有另一基石社會責任論相制約。既然對西方成熟的新聞理論都吃不透，那就更遑論理解社會主義的新聞理論了。而回歸後，香港與內地關係越來越緊密，這即使雙方的新聞觀念有更密切的交流，為相互理解開放管道，但同時也不可避免地使兩種觀念碰撞機會增加。同樣，在新聞的其他領域，如新聞價值觀，新聞真實性，媒體的品格，道德和責任感，也都有類似問題。因此，試圖將這些問題從現象到理論作出研究分析，試圖「求同存異」，促進雙方理解，並使雙方明瞭在「一國兩制」下，具體運作、操作的原則、要點。

自然，香港媒體在香港運作按照自己的一套制度去做，到大陸進行採訪等新聞活動則須按照大陸的規矩；而北京中央政府和內地媒體，也對香港媒體的運作方式予以理解，予以方便。更重要的是，作為「一國兩制」的最主要的實踐者——特區政府，能夠更自如地運用輿論的力量，為正確的施政服務。

事實上，這也涉及本論題研究的一個難點，以何種理論體系去作為研究的基本座標，作為判斷真理是非的標準。在「一國兩制」條件下，香港實行資本主義新聞制度不變，按西方的標準，去作為特區新聞活動的規範。因此，以西方成熟的資本主義新聞理論為座標去判斷是非，似乎也是理所當然的。然而，由於在「一國兩制」條件下，而且在香港與內地各種各樣的往來越來越緊密的條件下，兩地的新聞活動相互滲透。香港的新聞活動越來越深入到祖國內地，內地新聞工作者也更廣泛報導香港的情況。兩種新聞制度，兩種新聞觀念的矛盾碰撞不可避免。在這情況下，應以馬克思主義的新聞理論為座標，還是以西方的新聞理論為座標呢，這無疑是在研究中貫穿始終的一個重要問題。

我的認識是，既然是一國兩制，就只能同時用「兩個座標」去看待香港的新聞實踐，以及正確看待和處理香港記者到內地採訪報導的問題。尤其避免用內地的標準套在香港身上。

　　一百多年來殖民統治塑造了香港媒體的特性。在中國發展的各個階段，由於香港的特殊政治地位，以及英國新聞自由傳統的影響，使香港新聞事業在反清、在辛亥革命，在抗日戰爭以及在反蔣求解放的鬥爭中，扮演了積極的角色。同時，也不可避免地帶上了殖民地媒體「有自由無民主」的烙印。

　　過渡期中英激烈角力，香港的所有媒體都不能置身其外，除原有北京或臺北或港英背景的媒體外，其他商業性的報紙，電臺、電視，都無可避免地帶有政治立場，劃分左中右，各自發揮輿論作用。

　　於是，媒體發展空間大了，還是小了，成了香港新聞工作者回歸前最為關心的問題，也令國際輿論關注。可以看到，由於「一國兩制」的落實，基本法對新聞自由的落實，媒體原來享受的新聞自由度沒有減少。而去除殖民統治者的香港特區，新聞事業進入一個新階段。但是，金融風暴的打擊，市場狹小和傳媒競爭激烈，也對發展帶了很大的殺傷力，對媒體的經營、價值取向，也產生人們不願看到的消極因素。

　　我的博士論文在千禧年初就完成了，博士學位也獲得了。在那以後的十多年，我沒有停過新聞工作，也時常用論文的觀點對照香港不斷發展變化的新聞生態，補充新的材料，增加新的觀察。香港回歸20年來，事實上一直在一條充滿了風風雨雨的不平凡之路上行走，和諧與順景只是短暫，鬥爭和波動則是長期。總體上，香港的經濟是保持了向上發展的趨勢，社會秩序也是大體穩定；但是，政治上的風波則是一個接一個2003年，圍繞基本法23條立法，激發了香港人「五十萬大遊行」。以後每逢「七一」的回歸紀念日，遊行示威就沒有停止過。2015年，香港進行有關特首普選的政制

改革，不但未果而且還發生了79天的「佔中」行動。2016年春節更出現旺角街頭暴亂。香港政爭呈現前所未有的白熱化狀態。也就是在這一時期，作為新媒體的網媒井噴式的發展，香港市民從網媒獲取信息的高達百分之九十五以上。不過，網媒至今沒有找到滿意的贏利模式。紙媒頑強守衛既有的陣地，「譏笑」網媒雖快但碎且公信力未解決。於是，報紙雖有倒閉的遠不如網媒結業的多。網媒走馬燈式的沉浮，構築了本時期的帶有不確定性的風景線，也使這本書增加了新的章節。

　　彈指揮間，香港回歸二十年，「五十年不變」的承諾已經走過了五分之二的路程，然而，未來發展的變數實在太多，就基本法23條的立法，尚不敢擺上議事日程；行政長官和立法會的一人一票的普選，還毫無頭緒；成熟完善的一國兩制其實還在探索之中。香港的新聞生態，不免還要生存在河水和井水的漩渦之中。因此，我的這本書，可能還有幾十年都不會過時。

2017年6月

Con tents +

導言

新聞學研究的新課題

香港在1997年7月1日，結束英國殖民統治回歸祖國，實行鄧小平先生生前設計的一國兩制的制度。

在祖國的主體實行社會主義制度，香港作為中國的一個特別行政區實行資本主義制度港人治港、高度自治，中央政府對香港特區內部事務不予干預，這是史無前例的嶄新的嘗試。回歸20年多來，隨著政治制度的變遷，香港的新聞生態也相應發生了重大變化。在媒體的經營、發展，新聞價值取向，新聞真實性，新聞自由觀，媒體自律和他律，政府如何調控輿論為施政服務，新聞立法問題，都反映出這種變化。

然而，對這種新聞生態的變化進行全面描述，深入地研究分析，總結出實踐經驗並上升到理論，在香港、大陸以及海外，尚為不足並有空白之處。本書希望就回答這一問題做出嘗試。

新聞生態釋義

文中使用了「新聞生態」這一個概念，可以說，這是本書的一個關鍵詞。新聞生態，在海內外新聞學辭典和新聞文獻中並不多見，為了清楚表達它的涵義，避免引起歧義，有必要先作出界定。

生態，《現代漢語辭典》（商務印書館出版，1983年修訂本）的解釋，指的是生物的生理特性和生活習性。《中華詞典》（中華書局出版，2000年版）除了這一解釋外，還指為生物體在周圍環境中生存和發展下去的狀態。可以理解為個體特性和周圍環境共同組成了某種生態。

那麼，何為新聞生態，書中將新聞看作是有生命的運動，新聞

生態指的就是新聞活動的特性，包括組成新聞傳播活動的所有基本元素的特性，以及其運作和萎縮或發展的狀態。

本書在構思過程中，我曾考慮使用「輿論生態」的概念。輿論生態與新聞生態，有相當的交集性，但是怕被誤解為偏重研究香港回歸後的輿論特性，其生成的客觀環境和條件，政府對輿論引導和調控，所以放棄不用。

另外，也曾想使用媒體生態或傳媒生態的概念。若從邏輯關係看，媒體生態，應為新聞生態所涵蓋，若將新聞只理解為新聞機構的活動，則兩者是相通的。但是，講媒體生態，一般易理解為指新聞活動的主體的特性，對新聞活動的客體，以及新聞活動過程的特性有所忽視。

因此，最後決定以研究新聞生態為主題，既突出「新聞」這個概念，又規定自己的研究是涵蓋香港回歸後、在一國兩制條件下，新聞活動的特性和發展環境。

由於香港殖民政府和回歸後的特區政府對於廣播和電視的電子傳媒監管較報刊嚴格，所以報刊的問題也較多，而我從事報紙經歷也較為豐富，因此本書研究報紙的內容為多。不過，就規律性而言，兩者是相通的。

論題的理論意義

香港回歸祖國後，實行一國兩制，在政治學上，社會學上、經濟學上出現全新的課題，在新聞學上也同樣出現全新的理論問題。

在上世紀八十年代初，鄧小平正式提出一國兩制構想後，海內外的學者都曾作出理論探討。筆者也曾就一國兩制下的新聞自由作過預測。由於準備較為充分，香港回歸以來整個社會運作，包括政治制度，經濟制度，社會制度；以及意識形態各個領域，包括文化，藝術，教育，體育等方面，都基本運作正常。新聞生態，傳媒機構的運作，也都基本正常。

但是，也出現了原來預料不到的新問題。同時，隨著一國兩制實踐的深入，不斷有新問題浮現。也就是說，一國兩制是一個不斷實踐的過程，一國兩制的理論也是一個隨之不斷豐富的過程。有關研究的理論意義，毋庸置疑。因此，可以說一國兩制下新聞生態的研究，其理論意義首先體現在豐富一國兩制理論上。

其次，則是豐富新聞學理論，尤其是豐富社會主義新聞學理論。筆者個人看法，香港回歸後主要維持原有的資本主義制度和資本主義的意識形態，但由於香港是在一個實行社會主義制度和意識形態的祖國的框架內維持原有的制度和意識形態，就不可能是純粹的資本主義制度和意識形態，兩者有求同存異的一面，也有矛盾衝突的一面，而且這種矛盾統一，一定會隨著時代的發展而發展，隨著社會主義中國的發展和香港的發展而變化，不可能是一成不變的。

在這個發展過程中，香港的新聞活動必會出現自身才有的特殊性，特殊的現象，特殊的規律，特殊的理論。分析香港新聞生態在回歸以來的變化現象，並總結上升為理論。對於豐富香港特區新聞理論，豐富社會主義中國的新聞理論，豐富全球的新聞理論庫，都有現實和歷史價值。

論題的現實意義

香港在英國殖民統治下經歷了一百多年的歷史。英國是首先提出新聞自由的口號和實行資產階級革命的國家，英國對新聞自由的追求和發展，與其對香港的殖民統治，幾乎是同步進行的。

長期以來為了維護殖民統治，英國統治者並未如祖家一樣，對香港實施寬鬆的新聞自由。只是在香港新聞工作者鬥爭下，統治者才像「擠牙膏」似的，逐步放鬆。到了八十年代初中英簽訂聯合聲明，香港1997年7月1日回歸祖國，英方實施「民主拒共」的策略，將「新聞自由」的更大範圍開放，列入了這一策略之中去推行。所以，香港新聞界事實上對新聞自由的理解，帶有一種畸型的

特徵。有的對新聞自由的定義、内涵理解不全面；有的並不知道作為西方新聞理論完整體系，既有新聞自由的基石，亦有另一基石社會責任論相制約；還有的亂扣帽子，把所有對媒體的批評都指為干預新聞自由。其實，無論西方的新聞理論或馬克思主義的新聞理論，有一點是共同的，即媒體必須對社會負責。

既然對西方成熟的新聞理論都吃不透，那就更遑論理解社會主義的新聞理論了。但是在回歸之後，香港與祖國内地經濟一體化的步伐越邁越大，海峽兩岸新聞交往也更加頻繁，這即使雙方的新聞觀念有更密切的交流，為相互理解開放渠道，但同時也不可避免地使兩種觀念碰撞機會增加。

同樣，在新聞的其他領域，如新聞價值觀，新聞真實性，媒體的品格，道德和責任感也都有類似問題。因此，試圖將這些問題從現象到理論作出研究分析，做到「求同存異」，促進雙方理解，並使雙方明瞭在一國兩制下，媒體具體運作、操作的原則和要點。自然，香港媒體在香港運作按照自己的一套制度去做，到大陸進行採訪等新聞活動則須按照大陸的規矩；而北京中央政府和内地媒體，也對香港媒體的運作方式予以理解，予以方便。

更重要的是，作為一國兩制的最主要的實踐者——特區政府，能夠更自如地運用輿論的力量，為正確的施政服務。

研究的方法

本書研究的論題有一定的難度。

首先，論題研究，總體上尚屬空白。有些研究較為零碎，只是針對某個側面，缺乏系統性，有些研究是在回歸前作出的，帶有預測性，缺乏具體實例證明，所以，該項研究帶有開拓性質。

其次，回歸雖已20年，但對於香港特區的新聞實踐的歷史長河來說，是短暫的。鄧小平先生說過香港實行一國兩制五十年不變，後來又曾表示一百年也可以不變，總之，香港一國兩制的實

践，包括新聞實踐，僅僅是開了個頭。在這樣的背景下，一些問題暴露、展現也只是個開頭，走出了第一步，往往會影響了對事物實質的觀察、認識。因此，在研究中需要下更多的功夫，更多地作縱向和橫向的比較，既比較香港的過去和現在，也比較香港與社會主義祖國，還比較香港與成熟的西方資本主義社會，從而更深刻地認識香港特區新聞活動的特殊規律。

再次，以何種理論體系去作為研究的基本座標，作為判斷是非的標準。上面提到，香港的政治制度具有史無前例的特殊性，從殖民統治下一日之間轉為一國兩制。但同時，在一國兩制條件下，香港與社會主義祖國不一樣，繼續保留過去的制度不變，繼續保留過去的生活方式不變。也就是說，基本上仍然繼續實行資本主義的意識形態，繼續實行資本主義的新聞制度。

當然，這是有條件的。首先，香港特區是社會主義祖國的特區，特區實行資本主義制度，但不能以此否定國家的社會主義制度。其次，特區基本法規定，香港公民不能從事任何顛覆社會主義祖國的活動。

這樣，便決定了香港實行有條件的資本主義新聞制度，或者可以說，以資本主義新聞制度為主體。在香港新聞界，包括理論、教學工作者和新聞第一線工作者，一般都認為，標準只有一個，就是成熟的西方的新聞理論。以西方成熟的資本主義新聞理論為座標，去作為特區新聞活動的規範，似乎也是理所當然的。

然而，由於在一國兩制條件下，而且在香港與內地各種各樣的往來越來越緊密的條件下，兩地的新聞活動相互滲透。香港的新聞活動越來越深入到祖國內地，內地新聞工作者也更廣泛報道香港的情況。兩種新聞制度，兩種新聞觀念的矛盾碰撞不可避免。在這情況下，應以馬克思主義的新聞理論為座標，還是以西方的新聞理論為座標呢，這無疑是在研究中貫穿始終的一個重要問題。

我的認識是，雖然香港特區新聞界主張主要以西方的新聞理論

為準則，但是在我的研究中，應以馬克思主義新聞理論為認識、觀察的工具，也以此為判斷是非的標準。因為，馬克思主義新聞理論是站在西方理論的「肩膀」上產生的，是批判、揚棄西方新聞理論的產物，保留了其中的精粹，剔除其糟粕。

不過，在研究中如何恰到好處地作出判斷仍是不容易。因為，事實上香港特區某些現行的制度，可能是不符合馬克思主義所要求的社會主義制度的觀點，但在香港現行制度下又是存在的，需要謹慎地作出區分，劃清是非界限，不能用內地的標準套在香港身上。

論題創新

第一，從本書研究的難點中可以看到，如何正確觀察、認識香港特區在一國兩制條件下的新聞現象，是具有開拓性的；如果能夠找出一些特殊的規律，那應算是本文的一點創新。

第二，「兩個座標」的理論，也是作者特別關注的。在一國兩制的條件下，香港新聞工作者和特區政府，如同無可避免要正確處理一國和兩制的關係，要處理社會主義制度和資本主義制度的矛盾一樣，無可避免地要面對如何正確地、協調地處理馬克思主義新聞理論和西方資本主義新聞理論的兩個座標，並且善於和正確運用兩個座標去指導自己的新聞實踐的問題。

同時，中央政府有關部門對香港的新聞實踐，也存在如何分別用「兩個座標」，去正確看待香港的新聞實踐，正確看待和處理香港記者到內地採訪報道的問題。

第三，由於祖國內地是從半封建半殖民直接過渡地社會主義，缺少了資本主義階段，對西方的資本主義新聞實踐和新聞理論的認識，有待進一步豐富。通過對香港一國兩制特殊型態下的新聞實踐的研究，也可以使內地新聞學和新聞實踐，汲取有益的養料。

第四，殖民統治在運用和操縱輿論為統治服務，有其一套制度、經驗和手段。特區的政治制度，與殖民統治有了根本的區別，

與西方資本主義制度和祖國社會主義制度也有不同。筆者希望本書的研究，可以為特區政府調控輿論、正確施政提供一定的理論和方法。

我直接參加過香港回歸過渡期及回歸以來的新聞實踐，曾在《南北極》、《開放》雜誌任編輯，在《經濟日報》、《星島日報》、《蘋果日報》和《香港商報》任記者、採訪主任、編輯主任和主筆，還在《亞洲電視》任宣傳總監、資訊總監，直至主管新聞部的高級副總裁。所從事過的雜誌、報紙和電視等媒體，包括左中右各種政治立場。這些實踐，為自已帶來了比較充分感性認識，為上升為理性認識打下基礎。

研究中，主要運用唯物辯證的方法，抓住重大的，典型事例進行分析。

其次，運用實證的方法，以大量的數據和實例，進行論證。

再次，廣泛運用對比理論的方法，對左中右，正中反，各種意見，進行對比分析。

最後，強調以人類對於新聞學的研究成果為指導，正確運用「兩個座標」進行分析研究。

論題框架

一、香港傳媒發展新的歷史階段

（一）一百多年來殖民統治塑造的香港媒體的特性

中國的現代報紙最早誕生於香港殖民地，有其必然性。商業和航運的發展造成了資訊的需求，現代報紙編輯印制技術的傳入，以及英式新聞制度的影響，在中國新民主主義革命發展的各個階段，在中國反帝、反侵略和反殖民統治的各個階段，由於香港的特殊政治地位，以及港英政府採取的各種政治政策和新聞政策，使香港新聞事業在反清、在辛亥革命，在抗日戰爭以及在反蔣求解放的鬥爭中，扮演了積極的角色。香港的新聞事業也曾因此而有過蓬勃發展

的時期。

也因此，形成了香港傳媒革命鬥爭性、進步性的傳統。但同時，也不可避免地帶上了殖民地媒體共通的烙印。通過對歷史的回顧，既梳理香港媒體發展的脈絡，更重要的是概括出該時期媒體的基本特徵，從而對回歸後的變化看得更加清晰。

（二）過渡期中英激烈角力使媒體披上濃厚的政治色彩

一百多年，香港是「有自由無民主」。自1984年中英簽訂聯合聲明，明確1997年7月1日香港回歸祖國後，港英政府加快了香港民主政制的發展。擴大了立法會的民主選舉席位，增加了華人擔任高官，使港人對政治的參與權擴大了。一般評論，港英是採取了「民主拒共」、「民主抗共」的策略。

在這種背景下，媒體對政治的參與也擴大了。換言之，新聞自由範圍也擴大了。要說明的是，香港原來「有自由無民主」的自由，主要指非政治民主方面的自由，而新聞自由則屬政治民主範疇。

在過渡期中英激烈角力下，香港的所有媒體都不能置身其外，除原有北京或台北或港英背景的媒體外，其他商業性的報紙、電台、電視，都無可避免地帶有政治立場，劃分左中右，各自發揮輿論作用。值得分析的是：

1、商業媒體的政治色彩隨著中英政治角力形勢變化而變化。

2、對商業媒體的立場應作具體分析，雖然一些批評北京，要求加速民主步伐，但在回歸問題上，有的是堅持愛國愛港，有的是堅決支持回歸，有的是不反對回歸。

3、港英當局在與中方角力上，憑藉過往熟練的政治鬥爭經驗，尤其是控制與論的手段，可以為現今特區政府提供借鏡。

（三）一國兩制得以堅決落實，媒體發展有了更廣闊的空間

香港回歸，媒體發展空間大了，還是小了，這是香港新聞工作者回歸前最為關心的問題，也令國際輿論關注。可以看到，由於一國兩制的落實，基本法對新聞自由的落實，媒體原來享受的新聞自由度一點也沒有減少，而原來來自殖民當局的壓力去除了，媒體發展的空間更大了。

隨著經濟發展和現代科技的發展，廣播和電視等電子媒體迅速發展，與傳統的報刊爭奪市場和輿論影響力；進入21世紀後，香港的互聯網等新電子媒體湧現，尋求發展，更出現過一個「井噴式」發展的新局面。但是，回歸20年來，金融風暴的打擊，市場狹小和傳媒競爭激烈，也對各類媒體發展帶了很大的殺傷力，對媒體的經營、價值取向，也產生人們不願看到的消極因素。

（四）新聞媒體政治取向的變化

香港媒體以私人經營的商業媒體為主體，除此之外，還有香港政府辦的香港電台（包括電視節目），有北京背景的報紙和電視台，還曾有過台灣資金背景的報紙。商業報紙也不同程度受國際和香港不同背景的政治勢力控制。

探討回歸後香港媒體新聞政治取向的變化，主要以商業媒體為對象。

基本上看，香港媒體價值取向受三種因素影響：

一是商業因素，也就是利潤因素，這是第一位的，甚麼新聞可以吸引更多的讀者，增加銷量，就賣什麼新聞，就以什麼為讀者定位。

二是文化因素，這是特殊的現象，指的是受眾的閱讀，觀看，欣賞口味，香港在大中華地區是特殊的，社會新聞是頭版頭條，政治新聞反是「票房毒藥」。

三是政治因素。事實上，由香港社會主流，政府與論導向以及媒體工作者本身立場所綜合形成的政治價值觀，也影響了香港媒體的新聞價值觀。

　　一般說來，在回歸以後，商業因素對香港新聞價值的判斷依然起著決定性的作用；文化因素，則變化不大。而在中英政治角力消失，市民對回歸的擔心去除後，政治新聞的價值一度低落，黃色新聞則空前泛濫。

　　但是，回歸後，對於基本法23條立法和民主選舉特首模式的爭論，引致社會對立以致「撕裂」的狀態，政治取向是各類媒體不可迴避的首要問題。可以見到的是，一方面，在政府、社會主流政治立場出現明顯的變化。第一，對祖國的認同感有所增加，國家觀念有所加強。第二，對中央政府和中國共產黨的認識有所增加；因而，各類媒體對象關政治新聞的取態發生了變化。同時，由於與內地往來日益密切，新聞報道量也隨之增加。在對待特區政府方面，呈現較為複雜的一面，主流媒體，則強調扮演監察者的角色；而個別媒體如蘋果日報以批評政府作為「反中」的一個手段，其老闆黎智英甚至資助民主派議員及直接參加「佔中」的反對運動。

二、新聞自由的再認識

　　新聞自由，既是香港回歸前傳媒界最熱門的話題；在回歸後，也是新聞界出現風波最多的領域。如前面提到，在殖民統治下香港的新聞自由呈現出其特有的形態。殖民統治總體上「給自由不給民主」，香港的新聞自由與成熟的西方資本主義社會相比，是不充分的，有限制的。

　　目前，香港的新聞工作者基本上是在過渡期以來成長的，在一個特殊的環境下成長，他們知道新聞自由的可愛和必要，也知道新聞自由是維護香港的一國兩制的重要基石，但對自由的理解和認識往往是片面的，忽視了自由受限制的條件，只強調自由甚至以其為

對抗北京的工具，忽視了「社會責任論」的一面。

　　同時，香港的新聞自由觀與北京的新聞自由觀，不可否認地存在矛盾和衝突。這種矛盾和衝突，回歸前存在，回歸後也存在，如何解決和處理好這些矛盾，是兩地新聞工作者共同面對的問題。本段將通過具體的事實去分析。

三、黃色新聞氾濫呈現新特點

　　黃色新聞氾濫，是資本主義新聞生態的一個特徵。是由資本主義的意識形態，道德觀念和殘酷新聞競爭所決定的。香港在百多年殖民統治條件下，只有自由沒有民主，香港人沒有政治權利；男女人口結構不平衡；加上中西文化交匯，中國的封建保守傳統受到西方性愛自由觀念的衝擊，而中國粗鄙的市井意識則獲得滋生蔓延的沃土；再就是香港地理狹窄，人口總量有限，報業競爭異常激烈，黃色新聞更成為香港新聞生態顯著特徵。

　　令人驚訝的是，黃色新聞並沒有因為香港回歸社會主義制度的祖國而有所收斂；相反，在回歸後一二年，一度氾濫成災，黃色新聞從小報走向大報，從報屁股走向頭條，而且「嫖妓指南」成為最暢售報紙的「品牌」欄目，嚴肅報紙也在銷量下跌的形勢下，搖擺不定，放下身段，降低報格，走向小報路線。而且，受嚴格監管的電視，亦步亦趨以低級趣味，迎合觀眾口味，拼取收視率。這被稱為「煽色腥」和「淫賤化」。

　　後來，雖在社會輿論批評下有所收斂，但黃潮依然強勁。而社會新聞，則遠超政治、財經、外交、科技等新聞，成為香港媒體的「主打新聞」，打開全球的中文新聞網站，唯獨香港清一色的社會新聞作頭條。為什麼會這樣？一般認為這是回歸大局已定，回歸過程順利所致。自1984年中英商定1997年7月1日香港鐵定回歸後，圍繞回歸所引發的政治鬥爭，是傳媒報道的第一主題，而這個主題一旦消失了，許多媒體，許多傳媒人失去了「敵人」，刹那間

茫然不知所向。例如親台的《香港時報》，台資背景的《香港聯合報》、《中時周刊》關閉，都顯示這一政治舞台的萎縮。再就是，回歸後香港迅即面臨金融風暴的摧殘，百業凋零，再加上白報紙漲價，媒體經營遇到近二十年來最差的環境，而新報紙蘋果日報，又加入到競爭行列，並公然以黃色新聞為招徠，遂觸發這一波「黃浪」。

回歸以後，報刊上的黃色新聞還是有，但是市場越來越小，相信這是由於在香港色情資訊更輕易從互聯網上得到所致。

四、煲水新聞的新軌跡

如果說，香港新聞界在歷史上就有「煲水」新聞的傳統，那麼，這個不尊重新聞真實性的傳統，在過渡期主要反映在政治新聞上，而在回歸後，則主要体現在社會新聞上。過渡期，可以說是政治謠言滿天飛，日日見報，如「李鵬中槍」。回歸後，潘迪生事件，陳健康事件等等聳人聽聞。背後的原因是甚麼呢？通過這些事件去剖析。

五、傳媒的自律和他律

回歸以後，香港傳媒出現的「假新聞泛濫」、「黃潮泛濫」、「狗仔隊」侵犯隱私、媒體之間互相攻訐、以及公器私用等問題，引發了市民的嚴重不滿，也因而引發出了對媒體監管的問題。對此，傳媒之間也出現了分歧，嚴肅的報紙不怕監管，認為加強監管有助營造良好的新聞生態，但是也有不少媒體擔心監管影響了香港的新聞自由度。而問題嚴重的報紙更是強烈反對監管。因而，傳媒本身強調自律。但是，新聞教學和理論研究者、市民團體一般都覺得「自律有限」，甚至「自律等於不律」，他們認為，以上問題出現就是「自律失效」的表現，並且剖析了「自律失效」的原因，他

們認為一定要有他律配合。政府也認為需要他律。除了已有的法規法例監管外，對於「黃色新聞」等屬於道德範疇，不觸及現行法例的，提出要成立監管機構，但引致強烈反對，觸發起一場大辯論。這場辯論是香港傳媒對自己的權利、義務和社會責任的一次再學習，對香港建設健康的新聞生態，提供了正面和反面的經驗。

六、政府對輿論的調控

港人治港，與香港實行「一國兩制」一樣，是史無前例的。長期在英國殖民統治下的香港人，包括公務員，在一夜之間成為了香港真正的主人。因此，如何做好管治工作，保持政治穩定、經濟繁榮，不是一件易事。而如何運用此輿論工具，為施政服務，也是一個全新的課題。

在董建華時代，如何將為港英政府服務的香港電台轉變為為特區政府服務的媒體，就是一個棘手的問題。港台的原班子以「編輯自主」為借口，不但不主動宣傳特區政府的方針，而且還成了批判政府政策的「炮筒」。到底港台的職責是什麼?香港也引起了辯論，意見紛陳。多年實踐證明，特區政府若不能有效掌握輿論，必為施政帶來很大困難。對於屬於政府編制下的港台，董建華掌控尚是困難，對於一般的商業媒体的運用，他經驗更是不足，起初甚至採取迴避的態度。

在回歸之初，曾發生政府「干預股市打擊國際炒家」和「要求人大釋法避免過多香港人口膨脹」兩件大事，還發生了鍾庭耀民調事件，本書嘗試通過這三件事的剖析，總結特區政府掌握輿論的得失，尤其是在一國兩制條件下的經驗教訓。不過，可以說，回歸20年來特區政府似乎一直在營造有利施政的輿論環境上手無利劍。

七、網媒沉浮

　　早於1990年代初期，香港已經開始提供網際網路服務，為亞洲最早提供網際網路服務的地區之一。1995年開始，香港網際網路服務開始普及化，使到香港網路使用者數量急速發展。至2004年，使用者數量達330萬人，滲透率為51.0%，僅次於韓國、瑞典及美國。而香港網路使用者在家中上網的時間更是全世界最長，每月平均達22小時，寬頻網路已經覆蓋香港所有商業樓宇和95%以上的住宅，於社群中心、香港公共圖書館、公眾地方、政府建築物、主要餐廳等均有提供免費上網服務。

　　2013年，根據由國際網路公司Akamai Technologies所作出的調查，香港為全世界網路瀏覽速度最快的地區，最高速度逾54Mbps，第二位韓國為48.8Mbps，第三位日本為42.2Mbps。2015年，Akamai Technologies的「2015年第一季網際網路發展狀況概述報告」顯示，香港網路平均速度為16.7Mbps，屬全球第三快。

　　網路硬體的發展為網媒發展打下物質基礎。事實上香港的網媒，因為香港的互聯網比內地開發早，也因此發展的比內地早。但是，由於香港是一個只是一個七百多萬人的狹小的政治經濟體，與內地相比差天共地，於是在大陸迅速互聯網躋身世界一流地位之時，香港互聯網品牌在國際上不太掛得上號。然而，由於香港視通訊自由、新聞自由和言論自由為核心價值，高度捍衛，且其自由度在全球都排有很前的位置；回歸之後，香港始終政爭不息，到了2014年政改，更發生持續79天的佔中事件，接著2016年的立法會選舉，2017年的特首選舉，激烈的政治鬥爭土壤與互聯網發展的硬體加通訊自由、新聞自由和言論自由的軟體疊加作用，給了香港網媒一個「井噴」式發展的機會。然而，興於政治也會敗於政治，黨媒的色彩，市場的狹小，也影響香港網媒的發展。

八、趨勢預測

　　香港未來，回歸後的第三個十年，第四個十年，以至更長的時間，因為一國兩制的模式還是有利中國崛起，也不妨礙中國維護國家主權和安全，因此必然在這條道路上走下去，只不過香港與國家的關係必然是越來越緊密而不是越來越疏離。

　　在一國兩制的前提下，新聞自由作為香港新聞生態的一個基石必然不會動搖。不過，香港特區政府和中央政府對於香港輿論的調控會越來越成熟。

　　不過，香港本地媒體將受到新科技，例如互聯網5G時代的來臨的革命性挑戰；另一方面，隨著中國國際地位的不斷提升，以及香港在一帶一路國家戰略中的地位，香港媒體的國際化趨勢不可逆轉。

第一章　香港新聞事業的新時代

1997年7月1日0時。

香港會展中心的英國國旗徐徐降下，中國國旗冉冉升起。香港主權正式回歸中國，香港歷史翻開了新的一頁。香港從此開始一國兩制時代。與此相適應，香港的新聞事業也在一國兩制的條件下，進入新的歷史發展期。

香港新聞事業的歷史分期

對於香港新聞事業的分期，中國和香港新聞理論界有不同的劃分標準，從得出不同的分期法。

一、中國大陸的「時代」分期法

由人民日報社、新華社、廣播電影電視部、中國人民大學、北京廣播學院、中國新聞學院等單位編輯出版的《中國新聞實用大詞典》，把中國新聞事業史，分為「古代」、「近代」、「現代」及「當代」四個時期：

（一）中國古代報刊時期：從《邸報》到清末《京報》，這時期橫跨整個中國封建王朝；

（二）中國近代報刊時期：從第一份中文近代報刊《察世俗每月統記傳》（於公元1815年8月5日在馬六甲創辦）起，到《新青年》出現之前。其間又分為「近代中國早期報刊」、「戊戌變法時期報刊」、及「近代資產階級革命派報刊」等階段；

（三）中國現代報刊時期：從《新青年》誕生（1915年9月15日在上海創刊），到中華人民共和國成立之前；

（四）中國當代報刊時期：是指中華人民共和國成立後至今。

《中國新聞實用大詞典》對香港新聞事業，也以近代、現代和

當代去分期。

二、中國台灣的「時期分期法」

　　由台北政治大學新聞研究所首任所長曾虛白主編的《中國新聞史》，把中國新聞史分為八個階段：

（一）漢唐邸報至清末官報；

（二）外國人在華創辦報紙；

（三）民國初年的報業

（四）從「五四」到北伐的報業；

（五）從北伐到抗戰的報業；

（六）抗戰時的報業；

（七）抗戰勝利後的報業；

（八）「自由中國」報業（即國民黨政府遷台後的台灣報業）[1]。

三、戈公振的分期法

　　中國新聞史研究的開創人，著名報人戈公振的《中國報學史》[2]，把中國報業史分為以下四個時期：

（一）官報獨佔時期；

（二）外報創辦時期；

（三）民報勃興時期；

（四）民國成立以後。

　　戈公振著重以報紙經營者的身分作分期的標準，官辦者為「官報」；民辦者為「民報」；洋人辦者為「外報」。每一時期，以何者辦報為主體，則稱之為何報時期。再以時期為界，分出「民國成立以後」時期。

　　我認為，戈公振的分期法有他觀察研究的角度，但顯然也受他所處的時代的局限。

四、香港學者的分期法

1997年5月，香港中文大學新聞與傳播學系教授李少南發表專論《香港的中西報業》[3]，把香港自割讓至今一個半世紀的報業史，分為三個時期：

（一）精英報業時期（1841~1873）；

（二）黨派報業時期（1874~1924）；

（三）社經報業時期（1925至今）。

李少南分期的主要標準，是從辦報的主要目的和活動性質出發，從而方便比較不同時期的主要特徵。他認為：「精英報業」的主要特徵是報紙的刊行是為了爭取殖民地精英的利益。「黨派報業」的主要特徵是報紙以宣傳所屬政黨為最高目標。「社經報業」時期的報紙則是以香港本土一般居民為服務對象，並對社會民生的發展給予優先的關注。

香港報人、香港珠海書院副教授李谷成博士，在他的《香港報業百年滄桑》[4]，設專章論述香港報業的分期，他認為：

（一）香港的報業史沒有古代時期，因為至今未找到此時期的香港出版物；

（二）香港割讓成為英國殖民地後，開始了近代報業史時期；

（三）其後，香港報業史要按照自己的特點，來劃分現代及當代時期的起訖點。若從香港政治、經濟、法律、社會、內地與香港關係以及媒體經營方式等方面的整體變化，來為香港百年來的報業史分期，而又要照顧到中國歷史傳統的近代、現代、當代分期法，則可以粗略地分期如下。

1、近代報業時期：從1841年5月1日第一份公開發行的西報「Hong Kong Gazette」出現起，至1951年6月底為止，前後長達110年，其間可再分七個小分期：

（1）香港割讓之初外報主導報業時期（1841~1847）；

（2）華資報業崛起時期（從1874年2月《循環日報》創辦～1898年左右）；

（3）辛亥革命運動期間政論報刊發展時期（1898年左右）；

（4）辛亥革命期間革命報刊興起時期（1898～1911年左右）；

（5）民國成立後至抗戰前的報業；

（6）抗戰期間的報業（1937～1945年）；

（7）戰後的報業（1945～1950）。

2、現代報業時期：從1951年5月17日，香港立法局通過苛嚴的《出版物管制條例》，至1997年6月30日香港主權回歸之前，可稱為香港現代報業史時期。此時期之內，亦可分為三個小分期：

（1）上世紀五六十年代中英新關係下的香港報業（1951～1965年）；

（2）「反英抗暴」時期的香港報業（1966～1976年）；

（3）從「中英談判」到「九七回歸」的香港報業（1977～1997）。

3、當代報業時期：從1997年7月1日香港主權回歸起，香港報業進入了「當代時期」。[5]

五、筆者主張的分期法

綜合研究各種意見，各種分期法都有一定的依據，有一定的概括性，並且反映出各時期香港新聞業的某些特徵。同時，各家意見有一個共識，香港新聞業沒有古代時期，香港新聞業是從香港割讓成為英國殖民地後開始，並且揭開了中國近代報業史和新聞史的第一頁。

我個人認為，香港新聞業的發展變化，從來不是孤立的；作為上層建築，香港新聞業是香港經濟基礎的反映，是與香港政治、經濟制度、法律制度與文化的發展變化相適應的。因此，以香港政治

經濟制度的變化分期，來作為香港新聞業的分期，更能清楚劃分某一時期的起止點，更能一目了然地看出這一時期的主要特徵。

因此，我主張香港新聞業，首先分為兩個大的歷史時代：

（一）英國殖民統治時代。

（二）一國兩制時代。

從1842年香港割讓給英國，至1997年7月1日的回歸中國，香港經歷一個半世紀的殖民統治，以時間來量度，兩大歷史時代似乎並不相稱。而且，也許有人認為，鄧小平先生有關一國兩制的指示，是香港原有的制度「五十年不變」，甚至「一百年不變」。而實踐上，香港回歸以來確實原有的政治、經濟、法律等一系列制度保持不變，因此，未必需要將回歸後劃出與港英時期相平行的一國兩制時代。

我認為，時間的長短不是問題，如鄧小平的指出，一國兩制，時期可能是五十年與一百年，是否更漫長的階段，也可能。中國大陸與香港兩地經濟的急遽發展，引致兩地社會制度進一步的接軌和融合，至少經濟一體化在香港回歸至今，已有一個令人意想不到的變化；到未來十年，一國兩制出現某種程度的淡化，也不奇怪。關鍵的問題是，香港主權的變化，帶來了香港社會的根本變化，那就是由英國人統治變為了「港人治港」。任何社會的思想都是統治者的思想。統治者改變，這個根本變化，也決定了香港新聞業出現了質的變化。

因此，以香港主權所處的狀態為標誌，將香港新聞業區分為上述兩大時代，是有科學根據的，有說服力的，而且是方便有關學術研究的。

我對香港新聞業的分期基本描述如下。

（一）英國殖民統治時代（1841年1月25日~1997年7月1日）

我將這一段起點定位1841年1月25日，英國佔領香港，翌日

擅自宣布為英國所有，這比中國晚清政府在鴉片戰爭中戰敗，於1842年8月簽署南京條約、將香港割讓與英國早1年7個月。終點為1997年7月1日，香港回歸中國。

香港第一份報紙是英文報紙《香港公報》（HONG KONG Gazette）又名《香港鈔報》、《香港憲報》），是1841年5月1日在澳門印刷發行，至1842年3月14日才遷香港出版。因此，不少作者以1841年5月1日為香港新聞業的起點。我認為，以1841年1月25日香港被英軍佔領為起點，較為妥當。我的考慮是：

首先，我是以香港社會政治形態為分期的重要依據，並將此時期定為英國殖民地統治時代，因此起點和終點分別以英國殖民地統治的開始和結束為宜。如果終點是1997年7月1日英國正式交還香港主權，而起點則不是以開始殖民地統治日計，有不相稱的感覺。

其次，《香港公報》開始印行是在澳門，至1942年3月17日才搬到香港。而在此之前，在澳門、廣州與中國境內已出版發行有葡文、英文報刊，例如《蜜蜂早報》（1822）、《澳門鈔報》（1834）、《廣州記錄報》（1834）[6]，香港都在其發行範圍內。所以，《香港公報》並不是香港首先出現的報章，其標誌意義並不特別強。

再次，儘管香港被英國殖民統治了一百五十多年，但期間新聞業中主體始終是中文報刊。外文報刊的發展範圍始終較窄。而中文報刊的發展又與英國殖民統治是分不開的。

所以，我主張以英國對香港殖民統治為香港新聞業的起點標誌。

在這一時代，又分五個時期。

1、香港報業初創期（1841～1874年2月）

在這一時期初段，香港報業以西報為主，至1858年《中外新報》面世，在香港這個殖民地誕生了中國第一份中文報紙。

2、民主革命時期（1874年2月～1911年）

1974年2月，第一份由中國人自資出版的中文報紙《循環日報》創刊，亦是中國第一份傳播資產階級政治改良思想的報紙，主編人王韜亦成為「中國歷史上第一個政論作家」[7]。在戊戌運動期間，香港出現了一個政治報刊的發展高潮。中國民主革命的先行者孫中山領導的興中會，於1900年1月出版機關報《中國日報》。革命黨人在香港還出版了其他報刊，香港成為辛亥革命的輿論準備陣地。

3、内戰時期（1911年~1937年7月）

在這一時期，香港的殖民統治，與前面階段一樣，都處於相對穩定時期，而中國大陸的内部矛盾異常尖銳，政局異常動蕩，先後出現軍閥内戰和國共内戰兩個階段，國民黨積極在香港創辦報刊，佔領輿論陣地。

4、抗戰時期（1937~1949年10月1日）

在抗戰初期，國共兩黨的文化人湧入香港，香港報業出現了一個短暫的繁榮期。1941年12月8日，香港淪陷於日軍手中。這時期被香港報界稱為香港新聞史上黑暗的時期，主張抗日的6家報刊全被查封停刊。而一些政治立場不夠鮮明的報紙，也被日軍以白報紙供應不足為由，命令合併，由11家減至5家。抗戰勝利後，國共重新内戰，兩種勢力重新在香港展開激戰，使香港報業很快又興旺起來。

5、中共執政時期（1949年12月1日~1982年）

中華人民共和國成立之初，中英矛盾轉趨突出，英國雖然得到北京保持現狀的承諾，但仍然加強對中共政權的防範。1951年5月17日，香港立法局通過了香港殖民地統治以來最嚴苛的管制條例《刊物管制綜合條例》，以防止和打擊對其管治香港不利的輿論，香港新聞業進入了一個歷史上最嚴厲的管制期。

中英最激烈對抗是在文革時期，香港一度出現市民，與港英

當局暴力衝突。這一事件起因是複雜的，其社會基礎是在中英民族矛盾和勞資矛盾尖銳激化；中國內地又處於文化大革命，中共對港英政策受到極左思潮干擾，都是出現這一事件的重要原因。在這期間，港英當局執行這一條例，判罰3間左派報刊停刊。

上世紀七十年代，香港經濟起飛，新聞業也慢慢出現了新的繁榮期。

到1982年，中英就香港前途展開談判，1984年12月簽訂中英聯合聲明，訂明1997年7月1日香港主權回歸中國，香港自此進入「過渡期」。中英圍繞香港問題的激烈鬥爭始終是貫穿這一時期的主線。香港新聞業也圍繞此進入了一個分化重組的過程，也使香港新聞史揭開了多姿多彩的一頁。

（二）一國兩制時代（1997年7月1日至今）

這一時期主要標誌是，香港主權回歸中國；依照基本法，實行「一國兩制、港人治港、高度自治」，香港原有的政治制度，經濟制度、法律以及其他各種制度基本不變，香港人的生活方式基本不變，香港人的享有的新聞自由、言論自由、出版自由等等，基本不變。

從回歸後起，我將其稱為這一時代的第一時期，即香港特區政權穩定時期，這時期的終點在何處，在我撰寫論文之時尚不能預測，但我初步估計這一時期至少到香港特別行政區長官直選產生為止。

以目前的發展態勢看，一國兩制的構想已經有二十年的實踐，實踐證明總體是成功的，政權不但平穩過渡，至今已經歷了董建華、曾蔭權、梁振英三個政府，林鄭月娥2017年7月1日就任第四任行政長官。二十年來，香港政府管治並不是一帆風順，在政治、經濟、民生、教育、與內地關係等各個層面都遇到很大的挑戰。特別在圍繞特首普選的政改問題上，社會分裂，2015年出現了長達79天的「佔中運動」，2016年春節期間更發生了「旺角暴動」，

「港獨思潮」也在香港冒起。但是，香港社會總體還是正常運作，政經等各項生活還是能夠正常展開。只是，行政長官由普選產生的日子長時間延後。

我認為，始終行政長官由普選產生，是香港政制發展進入一個新階段的里程碑，對香港的社會生活必然發生深遠的影響。在特首普選的政治環境里，新聞生態也將發生意想不到的質的變化。屆時，媒體會進入新時代。

香港回歸後的不變與變

「香港已死」，是1997年7月1日，香港回歸前夕，國際輿論中最聳人聽聞的預言。

這一預言，是美國著名的財經雜誌《財富》作出。當時，「香港已死」赫然出現在《財富》雜誌的封面，並是該期的封面故事。這個預言作出4年後，《財富》選址香港舉辦「財富全球論壇」。事件本身，已充分說明《財富》承認其預言錯了，而且，雜誌編輯總監考爾文（Geoffrey Colvin）承認當年的預言並未發生，香港仍然是亞太金融中心，而且「一國兩制」在香港也得到較好落實。《財富》選址香港舉辦「財富全球論壇」，就是對香港回歸中國4年的肯定。下面是香港《星島日報》2001年5月10日的報道：

預言「香港已死」《財富》承認錯誤

【星島日報10日報導】《財富》雜誌編輯總監考爾文9日主持「商業、人權與全球一體化」論壇及隨後舉行新聞簡報會，當記者問及四年前《財富》曾以封面故事告訴全世界「香港之死」（The death of Hong Kong）」時，考爾文顯得有些尷尬，他說當年的雜誌預言並未發生，香港未死。香港作為亞洲區金融中心的地位沒有改變，香港也仍然是外資進入中國的重要陣地。

如果《財富》仍以香港作為封面故事，《財富》將用甚麼字眼來形容香港？考爾文思忖良久，回答說最好用「活力充沛（Vitality）」這個詞。他表示自己很喜歡香港的環境，經常有機會來香港，除這次來港參加「財富全球論壇」外，一年半以前亦曾訪問香港。

報導說，當年香港回歸中國時，西方最擔心的是「一國兩制」能否得到貫徹，事實上，直到最近，批評香港之聲仍不絕於耳，不過，考爾文認為，香港執行一國兩制，直到目前都很好（So far so good）。

他還說，《財富》在過去三年內兩次在中國城市舉辦「財富論壇」，是看中中國的發展效率，鑑於香港在幫助中國步入全球化的重要作用，選址香港舉辦今次的論壇自是順理成章。

另一位《財富》編輯斯圖爾特（Thomas Stewart）被問及如何看今日的香港時，想也不想便回應：「非常好（Very nice）！」他指，要他想一些香港負面東西，他根本想不到。在他眼中，香港無論是環境、經濟、夜色統統也「無得彈！」斯圖爾特揚言鍾愛香港這個城市。

即使在9日「財富論壇」上，有講者質疑本港言論自由受挫，並擔心是北京向港府施壓之結果。《財富》傳訊部副主席麥泰萊仍指，香港的言論空間亦相當充足，是香港優勝之處。

「你看看今日香港各大報章的報道，全部也十分進取（Agressive），大肆報道香港當日示威的情況。若果香港沒有言論自由，便不會這樣（大幅報道）啦！」麥泰萊亦指，選取香港作為論壇地點原因之一，是基於香港十分重視言論自由，令對此同樣重視的《財富》講者能暢所欲言。

衡量香港回歸後變化的政治座標，是一國兩制的落實貫徹。用這一座標來衡量香港的變化，中西方是一致的、共通的。當然，如

何才算一國兩制落實貫徹得好，北京及特區政府與西方社會看法存在差異，但在執行香港特區基本法，保留香港原有的基本的政治制度、經濟制度、法律制度和社會制度，是一致的，因而在回歸多年以來，總的評價也大體是肯定的；而在一些具體事情的評估上，則有差別。

2001年5月8日，中國國家主席江澤民在「《財富》全球論壇」開幕晚宴上指出：

> 香港回歸祖國以來，一國兩制、港人治港、高度自治的方針和基本法正在全面貫徹落實。中央政府嚴格按照基本法辦事，堅定地支持行政長官和特別行政區政府的工作，不干預特區政府自治範圍內的事務。實踐證明，以董建華先生為行政長官的特別行政區政府是有智慧、有能力駕馭複雜局面的，香港人是能夠管理好香港的。

> 香港回歸祖國以來，原有的資本主義制度和生活方式繼續保持不變。香港居民享有充分的自由和前所未有的民主權利。我們高興地看到，香港各界人士的國家民族觀念不斷增強，正在以主人翁的姿態，積極參與香港的各項社會事務。

> 香港回歸以來，尤其是香港成功應對亞洲金融危機的衝擊，並較快地實現經濟恢復性增長的實踐表明，香港自身經濟基礎比較穩固，金融體系、市場機制和法律制度較為完善。偉大的祖國始終是香港保持繁榮穩定的堅強後盾。我相信，中國內地經濟持續快速健康發展，香港經濟體系不斷自我完善，繼續保持和加強香港作為中國內地與國際市場連接的重要橋樑作用，香港經濟就一定會有更加廣闊的發展前景。

> 我願借此機會重申，實行一國兩制、港人治港、高度自治的方針，是中國政府的長期基本國策，不管出現甚麼情況，都不會動搖和改變。

江澤民的講話，是代表中國中央政府對香港回歸四年來的情況作出總結，其主要精神在他四年來多次就香港問題作出的談話都有提到，前後是一致的，評價是全面、高度的肯定。

　　其基本要點是：

（一）一國兩制、港人治港、高度自治和基本法，全面貫徹落實。

（二）原有的資本主義制度和生活方式繼續保持不變。

（三）中央支持行政長官和特區政府工作，但不干預特區政府自治範圍內的事務。

（四）港人能夠管理好香港。

（五）港人享有充分的自由和前所未有的民主權利。

（六）香港經濟基礎穩固，發揮作為中國和國際市場連接的重要橋樑作用，有廣闊前景。

　　對於江澤民代表中央對香港特區的評價，香港特區行政長官董建華完全認同。如果說，董建華是北京精心挑選出來的香港特區第一位掌權人，他的認識與北京一致並不令人奇怪，那麼，特區第一位政務司司長陳方安生的見解，就另有代表性。

　　陳方安生，是港英政府一手培植的政務官，一個華人女性可以由低層一直做到香港公務員之首─布政司，充分說明英國人對她的器重。她由港英政府的布政司，過渡為特區政府的政務司司長，無可否認，一定程度上代表了港英舊政權的願望和利益。香港和國際輿論曾稱她是「香港的良心」。

　　2001年4月19日，她在還有10天便正式退休之際，發表了任內最後一次公開演講。翌日，香港明報報道如下：

江讓董自行處理法輪功

　　陳方安生：「這樣極度敏感的課題，尚且交由香港自行處理，我們夫復何求？」

　　【明報專訊】還有十天便正式退休的政務司長陳方安

生，昨發表任內最後一篇公開演說。她說國家主席江澤民向特首董建華表明，按一國兩制原則讓香港自行處理法輪功問題。她又以十八萬公務員之首的身分，警告公務員不可藉「阿諛奉承」、「揣摩上意或拍馬屁而平步青雲」，要勇於「向當權者直言進諫」。

將於本月底結束近三十九年公務員生涯的陳方安生，昨日在亞洲協會午餐會上發表一篇以「撫今追昔，翹首明天」為題的告別演辭。陳太以流利的英語發表長達半小時的臨別演說，台下逾千名來自政商及學界的嘉賓，不時報以熱烈的掌聲。

陳太除了回顧39年公務員生涯點滴外，還談到一國兩制的實施，又展望了公務員的責任和香港民主進程的步伐。

向台證明一國兩制非口號（小標題）

早前曾有傳聞說如何處理極度敏感的法輪功問題，是導致陳太決定提早與董建華「分手的導火線。昨日，陳太首次披露，國家主席江澤民最近在北京向特首董建華表明，中央會按一國兩制的原則，讓香港自行處理法輪功問題。

她說：「對中央來說，像法輪功這樣極度敏感的課題，尚且交由香港自行處理，我們夫復何求？」陳太指出，回歸以來，香港一直自由靈活行使「基本法」賦予的高度自治，香港應向世界，尤其台灣證明一國兩制並非政治口號，而是具體實在、充滿活力、切實可行的安排，這才是香港對國家利益所作的最大貢獻。（後有刪節）

雖然，陳方安生對公務員留下的「忠告」，話中有話，但她以處理法輪功事務為例，證明一國兩制是得到落實，並發出「我們夫復何求」的感嘆，應有說服力。作為撤出香港殖民政權的英國政府，一直有對香港問題發表意見，總體上也肯定一國兩制原則受到

遵從。

2001年2月2日，香港各大報章都報道了英國政府對英國外交事委員會發表的香港報告書的回應。在2月1日，英國外相郭偉邦的書面回應表示，相信中國及香港特區政府會落實執行中英聯合聲明，大致遵從一國兩制的原則。郭偉邦的書函還指出，香港現繼續享有新聞自由。

另外，世界各地的商人多數持這一立場。其中，回歸四周年前的一個調查有代表性。見下列報道：

近八成美商稱港不遜回歸前

【明報專訊】個多月後，本港將踏入回歸四周年，但顧問報告的調查結果顯示，有多達五成九的受訪港人認為，「香港較回歸前差」。相反，美國人對香港的情況相對樂觀，有七成七的美國商界領袖認為香港回歸後沒變或比之前更好。

顧問公司先以小組形式，深入訪問香港、澳洲、加拿大、法國、德國、日本、新西蘭、英國及美國等各界人士的意見。結果發現多個有趣的結果：

七成七的美國商界領袖認為香港回歸後沒變或比之前更好。但四成二的美國政府官員及近六成港人，認為「香港較回歸前差」。受訪者更關注到香港的前景不明朗，及營商環境瞬息萬變。

這些香港領袖認同一國兩制在港成功落實，但他們指出香港正面挑戰及限制，包括「香港逐漸偏離西方社會」、「過度急於革除回歸前的特徵，過程中可能損失部分資產」、「香港人對政府政策較前採取對抗態度」等。

從上面引述的資料可見，無論是中國中央政府，香港特區政府，香港過去的殖民統治者英國政府，還有香港市民，國際主流輿

論、商界、政界，都基本肯定香港回歸後成功按照基本法實施一國兩制、港人治港和高度自治，香港原有的政治制度、經濟制度、法律制度以及其他社會制度，香港的生活方式生活習俗基本保持不變，鄧小平所說的「馬照跑，舞照跳」實現了。

當然，香港回歸後，也有發生變化和改變的方面。

第一，政權的性質改變了。

香港的主權回歸了中華人民共和國，香港特別行政區的行政權由特區政府行使。特區行政長官是由按基本法選舉產生的董建華擔任，特區政府的主要官員和所有公務員，雖然都是由過去在港英殖民政府的人士過渡，但他們轉為效忠特區政府。

香港法院、立法會，也都是按照基本法規定產生，他們成為香港特區權力的組成部分。

第二，香港人的政治地位和享受的政治權利發生了根本變化。

港英長期的殖民統治，對佔香港95%的華人實行「有自由無民主」的管治策略，即不給予港人包括民主權利在內的各種政治權利，在其他領域則給予較寬鬆的自由度，但必須在不觸及港英的統治和利益為前提。回歸後，香港基本法賦予港人的各種權利都得到落實。

第三，人心向背逐步發生變化。

對國家和民族的認同感有所加強。過去有相當人員只知、只認自己是香港人，不認自己是中國人，現在國家民族感越來越強。尤其在國際事務、體育比賽表現較為強烈親中國立場。例如，在中國申請加入世界貿易組織，悉尼奧運，北京申奧，還有美軍炸毀中國駐南斯拉夫大使館，中美軍機在南海上空相撞等重大事件上，民意的主流都是站在北京的立場上。不過，要指出的是，原來很多人以為，隨著香港回歸的時間越長，香港與內地的交流越密切，香港人對國家的認同感會越強烈，但事實並非如此。「港獨」思潮的冒起就是反證，在回歸前的過度期，幾乎就沒有政治人物提出「港獨

主張」，即使再堅決反共的政治領袖也不會這樣想。但是，在回歸20年之際，則有梁頌恒和游蕙禎因港獨言行被剝奪立法會議員職位；香港青年人尤其是大學生的身分認同，仍是不可樂觀的問題。

第四，基本矛盾和鬥爭焦點發生變化。

在過渡期，基本矛盾是中英矛盾，是雙方在香港回歸與反回歸上的矛盾；鬥爭的焦點在於，平穩過渡與「民主抗共」。由中共培養的左派力量是擁護回歸的基本力量。而社會各階層人士對回歸的態度有一個轉變發展的過程，初期多數人對回歸有疑慮，出現移民潮，1989年六四事件後對北京的抗拒情緒增加，而到末期大勢所趨，對一國兩制認識越來越深，多數人都接受現實。應該說，香港大多數人抗拒中共和社會主義的情緒大於抗拒回歸，香港民主派便在港英的幕後支持下，以「民主抗共」的策略與北京周旋。由於港人長期無民主，又對祖國內地民主發展認識不足，因此在過渡期對民主派的支持較多。這從當時各種選舉民主派佔優可見。

回歸後，據我觀察，英國勢力逐步淡出，美國勢力逐步加強，回歸前的中英矛盾逐步轉化為中國和西方勢力的矛盾，以及北京與香港反對派的矛盾；香港泛民主派，繼續扮演反對派的角色。鬥爭的焦點則首先集中民主政制發展問題上，其次則在特區政府施政上。在立法會「拉布」，阻礙政府正常管治，成為反對派鬥爭的重要手段。

第五，經濟發展未如理想。

在中國改革開放之初，香港的GDP曾佔國家的四分之一左右，但是到了回歸20年期間，已下降到只佔百分之二三左右。固然，這主要是因為內地高速發展，但是香港在整體GDP金額人均GDP方面都被新加坡超越。而土地缺乏，樓價超高，更是成為香港經濟發展和民生改善的桎梏。以至國家主席習近平和人大委員長張德江，都多次呼籲香港「要著力發展經濟，改善民生」，「把發展經濟放在首位」。

香港經濟發展不如人意，客觀上，既有國際金融風暴等方面的影響，也因為「地價高、樓價高、租金高」的結構性矛盾左右；但是，更主要的內因在於，特區政府施政失誤，董建華、曾蔭權和梁振英三任特首事實上都沒有很好處理土地房屋問題。而香港的大財團，則目光短淺，不思創新，只滿足於「地價高、樓價高、租金高」三高帶來的贏利，並且有意無意阻礙政府開發新的土地，使到香港畸形的經濟形態得不到改善。到香港回歸20年之際，香港的經濟優勢，唯有金融還拿得出手。

香港媒體回歸後政治取向的變化
一、殖民統治塑造香港媒體的政治特性

英國在香港實行一百五十多年殖民統治，通過一系列法律、政治、軍事和經濟手段，維護政權穩定、社會穩定，促進社會發展；但同時，由於其將香港作為自由港經營，不但需要實行經濟自由的政策，也要新聞資訊自由來配合。正是在這一背景下，其祖家英國的新聞自由、言論自由的傳統，能夠不危及港英殖民統治的前提下在香港有限度地沿用，使香港新聞自由比中國大陸相對寬鬆，使其成為一百五十多年來中國在半封建半殖民地時代的一塊特殊的「新聞綠洲」，並形成如下特性：

（一）港英政府推行的港式新聞自由，使香港成為中國各個時期的不同政團黨派爭奪的「輿論前哨陣地」。

港英政府推行的港式新聞自由，使香港成為容納中國各個時期各種不同政治傾向的團體、黨派辦報的地方，尤其是成為反對中國當時統治者的政團黨派報紙逃避當局扼殺的「避風港」，並使香港報業本身形成百花齊放、左中右並存的局面。也使香港成為中國各個時期的不同政團黨派爭奪的「輿論前哨陣地」。

1874年，由中國人自資出版的第一代報紙《循環日

報》在香港創刊，成為資產階級改良派傳播變法維新主張的重要講台。

其後，中國民主革命的先行者孫中山所領導的興中會，在香港出版了革命黨人的第一張機關報《中國日報》（1900年1月25日在港創刊）。革命黨人在港辦的報紙還有《世界公益報》（1903年創刊）；《廣東日報》（1904年創刊）；《有所謂報》（1905年）。

這一時期，保守黨人在香港也有辦報，主要是《維新日報》（1880年創刊）、《粵報》（1885年創刊）、《商報》（1904年創刊）。[8]

民國成立後，國民黨與其他軍閥非常重視香港在輿論傳播方面的功能，也紛紛到香港創辦報紙。其中有李宗仁的《正報》，陳炯明的《香港新聞報》，汪精衛的《南華日報》，胡漢民的《中興報》，陳銘樞的《大眾報》，以及國民黨中央黨部的《國民日報》。

抗戰前夕，上海不少報人及報紙南遷香港，其中有成舍我1938年4月在香港出版的《立報》，矛盾和葉靈鳳先後主編過該報的副刊《言林》；胡政之的《大公報》。當時（香港淪陷前）香港人口只有170萬，大小報紙卻有30多份。

國共鬥爭時期，香港成了中國共產黨及其他進步力量反對國民黨統治的輿論陣地。1935年11月，鄒韜奮在上海創辦了進步刊物《大眾生活》周刊。該刊於1936年2月被當局查封，鄒韜奮流亡香港。6月，他在香港創辦了《生活日報》與《生活日報周刊》。

由於國民黨的迫害加重，許多進步新聞文化工作者轉移到香港，利用香港這個特殊環境進行戰鬥，加強了香港的進步新聞戰線。1941年4月8日創刊的《華商報》，共產黨和非黨的一些進步新聞工作者參加了它的工作。此外，中國

民主政團同盟創辦了機關報《光明報》，中華職業教育會的
《國訊》出版了香港版。太平洋戰爭爆發後，香港被日寇侵
佔。進步新聞工作者在共產黨幫助下，有的去大後方，有的
到了解放區。[9]

　　1949年新中國成立後，國共兩方依然在香港報業領域
針鋒相對，早期有國民黨黨營的《香港時報》，有親台灣國
民黨政權的《華僑日報》、《星島日報》、《快報》；左派
有《大公報》、《文匯報》、《商報》、《新晚報》等。

（二）港英政府推行的港式言論自由，有限度的允許各種政見自由
　　　發表，使得重視言論成為香港報刊的一大特色。

　　首先，在一百五十多年的殖民統治期間，香港媒體可以
說是盛產政論報刊。政論報刊，就是不以報道新聞事實為
主，而是以傳播政見為主。

　　前面提到的《循環日報》就是典型的政論報紙。主編、
主筆王韜，首創千字「論說文」，短小精悍，針砭時弊，主
要主張學習西方，鼓吹變法改良，被譽為「我們新聞史上第
一位報刊政論家」。在清末，革命黨人和保守黨人的報紙，
其任務其實就是展開革命與君主立憲，推翻滿清與保皇的大
辯論。

　　其後，在香港的政黨報紙和政黨資助報紙，都帶有濃厚
的政論色彩、宣傳政見色彩。在辛亥革命成功後不久，黨派
林立，香港報刊的政見也紛雜。其後，中國政治逐步以國共
相爭為焦點，香港政論也以兩黨政見相爭為主。國共兩黨對
輿論都非常重視。到了抗日戰爭時期，兩黨在香港的爭奪也
尤為激烈。當時，雙方在抗日大方向一致，雙方的政論重心
都是「抗日救國」，但亦有鬥爭。中共經常批評蔣介石「假
抗日，真內戰」、「假團結，真反共」的曲線救國路線。

　　新中國成立後，香港報紙的政治立場，轉向以對北京政

權的立場為區分標準，親共或反共成為報紙政論的基本分野。

可以說，香港的主要報刊，包括商業報刊，一直都有一定基本的立場，許多標榜中立的商業報刊，其實也有明確的傾向性。祇不過越近現代，純粹的政論報紙越少。報紙的新聞性越來越強，亦即越來越以報道新聞為主。而政論的任務逐步交給了雜誌刊物。

回歸後，新聞界公認政論色彩最為濃厚的報紙，是《信報》。《信報》自我標榜為財經類報紙，但其每天都闢有幾個專版，刊登時事政治評論文章。該報的新聞主要是財經金融消息，但讀者看重的往往是裡面有分量的評論文章。

在1999年，《天天日報》曾一分為二，改為《A報》和《公正報》，其中《公正報》也想仿傚《信報》走政論報紙的路線，但因為資源和銷量問題，創刊沒有多久便關門。

在1988年創刊的《經濟日報》，也標榜為財經類報紙，筆者曾在該報任評論版編輯，並撰寫評論文章。當時報館也想在這方面與《信報》一爭短長。但最終文章的總體質量鬥不過《信報》，雖然報紙銷量超過《信報》，也只是在新聞方面贏了。

香港報刊重視言論，還體現在各大報都設有社論。香港目前現有的十多份主要的中文報章，每天都設有社論。其名字叫法不一，有的叫社評，有的叫時評，有的叫評論，但實質都起到社論的作用，都是代表報館立場，對各種時事政治問題發表意見，反映民意，影響政府施政。有的一周七日都有，有的周一至周六有，有的一天兩篇。

在香港，有的報紙往往是靠社論取勝。其中《明報》查良鏞的社論，《信報》林行止的《政經縱橫》，都是報紙的賣點。各大報的社論，每天還通過電視和電台，後來通過互聯網摘要或全文播出，成為香港反映輿論、民意的重要的渠

道和陣地。

2000年初，香港亞洲電視也搞了「亞視評論」，每天500左右，配以畫面，在早中晚三個時段多次播出。後來，

筆者曾經為《經濟日報》、《星島日報》、《明報》等報章寫過社評，並任《香港商報》主筆，寫出一年半社評，還參加《亞視評論》欄目的創辦和撰寫。親身體會到各媒體對這一代表公司立場的言論的重視。往往都是由各媒體老闆和負責人親定題目，經過研究推敲主要觀點，寫完之後還要審查。

各報刊負責人都希望社論能被電視、電台轉播，在政府和社會中引起影響，作為中資報紙的《香港商報》還希望自己的社論被新華社的每日報紙言論摘編選上，並擺在重要位置，以示為官方認可。

香港報紙重視言論，還表現在重要報紙都設有評論版和時事問題專欄。

在電子媒體方面，「call-in」節目和各種「清談節目」對輿論有重大影響力。這些節目對社會熱點問題反應快，播出時間長（從早到晚飽和轟炸），社會各界人士都可以發表意見，政府官員也直接面對市民大眾，對輿論的影響力在平面媒體之上。基本上，這些節目就是主持人的講台，宣揚的就是主持人的觀點立場，其他不過是陪襯。可以說，誰控制了這些節目，誰就控制了香港的主要輿論。

（三）殖民統治下的香港報業，相當部分不以贏利為目的。

香港地窄人少，市場有限。這種先天條件，注定以宣揚政見為主，或者有濃厚黨派色彩的報紙，不但不賺錢，還需投入非常多的資源經營。例如，國民黨《香港時報》（已結業），中資的《文匯報》、《大公報》、《新晚報》（已結業）、《香港商報》。從前述可見，國共兩黨長期在香港爭

奪輿論陣地，中共與港英的長期較量，使到香港的黨派報紙長期存在。

國共兩黨在香港的報刊，都由各自的政黨和政府財政撥款支持。國民黨在蔣介石和蔣經國父子執政期間，堅持一個中國的政策，香港曾是他們反攻大陸的橋頭堡，後來蔣經國開放老兵到大陸探親，力求維繫台灣與大陸的關係，仍視香港為國民黨政權的重要海外陣地，所以一直重視爭奪香港輿論。據《香港時報》內部人員透露，國民黨政權每年需虧本數億港元。該報由於受強烈的反共意識形態主宰，報紙辦得死板，銷路很差。到了李登輝掌權，偏安求獨，逐步從香港撤退，在九七前便將《香港時報》關門。另一方面，中共政權為了宣傳自己的主張和政策，團結愛國愛港的力量，與港英政府在各個不同時期進行各種不同的鬥爭，也非常注意舉辦報刊雜誌，經費由中央財政撥出。基本上，這些報刊雜誌是虧本經營。另外，香港一些大財團、大富豪，為了出名，也會出資收購或支持一些報刊。出名為先，是否盈利則不計較，但有不少因虧本太多而最後推出。還有一些辦報是為了「洗錢」等其他目的。

（四）港英的殖民統治，使香港報刊在新中國成立後以「反共反中不反英」為重要政治取向。

從前面的論述可以看到，香港的新聞自由有一個非常顯著的特色，就是可以自由地甚至任意地批評和反對中國大陸的任何統治者和當權者（不可以煽動暴力和暴亂），但不能自由的批評反對，更不能攻擊謾罵英國皇室和港英統治政府。在清末，革命黨人逃過清政府的鎮壓，在香港獲得在中國大陸難以得到的辦報和宣傳政見的自由，並以此為大造輿論的陣地。但是，革命黨人的反清宣傳基本不危及港英的殖民統治，呈現「反清不反英」的形態。相反，革命黨人宣傳

的變法、改良主義、君主立憲等主張，這是港英所奉行的政治制度和意識形態，從某種意義上講，這種反清的宣傳，是有利港英的殖民統治。

在抗日戰爭期間，報紙有抗日的，也有漢奸辦的，標榜中立的也有；抗日報之中，也分親國民黨的，親中共的，親其他民主黨派的，總之，各種流派共存。不過，唯獨沒有反英的。

1949年新中國成立後，香港繼續由港英統治，港英與中共政權的矛盾上升為主要矛盾。應該說，在「文革」和「六七」反英抗暴前，中共和愛國力量在香港廣大市民中還佔有優勢地位，但是反英抗暴的失誤被港英利用，左派逐漸被香港主流輿論視為負面名詞。媒體的主流政治立場是「反中反共不反英」。

1982年，中英展開有關香港前途的談判，1984年12月簽訂中英聯合聲明，訂明1997年7月1日香港回歸中國，自此至回歸日，香港稱之為「過渡期」。「反中反共不反英」的政治傾向，在過渡期仍然是佔據主流。由於回歸已是鐵定的事實，香港主流傳媒還多了一種「拒中拒共」，抗拒回歸的情緒。

對於這一點，「一國兩制」的設計者鄧小平是明察秋毫，他不僅說九七之後，香港可以馬照跑，舞照跳，而且表示還可以繼續罵共產黨[10]當然，說「反中反共」、「拒中拒共」佔主流地位，是指總體而言；而在過渡期的過程這種政治傾向是逐步發生變化。整條曲線是，在前期，反中反共的聲音激烈，支持擁護回歸的聲音淡薄。在一九八九年六四前，反中反共情緒逐漸弱化，部分為拒中拒共代替，而擁護回歸的聲音加強。一九八九年六四后，反共反中情緒又再抬頭，甚至在香港出現以顛覆改變北京中共政權為目的的運

動。港英政府以彭定康代替衛弈信，改變合作移交、保持香港平穩過渡的政策，撕毀了與中方的協議，推行「政改方案」，中英角力轉趨激烈，香港主流傳媒的政治傾向基本配合了港英的政治訴求。

二、政權變化對媒體政治取向的決定性影響

根據我的觀察，影響香港媒體，尤其是商業媒體的政治取向有如下因素：

（一）媒體老闆本身的政治立場。媒體的政治立場就是老闆的立場，這是決定性的。

（二）媒體受眾群的主流政治傾向，這既關乎政治問題，更是商業元素。

（三）媒體廣告大戶的政治立場。在香港不乏這種情況：媒體老闆的政治立場屈從商業元素，屈從受眾，屈從廣告商。在香港多數媒體老闆看來，媒體生存和盈利是第一位的，政治立場不過是「口水」。

（四）媒體老闆其他經濟業務的利益影響，基本上香港媒體老闆都不是單一經營，這些經營業務的利益對媒體老闆的政治立場有重要影響。

（五）香港內部和國際政治鬥爭形勢的影響。當香港反對董建華政府的勢力上升，媒體批評的聲音會增強；而中央政府「挺董」堅決，媒體支持的聲音也會增加。當國際反華囂張，香港媒體批評北京聲音也隨之加強；中國的國際地位加強，媒體支持的聲音也會增加。

（六）是政權轉換的影響。回歸前，商業媒體基本效忠港英政府；回歸後，實行「港人治港」，政權回到香港人民手里，效忠港人是媒體的基本取向。

而在這六種因素中，我認為，政權的變化是決定性的，既影響

媒體老闆的立場，也影響主流民意，影響商業利益。其次，中國綜合國力和國際地位的不斷提高，香港和內地經濟、政治、文化等各方面的交往日益密切，香港每日來往內地的人數由十多萬劇增至三十多萬，對媒體的立場也產生重大影響。

我認為，回歸之後香港商業主流媒體政治傾向有較大轉變：

（一）再沒有媒體向英方效忠，聲稱自己是「親英」。

（二）反中拒中的色彩逐漸淡化。除《蘋果日報》是公認的反中反共的，北京至今不准其入內地採訪，其他報紙回歸後都逐步淡化這方面的色彩。2001年中，香港中文大學副教授蘇鑰機作的媒體政治取向調查[11]，也用「親港」的概念來形容。

（三）對中國政府的直接批評減少，多數報刊的敵意減少。

（四）媒體的政治注意力明顯轉向香港本身。

（五）商業媒體的主流傾向持監督政府立場。不過，具體分析也有不同情況。一部分是帶善意的，一部分是對特區政府某些官員有個人恩怨，還有一部分是視「反政府」是反中反共的體現，《蘋果日報》的這種情緒是香港新聞界公認的。

新聞媒體經營困難增加

自第一張報紙問世以來，香港媒體一直是以民營的商業機構為主體。香港殖民政府在1928年設立香港電台，後來增設電視節目。在殖民政府內部還設有新聞處，除此之外，官方並不直接參與新聞媒體經營。不過，中國官方和台灣官方（以國民黨的名義），都有以商業運作的形式在港辦報。總之，允許私人、民間自由經營傳媒（電子傳媒需申請牌照），是香港新聞業的一個特徵，也是構成香港新自由原則的首要要素。

九七後，媒體經營自由原則得到保障，一些媒體由於商業上的原因關閉，但無一是特區政府施加政治上的影響而結業。可以說，政治上妨礙新聞事業發展的因素基本不存在，不過，金融風暴襲港

而導致的經濟困局，對新聞業帶來不輕的打擊。但儘管如此，香港原有的新聞資訊發展繁榮的局面基本得以保持，香港作為亞太地區新聞資訊中心的地位保持不變。

一、平面媒體——報刊

值得指出的是，20世紀九十年代後，報刊發行趨勢是逐步遞減。

香港官方資料顯示，1984年中英簽署了有關解決香港問題的中英聯合聲明之前，香港擁有60份左右每日出版的中文報章，以及5份英文報紙。當時香港有500多萬人口，每千人擁有報紙300份至350份。令香港成為僅次於日本的亞洲第二大報業社會。日本當時數字為每千人490份，世界平均數字為每千人102份報紙。

1994年，每日印行報章58份，定期出牌刊物625份。其中每日印行中文報章38份，英文報章12家。這些中文報章中，有31家以報道本港和世界新聞為主，4家集中報道財經新聞，其餘的則專門報導娛樂新聞，刊載影視圈消息。較大規模的報刊，分銷範圍遠及海外的華人社會，有些並在香港以外地區，特別是美國、加拿大、英國和澳洲等地，印行外地版。當年，有7份報章和76份報刊雜誌面世。

1997年，每日印行報50份，定期出版刊物693份。

1999年，44份日報，數份電子報章，724份期刊。

本港報刊包括每日印行的中文報章24份、英文報章9份、中英文雙語報章1份及其他語言報章5份。中文報章中，有17份以報道本港和世界新聞為主，3份集中報道財經新聞，其餘的則專門報道娛樂新聞，特別是影視圈消息。規模較大的報刊，分銷範圍遠及海外的華人社會，有些更在香港以外地區，特別是美國、加拿大、英國和澳洲等地，印行外地版。

本港一家英文報社與香港盲人輔導會合作，每日出版一份以失明人士點字印製的報章。年內，2份英文日報和8份中文日報分

別透過互聯網出版。有5份通訊社的內部通訊也註冊為報章,以中文、英文和日文印行。

香港是一些亞洲區刊物的業務基地,例如《亞洲週刊》及《遠東經濟評論》。《金融時報》、《亞洲華爾街日報》、《今日美國》、《國際先驅論壇報》和《日本經濟新聞》也在香港刊印。

2000年本港有59份報章和717份註冊定期刊物。報章之中有32份中文和12份英文,5份雙語及6份用其他語文印行的報章。定期刊物題材廣泛,時事、政治新聞以至專門知識和娛樂消息,都有報道。

表一　1979~2000年香港主要報章期刊統計

類別 年	報章 總數 (種)	期刊 雜誌 (種)	每日出版的 中文報紙 (份)	每日出版的 英文報紙 (份)	每千人 報紙 (份)	人口 (萬)	備註
1979	114	326	46	5	350	500	
1980	97	388	63	6	350	510	
1981	72	413	55	6	300	521	
1982	72	413	55	6	300	529	
1983	69	436	54	8	300	534	
1984							
1985	66	520	45	5		547	
1986	67	515	45	5		550	
1987	68	549	44	2		560	
1988	67	614	41	2		574	年內中產階層人士大量移居海外。約90間海外新聞機構在港設點。

類別 年	報章 總數 （種）	期刊 雜誌 （種）	每日出版的 中文報紙 （份）	每日出版的 英文報紙 （份）	每千人 報紙 （份）	人口 （萬）	備註
1989	63	598	47	2		581	約100家 海外新聞 機構在港 設點。
1990	69	610	39	2		586	
1991	69	598	39	2		582	
1992	67	608	39	2		590	
1993	77	619	41	7		900	
1994	76	663	43	7		615	
1995	59	675	38	10		631	
1996	58	625	38	12	172	630	
1997	50	693	30	10			
1998	45	684	26	8		681	
1999	44	724	24	9			
2000	59	771	32	12			

表二　1993香港主要中文報章

序號	報名	創刊	性質	發行	備注
1	大公報	1902年天津	綜合報紙	港澳及內地、海外、銷往一百多個國家和地區	中資背景
2	文匯報	1948年9月	綜合報紙	主銷港澳，部分銷往內地、海外	中資背景
3	天天日報	1960年11月	綜合報紙	港澳地區	銷量第三
4	天下日報	60年代初	綜合報紙	香港	每日出紙一張的小報
5	今天日報	1986年	綜合報紙	港澳地區	
6	成報	1939年5月	綜合報紙	主銷港澳、美國、加拿大，歐洲及澳洲發行海外版	銷量第二（一度居首位，後被《東方日報》超過）

序號	報名	創刊	性質	發行	備注
7	快報	1963年3月	綜合報紙	港澳地區	
8	東方日報	1969年1月	綜合報紙	港澳及海外華埠地區	銷量第一；1987年組東方報業集團上市
9	明報	1959年5月	綜合報紙	港澳及海外華埠地區	銷量第五；被稱為「知識分子型報紙」，1991年上市
10	香港商報	1952年10月	綜合報紙	港澳地區，部分銷廣東及福建省	中資背景
11	星島日期	1938年8月	綜合報紙	港澳台及海外華埠地區	80年代組星島報業集團上市
12	星島晚報	1938年	綜合報紙	港澳地區	附屬《星島日報》
13	信報	1973年7月	專業報紙	港澳地區、美國、加拿大、歐洲華埠發行航空版	財經類
14	香港時報	1948年	綜合報紙	港澳台地區	國民黨香港機關報
15	香港聯合報	1992年5月	綜合報紙	港澳地區	台灣聯合報系機構
16	港人日報	1947年	綜合報紙	香港	出紙2張的小報
17	華僑日報	1952年	綜合報紙	港澳地區	
18	新晚報	1950年	綜合報紙	港澳地區	附屬《大公報》
19	新報	1959年	綜合報紙	港澳地區及美國、加拿大、澳洲	銷量第四；1988年以新系機構名義上市
20	經濟日報	1988年1月	專業報紙	港澳地區	財經類
21	電視日報	1969年	綜合報紙	香港	娛樂類
22	新聞夜報	1960年	綜合報紙	香港	非馬季休刊的小報

表三　1997年香港主要中文報章

序號	報名	創刊	性質	發行	備註
1	大公報		綜合報紙		
2	文匯報		綜合報紙		
3	天天日報		綜合報紙		銷量名列前幾位
4	成報		綜合報紙		
5	快報		綜合報紙		
6	東方日報		綜合報紙		銷量第一
7	明報		綜合報紙		
8	香港商報		綜合報紙		
9	星島日報		綜合報紙		
10	深星時報	1995年10月	綜合報紙	香港及海外，部分銷內地。	附屬星島集團，與《深圳特區報》有合作協議
11	信報		專業報紙		
12	港人日報		綜合報紙		
13	新晚報		綜合報紙		
14	新報		綜合報紙		
15	經濟日報		專業報紙		
16	蘋果日報	1995年6月	綜合報紙	港澳	銷量第二

表四　1999年香港主要中文報章

序號	報名	創刊	性質	發行	備註
1	大公報		綜合報紙		
2	文匯報		綜合報紙		
3	天天日報		綜合報紙		
4	成報		綜合報紙		
5	東方日報		綜合報紙		銷量第一
6	明報		綜合報紙		
7	香港商報		綜合報紙		1999年被《深圳特區報》收購

序號	報名	創刊	性質	發行	備註
8	星島日報		綜合報紙		
9	信報		專業報紙		
10	新報		綜合報紙		
11	經濟日報		專業報紙		
12	蘋果日報	1995年6月	綜合報紙	港澳	銷量第二
13	太陽報	1999年3月	綜合報紙	港澳	銷量第三

　　從上列幾個表格可以看出，九十年代主要中文報紙的數量一路下降，1993年22家；1997年減到16家；2000年只剩下13家。

　　九十年代銷量名列三甲的中文報，皆是綜合報紙。

　　下面再看一組自1990以來，中文報紙銷量排名及相關數字統計表。

表五　1991年中文報紙銷量排名表

排名	報章	平均每日讀者			平均每日銷量			
		1991年	1990年	增減（%）	1991年（1~6月）	1991年（7~12月）	1990年（7~12月）	增減（%）
1	東方日報	1,619,000	1,594,000	+1.6%				
2	成報	821,000	907,000	~9.5%	236,571	248,516		4.8%
3	天天日報	751,000	607,000	+23.7%		223,414		
4	明報	432,000	441,000	~2.0%	116,486	125,521	222,961	7.2%
5	新報	235,000	205,000	14.6%	88,647	101,815		12.9%
6	信報	84,000	77,000	+9.1%	66,803	66,803		+0.1%
7	星島日報	171,000	183,000	~6.6%				
8	經濟日報	50,000			40,916	40,916	42,048	2.7%

根據《資本雜誌》資料整理，1992年4期p52

表六　1998年香港中文報銷量排名表

排名	報章	11/98~01/99 讀者人數	百分比	98年上半年每日銷量（份）
1	東方日報	2,428,000	41%	不詳
2	蘋果日報	1,603,000	27%	407,882
3	明報	360,000	6%	83,257
4	成報	227,000	4%	不詳
5	新報	158,000	3%	不詳
6	星島日報	129,000	2%	62,974
7	經濟日報	104,000	2%	65,298
8	天天日報	100,000	2%	不詳
9	信報	83,000	1%	63,022

資料來源：香港記者協會《記者之聲》，1999p4
原注：讀者人數來自ACNelsen Media Index HK RARD Repor
銷量數字來自香港出版銷數公證會（ABC），非會員沒有銷量數字

表七　1999年香港主要中文報章銷量排名表

名次	報章	類別	銷量（份）
1	東方日報	綜合	（1999年4月5日報頭自報讀者逾240萬人）
2	蘋果日報	綜合	38萬
3	太陽報	綜合	34萬
4	明報	綜合	8.3萬
5	經濟日報	財經	6.5萬
6	星島日報	綜合	6.3萬
7	信報	財經	6.3萬

　　從上表可以看出，踏入九十年代，每日出版的中文報紙數量在1996年之前變化不大，在40份左右徘徊。但是，1996年之後大幅下滑，1997年降至30份，1998年更跌至26份，先後創下20年來的低潮紀錄。20年間，季刊數量卻大致維持穩定的增長，由1979年的326份，至1998年增長到684份；1997年創造了最高紀錄，693份。可見，其他刊物構成了對報刊銷量的競爭，消遣與獲取信息的

讀物多了，報紙銷量的下降也就理所當然了。

全球電子傳媒的挑戰導致出現全球性報章銷量下跌的潮流。據1995年6月的《傳媒透視》報道，報章銷量下跌已成世界潮流；國際報章發行人聯會表示，接受調查的40個國家中，23個國家的每日報章發行量下跌。

這股潮流對香港中文報紙的生存也形成嚴峻挑戰。1997年，隨著《新晚報》停刊，晚報終於成了香港報業史上一段劃上句號的歷史（見表八）。在雜誌及電子傳媒的衝擊下，香港晚報從八十年代開始，就陸續被從大眾傳媒市場淘汰出去。其中具特殊意義的是中資《新晚報》的停刊。這家有近50年歷史的左派晚報，一捱過九七回歸即宣布停刊，成了香港回歸之後首份停刊的中文報紙，也成為香港的最後一份停業的晚報。

香港是一個汰弱留強的商業社會，任何企業，除非背後有一個不計經濟效益支撐著的財政支持，否則不進則退。不能適應香港市場遊戲規則、不能跟上資訊科技發展速度、缺乏應變能力與創意的企業，其命運是苦撐之後終被淘汰出局。現在看看下面的表格，就可以明白九十年代香港中文報業中汰弱留強的競爭何等激烈。

表八　上世紀八十、九十年代香港中文報紙停刊日期簡表

編號	報紙	創刊	停刊
1	工商晚報	1930年1月15日	1984年12月1日
2	華僑晚報	1946年4月1日	1988年4月1日
3	明報晚報	1969年12月1日	1988年9月1日
4	晶報	1956年5月5日	1991年3月15
5	香港時報	1949年8月4日	1993年2月15日
6	現代日報	1993年11月8日	1994年12月5日
7	華僑日報	1925年6月5日	1995年1月12日
8	電視日報	1968年	1995年12月12日

編號	報紙	創刊	停刊
9	香港聯合報	1992年5月4日	1995年12月16日
10	快報	1993年3月1日	1995年12月16日（暫時停刊）
11	華南經濟新聞	1993年4月27日	1996年12月17日
12	星島晚報	1938年8月13日	1996年12月18日
13	新晚報	1950年10月	1997年7月27日
14	（復刊）快報	（1996年10月28日）	1998年3月16日
15	天天日報		

　　上表所見，八十年代只有3家中文晚報停刊，九十年代則有11家報紙停刊。九十年代早期停刊的中文報紙有《晶報》、《現代日報》、《華僑日報》。除了已經談到的其他媒介的競爭，生產成本的增加是報紙生存的一大痼疾。1995年9月的《資本雜誌》指出，上述報紙的停刊，「究其原因，不外乎成本高漲（白報紙價格在西方經濟復甦市場求過於供的情況下，自1993年底平均每年遞升70%）和收入下降（本港經濟衰退及港府壓抑樓價政策，以及中國宏觀調控，導致兩地房地產及消費廣告大幅滑落）。雪上加霜的是1994年10月中文報章零售價由4元加至5元」，加價改變了不少香港人每天閱讀超過1份報的習慣，導致某些報紙銷量下降。

　　下面是摘自同一期雜誌的報章生產成本比例簡表。購買新聞紙的支出平均佔了報紙生產成本將近三成，因此，在紙價每年遞升70%，而廣告收入與銷量卻大幅下降的情況下，頂不住的，垮了；還在頂的，其中也有不少屬於「吊鹽水」的，業內知情者閒聚時，常屈指計算他們的壽限。

表九　主要報章生產成本比例簡表（％）

公司 項目	東方報業	星島集團	明報企業	南華早報 （英文）	平均
新聞	35	20	35	20	27.5
採編	40	40	30	36	36.5
其他	25	40	35	44	36
新聞紙存貨	3~3.5	1.5~2	3	1~1.5	2.5

　　九十年代停刊的中文報紙當中，7家集中於1995年下半年以後。前面提到的「吊鹽水」的報紙，在報業減價戰中先後斷氣了，後面再詳述。《晶報》創刊於1956年，為左派港報之一。後因經營不善，甫踏入九十年代就宣布停刊。《香港時報》停刊，有經濟問題，真正的原因還是政治問題。李登輝主政的國民黨推行台獨路線，放棄香港，因而不想苦撐這份黨報。

　　《香港聯合報》是號稱「台灣兩大報系」之一的聯合報系在香港創辦的報紙，1992年5月4日創刊，該報於創刊3年後的1995年12月17日正式停刊。《香港聯合報》主要目標在於以香港為橋頭堡進軍大陸市場，但是大陸大門始終緊閉。該報每月支出六、七百萬元，但收回的廣告費和發行費只有百多萬元，3年間蝕掉2億元，終於藉著報業減價戰壯士斷臂。同日宣布停刊的還有另一份台灣背景《中國時報周刊》，原來也想進軍大陸。

　　1995年1月，具親台背景、有70年歷史的《華僑日報》亦告停刊，原因是「經營成本上漲，虧蝕嚴重」。是年1月12日該報停刊詞表示，「銷路增加，印製費、新聞費也隨之而猛漲，又碰巧新聞紙價大升，每噸由去年初的510美元1噸左右，升至近日接近700美元1噸，更且香港通脹不止，在經營成本方面，確實百上加斤」。

　　《晶報》、《香港時報》相繼停刊後的1993年11月，當時主政明報企業集團的于品海創辦了模仿歐美小報風格的《現代日報》，意在令這張走大眾化路線的新報紙佔據《明報》知識分子階

層之外的普羅大眾市場。但是，這張小報只維持了一年就壽終正寢了。一年生存的代價是虧損近8千萬港元。

《香港時報》停刊兩個月後，以報道華南經濟消息為主的《華南經濟新聞》創刊，生存得比《現代日報》長點，撐了3年多，1996年亦告停刊。這些報刊的停刊，表明在回歸前，中文報業的經營環境已轉惡化。

二、電子媒體──廣播電視

下面是香港特別行政區政府資訊中心2001年6月在網上提供的資料。

（一）本地免費電視節目服務

香港有兩間本地免費電視節目服務持牌機構，即電視廣播有限公司和亞洲電視有限公司，各設有一個中文台及一個英文台。兩間電視台每周平均播送逾600小時節目，收看觀眾約640萬人或約200萬個家庭。

（二）本地收費電視節目服務

香港有線電視有限公司提供超過31條廣播頻道，包括收費頻道及按次收費頻道。現時，全港約有180多萬個家庭可享用這項服務，當中大約140萬樓宇單位可接駁光纖傳送網絡，其餘家庭則靠多點微波傳送系統提供服務。

電訊盈科互動影院有限公司（前稱香港電訊互動影院有限公司）於1998年3月在香港開辦全球首項商營自選影像節目服務，在本港現有電視頻道以外，提供多一種高科技的互動多媒體服務。

香港曾有3間新的本地收費電視節目服務持牌機構，分別是銀河衛星廣播有限公司、太平洋數碼衛視及Yes Television（HK）Limited。新牌照於2000年12月簽發。

（三）非本地電視節目服務

香港有4間非本地電視節目服務持牌機構。Hutchvision Hong Kong Limited 於1991年開辦STAR TV網絡。STAR TV以7種語言廣播，提供28個節目頻道，包括收費及免費電視服務，觀眾約3億人，範圍遍及泛亞區內53個國家。STAR TV有4條免費廣播頻道可供香港收看。STAR TV於1996年撥旗下的中文台與商人劉長樂合組鳳凰衛視，在華人地區獲得很好口碑。

另一間衛星電視持牌機構銀河衛星廣播有限公司則於1998年開始播放兩條衛星電視頻道，以亞洲、澳洲、中東、南非及歐洲部分國家的海外華人為觀眾對象。亞太衛星輝煌有限公司於2000年8月提供一條頻道，對象是中國內地的獲授權用戶。Starbucks（HK）Limited在2000年6月提供一條英語頻道。

此外，另有超過10間國際衛星廣播機構，以香港作為發射廣播訊號的基地，這些機構包括有限國際新聞網絡、TNT／卡通網絡、路透社（亞洲）有限公司及傳訊電視網絡有限公司等。大約62萬個香港家庭可利用衛星電視公共天線系統，收看免費的衛星電視節目。

（四）電台

香港現有3家電台，以13條頻道播送節目，其中香港商業廣播有限公司及新城廣播有限公司各有3條頻道，而香港電台則有7條頻道。香港電台是以公帑經營，但編輯方針完全獨立的廣播機構。

與報紙在九十年代呈現下降趨勢不同，電子傳媒，數量在這20年間一路呈增長趨勢。1979年香港僅有「無線」與「亞視」兩家電視台，至九十年代中期，增加了一家收費的有線電視，以及一家為亞太區提供衛星電視服務的「衛視」電視台。其中有線電視的諸多頻道不僅提供形式多樣的娛樂節目，及時轉播英國及美國新聞節目外，更推出24小時連續滾播的粵語新聞報道。有線新聞台的

推出，大大方便了關心時事新聞的受眾的收看，他們不再受制於原來兩家電視台早午晚及深夜四個時段新聞節目時間的限制，可以隨時通過有線電視的24小時「新聞報道」收看最新消息。

電台也重整旗鼓，在大眾傳播市場中積極進取，「九十年代媒界消費的一大特色，是選擇空前多元化，其中一個明顯趨勢是電台節目再次回來。根據港台與新城電台1994年度的「電台聯合收聽調查」，以人口計，76%的市民有收聽電台的習慣，即400多萬人，較上年上升20%；每人每周收聽17小時，較上年增加10%。但是，在媒介多元化的九十年代，香港電台經營者採取多種手法重新吸納了大批聽眾。勁歌熱舞、名人專題、官員說法，等等，花樣不斷推陳出新。同時，電台節目主持人儘量利用其他傳媒作為宣傳工具，宣傳節目，更重要的是，建立與聽眾對話的現場機制，尤其是官員現身接受聽眾質詢。官方的香港電台甚至在行政長官辦公室建立直播室，讓市民有機會對香港最高首長提出不客氣的質詢。電台在傳媒市場中取得了成績，顯示了香港電子傳媒面對業內挑戰的創新應變活力，與某些偏於守舊的、缺乏競爭能力隨時可能被淘汰出局的中文報紙形成了鮮明對照。

三、互聯網的挑戰

20世紀末是資訊科技迅速發展的年代，廣播電影電視等電子傳媒，對香港中文報業而言，早已是傳統競爭對手。報紙副刊，甚至新聞版面，走娛樂化路線，就是對傳統電子傳媒競爭的應變。而九十年代晚期方興未艾的互聯網熱潮，對報紙的銷量，甚至生存形成了更為嚴峻的挑戰。股市一時為「網」潮傾倒，不少商業公司也紛紛改名，與「網」沾邊，或搞個網站就想往股市上靠。更為嚴峻的是，報業面對的競爭對手在財力方面不僅不再是旗鼓相當或相差不遠的業內對手，而是躋身「網」潮的城中巨富財團。下面摘自港報的一則綜述，或多或少道出香港大財團競相於這塊彈丸之地逐鹿

「網場」的勢頭。「金融風暴後，港府倡議科技興港，除傳統的電訊公司外，過去一年各行各業均爭相發展網上服務，如城市電訊提供網上電視台ichnnel；盈科數碼動力計畫推出衛星寬頻上網服務；和黃推出超級入門網站tom.com.；地產商新地推出入門網站superhome.com及網上寄存的iadvantage等。此外，恒地亦計畫發展本身的入門網站icare.com。大半年間，香港幾乎所有大財團都投身網業。部分傳媒亦發展本身的網上內容等服務」。

該些網站提供的服務多數包括了新聞及娛樂信息。僅以tom.com為例，招股書所列網站內容有「本地及國際音樂於娛樂新聞」、「一般及財經新聞」、「音樂影帶片段」、「中國及旅遊資料」、「中國文物資料」、「中國文化資料」、「每十分鐘報道最新及一般財經新聞」，等等，名目繁多，稍加誇張，即可用不勝枚舉一詞形容網上各類資訊的豐富。傳媒界也有人趕「網」潮辦報了，不是紙的，是網的，如《Cyber日報》。

網站新聞網頁及網報的出現，首先肯定對傳統日報銷量造成沖擊。除了銷量的沖擊，傳統日報也受到網站及網報挖角的影響。2000年2月4日的《星島日報》「電腦日報」專版，介紹了這方面的情況。「網上新聞競爭日趨激烈，不少網站直接向報館挖角，令到本地採編人力資源受到嚴重沖擊，薪水普遍膨脹兩三成。

但是，2000年6月股市的「網絡科技」潮開始退下，新聞傳播領域的網潮泡沫也開始爆破，颳起了裁員風。

6月21日，《蘋果日報》有篇綜述，題為「網站紛裁員　倒閉潮在即」，指出「本地新聞資訊網站早前急速膨脹，現時正面臨危機。《南華早報》旗下的網站scmp.com昨日宣布裁員18人，壹傳媒旗下的網站在過去一周亦已裁員近10人。業內人士警告，網站倒閉潮一觸即發」。

7月28日，李嘉誠財團的tom.com亦宣布裁員80人。該公司同年2月在香港創業板上市時，成千上萬市民衝著李嘉誠的財富而

蜂擁排隊領取認購表格，但是，幾個月後宣布業績，虧了4500萬元，期間營業額僅有75萬元。

網股熱是又一波泡沫經濟，公司裁員是業內競爭的必然後果，但是，資訊科技的發展，以及隨著市民上網率的提高，網站對傳統報紙的銷量仍形成一定的沖擊。

報業投資者的應變措施就是將報紙內容上網，一方面提高本身科技形象，另一方面，期望在網絡領域建立灘頭陣地，爭奪網上廣告。

下面是截至1998年1月上網港報統計表：

表十　港報上網簡表

數量	報章	上網年份	提供內容	收費情況
1	星島日報	1995	即日報章新聞 過去7日文章	免費
2	明報	1995	即日報章新聞 過去一個月文章	免費
3	南華早報 （英文）	1996	即日報章新聞	免費
			1992年至今的資料庫	每條資料收10元
4	虎報	1996	即日報章新聞 過去7日文章	免費
5	大公報	1996	即日報章新聞 過去一個月文章	免費
6	香港商報	1996	即日報章新聞 1997年至今 電子版資料庫	免費
7	文匯報	1997	即日報章新聞	免費
8	蘋果日報	1997	即日報章新聞 大約過去兩個月文章	免費
9	天天日報	1997	即日財經新聞 （與報紙無關）	免費
10	東方日報	1998	即日報章新聞	免費

注：這個表格在《記者之聲》刊登的3個月後，《太陽報》創刊並即上網故應為11份。

《香港經濟日報》社長麥華章曾經表示：「三至五年內，中文報章可能只餘一半。上網日漸普遍，報章已不是大眾傳媒最主要的一環。為求生存，小報章必須投入更多資金強化本身內容及提供更多資訊予讀者。」

這話說出了個道理：經營者若想於香港報業市場立於不敗之地，首先必須有雄厚的資金。可見，香港中文報業在九十年代面對的不僅是業內自相殘殺的競爭，更間接與城中財團進行另一場信息科技年代的對抗。

網絡資訊對報紙構成致命打擊的前提是電腦普及化，也就是說，上網率成為決定因素。

對香港報業來說，不幸的是香港在這方面得天獨厚，上網率在亞太地區遙遙領先，因此，傳統報業承受的競爭壓力也會越來越大。

表十一　亞太區互聯網之增長潛力

地區	類別	1998年	2003年	1998年至2000年預測之復合年增長率（%）
香港	互聯網用戶人數（百萬）	0.7	2.3	26.9
	已安裝個人電腦數目（百萬）	1.6	2.7	11.0
	互聯網普及率（%）	10.4	31.9	25.1
	個人電腦普及率（%）	23.9	37.5	9.4
	人口（百萬）	6.7	7.2	1.4
亞太區（包括日本）	互聯網用戶人數（百萬）	23.8	154.6	45.4
	已安裝個人電腦數目（百萬）	38.1	161.0	33.4
	互聯網普及率（%）	0.8	5.0	37.3
	個人電腦普及率（%）	1.3	5.3	16.9
	人口（百萬）	2,895.5	3,063.4	1.1

香港報業經受了資訊科技突飛猛進的競爭壓力。不過，報紙這種傳統的新聞信息載體不會消亡。長遠而言，報紙仍有生存空間，網報不可能全部取代傳統報紙。傳統報紙的存在價值，也在於網絡世界本身的缺點。被稱為「光纖之父」的原香港中文大學校長高錕教授，在一個電視專訪節目中表示，如果光纖載負的信息量無窮大，那麼，花費與尋找信息的時間也無窮大。上網固然有其樂趣與方便，不過，它畢竟只是諸多選擇之中的一樣選擇，不可能將報紙取而代之。

對於互聯網對媒體的影響，香港回歸20年來發生許多意想不到的變化，網媒一度「井噴」式發展，但是也受制於香港市場狹小的局限，這在第七章有詳細描述。

四、亞洲新聞中心地位

上世紀八十年代末期，隨著香港經濟的迅速增長，以及香港前途引出的新聞性，更重要的是，香港作為中國信息對外窗口城市的功能，吸引了越來越多國際新聞機構前來設點，令香港漸漸成為區內一個重要的國際新聞信息中心。它不僅吸納國際訊息，同時將中國古今文化向外輻射。1988年，除了令香港新聞界自豪的報業成就外，香港更吸納了90家海外新聞機構前來設點，翌年，上升至約100家。2001年5月，約有120間國際傳媒機構在香港設有辦事處，一些亞洲區刊物也以香港為業務基地。

國際傳媒在香港駐點的高峰是1997年前後，理由很簡單，就是香港回歸祖國，實行一國兩制，這是史無前例。九七後，政權交接順利平穩，一國兩制順利實施，西方傳媒的興趣減弱，但是香港畢竟在亞太地區有著特殊的地位，因此仍然是一個國際傳媒中心。

激烈的商業減價戰

在回歸前後，香港報業發生了三次激烈的減價戰。這三次激烈的減價戰對香港的新聞生態帶來重大影響。不但有眾多的報章期刊因此倒閉，並使到傳播環境極度污染。

這三次減價戰，都可以說因新報紙面世而起，而第一次減價戰更是《蘋果日報》首先發動。減價戰的主因，就是《蘋果日報》為了生存與《東方日報》爭奪香港報業之首的地位。

1995年6月20日，《蘋果日報》正式出街，採用印花優惠變相把報紙售價壓至2元，在其他報紙劃一售價5元的情況下，利用香港報紙價格的空間，在減價發行的一個月內迅速佔據市場，將日銷量推上20萬份。

當時，香港報界指摘《蘋果日報》間接將每份報紙售價2元，可能會引發報業的惡性競爭，導致財政不穩的報紙被迫停刊。《蘋果日報》創辦者回應說：「我沒有照顧對手的責任。」[12]

在該報出版前，香港各大報風聞其減價促銷，報業公會於1996年6月12日召開特別會議。會議結束時，即席和非公會會員共20間報紙代表聯合召開「香港中文報業聯席會議」，會議推選當時東方報業集團主席馬澄坤任聯席會議主席，當場達成「維持現有劃一零售價機制及反對直接或間接變相減價促銷行為」的決議。

1995年6月13日，香港各主要報紙發表了「香港中文報業聯席會議」的決議；另外，還發表了港九報販聯誼會、香港報販協會和新界報販從業員總會聯合聲明：「一致贊成香港中文報業聯席會議之一切決議，並全力支持，澈底執行」。

但是，《蘋果日報》並不是報業公會成員，不但沒有理會這一決議，反而利用了他們統一劃價的空子，以變相減價促銷站穩了腳跟。而且，由於在新聞內容上走小報路線，以黃色新聞，出位報道招徠讀者。同時，以多圖片、大標題，適應看電視、漫畫成長起來

的香港中青年的閱讀習慣，創刊兩三個月後銷量達到30多萬份，直逼第一位的《東方日報》。

面對《蘋果日報》來勢洶洶的挑戰，1994年盈利4億多港元的《東方日報》意識到，「一哥」地位受到威脅，必須作出反擊。1995年12月9日，經過醞釀多時，《東方日報》以該報邁向二十八周年優惠期內回饋讀者為名，將該報的零售價由每份5元調低為2元。

事後，香港行內人士都認為《東方日報》的反擊太遲了，如果在《蘋果日報》創刊之初，即同步減價，效果就不一樣。後來，《蘋果日報》老闆黎智英在香港再搞網上銷售，在台灣創辦《壹周刊》，都即時遇到同行反擊。

香港各大眾化綜合性報紙在《蘋果日報》創刊減價而失去不少讀者的教訓下，認為面對這次《東方日報》的降價行動若不採取行動，便如坐以待斃。因此，短短4天內，同一市場的大眾化綜合性報紙陸續宣布跟隨降低售價，震動報壇。

在《東方日報》降價銷售的第二天，1995年12月10日，《成報》也以邁向五十七周年為理由，將報紙零售價減為2元。同日，《蘋果日報》也作出相應行動，將報紙每份售價降為4元，聲稱減價行動將跨越九七不改變。

1995年12月12日，《天天日報》由即日起每份售2元。

1995年12月19日，報紙減價戰蔓延至周刊市場。東方報業旗下的《東周刊》由當日開始，售價由18元減至8元。據東方報業解釋，這是回饋讀者行動，以及周刊受報紙減價影響銷量下跌而採取的措施。

1995年12月20日，明報報業總經理甘煥勝指出，減價戰爆發以來12天，《明報》銷量平均下跌一成。

1995年12月20日，東方報業集團宣布，旗下馬經報紙《太陽馬經》也調低售價為2元；另外，《太陽馬寶》決定停刊。

1996年1月8日，《新報》宣布在1月12日起，將零售價由1元

改升為2元，與大部分大眾化綜合性報紙售價看齊。

1996年1月11日，《壹周刊》售價由18元降至12元，集團每周收入因此減少70萬元。

受減價戰突然爆發影響，香港報業在一周內（12月12日至12月18日）有4報3刊關門，包括：《快報》、《香港聯合報》、《電視日報》和《南華經濟新聞》4份報紙；《清新周刊》、《清秀月刊》和《逍遙派》3份刊物。

面對這場減價戰爆發，報紙市場秩序失衡。香港報業公會在1995年底及1996年初多次召開緊急會議商量對策，會員一致認為減價無助於香港報業的長遠發展。

據報業公會調查，當時大部分報館經營都出現虧本。以5元一份報紙計算，其中約2元給報販，加上每份有4元廣告費，一份報紙的收入有7元，但平均成本價要7.45元。即是說，每賣一份5元的報紙就要虧本5角，若廣告收入不佳的報紙虧本就更嚴重，如再行減價，報紙經營大有困難。為平息減價戰，香港報業公會成立了一個由6間報社高層人士組成的「特設委員會」，專責處理及解決報紙減價問題，希望業界恢復原定售價。報業公會還公開呼籲同業及有關人士，一起協商結束這場減價戰。報業公會由始至終堅決相信：共同劃定一個統一而又獲得同業尊重的售價，才能解決問題，令報業繼續發展，否則惡性競爭將無法避免。

行業公會要發揮維持行業秩序的功能，其屬下會員必須佔據行業的大部分市場。香港報業公會過往能協調香港報紙制定劃一售價，主要是當時屬下會員佔據報業市場較大的比例，且競爭未如現在激烈。據SRH MEDIA Index的調查，《東方日報》和《蘋果日報》兩份報紙，在1995年底至1996年初期間的讀者人數，佔大眾化綜合性報紙讀者的六成七，且兩份報紙都不是公會的會員，不受公會條例的約束，因此，報業公會對減價戰的協調功能失效。

減價戰持續3個多月後，各報虧損嚴重。東方報業集團以避免

報販找矖麻煩為理由，於1996年3月14日開始把《東方日報》及《太陽馬經》的售價由2元調高至3元；《東周刊》售價則由8元調高至10元。6月5日起《東方日報》售價由3元調升至4元。6月29日，東方集團宣布將創刊逾兩年的英文報紙《東快訊》停刊，《東方日報》由7月1日開始，將售價4元調升至5元，《東周刊》售價由18元加至20元。此外，馬澄坤辭去東方集團主席職位，尤其弟馬澄發接位。

《蘋果日報》在1996年6月20日，亦打破「售價4元、跨越九七」的原先承諾，售價恢復到5元。

《天天日報》在1996年4月1日把每份報紙的售價調升至4元，4月15日將每份報紙的售價回調至5元。

《新報》在1996年4月1日將報紙每份售價由2元調升至3元，6月中旬將售價回調至每份4元，7月1日起將售價恢復5元。

《東方日報》在1996年7月1日起恢復原售價5元，當時僅剩《成報》仍維持3元售價（稍後也恢復售價）。此標誌著持續半年之久的香港中文報業減價戰終於結束。

報紙減價戰結束後，《快報》在1996年10月28日復刊。

第一次減價戰發生後至第二次減價戰發生前的這段期間，香港報業經營情況的特點是：一、香港報業強留弱汰的競爭仍然激烈，整體報紙的數量正在收縮；二、各報的盈利情況未得到恢復，但報紙經營狀態比減價戰期間有改善，仍差於減價戰前的盈利；三、報紙廣告市場出現了減價促銷的行為，一些報紙的廣告收入減少，同時出現違法、違規行為；四、讀者市場有新變化，《蘋果日報》仍在蠶食其他大眾化綜合性報紙的讀者，而且在克服印刷限制的條件下，對銷量第一位的《東方日報》產生更大的威脅。另外，《快報》復刊後，該報採用減價促銷行動也奪取了不少讀者。讀者市場的新變化，是減價戰未能平息又再度重演的一項重要原因。

第一次減價戰階段性結束，《快報》在1996年10月28日復刊

後不久，同樣採用減價促銷方法爭奪讀者，在1997年1月1日將報紙售價由5元減至2元，為期一個月。然後逐漸將售價回調至3元、4元，至5月份將售價回調至5元。當時，報界認為《快報》減價促銷，對整個讀者市場的衝擊不是太大，因此各報對此反應冷靜。

在《快報》恢復售價後不久，東方報業在1997年5月12日突然宣布，為慶祝「邁向三十周年」和「慶祝香港回歸」，《東方日報》決定於5月15日起每份售價由5元減至2元，以優惠價奉獻讀者。消息發表之後，《成報》發言人同日馬上表示，《成報》將在5月15日起將報紙售價調整至每份3元；另外，《快報》在5月14日也宣布由該星期起，逢星期日報紙售價1元。

幾份報紙的減價行為再次震動報壇，但與第一次減價戰不同的是，各報的反應相對比較冷靜，《蘋果日報》、《新報》、《天天日報》等報紙並沒有跟隨減價。

到1997年7月7日，《東方日報》將報價調升至3元，7月21日又恢復到原價5元。7月27日，《快報》由原本每周日、一、五每份賣2元轉為每份賣3元。《成報》也宣布於1997年8月1日起，恢復每份報紙零售價為5元。第二次減價戰宣告結束。

這次減價戰短促，有人認為「多份報紙不參加減價，注定第二次減價戰是短命的」[13]。另外，這段時間香港地產狂潮，廣告量大，減價衝擊不大。我當時在《蘋果日報》工作，根據我的觀察，減價戰短促，主要原因是，《東方日報》明白在這段時間，兩報鬥的不是價格了，而是報紙內容和編排。在這段時間，《蘋果日報》的幾名採編大將被連人帶手下挖角到了東方報業。《東方日報》迅速《蘋果》化。兩報新聞淫賤化傾向由此掀起新浪潮。

《東方日報》為了與《蘋果日報》爭「一哥」地位，在第二次減價戰積極創辦一份新的報紙夾擊對手。據調查，《東方日報》讀者年齡較《蘋果日報》稍高，超過45歲的讀者佔三成以上，而《蘋果日報》讀者層面比較廣，有工人、主婦和部分中產階級人

士。東方報業要加強在大眾化綜合性報紙市場的競爭，必須從年輕讀者市場入手，而《太陽報》就是一份針對年輕讀者而創辦的報紙，如果經營得好的話，可以避免對《東方日報》銷售有太大衝擊，同時又可以擴大讀者市場佔有率。[14]這份新的報紙定名《太陽報》，1999年3月18日正式創刊。由於預先感受到新一輪報紙減價戰迫在眉睫，已於1999年3月1日自行退出香港報業公會成員的《成報》，在1999年3月12日率先將每份報紙售價由5元減至3元，主動打響報紙減價戰頭炮。

《太陽報》面世後，即以每份售價2元促銷，並且贈送洋娃娃和首日封等禮物以吸引讀者。這一天，香港報攤比平常熱鬧，不少人爭先購買《太陽報》創刊號，先睹為快。《太陽報》首日30萬份報紙在一二個小時已經售罄，第二天馬上加印至40萬份。

同一讀者市場的多份報紙紛紛奮力迎戰。《蘋果日報》3月18日開始調低售價，每份由5元減至3元。首日印刷數由40萬份增至50萬份，第二天再增加10萬份，達到60萬份，由於市場未能全數吸納，加上又有報紙加入減價戰圈，第三天回落至48萬份。

《東方日報》也於3月20日調低售價，每份由4元減至3元，加入戰圈。

此外，其他同一讀者市場的報紙雖然暫時不參與減價，卻紛紛採取各種方式應戰。維持售價5元不變的《新報》，推出「報頭變善款」兼派20元利是活動大作宣傳，報社在指定地點每收到一張《新報》報頭就捐出5元給樂施會作慈善用途，響應行動的首1000名讀者可得到一封20元的利是。《新報》的口號是：「同業相殘不如回饋社會！」

大眾化綜合性報紙市場在短期間內共有4份報紙參與減價戰，保守估計，這4份減價紙每日銷量達到了150萬份，若減價戰持續3個月的話，收益的損失將超過2億港元。由此可見，減價戰爆發對整個報業的影響是巨大的。[15]

《太陽報》創刊後，銷量基本穩守在第三位，而銷售價也一直比《東方日報》和《蘋果日報》少1元。不過這份報紙只辦成另一份大眾綜合報紙，而不是一份青年人的報紙。因此，它也存在與《東方日報》爭奪讀者的問題。據我的判斷，這份報紙遲早要在東方集團消失，或者是關閉，或者是轉售。因為一家公司，沒有理由以兩個品牌去生產同樣的產品。

強市場導向

三次減價戰，對香港回歸後新聞生態的影響，我認為是第一位的，超過其他政治因素、社會因素。本來，商業報紙追逐利潤，是生存之本，向來就是第一位的。由於《蘋果日報》持民主抗共、反對北京的立場，有人認為在這三次商業戰中有政治因素。據我觀察，當中不排除有特定的政治勢力對報業戰爭各個對手的偏好，但說到底還是兩大商業集團之間的競爭，根本性質仍為商戰，不是政治戰。不過，後來《蘋果日報》老闆黎智英，直接參與到反共反北京的政治鬥爭中，不但親身參加「佔中運動」，而且用金錢直接資助反對派組織和個人。其旗下《蘋果日報》也由商業報紙變質為黨派報紙，銷量每況越下。在後面章節還會談到。

三次減價戰，直接惡果是惡化了香港報業的經營環境。一直以來香港之所以報業繁榮，很重要的原因是低成本經營。三五文人就可以湊在一起辦報。在惡戰之後，再沒有這回事了。許多報業也在這場仗中倒閉。或者可以說，香港文人辦報的模式，被這場惡戰終結。

這場戰，還打破了香港報業統一訂價的聯盟。報業之間的競爭惡性化，同行如敵國，同級、同質的競爭對手可以鬥得你死我活。

這場仗，還使到香港各種媒體強化了市場導向意識，我將其概括為「強市場導向」。可以說，三次減價戰下來，「強市場導向」在香港媒體經營中佔據了主流地位，除了香港電台「吃皇糧」和由

中央政府和內地企業補助的左派報紙，其他商業媒體都將「市場導向」放在了第一位。

概括而言，這種「強市場導向」表現如下特徵：

（一）平衡媒體的商業盈利功能和新聞傳播功能時，商業利益是第一位的，新聞傳播功能是第二位的，新聞傳播功能服從於賺錢。

（二）在媒體行為規範方面，當商業規範與新聞規範相矛盾的時候，商業規範是第一位的，新聞規範是第二位的，新聞規範服從於商業規範。例如，某一新聞發佈可能得罪了大的廣告客戶，那麼寧願「槍斃」這一新聞；相反，若可以爭取大客戶，一些不宜出街的事情也變成可以刊登發佈的新聞。

（三）在新聞價值取向上，市場的需求是放在第一位，其他新聞專業判斷的標準是第二位。煽情新聞需求大，那麼這種新聞就是新聞價值最高的新聞，就大做特做。

（四）媒體管理階層，廣告經營部門的影響力大於新聞編採部門，後者對新聞的處理要服從廣告經營部門的要求。

（五）在媒體商業利益和所承擔的社會責任出現矛盾的時候，商業利益第一，社會責任是第二，為了賺錢，可以不理會社會公德、道義，其甚麼樣的負面新聞都可以報。

（六）在商業利益和應遵守的新聞操守發生矛盾時，仍是賺錢第一，甚麼操不操守，全拋諸腦後。

有關「強市場導向」這六大特徵的具體表現，在後面章節有詳細論述。

對於「強市場導向」的現象，香港新聞學界也引起注意，不過表述的概念有所不同。施清彬在《香港報紙商業戰》[16]，稱之為「市場新聞學」。他引述說，市場新聞學：完全以市場導向的新聞學，媒體經營以商業考慮為先，市場需求為本，傳統的新聞規範由原則性降為技術性、實用性的考慮。

我認為，作為香港新聞生態的一個現象，概括為「強市場導向」較為貼切，不必硬上升為一種「新聞學」。例如，他說「《蘋果日報》市場新聞學的經營成功」，這句子給人別扭的感覺，若改為《蘋果日報》以強市場導向經營成功，就順了。

　　香港中文大學學者蘇鑰機則使用「完全市場導向」的概念。他在〈完全市場導向新聞學：《蘋果日報》個案研究〉一文[17]說，《蘋果日報》的經營手法「不單是以市場為主導，甚至可稱為完全市場主導」。我認為，「完全市場主導」的概括，比他文章題目的「完全市場導向新聞學」貼切些，但也有過於「絕對化」之賺，「完全」就是絕對了，事實並不盡然。因此，我主張使用「強市場導向」的概念。

▶▶▶ 附註

1. 曾虛白主編《中國新聞史》序，台北三民書局
2. 戈公振《中國報學史》p.3~6
3. 王庚武主編《香港史新編》下冊，p.496
4. 參閱李谷成《香港報業百年滄桑》p.12~24
5. 參閱李谷成《香港報業百年滄桑》p.19~21
6. 方漢奇《中國近代報刊史》p.13
7. 方漢奇《中國近代報刊史》p.67
8. 台灣行政院新聞局：《變遷中的香港澳門大眾傳播事業》p.8
9. 方漢奇：《中國新聞事業簡史》，p.183、231
10. 參閱鄧小平文選, 第三卷p.221
11. 香港電台《傳媒春秋》2001年11期
12. 參閱施清彬《香港報紙商業戰》p.22
13. 參閱施清彬《香港報紙戰》p.23
14. 參閱施清彬《香港報紙商業戰》p.26
15. 參閱施清彬《香港報紙商業戰》p.26
16. 參閱施清彬《香港報紙商業戰》p.45
17. 《大眾傳播與市場經濟》，鑪峰學會出版p.215

第二章　新聞自由再認識

　　新聞自由，是一國兩制的基石之一。

　　落實新聞自由，也是香港各界和國際社會判斷香港實行一國兩制的一個重要標準。

　　香港基本法第二十七條規定：「香港居民享有言論、新聞、出版的自由，結社、集會、示威的自由，組織和參加工會、罷工的權利和自由。」

　　香港回歸之後，新聞自由有沒有受到影響。這點，在導言引述的香港和中央政府、以及英美等輿論對香港回歸後的評價可以充分說明。而且，香港社會和國際社會的主流，都肯定香港回歸以後新聞自由仍然得到充分的保證。

　　但是，香港回歸20年來，有關新聞自由的討論和爭論並沒有停止過，有些事件還形成不小的風波。

　　值得欣慰的是討論和爭論，並沒有實質影響到香港新聞自由的落實；各色各樣的批評以至反對中央政府及特區政府的媒體在香港回歸20年來基本正常運作；當然，官方方面對支持及反對的媒體有親疏之別，而反對的媒體也因為各種有形和無形的壓力而自律。但是，這在有長期政治民主的西方社會，也是常見的現象；香港回歸20年末如內地那樣實行較為嚴格的新聞控制。因此，對香港回歸20年總體上新聞自由得到較好的保障的結論，是符合事實的。

　　相反，我認為，這些討論和爭論，使到香港新聞界和其他各界對新聞自由的認識深化，儘管認識不一定一致，還有很多分歧，但總體而言，認識得更全面，更準確，在落實新聞自由上便獲得更多的自由。

新聞自由始終是最敏感的政治話題

2000年3月18日，台灣民進黨的陳水扁和呂秀蓮在競逐台灣正副總統勝出，香港有線電視專訪了呂秀蓮。呂秀蓮在訪問中公然宣稱，台灣與大陸「在血緣方面，在歷史上，是遠親」，「在地理上是近鄰」，「我們主張主權獨立」。

訪問播出後，中央政府駐香港聯絡辦公室副主任王鳳超在4月12日出席香港新聞工作者聯會主辦的台灣問題研討會時提出，香港傳媒報道台灣獨立問題時，不能以一般手法處理，並指這跟新聞自由無關，而是國策的問題。他強調，中央對此問題甚為關注，而聯絡辦在港負責處理台灣問題，故希望提出他們的看法，以供香港傳媒參考。

他說，「香港回歸後，香港的傳媒有責任和義務，維護國家的統一和領土完整，不能散播鼓吹兩國論和台獨的言論。」

王鳳超表示，這個問題跟新聞自由無關，從維護國家統一的最高利益出發，傳媒不應該把台獨也就是分裂國家的言論，作為一般的新聞報導來處理，也不能當作一把不同聲音來報道。他強調，在涉及國家利益問題上，應慎重行事，在編輯方針獨立的同時，新聞報道基於有利於國家統一的原則。

對有人說傳媒採訪呂秀蓮是因為她有新聞價值，王鳳超反駁說，新聞報道其實存有主觀取向，「在新聞報道對象的選擇上，從專業角度看，你是有想法的；在新聞的處理上，不管你是否意識到，也不管你主觀意圖如何客觀，都持主觀傾向性。」

至於如何決定傳媒報道是鼓吹國家分裂的問題，他指出1997年前就爭論過。他認為有待特區政府就《基本法》二十三條立法，落實有關規定來解決。

王鳳超的言論儘管供香港傳媒參考，但在香港引起了激烈反應，基本上持批評態度。

播出該專訪的有線電視的新聞總監趙應春強調，他們在處理呂秀蓮訪問時，抱著客觀及中肯的態度處理，而此個案亦提供了好機會，讓本地傳媒討論新聞界的角色及採訪尺度的問題。

新聞行政人員協會主席張健波就王鳳超的評論表示，呂秀蓮剛當選為台灣副總統，甚具新聞價值，任何新聞工作者亦力求爭取訪問她。他強調，如實客觀報道事情對國家最為有利。

香港記者協會主席麥燕庭亦認為，新聞工作者應只以新聞性及操守作為處理新聞的原則，而王鳳超的講話已干預了香港事務及新聞自由。[1]

浸會大學傳理學院院長朱立表示，本港傳媒訪問台候任副總統呂秀蓮，主要是取決於新聞本身的意義，如果認為是有新聞價值，就可以去訪問及報道，將其取向讓讀者知道，反而有助他們作出判斷，不作報道則讀者完全不知這個人的政治取態。

朱立稱自己是贊成統一的，但在一國兩制之下，無論哪人都應該尊重這個大原則，大陸怎樣做，香港不需跟隨。他認為王鳳超說話時須顧及自己身分特殊，說話要謹慎，不作評論最好。在開放的社會，不可以有強權壓抑言論的事情出現，本港一向是言論自由，港府官員對有關事件的回應是得體的。

香港幾張中文報刊都就此事發表社評，提出批評，有些言論甚為過激。明報的社評題為「承諾不容違背　自由不可侵犯」。文中指：王鳳超的言論，仿如一個深水炸彈，擲向香港新聞界。我們認為，王鳳超的言論明顯侵犯了香港的新聞自由，違背了中央政府過往對香港人的承諾，損害了港人及國際社會對「一國兩制」的信心，並削弱了以香港經驗對台和平統一所起的示範作用。

《信報》的社論題為「限制新聞自由危害一國兩制」，批評王鳳超講話不符合新聞自由的原則，也不符合基本法的規定和一國兩制的精神，並說「如果只是他個人之見也就算了，如果是代表中央政府的既定方針，那是一國兩制方針的重大逆轉，不能不引起港人

的深切關注。」

《星島日報》的社論以〈不應立法規管傳媒報道〉為題指出：

> 在香港傳媒眼中，新聞是客觀事實，呂秀蓮說了話，
> 傳媒應客觀公正報道，如果它只報道了呂秀蓮的遠親近鄰理
> 論，沒有其他反駁的言論，你可以批評那是傳媒的不夠公
> 正，但不能叫它不報道。你也很難叫它只可被動報道，不可
> 約獨家訪問。

> 香港行普通法制度，追求法律清晰。如果要立法禁止鼓
> 吹分裂國家，一定要防止客觀的新聞報道和簡單的言論可以
> 入罪。如果傳媒單是採訪呂秀蓮，不應算作犯罪行為，至於
> 是否客觀公正，夠不夠專業，自然可以批評。如果報章不斷
> 發表社論，出謀獻策，鼓吹台灣獨立，便可能是犯法行為。
> 這樣分野比較清晰，傳媒知所依從。

對於王鳳超的言論，香港傳統左派和親北京的人士雖然沒有提
出批評，但都未表示認同，反強調香港新聞自由有保障。民建聯議
員程介南說：「香港有完善法律保障言論自由，新聞工作者按一貫
做法處理新聞便沒有問題」。

前《基本法》起草委員邵天任說：「中央政府在港聯絡處人員
說台灣的問題，我沒意見，我亦未看有關報道，因此不曉得評論。
《基本法》二十三條有關顛覆罪立法問題，《基本法》已寫明有關
規定。」[2]

對於這件事，香港特區政府官員的回應基本上強調新聞自由有
保障。新聞統籌專員林瑞麟在王鳳超講話後，重申新聞自由受到基
本法保障。其後陳方安生再以署理行政長官的身分發表書面聲明。
她聲明首先重申，特區政府對台灣問題的立場清楚明確，就是支持
根據一個中國和一國兩制的原則達成國家統一，並期望國家可以和

平統一。

但聲明隨即指出，特區政府對新聞自由的立場也非常清晰，基本法保障新聞自由、言論和出版自由，香港傳媒按照香港法律可自由地評論和報道時事。

聲明還表示，特區政府並沒有就涉及「國家利益」的基本法第二十三條的立法訂下時間表，或就內容作出任何決定。重申特區政府一貫忠實履行基本法，包括涉及新聞及其他自由的條款。

另外，保安局局長葉劉淑儀在立法會回答議員時強調，香港人的言論、結社及出版自由，均受到《基本法》保障，不會因個別人士意見，影響政府就《基本法》二十三條立法的立場。她表示，現正研究其他特區的有關法例，不過，由於涉及主權問題的關係，故需諮詢中央政府有關部門意見，稍後會制定綠皮書諮詢公眾意見，再作法律草擬指引。

到了4月17日，特首董建華訪美返港後，再次表態會執行基本法保障新聞自由。[3]

不過，同一天，中國外交部駐港特派員公署發表聲明重申在港鼓吹及散播台獨不恰當和不應該，並強調不容外國干預。到了4月21日，王鳳超出席一個研討會時仍堅持，他的言論正確。他表示，早前的說法是根據基本法來說，基本法已說得很清楚，要維護國家統一和領土完整，他強調，事情與新聞自由無關，香港新聞自由受法律的保護，也受法律的制約。

事實上，王鳳超談話所涉及的爭論點，自1984年中英聯合聲明發佈至九七回歸前就發生過爭論，一直是香港新聞界極其關注的敏感問題，久談不煩，久辯不衰。

時任國務院港澳辦公室主任魯平，在1996年訪問日本於全國記者俱樂部答覆有關詢問時表示，香港回歸後可確保新聞自由，而且是受法律的保障。但他在答覆美國CNN訪問時對於所謂「鼓吹」香港、台灣獨立及兩個中國問題，則答以與新聞自由無關。因

為他認為「鼓吹」不是「報導」。他說，九七後香港若有人批評和反對中國政府的政策，這是沒有問題的。因為言論是另一回事，若有行動是不行的。記者應做客觀報導，但不能「鼓吹」。魯平並強調，香港特別行政區政府將依基本法規定立法，對於顛覆、分裂、推翻國家等均予禁止。

魯平的這項談話，在香港輿論界引起軒然大波，香港輿論界大都批評魯平這種解釋妨礙了香港的新聞自由。

香港記者協會主席湯錦標認為，魯平不應該在新聞自由中，加入一些愛國原則。他認為，從新聞自由角度看，就算是「兩個中國的新聞」，只要不涉及一些即時的暴力的行為，倡議人民去推翻政府，本身都是可以容許的。

香港新聞行政人員協會主席楊金權表示，魯平有關不能報導「兩個中國」的言論似乎與他保證言論和新聞自由的說法有所矛盾，中方需要就此有所澄清。

港英政府發言人也認為，魯平一方面說他看不到香港的新聞自由有任何改變，但又強調傳媒不可以發表一些不符合目前法律的言論，這令人疑惑不解，必須加以澄清。

另一位香港立法局議員吳靄儀則強調，香港目前並無「鼓吹罪」，九七之後也是沒有「鼓吹罪」，因為現時基本法並無那一條禁止鼓吹什麼。在第二十三條之下要立法禁止的則是叛國，分裂國家，煽動叛亂，顛覆政府，並不是鼓吹。她更進一步指出：法治之下，一切沒有法律清楚禁止的，任何人都有權去做。

香港總督彭定康，則藉機發難，在接受商業電台專訪時強調，法治和自由對香港將來繼續成功十分重要，再加上開放、負責的政府，便能使香港九七後維持動力。他認為，言論自由不單是客觀報導，也包括「鼓吹」的自由。

正當魯平的風波尚未平息之時，中國副總理兼外長錢其琛於接受美國《華爾街日報》訪問時又表示：九七後，香港媒體不得刊載

攻擊北京領導人的言論，港人也不得繼續參加「六四」紀念活動，否則即為「干涉中國內政」。

關於錢其琛發表的此項談話的報道，亦令香港輿論界譁然，認為此將損害香港的言論自由。由於風波一層層擴大，中國外交部發言人沈國放不得不作解釋。他指出該報報導「錯誤引述錢外長談話」，又指記者可「自行揣摩」或「翻查漢語字典」，來區分「人身攻擊」或「批評中共領導人的報導」。沈國放表示：香港報章《亞洲華爾街日報》錯誤引述錢其琛的講話，而錢外長當時的意思是：九七後香港奉行一國兩制，港人治港。香港實行資本主義制度，大陸實行社會主義制度，兩地不應互相干預。香港在九七後的活動，只要不觸犯「當時」的法律，就可以舉行。而香港仍可繼續享有充分的言論、出版和新聞自由，但不可超越當時的法律「規範」，港人也不可「井水犯河水」，進行干預大陸內部事務的政治活動。

他又重申：「批評」或「人身攻擊」中共領導人，兩者是有區別的。只有言論沒有行動，不會觸犯法律。但有「行動」則屬違法。不過，沈國放並不願舉出具體例子作說明，令香港新聞機構如何區分「人身攻擊」或「批評」。

總結以上爭論所涉及的焦點，筆者認為主要有三個：

（一）報道新聞事實與鼓吹散布某一政治言論的界限。

（二）是否應該根據基本法第二十三條立法，限制新聞報道。

（三）香港新聞界在報道新聞事實時，應不應該站在愛國的立場，維護國家的統一。

依照筆者的看法，與其籠統地、一概而論地判斷誰對誰錯，不如具體地分析雙方的分歧點，為何出現這些分歧點，便可以發現正正是兩種不同的新聞觀的矛盾。無可否認，回歸以後，香港新聞界仍然存在國家意識不濃的現象，確如王鳳超所指出的，在面對國家統一和分裂的大是大非問題，有的貌似公允、客觀、中立，有的扮

演「反對派」的立場，有意無意地同情台獨，疆獨，法輪功，甚至只要是反北京的都取支持態。

但是，具體到報道和鼓吹、散布，言論和行為的界限，北京中央政府的觀點，與香港新聞界的主流觀點有較大的差距。香港新聞界一般理解，言論就是所言者所想、所寫、所說，其不等於「行為」。他們認為：公民可以提出任何的政治主張，包括「香港獨立」、「台灣獨立」、「西藏獨立」、「新疆獨立」、「反對社會主義制度」、「反對中共執政」，但只要其不是付諸於具體的、有組織的、暴力的、非暴力的行動去落實其政治主張，便仍屬「言論」範疇，不屬「行為」範疇。但是，北京的觀點往往將寫文章提出一種政府所不容許的政治主張，便看作為一種「行為」，超出了「言論」的範疇。

國務院港澳辦主任魯平和中聯辦副主任王鳳超所提出的「鼓吹」的問題，告誡傳媒不要「鼓吹」香港、台灣獨立和兩個中國。相信在他們看來，這是任何身為中國人的新聞工作者的應有之義，而美國等西方媒體在國家這些大問題上，從來都是持這種立場。不過，他們的言論也表明，他們認為如果「鼓吹」祖國分裂，其實已超出了「言論」的範疇，是屬於一種「行為」。

我認為，客觀地說，「言論」和「行為」，新聞上的「客觀報道」與「鼓吹」，可能只有一線之差，亦可能沒有不可逾越的界線。但在這個問題上，香港的理解要比祖國內地寬鬆很多，自由度也大很多。因此，香港特區政府是有必要就基本法二十三條立法，對以上問題作出較為清晰的界定。不過，這個立法應該採取寬鬆的方針，按照一國兩制的原則進行，尊重香港的普通法和傳統習慣辦事。這個立法，實際上就是劃定香港新聞自由的「政治底線」。

在同一年，還發生了另一場風波。

國家主席江澤民在10月27日下午，在中南海瀛台見述職的行政長官董建華時，回答記者問題。全文如下：

記者：江主席，你覺得董先生連任好不好呀？

江澤民：好呀（廣東話）！

記者：中央也支持他嗎？

江澤民：當然啦！

記者：為什麼那麼早就提出？是否沒有別的人選？

江澤民：我沒有時間跟你們談。

記者：董先生那麼你會角逐連任嗎？中央那麼支持你。

董建華：慢慢跟你們傾，好嗎？

記者：江主席，歐盟最近發表了一個報告，說北京會透過一
　　　些渠道去影響、干預香港的法治。

江澤民：我沒有、未聽到這件事。

記者：是彭定康說的。

江澤民：你們媒體千萬要注意，別見風就是雨。你聽得懂我
　　　的話？懂不懂我的意思？

廖暉：（港澳辦主任）不能見到風就是雨，你們媒體。

江澤民：你們收到消息，相信你們媒體本身也要有判斷。不
　　　需要的東西。你再幫他說一遍，你也有責任，你懂
　　　嗎？

記者：現在那麼早你們就說支持董建華先生，會不會給人印
　　　象是內定、是欽點？

江澤民：還是按照香港（法律）、按照基本法，按照選舉的
　　　法規去產生。你剛才要問我，我可以回答你一句無
　　　可奉告。但你們又不高興，那怎麼辦？

江澤民：我講的意思，不是說我是欽點他當下任（指董建
　　　華）……你問我支持不支持，我是支持。我就這
　　　樣告訴你一下。你們呀！我感到你們新聞界還要
　　　學習，你們非常熟悉西方的那一套，畢竟不一樣，
　　　你們畢竟too young（太年輕），明白這意思嗎？

我告訴你們，我是身經百戰啦！見得多了！西方哪一個國家我沒有去過？你們要知道，美國的華萊士（CBS，美國哥倫比亞廣播公司記者），那比你們不知高到哪裡去啦！我跟他們談笑風生。其實媒體需要提高自己的知識水平。你識得唔識得呀！（最後一句用廣東話）

你們比西方記者跑得快，唉……我要比你們急呀！真的。你們……我……你們有一個好，全世界跑到什麼地方，你們比西方記者跑得還快，但是問來問去的問題，too simple（太簡單），sometime naive（有時太幼稚），懂了沒有？識得唔識得？（最後一句用廣東話）我很抱歉，我今天是作為一個長者，給你講話，不是新聞工作者。但是我見得太多了，我有這個必要告訴你們一遍人生的經驗。

記者：但是你能不能說一下為什麼……

江澤民：你們……我真的焦慮。我剛才啦……我剛才我很想呀，就是我每次踫到你們，中國有一句話叫做「悶聲大發財」，我什麼話也不說，就是最好了。但是我想，我見到你們那麼熱情，一句話也不說，也不好。所以你剛才你一定要，在宣傳上，將來如果你們報道上有偏差，你們要負責任。我沒有說要欽定，沒有任何這個意思。但是你一定要問我，對董先生支持不支持，我們不支持？他現在還當特首，我們怎麼不支持特首？

記者：但是如果說你們……

江澤民：對不對？你也要按照香港的法律呀！對不對？你們要按照香港法律……當然我們的決定權也是很重要的。香港特別行政區是屬於中華人民共和國的中央

人民政府呀！……你們不要想起鬨，說什麼一個大
新聞，說「現在已經欽定了」，就把我批判一番。
你們呀，naive（幼稚）！I am angry（我生氣了）！
你們這樣就不行啦！我今天算得罪了你們一下。

對於江澤民這次談話，香港新聞界反應也十分強烈，主要批
評有兩點，一是認為江澤民的態度不好，二是認為江澤民直接批評
香港記者，有干預香港的新聞自由之嫌。但與王鳳超事件不一樣的
是，意見不是一面倒，許多資深的新聞工作者認為，江澤民所講
的，在道理上都站得住腳，而且香港的新一代記者的確存在「幼
稚」、「簡單」的問題。

我認為，江澤民這次談話主要的缺陷是，在批評時有意無意把
香港的記者也當作為內地記者一樣看待，不自覺地忽視香港記者是
在實行一國兩制的特別行政區工作的記者，與內地的黨報記者有內
外有別之分。可能，當時回歸已3年，江澤民的警覺性降低。這或
者可以從他2個月後到澳門黑沙海灘參觀時，對港澳記者表示，跟
大家說話時沒有對稿，就跟家裡人說話一樣，有時會「滑邊」，就
像打球會打出界一樣。他還說，對新聞界說話是直率一點，是感情
流露，卻沒有什麼壞心。江澤民這些解釋，表明他明白上次談話有
失言之處。

江澤民這次到澳門是在2000年12月中，是為慶祝澳門回歸一
周年而去。他在慶祝大會上的講話中指出：「現代社會，傳媒對於
人們的影響很大。這就要求傳媒不僅要注重新聞自由，而且也要注
重社會責任，在事關澳門的繁榮穩定、國家利益和民族大義的問題
上，發揮更加積極的作用。」

江澤民的這一段話，是對澳門講，其實主要針對香港。由於直
接談到新聞自由，香港各界的反應可想而知，但是與以往的爭論明
顯不一樣的是，意見不是一邊倒，同意江澤民觀點的聲音也很大。

為什麼？

我認為，主要有兩方面的原因，第一，江澤民這次對港澳談新聞自由，是運用港澳通行的西方的新聞理念，社會責任論是西方認可的，因此，港澳各界易於接受。第二，回歸後香港新聞生態惡化，出現許多不良現象，香港社會各界憂心如焚，認為媒體缺乏社會責任感是根源已成為共識。這點，後面章節還會詳談。

香港浸會大學新聞系助理教授李月蓮撰文說，香港新聞界一定不喜歡這段演詞，但江澤民這番話是說出他一直以來對港澳傳媒的期望。以前這個期望放在心里，現在「真情流露」，宣諸於口。她指出，在今次「社會責任論」事件之中，其實江澤民在姿態上很低調，只是向傳媒「提點」，而非施壓，但畢竟他侵入了傳媒「公共空間」，所以引起了傳媒工作者的抗議。但她認為，部分香港傳媒近期似乎患上了神經衰弱症，像一頭驚弓之鳥，稍有風吹草動，就慣常性地拚命還擊。這樣未免反應過敏。她還說，九七以後，香港步入「後殖民時期」，表示了一個社會陷入新一輪政治、經濟及文化的掙扎。在這個時候，整個社會必須冷靜地反思。香港傳媒不喜歡江澤民指指點點，但它們是否也應反省，在過去幾年究竟對後殖民香港作出了什麼貢獻？

香港浸會大學傳理學院院長朱立也撰文指出，沒有新聞自由，傳媒肯定無法盡其社會責任，因為傳媒對應該報導什麼或如何報導，都沒有自主權，而且往往對應該報導、評論的人物、事件，反而不能、不敢報導、評論。但是，有了新聞自由，並不表示傳媒就能盡其社會責任，因為傳媒可能「不用」或「濫用」新聞自由。香港的傳媒享有新聞自由，它有沒有盡到社會責任呢？他痛心地指出，在非政治領域裡，香港的傳媒散布色情，侵犯小人物的隱私，不同情受害人的感受，只顧市場導向，這些都「濫用」了新聞自由。傳媒不必道貌岸然，輕鬆幽默當然可以，但大登特登受害人的相片、慘狀，刊出嫖妓指南不說，還描繪不合法的變態性行為，這

些肯定是自由的濫用，肯定不能說是盡到了社會責任，我們應該「喝倒采」！

《文匯報》發表了題為〈重視傳媒責任　維護國家利益〉的社評，引述盧梭「人生而自由，卻無往不在枷鎖中」，赫爾岑的「魚生而要飛，卻無往不在水中」，福斯特所說「魚在大海之中，大海也在魚腹之內」，以及西方新聞界的一句名言「負責任的傳播者是新聞自由的最佳維護者」，指出，傳媒作為社會公器，承擔重大的社會責任。新聞自由與社會責任，二者不是對立的，而是一致的。回歸三年來，香港的新聞自由有充分保障，現在不是新聞自由少了，而是有人濫用新聞自由。不顧社會責任是對新聞自由的最大損害。

社論還指出，新聞自由與任何自由權利一樣，並非絕對，是要受到法律法規、職業道德和社會責任的約束。不顧這些約束，就可能觸犯法律，受到懲處；也可能違反操守，有傷社會風化，導致聲名狼藉，為同業不齒。這些現象，在本港新聞界不乏例子，例如有傳媒因誹謗希望工程而受到法律處罰，有傳媒炮製「陳健康事件」有傷社會風化而聲名狼藉，有傳媒散布流言引起銀行擠提而受到抨擊。可見，不顧法律規範、職業操守和社會責任感的「新聞自由」，對他人、對社會、對新聞自由本身，都會造成損害。

上面所述風波的出現並不出人意外。在回歸前，我曾撰文預測一國兩制下香港新聞自由的狀況，提出：

　　　　新聞界與北京政府官員所理解的新聞自由的尺度是有很大的差異的。這也就是說，就算九七之後，北京斬釘截鐵地保證香港新聞自由可以落實，但是這個尺度範圍與香港新聞界所要求的將會存有差異。當然，香港新聞界某些人要求的自由尺度不一定合理，但是北京亦不可避免地、不由自主地或者有意無意地以自己的新聞觀念和習慣管理新聞的做法，去看待香港新聞界，這就會造成摩擦、撞擊。

可以相信，這正是香港在回歸祖國初期，圍繞新聞自由問題，將必然出現的現象。這也是香港開始實踐一國兩制這種史無前例的制度起步期所必然出現的狀況。可以預料，一國兩制精神貫徹落實得越好，這種摩擦的雙方調適得越好，撞擊會緩和化解，矛盾得到解決。相反，如果一國兩制不能得到很好貫徹，只講一國不講兩制，或者只講兩制不講一國，那麼這種矛盾摩擦撞擊則必然激烈。

事實顯示，香港新聞界與北京中央政府在新聞自由問題上的矛盾的確存在，並是最敏感的問題之一，不過雙方的調適是向好的方向發展。

港式新聞自由

環顧當今世界，香港被譽為新聞自由度最高的地區之一，即使是九七回歸之後依然如此。不過，仔細研究香港發展史，可以發現香港新聞自由在九七之前帶有濃厚的英國殖民地統治的色彩，九七之後也依然如此。

上一章，在分析香港媒體的政治傾向時，也談到了港式新聞自由的特色，指出，英國在香港實行一百五十多年殖民統治，通過一系列法律、政治、軍事和經濟手段，維護政權穩定、社會穩定，促進社會發展；但同時，由於其將香港作為自由港經營，不但需要實行經濟自由的政策，也要新聞資訊自由來配合。正是在這一背景下，其祖家英國的新聞自由、言論自由的傳統，能夠在不危及港英殖民統治的前提下在香港有限度地沿用，使香港新聞自由比中國大陸相對寬鬆，使其成為一百五十多年來中國在半封建半殖民地時代的一塊特殊的「新聞綠洲」，使香港成為容納中國各個時期各種不同政治傾向的團體、黨派辦報的地方，也使香港成為中國各個時期的不同政團黨派爭奪的「輿論前哨陣地」，尤其成為某些反對中國

當時統治者的政團黨派報紙逃避當局扼殺的「避風港」。並因此，香港報業本身形成百花齊放、左中右並存的局面。香港媒體可以自由地批評和反對中國的任何統治者和當權者，但不能自由地批評更不能反對英國和港英政府，港英的殖民統治使香港主流媒體在新中國成立後塑造了「反共反中不反英」的政治特性。在此，再作詳細分析。

一、港式新聞自由孕育了中國第一張鉛印中文報紙

　　香港在1841年正式淪為英國人的殖民地，英國在此成立港督府進行管治。到1858年11月，中國第一份鉛印中文報紙《中外新報》創刊。對於該報創辦人是否是華人伍廷芳，該報與西報《孖剌報》的關係，新聞史上尚有爭論，但在香港這個殖民地誕生首張中文近代報紙，則無異議。當時，香港華人居民是不能參與本港政治，但卻可從該報「中外新聞」、「羊城新聞」、「京報全錄」等欄目中了解到中國大陸的政治大事。

　　之後，香港出版的《華字日報》、《循環日報》，成為中國人自己辦的最早的一批近代報紙。《循環日報》更成為中國第一份傳播資產階級政治改良思想的報紙。主編人王韜亦成為「中國歷史上的第一個報刊政論作家」[4]

　　《循環日報》創刊於1874年2月4日，王韜因上書太平天國而不容於清廷，從江蘇遠走香港。在1874至1884年10年間，王韜在該報撰寫了大量文章，公開鼓吹變法，發展民族工業，實行英國和日本式的君主立憲政體。當時他的文章一方面由運入內地的《循環日報》直接與讀者見面，另一方面亦由內地報紙轉載而遠播各地。

　　1900年1月，中國民主革命的先行者孫中山雖然被香港當局禁止入境，但其領導的興中會的機關報《中國日報》卻在香港出版。該報更是直接揭露清朝政府的腐敗黑暗，抨擊清廷官吏的貪贓枉法，鼓吹變法，鼓吹反清，宣傳革命。

在這一時期，革命黨人在香港的報刊還有《世界公益報》、《廣東報》和《有所謂報》等三家。此外，他們還在香港出版了大量的反清革命宣傳小冊子。

總之，香港成為了中國資產階級民主革命的宣傳和活動基地。在這一時期，港英當局雖然制訂了懲治煽動罪的法例，如「中國刊物（禁制）條例」（1907年），「煽亂刊物條例」（1914年）；而且《中國日報》也曾出現刊登清帝被斬頭插畫，攻擊軍閥龍濟光而被沒收及封禁的現象，但是革命黨人在香港還是獲得相對的辦報自由，並利用此作為大造革命輿論的陣地。

為什麼香港有反清的新聞自由呢？筆者認為有兩點，一是英國殖民統治者在對香港管治中，移植了一定程度的進步的、英國本土資產階級民主政治和新聞自由的成果。當然，這只是相對而言，香港居民並無參與香港政治的權利，而新聞自由亦不是無限制的，但比起中國的封建專制統治則無疑是進步的。二是革命黨人的反清宣傳不危及港英的殖民統治，基本上是「反清不反英」。相反，革命黨人宣傳的變法、改良主義、君主立憲等主張，正是港英奉行的政治制度和意識形態，所以這種宣傳是有利港英殖民統治的，在一定程度上港英政府是默許這種宣傳。

可以說，這兩點亦勾勒出了港式新聞自由的輪廓，之後近百年的發展，香港新聞自由的尺度出現了很多變化和發展，但這兩點基調則代代相傳。

二、抗日戰爭不同政治色彩報刊在香港出版，辦報出現高潮

1937年抗日戰爭爆發後，南京、上海、廣州相繼淪陷，許多文化界新聞界的精英南來香港，使報業出現了前所未有的大發展。1938年至1939年間，金仲華主持的《大公報》、陳彬龢主持的《珠江日報》、羅吟圃主持的《星報》、薩空了主持的《立報》、何文法主持的《成報》相繼創刊。另外，蔣介石派陶百川創辦國

民黨在香港的機關報《國民日報》，也於1939年6月出版。這一期間，香港共有大小三十餘份報紙。

除了支持抗日的報章，也有支持大漢奸汪精衛派的《南華日報》。事實上，三十餘種報紙政治傾向不盡相同，抗日報紙有，漢奸報紙也有，標榜中立的也有。在抗日報紙中，也分親國民黨的，親中共的，總之各種流派共存。不過，唯獨沒有反對英國殖民統治的。應該指出，英國和中國人民這一階段在抗日問題上目標是一致的。

1941年12月香港淪陷，《國民日報》等停刊，但中共為了突破國民黨的輿論封鎖，暗中支持創辦《華商報》，並積極支持一些政治時事周刊，如宋慶齡的《大眾生活》等。到抗戰勝利後，許多停刊的報紙相繼復刊，中國的各種政治勢力都尋求在香港建立自己的輿論陣地。這一段報刊史，仍顯示「不反港英前提下允許中國各種政治勢力辦報」的新聞自由，而且這一段實踐亦促使這點成為香港報業的特色和傳統。

在第二次大戰結束之後，香港的新聞自由度有一個較大發展，就是取消了新聞事前檢查制度。原來，港英政府為了配合不容許在政府建制之外發展任何政治力量的統治手段，對新聞實行事先送檢，對於不利於英皇室、政府及香港殖民政府的新聞和言行是不准「出街」（粵語，指刊登並到街上銷售）。由於檢查官不准刊登或大加刪節，以致版面「開天窗」情況時有出現。取消新聞預檢制度，是香港新聞自由的一大發展，當然促進報業的發展。

不過，港英政府仍然定有其他的嚴苛的法例控制傳媒，如有不利英王、英政府及港英統治的報道及言論，港府仍可通過事後檢控來加以限制。

三、新中國成立後港英加緊箝制新聞自由，香港出版業進入較嚴厲監管期

1949年中華人民共和國成立，香港中文報業對國共兩個政權的親疏更為鮮明。《大公報》等報刊直接由中共控制，而國民黨亦利用已停刊的《國民日報》的設備，創辦了《香港時報》。而其他大量私營報刊有的使用公元紀年，有的則仍沿「中華民國」的紀年。

1951年香港立法局通過了《刊物管制綜合條例》，這是香港殖民統治以來最嚴厲的管制條例，也是與英國本土新聞自由發展背道而馳的出版法。該法例以條例形式對刊物出版及內容作概括性規定，另以規例形式對報刊、通訊、印刷品作具體規定，明確禁止刊載「背叛英王或英政府」、「對香港法制憎恨與蔑視」、「以及促使市民階級憎惡與敵」內容。同時，還禁止刊登「誘使他人參與非法社團的內容」。

1952年3月，親中的《大公報》、《文匯報》和《新晚報》轉載了北京《人民日報》譴責「英帝國主義」的評論員文章，而被港英當局引用該條例及「煽亂條例」而加以檢控並迫令停刊半年，後經中國外交部發表聲明抗議而撤銷了原判。

1967年由於受文革極左思潮影響，香港地區發生了一次嚴重的暴動事件，港英當局亦曾援引該條例，判罰《香港夜報》、《新午報》、《田豐日報》暫時停刊，指其刊登有「煽亂性」內容。

可見，中共政權的建立，港英當局感到管治受到威脅，有危機，因此加強了對報業的監管。除了循例檢控之外，港府對於針對港府的報道和議論，還會採取「小動作」，私下警告，或者尋找藉口判罪罰款。不過，對於報紙批評國共兩黨則基本不過問。所以，在上世紀五十年代至六十年代後期，香港大多數報業表現「親港英建制」的態度，支持港府政策；同時注意力集中於中國兩岸政治和國共兩黨的爭鬥，甚少介入本地政治。

也就是說，傳媒享有批評中國政治的自由，實際沒有批評港府的自由。

四、20世紀六十年代經濟起飛，要求商情自由傳播，促進商業化報紙大發展

香港經濟從上世紀六十年代後期起飛，出現了長達30多年的繁榮期。經濟發展，一方面刺激更多私營報紙產生，一方面刺激報紙內容商業化，不但迎合市民的口味，增加銷量，而且大量增加經濟信息。同時，經濟的發展，使得廣告量大增，使許多銷量不大的報紙也增加了生存機會。

到九十年代初，香港註冊出版的報紙共有69種，其中每日出版的綜合性中文日報就有16家，中文晚報2家。1995年末，由於紙張漲價及競爭，使得四五家中文日報停刊。但目前香港報紙的份數、印數之多，在世界都是少見的。

在這一階段，1939年創辦的《成報》率先以「在商言商」為宗旨，成功從早期3日刊的小報發展為全港銷數前列的日報。1959年創辦的《新報》、1960年出版的《天天日報》、1969年創刊的《東方日報》，1995年創刊的《蘋果日報》都走小市民路線而取得較多的銷量。

七十年代本地股票市場逐漸成熟，以報道股市行情和財經訊息為主的《信報》於1973年應運而生。之後還有過《財經日報》、《金融日報》，但很快因虧損而停辦。1988年《香港經濟日報》亦擠進了這一市場。事實上，各大綜合性日報也都把財經新聞作為一個非常重要的版面內容；股市、金融、地產行情經常上頭條。

在這一時期，國共兩黨控制的報紙的銷量大幅下降，香港讀者對經濟的興趣遠遠壓倒政治。為了適應經濟起飛，港英政府強調奉行「自由經濟」的政策，報道經濟信息的媒體，更是獲得較大的自由度。

五、過渡期港英當局有意加大新聞自由度

1982年中英展開有關香港前途的談判，1984年12月簽訂中英聯合聲明，訂明1997年7月1日香港回歸中國，香港自此進入「過渡期」。

1987年3月，香港新聞出版界有一件大事，就是港府正式廢除了《刊物管制綜合條例》。事實上，從上世紀六十年代後期，港英當局便逐步把傳媒的管理法例修訂放寬，香港報紙期刊只需經過簡單的註冊簽訂便可付印發行，港府不能拒絕註冊。到1987年廢除《刊物管制綜合條例》，即明確廢除了長期由港督行政掌握的出版審批權以及許多加以限制的條款，但是新聞報道內容還受到其他維護港府統治的條例如《煽亂條例》監管。同時，港府還保有《緊急措施條例》，當一旦宣布香港進入緊急狀態，港督可下令實施新聞預檢制度，港督還有毋須說明理由可以撤銷報刊註冊的權力等等。不過，基本上，香港政府對這些法例是「備而不用」，只作為一種威嚇性武器，基本沒有使用行政或司法手段去針對政治異見報紙。對港英持強烈批評的中資報紙及親中報紙，雖受到港英的「小動作」，但基本上是可以自由發表批評港英政府的意見和報道。當然，煽動推翻港英政府，煽動暴力行動，這些底線是不允逾越。亦沒有傳媒逾越。這一階段總體來說，新聞自由度是向著增加的方向發展。

這是為什麼呢？輿論界較為一致的意見是，這是國際新聞界爭取新聞自由的成果，港府將原來逆潮流而動改為順潮流而動。筆者同意這一意見，但這是大而化之的說法，筆者認為還有如下原因：

（一）香港上世紀七十、八十年代逐漸發展為一個國際大都會，成為國際上一個重要的轉口港和金融中心，國際各大傳媒紛紛進駐香港，這要求港府減少管制加以配合。

（二）英國加緊香港的政制民主，以交還一個實行民主政治的香港

來影響中國的政治改革，因此撤銷新聞管制以配合。

（三）由於香港需要交還，新聞自由對港英政府管治的挑戰和威脅，已大大減少；相反，增加香港的新聞自由度，卻可以增加對中國政府及未來特區政府的制衡。

基於進入「過渡期」和港府表現的寬容，這一時期香港政治成為了第一位的話題，而且香港政治勢力亦變得敢於批評港府，報業在這方面也變得大膽了，不過比起批評中共還是謹慎，尤其不能失實。

這一階段還出現過兩件大事，一個是1989年的六四後的批評中共潮；另一個就是台灣私營傳媒誤以為大陸開放報業，而在香港建立橋頭堡，台灣聯合報系的《香港聯合報》，中國時報系的《中時周刊》，最終無功而還，於1995年底停刊。

以上就是香港回歸之前新聞自由的歷史進程及其特點，以及決定這一特點的諸種因素。概括來說，可以認為香港在殖民統治時期新聞自由度不算小，只要不反英什麼都可以反；但又可以說，自由度不算大，因為任何一個國家和地區，新聞自由度首先是應是統治者對媒體批評的寬容度，這點港英統治者的「雅量」其實是有限的。回歸之後，香港新聞界可以自由地，毫無顧忌地批評特區政府，因此可以肯定地說，回歸之後香港的新聞自由度更加寬鬆。

還需要指出的是，香港新聞界對新聞自由的理解，即使在回歸後，亦呈現過於絕對化，過度敏感和神經質的「病態」特徵，這種「病態」有時甚至是很強烈的。其表現其實上面也談過，一是視新聞自由是絕對不受任何限制和約束，隨時擺出誓死捍衛的架式，二是嚴重忽視社會責任感，導致出現不少惡劣現象。

我想，這還是要從殖民統治上找原因。

首先，以西方的標準看，香港在殖民統治時期的新聞自由是不完全的，帶有畸形性質，使到香港新聞界對新聞自由理念的理解也同樣不完整，帶片面性。

其次，香港新聞界長期受到港英的統治，一旦獲得較為寬鬆的新聞自由環境，「珍惜」至絕對的頂層，「敏感」至病態的地步。

第三，受殖民統治影響而對北京中央政府不了解，或存偏見至「恐懼」狀態，動不動便取誓死捍衛態。

第四，香港新聞界享受最為寬鬆的新聞自由環境，其實是在過渡期後期和回歸之後，實踐的時間其實並不長，這必然影響到對新聞自由的全面理解，尤其是新聞自由與社會責任的關係。從西方新聞理論的發展過程可見，社會責任理論是在傳統自由主義基礎上產生的，並且是對後者的重要補充。美國在18世紀末到19世紀初的「黨派報章黑暗時期」，19世紀末到20世紀初新聞界與社會各界不斷磨合，媒體出現的濫用新聞自由的傾向不斷受到批判，保障媒體運作的傳統自由主義被重新審視，社會責任論應運而生。它不是否定新聞自由，而是強調新聞自由是權利和義務的統一。「新聞業享有某些權利，同時也承擔責任和義務」[5]。同時指出，媒體的自由不等於公眾的自由；並區分「消極自由」和「積極自由」，前者「不受外界限制的自由」，而後者則是獲取新聞自由及服務於社會需要的權利，應該承擔道德責任和社會責任。[6]美國新聞界的實踐證明，沒有濫用新聞自由的充分暴露，就沒有對社會責任深刻的理解。相信在經歷過類似濫用新聞自由的階段後，香港新聞界也會上升至重視社會責任的新階段。

要強調指出，內地的社會主義新聞理論和西方的新聞理論，在社會責任理論方面，有很大的共同點。香港新聞界在這方面認識越深，必然與內地在新聞自由問題上有更多的共識。

所以，香港要真正落實新聞自由，香港新聞界也需要對殖民統治的影響作清理。

香港新聞界對新聞自由的追求和制約面

分析了港式新聞自由的發展過程特色，顯然需要回過頭來嚴格

界定香港新聞自由概念的內涵。

美國傳播學者泰斗施蘭曾指出，新聞自由、出版自由應包含三大自由，此即：「知的自由」，「告訴的自由」和「發現的自由」。[7]他的界說較能表現西方的新聞自由的真諦。

所謂「知的自由是人們得到資訊」，以安排生活及參與政治管理的權利。「告訴的自由」乃指自由傳遞資訊以及對社會問題採取立場並為之辯論之權利。「發現的自由」則指傳播媒介接近消息來源，以獲得與公眾生活有關的新聞權利。

「知的自由」是一種社會權，屬於全體人民。而第二種及第三種自由則屬於人民全體，卻又由人民授權於傳播媒介代為執行；這就是傳播媒體「為民喉舌」或稱為「守門人」的理論基礎。

如眾所周知，真理係出現於充分討論之後，所以新聞自由便是尋求真理的途徑。1644年，約翰‧密爾頓在所著《論出版自由》中強調：真理愈辯愈明，所以無人可以獨佔真理。可見新聞自由就是保障真理的辯論。[8]

美國第三位總統傑弗遜說：「我們自由權利的保障，係基於出版自由。」這裡，更把新聞自由上升到政治制度層面，是作為民主政治的一種主要特徵。

那麼，香港新聞界是如何定義新聞自由呢？

在香港，新聞理論的研究十分薄弱，目前亦尚未有全面、系統地闡述香港具有濃厚殖民地色彩的新聞理論專著；而且，香港也沒有一個明文的新聞法。但是，1987年，在起草《香港特別行政區基本法》期間，香港新聞界參考了英美等資本主義發達國家的傳播學論述，發表書面意見，將本港的新聞自由原則概括為下述幾點：[9]

（一）新聞自由是一種基本權利，是香港社會普遍認同的一項基本權利。

（二）新聞自由是一種基本運作方式，是香港大眾傳播媒介的基本運作方式。

（三）新聞自由是一種經營自由，是香港允許任何本地人或外國人、機構、政府代表經營大眾傳播業的自由（電子傳媒因為頻道問題需要發牌監管）。

（四）新聞自由是自由採訪消息的權利，即保證新聞機構及從業員在不違法的前提下採訪新聞不受限制。

（五）新聞自由是自由傳遞信息的權利，即保證新聞機構、大眾傳媒機構及其他從業員在不違法的前提下傳遞信息不受限制。

（六）新聞自由是自由發表意見、自由批評政府的權利，官方不實施事前檢查制，傳媒的編輯方針只要不觸犯法律，便不受政府或任何官員的行政干預；政府不得以任何壓力威脅或利益引誘，影響私營傳媒的報道和評論。

（七）新聞自由亦包括受眾接受新聞和評論的自由。

我認為，這七條要求是一種理想境界，在香港回歸祖國之前的英國殖民統治之下，也並不能百分之百地做到。不過，這又確實是香港新聞界對新聞自由的理解和追求，並要求在香港回歸祖國之後能夠落實。

在前面指出過，由於殖民統治，對北京的「恐懼」，以及真正享受寬鬆的新聞自由的時間的短暫，香港新聞界對新聞自由的理解，以西方的標準衡量，也有片面之處，特別是對社會責任的忽視。

同時，香港新聞界沒有正視一個現實，那就是目前香港媒體享有較大編輯自主權的，只有香港政府屬下的香港電臺，其他都須聽命於媒體老闆。新聞自由首先是媒體老闆所享受。我在香港所工作過的媒體所見，全是這樣。

1999年10月25日，金庸在浙江大學舉行的新聞研討會上發言說了實話：

> 新聞自尤其實是新聞事業老闆所享受的自由，一般新聞工作者非聽命於老闆不可。我在香港做了四十年以上的新

聞工作，十分明白所謂新聞自由的真相。香港政府的確不能幹預報社和電台的工作，事實上也完全沒有干預，但新聞機構的方針政策，卻完全由機構的主持人決定。記者、編輯必須聽命於總編輯，而總編輯必須聽命於機構老闆。他們如果不聽命，老闆即刻可以下令解僱，可以召機構的保安人員進來，將不聽命的工作人員趕出辦公室。

我自己做過報社的編輯人員，也做過總編輯和老闆。我在主持明報時，關於香港回歸後行政長官直接選舉還是間接選舉問題，和主持編務的編輯主任看法不同。他消極抵制，我並沒有即刻將他解僱，仍保留他的職位，但不讓他處理實際工作了，換一個聽話的人來做。

西方社會中其他新聞機構的情況也差不多。澳洲的報業大王默多克（R.Murdoch）和我認識，他曾和我談過合併明報的事，他個人和他的夫人都為人和藹可親、彬彬有禮，不過他辦報卻手段嚴峻。他和泰晤士報的資深總編輯伊文斯在編輯方針上意見不合，便逼他辭職而去。誰出錢誰話事（話事意即決策），資本主義社會中什麼都是這樣，新聞工作並無例外。[10]

另一個有說服力的例子是，香港壹傳媒集團的老闆黎智英，被傳曾和台灣《明日報》談妥的合作計畫，但在股東會上被否決，其中關鍵是《明日報》要求黎不得干涉編輯方針，但黎無法接受。[11]我曾在黎智英手下的蘋果日報，親歷過他的管理，是細至某一具體新聞的處理。

在成熟的西方資本主義社會，一般認為新聞自由有兩個對立面，或者有兩個制約的力量，一是政府，一是商界。他們把政府與大眾傳播的關係歸納為四種：限制、管理、協助與參與。任何一個社會，政府作為一個政權，作為統治者，是不可能對傳媒放任自流

的，必然會有形形式式的「過問」。而媒體本身，是有監督批評政府的功能。這在西方社會，也就是所謂的「第四權」。這就形成了傳媒在行使新聞自由時與政府的矛盾對立。

商界對新聞自由限制，則首先體現在老闆對某一媒體的直接控制，其次體現在財團對新聞媒體的壟斷，以及商界通過廣告對媒體的控制。輿論政治的主要精神是建立在自由意見市場的功能上，但是當傳播媒體的所有權集中在少數人手中時，意見交流機會就會減少，意見的獨裁難免傷害了新聞自由的真正精神。從事媒體經營成了少數人的特權，平衡的力量必然減少。

媒體所有權集中的現象，形成了媒體團，使一個老闆擁有許多同一媒體或多種媒體所有權。更有的老闆除經營媒體外，也經營許多其他事業。這些老闆可能利用其傳媒體，來為其經營的其他事業作業務宣傳並謀利。在香港，某一財團壟斷傳媒的現象還未有發生，但財團以廣告影響傳媒的現象，則是經常的現象，則是經常發生，近幾年曾多次發生過財團因傳媒批評而抽起廣告的現象。

所以，其實香港回歸前後，新聞界享受新聞自由的第一個制約面，是來自老闆。但是，據我的觀察，由於新聞工作者地位較低，抗爭力差，受僱於老闆也只能聽命於老闆。所以，在這方面的矛盾不算突出。

至於在政府層面，由於香港與祖國的特殊關係，香港又實施一國兩制的特殊形態，政府這一層又必可分為兩個方面，一個是香港特別行政區政府，港人治港的政府，另一個是北京政府，中央政府。回歸以後，對香港特區政府保障新聞自由應可給出極高的評價，按我的看法，甚至是「高」到謹小慎微的地步，該調控的也不敢大膽調控，該管理的也不敢大膽管理。這些後面還會詳細分析。因此，香港特區政府與新聞界的矛盾也不算突出。在這樣的背景下，中央政府和香港新聞界的矛盾便在第一位。

中國七十年代末期實行改革開放後，也逐步開放香港新聞界入

內地採訪（香港有北京背景的媒體則一直可以在內地設記者站）。這一方面受到香港新聞界的歡迎，一方面隨之而來亦增加和擴大北京政府和香港新聞界的矛盾。香港新聞界從隔著「羅湖橋」報道中國新聞，到深入中國每一開放的角落採訪報道中國新聞；香港的新聞界同時也從隔著「羅湖橋」批評中央政府，到直接進入到北京去批評中央政府，自然使到雙方矛盾升級。

起初，北京政府對於管理香港媒體進入內地採訪，沒有經驗，亦沒有制定出法規法例以及行政管理措施，到了1984年3月28日，國務院辦公廳轉發廣播電視部關於接待外國和港澳地區廣播電視記者採訪拍片歸口管理的請示的通知，明確規定港澳地區廣播電視記者來內地採訪，由廣播電視部會同國務院港澳辦管理。到廣東、福建兩省經濟特區採訪，經兩省政府會同港澳工委批准，報國務院港澳辦和廣播電視部備案。

到1989年六四風波之後，中宣部和港澳辦於1989年9月18日公佈了《關於港澳記者來內地採訪的管理辦法》，有九條規定，主要是：

（一）香港記者到內地採訪，要提前15天向新華社香港分社提出申請，經新華社香港分社轉國務院港澳辦，獲審批同意後才能入內地採訪；到廣東、福建、海南省和上海市採訪，同樣需按規定提出申請，經新華社香港分社轉告當地黨委，獲同意方可採訪。

採訪內地突發事件向香港新華分社申請，由該社報中央有關主管部門和中宣部，經批准方可採訪。

（二）獲准到內地採訪的港澳記者，由中國記協負責接待、管理，發出一次性的《採訪證》。

（三）內地邀請港澳記者採訪，須經報港澳辦批准，再須香港分社代為邀請，不得逕行邀請。

（四）港澳記者採訪活動，不得超出申請獲批的專項範圍。

（五）港澳記者採訪省市以上的黨政領導人，須報批，內地任何單位個人不得私自為港澳記者安排採訪。

（六）除中方在香港的新聞機構，其他港澳新聞機構不得在內地設辦事處，派駐記者，不得僱用內地人員為其變相的常駐記者，不得私自在內地聘用特約記者和通訊員。

（七）內地人員不得擅自向港澳機構投稿，不得擅自接受採訪。

（八）港澳記者在內地採訪時進行與身分不相符的活動，將被依法追究。

（九）以探親、旅遊等名義持港澳同胞回鄉證入境的港澳記者，不得進行採訪活動。也就是不允許港澳記者以探親名義入內地採訪。

後來，中宣部會同中央對台辦，亦就台灣記者到大陸採訪，作出類似的規定。

1990年1月19日，國務院頒佈了重新修訂的《外國記者和外國常駐新聞機構管理條例》，也對外國媒體的採訪作出很多限制，不過要指出的是，當時他們要比港澳記者享有更多的到中國大陸採訪的新聞自由，起碼他們可以駐北京。

顯然，北京有關港澳記者到內地採訪的限制是較嚴的，尤其是要提前15天申請的要求是「苛刻」的，因為這是違反新聞規律的。任何傳媒都不可能預知15天後會發生什麼新聞，而新聞發生後等半個月才能採寫，便無新聞價值可言，新聞早已變成昨日黃花，變成歷史而不是新聞。所以這一規定自始至終，都受到香港新聞界的強烈反對。

事實上，香港新聞界在激烈的新聞競爭中，基本沒有遵守有關規定，以回鄉身分採訪，自行尋找消息來源的情況，經常發生。而大陸有關當局呢，亦沒有嚴格去執行以上規定。情況與港英當局將有關法律，「備而不用」的情況相似。據重要新聞新華社香港分社宣傳部官員表示，後期有些規定實際放鬆了。

到了回歸後4年，中央政府在港澳記者駐京方面出現鬆動，下面是中華全國新聞工作者協會2001年9月24日公佈的《港澳媒體常駐內地記者須知》：

（一）在內地設立記者站的申請資格。在香港、澳門依法註冊或經香港、澳門政府核准出版、發行、經營的時事類報紙、刊物以及電台、電視台等新聞機構。非時事類新聞機構不在申請之列。

（二）在內地設記者站需要履行的審批程序。香港、澳門新聞機構要求在內地設立常駐記者站和派遣常駐記者，須分別向中央政府駐港聯絡辦公室、中央政府駐澳聯絡辦公室提出申請。中聯辦將上述申請及相關材料轉國務院港辦審批。三個月內未獲通知者，視為不被批准。

（三）申請設立記者站及派駐記者需要提供的有關材料。

　　1、該新聞機構的基本情況，包括名稱、地址、法定代表人、成立時間、股份構成等；

　　2、該新聞機構的註冊文件的複印件、電台、電視台還須提供特區政府核准經營的有關文件複印件；

　　3、擬派遣常駐記者站的記者的中文和英文姓名、身分文件、職別、履歷，以及該新聞機構出具的記者職業證明文件。

（四）獲批准設立記者站後須辦理登記手續，由該機構負責人持國務院港澳辦的批准通知書和本人身分證件到中國記協辦理登記手續，領取《港澳新聞機構常駐內地記者站許可證》。常駐記者站在辦理登記手續後15個工作日內，須將辦公地址、傳真及電話號碼報中國記協備案。

（五）常駐記者需要辦理的手續及關於常駐時間的要求。常駐記者的派駐時間每次不得少於6個月。常駐記者派駐時間每滿6個月，須持所屬新聞機構負責人簽署的證明文件，到中國記協辦理「港澳新聞機構常駐記者證」的延期手續。如無正當理由逾期30天不辦理延期手續者，視為自動放棄常駐記者資格。

（六）常駐記者站的常駐記者必須是香港或澳門居民。電視台的常駐記者人數不得超過5人，報紙、刊物和電台常駐記者人數不得超過3人。

（七）常駐記者站可在駐地政府許可的範圍內租賃涉外飯店、寫字樓、公寓作為辦公和居住地點。常駐記者在確定常住地址以後，須在三周內到當地公安機關辦理居留證件。在一月內到當地稅務機關辦理稅務登記手續。

（八）當地人員的聘用。記者站的服務人員可通過當地外企服務公司聘請，服務人員不得從事新聞採訪工作。記者站須將在當地聘用的人員報中國記協備案。

（九）常駐記者到期輪換，或在派駐期間因特殊情況需要增派或更換，須由派遣機構向中聯辦提出申請，並提供擬派遣常駐記者的中文和英文姓名、性別、年齡、職別、履歷等資料，以及該新聞機構出具的記者職業證明文件。

（十）常駐記者違法、違規的處罰。常駐記者的正常新聞採訪活動和其他權益依法受到保障，常駐記者須遵守國家的法律、法規，如有違規行為，將由審批部門視情節輕重，予以警告、暫停採訪、取消常駐記者資格直至撤消常駐記者站的處理，觸犯法律者，由司法機關依法處理。

（十一）常駐記者站安裝、架設無線收發和衛星通信設備，或者使用對講機及類似通設設備等，須經當地電信主管部門批准。

（十二）常駐記者站如需進口辦公、生活用品和交通工具、採訪器材等，須持國務院港澳辦同意其設立記者站的批准通知書，依照內地有關法規向常駐地進口口岸的海關申請，並按規定辦理有關手續。

（十三）常駐記者在內地的採訪申請程序及注意事項。

1、採訪國家領導人、軍隊有關部門，須向國務院港澳辦提出書面申請。

2、採訪中國領導人外訪和外國領導人來訪的活動，須向外交部提出書面申請，採訪國際會議或中國承辦的國際活動，須向大會設立的新聞中心或活動主辦單位的新聞主管部門提出書面申請。

3、採訪中央政府部門、人民團體、全國性社團及國有大中型企業的，須向該機構的新聞主管部門提出書面申請。

4、赴開放地區採訪，須向有關省、自治區、直轄市有關部門提出書面申請和採訪計畫，經批准後方可前往。非開放地區原則上不接受採訪。

5、常駐記者在內地進行的所有採訪，均須經主管部門和被採訪對象同意後持《港澳新聞機構常駐記者證》進行。

6、常駐記者只能以其在中國記協註冊的身分從事新聞採訪工作，不得從事與其註冊身分不符的其他活動。

7、非常駐內地記者及沒有內地設立常駐記者站的媒體的記者，來內地採訪須向中聯辦提出申請，

獲內地有關部門審批同意後，方可來內地進行
採訪。

中華全國新聞工作者協會2001年9月24日[12]

這個規定，放寬了港澳記者駐內地，基本上比照外國記者駐京
的條件，但也可以看出，還是有很多限制，還是「內外有別」，港
澳記者與內地記者還是有不同；港澳記者在香港和內地採訪的自由
度有很大的差別。

除此之外，香港記者在回歸前還多次發生過觸犯內地法律而被
處理的事件。較為影響大的有，1992年秋，中共召開第十四次全
國代表大會前，香港《快報》記者梁慧岷受報館指派，接受了新華
社記者吳士琛提供的中共總書記江澤民將在該次大會作政治報告的
講稿。《快報》提前全文發表了該講稿，梁慧岷則在北京被扣留，
被控竊取國家機密罪名，後被寬大，放回香港，但規定2年不准入
內地採訪。新華社記者則被判有期徒刑20年。

1993年，《明報》記者席揚，也被北京控以竊取金融情報拘
捕，1994年3月判有期徒刑12年，剝奪政治權利2年。後在1997年
春節前假釋。

在1995年8月期間，解放軍在台灣海峽展開大規模軍事演習，
香港《壹周刊》兩名記者以旅遊為名到福建沿海採訪，被駐軍拘留
6日，指竊取軍事情報，後驅逐回香港。1996年3月，《東周刊》3
名記者又到正在進行對台軍事演習的福建沿海地區，也被扣留，簽
署悔過書後放回港。

另外，在內地也有高瑜等人因涉及為香港報刊寫稿而被處徒刑。

1997後，香港《蘋果日報》、《壹周刊》的記者要求到大陸
的任何採訪申請都不被批准。香港還有一些經常撰文批評北京政府
的時事評論員，也不發放回鄉證，不准進內地。

對於進入內地採訪，不能違反內地的有關規定，做出違反內地

法律的事情，香港新聞界經過過渡期和回歸後實踐的磨合，都認同這是符合一國兩制的，各有各的規矩，井水河水互不相犯。但也不否認，香港新聞界進入內地採訪的新聞自由度，不如在香港。

這些事實說明，在香港回歸祖國前後，香港新聞自由的一個主要制約面是來自中國內地。

一國兩制對香港新聞自由的保證

對於香港新聞界在新聞自由上和內地的矛盾，筆者嘗試進行深入一些的分析，從而可以更清楚看到一國兩制對香港新聞自由的保障作用。

一、兩種新聞自由觀的差異

從前述分析已提到，香港新聞界的新聞自由觀，是主要建基於西方的新聞理論體系，要求按照目前國際流行的慣例辦事。

目前國際新聞理論界，一般都公認，新聞自由的思想是由英國人密爾頓，1644年英國資產階級革命時期提出來的。他認為，言論和出版自由是天賦人權的一部分。應該讓各種各樣的學說在大地上流行，讓真理參加「自由而公開的辯爭」。[13]一百年之後的法國大革命，密爾頓的觀點成為資產階級革命思想武器。在1789年法國國民議會通過的《人權宣言》和1781年美國獨立後第一屆國會通過的《權利法案》，都以法律形式，把言論自由和新聞出版自由作為公民的基本權利固定下來。之後，新聞自由逐步被國際社會接受為基本人權之一。

1948年聯合國大會通過的世界人權宣言的第十九條規定「人人有主張及發表自由之權；此項權利包括保持主張而不受干涉之自由，及經由任何方法不分國界以尋求、接收並傳播消息意見之自由」[14]。1966年聯合國大會通過的關於公民權利和政治權利國際公約，其第十九條同樣提出了這一原則。1948年3月至4月在日內瓦

舉行的聯合國新聞自由會議，也通過了《新聞自由公約》，並對新聞自由的定義、原則及限度作了詳盡的解釋及具體規定。

香港新聞界提出的新聞自由的七要素，核心是第一條，即一種基本權利，事實上完全是源於國際慣例，並無特殊要求。

新中國成立以來，內地新聞理論界在新聞自由問題上有過多次重大爭論，尤其是改革開放之後，思想日趨解放、活躍，期間實行解放思想、批判錯誤思潮，撥亂反正，佔主導地位的觀點是馬克思主義的新聞自由觀，認為不同社會制度下有不同的新聞自由。

他們的主要觀點是：

（一）新聞自由是一種民主權利，是政治自由的重要組成部分，和一般的民主自由一樣，新聞自由也一是由一定社會的經濟基礎所決定，為經濟基礎服務的。

（二）由於「支配著物質生產資料的階級，同時也支配著精神生產的資料」（馬克思語），因此新聞自由不是抽象的，而是具體的，不是絕對的，而是相對的。一方面新聞自由往往以另一方的不自由為條件，自由又必須受到法律和紀律的制約。考察新聞自由，首先要看精神生產資料掌握在誰的手裡，是哪個階級享有新聞自由。在社會還存在階級區分的時候，所謂「普遍自由」、「絕對自由」、「純粹民主」都是虛偽的口號。

（三）在不同的社會制度下，由於物質生產資料和精神生產資料的佔有情況不同，新聞自由的性質也不相同，資本主義的新聞自由不能擺脫對金錢的依附，傳媒財團和支付廣告費的財團控制了媒體，據有較多的新聞自由。同時，這種新聞自由是以不危及資本主義私有制和資產階級的根本利益為條件，超越這個界限就要受到法律的制裁。在社會主義社會，新聞事業及其生產資料屬人民所有，為人民享有新聞自由權利提供了物質保證。人民可以通過新聞媒介了解國內外各種信息，

發表意見，參加對國家事務和各項社會事務的管理，對國家機關的工作和各級幹部實行監督。

（四）由於歷史的和社會的原因，社會主義的民主和法制建設還有待於進一步健全和完善，新聞自由也處在發展和完善的過程之中，社會主義制度雖然提供了人民享有充分的新聞自由的可能性，但是在實踐中還有許多問題需要解決。[15]

對於這種新聞自由觀，香港新聞理論界也不是完全的排斥，對於報業老闆和廣告商對新聞自由的支配權，亦是深有認識，也認為西方的新聞自由，香港的新聞自由，要受到法律的限制，但是主流還是認為上述新聞自由觀，修飾限制過多，尤其是新聞自由上的階級論，是萬萬不可引入香港。

無疑，在歷史的長河中，真理只有一個，新聞自由總是由少數人享有進步到多數人享有，最終成為全民的基本人權。目前，兩地新聞自由觀的分歧是客觀存在，一時難以互相認同，因此問題在於回歸之後，兩地的有關人士如何理性地對付這種差異，是堅持「河水不犯井水」、「井水不犯河水」，還是鬥個明白，或者是有意無意以己方觀念要求對方。

我認為，按照一國兩制的精神，應該是各搞各的。可以各有各的座標，各按各的座標行事。香港記者到內地採訪，必須遵守內地的法規，內地則對香港按自己的一套行事理解。相信按照兩個座標行事，求同存異，是落實一國兩制和保障香港新聞自由的最佳選擇。

二、兩種國際傳播觀的差異

香港新聞界提出的新聞自由觀中，沒有明確的地域界線，也就是說香港新聞界自由採訪及傳播新聞信息，是僅限於香港方圓一千多平方公里之內，或者是無遠弗屆，一直可以伸展到全球的每一角落呢？香港新聞界提出的新聞自由，應該說是沒有明確的界定，但是從九七前香港新聞界的操作以及他們的理想、願望來看，他們理

解自己的新聞自由觀，其實是國際傳播強勢集團或者是發達國家要求的體現。

第二次世界大戰後期，因應同盟國緊密合作，共同反對法西斯鬥爭的需要，美國新聞界首先提出了「國際新聞自由」的口號，並迅速形成了具有一定全球性的運動。反法西斯戰爭獲得勝利後，國際新聞自由問題被正式列入聯合國議程。1946年12月，聯合國大會在紐約舉行，通過了菲律賓代表慕洛提出的決議案，建議召集世界各國新聞界代表會議，商量全世界各地新聞自由流通的方法。聯合國新聞自由會議後於1948年在日內瓦舉行，有51個國家的代表團參加，當時的中國政府也派代表團參加了會議。這次會議通過了《國際新聞自由公約草案》，規定發展國際間相互採訪與新聞傳遞自由。以後，聯合國又通過了一項促進各國人民自由交流思想、知識、信息的宣言。

然而，國際新聞自由的口號，從一開始就不是全球的共識。《國際新聞自由公約草案》討論制訂過程中曾經過反覆的鬥爭，爭論的核心是，當時的蘇聯和一些國家認為，公約中的一些條款使某些國家能夠利用新聞自由的名義干涉他們的內政。當時爭論的雙方，基本上就是二戰後形成的兩大陣營：西方資本主義陣營和東方社會主義陣營。波蘭代表團當時提出修正案，防止某國濫用新聞自由干涉他國內政，聯合國第三委員會在1949年5月重新討論，但是美英控制下的委員會的多數，否決了修正案。後來墨西哥代表團提出的旨在保證各國防止外國記者虛假報道的修正案，以多數票獲得通過。最後，5月11日，聯合國人道與文化委員會進行整個公約草案的最後討論，美英終以大多數票又修正了墨西哥修正案，付諸表決，投贊成票的24票，反對票4票，12票棄權，15國代表團未出席會議。

到了20世紀六十年代中期，國際勢力分化重組，原來的東西方陣營轉化為發達國家和發展中國家之分。1968年，在南斯拉夫

的盧布爾雅那召開「大眾傳播媒介和國際了解」討論會，發達國家與發展中國家新聞和信息傳播不均衡和不平等的問題被提出。1969年，聯合國和平利用外層空間委員會就微型直接廣播問題展開辯論。美國主張自由廣播，一些國家反對，最後建議需經接受國政府事前同意。

1970年起，這些議題，成為聯合國科教文組織歷次大會引起爭論的重要議題。發展中國家指責西方四大通訊社的國際報道，對他們存在偏見和不負責任。美國等西方國家則強調新聞媒介有在任何地方自由搜集、傳遞和發表新聞的權利。在1970年教科文組織第十六屆大會上，幾個發展中國家明確提出了傳播界分布不平等的問題，要求組織更加合適和更加均衡的國際新聞交換系統。

1972年教科文組織第十七屆大會通過的一般性辯論決議草案指出：「新聞工具如被濫用，也可成為控制世界輿論的工具或成為道德、文化污染的根源。此外，如果通訊的傳播被少數國家壟斷，通訊的國際流通常常是單方向的，這就可能導致對其他國家的文化價值的嚴重損害。」1978年教科文組織第二十屆大會通過了《大眾傳播媒介致力加強和平和國際了解，促進人權和反對種族主義、種族隔離和戰爭的基本原則宣言》。同年，第三十三屆聯合國大會根據上述宣言通過33/115號決議，指出需要「在新聞自由流通及更廣泛更均衡地傳播新聞的基礎上，為加強和平國際了解而建立新的更公正和更有效的世界新聞和傳播新秩序」，並決定成立「聯合國新聞政策和活動審查委員會」。

1979年第三十四屆聯合國大會通過的34/182號決議將該委員會改稱為「新聞委員會」，規定其職責為審查聯合國的新聞政策和活動及促進上述目標的實現。1984年中國被委任為該委員會新的成員國。1981年5月，以發達國家為主的二十多個國家的代表在法國塔盧瓦爾舉行會議，通過《塔盧瓦爾宣言》。重申新聞自由的重要性，嚴勵抨擊麥克賴德報告有默認甚至鼓動政府從事新聞檢查

的傾向。會後美國眾議院通過決議，要求教科文組織停止為世界新聞新秩序起草標準，否則美國將停止承擔為教科文組織提供經費的義務。1984年美國宣布退出教科文組織。在此之後，發達國家又提出「交流權」問題，認為不受限制地傳播新聞是人權的內容之一。這種觀點遭到發展中國家的反對。[16]

香港新聞界長期受英國和西方的新聞觀念影響，主要傾向認同發達國家陣營對國際新聞自由的要求。香港新聞界的許多組織，例如記者協會，是發達國家主導的國際同類機構的分支。香港新聞界和世界各國的雙向交流，亦主要依照發達國家的標準行事。全球的新聞傳媒基本不受任何限制地可以在香港設置機構，自由採訪和傳遞信息。香港新聞界的足跡亦踏遍全球各地，包括中國大陸，並要求限制越少越好。

目前，北京新聞理論界在國際新聞交流問題上，基本上認同發展中國家曾在國際會議提出並通過的有關反對新聞控制和「新聞侵略」的觀點。認為，在目前世界經濟以及新聞事業發展不平衡的狀況下，國際新聞自由實際是經濟發達和新聞事業發達的國家的新聞自由，他們憑借佔有絕對優勢的國際新聞網絡，實行「全球滲透」。據統計，世界上絕大多數發展中國家的新聞報道被西方四大通訊社壟斷，他們的國際新聞80~90%由四大通訊社提供。[17]

北京新聞理論界認為，這些西方大國的通訊社是以自己的意識形態，自己國家利益，自己的新聞價值觀，去選擇性地報道新聞，集中報道發展中國家的陰暗面，又以自己的政治、道德及各種社會價值觀去批評這些國家，實際就是干涉這些國的內政。[18]

事實上，北京在新聞管理上對國際新聞交流採取較為嚴格限制的政策，一面對國際新聞界進入祖國大陸採訪報道進行各種控制，實行採訪申請許可制度；另一方面，對內地報刊及電子傳媒控制，規定不得擅自採用外國新聞機構提供的信息，甚至經濟信息，全部由新華社統一管理，統一發佈。

在香港回歸之後，由於香港實行資本主義制度，北京已表明將香港等同海外地區對待，在新聞管理上仍是將香港新聞界列入境外新聞機構範疇。

顯然，在國際新聞自由問題上，兩地一時也難以達成共識的。香港新聞界在九七之後，不但要求保持自由到世界各地採訪的自由，亦希望進入祖國內地採訪的自由度越來越大，而北京仍堅守原來對這一問題觀念，這樣，必然形成觀念上的衝突和現實採訪報道實踐的矛盾。

三、兩種輿論監督觀的差異

前面提過，西方新聞理論，賦予傳媒「監督批評政府的功能」，也就是所謂的「第四權」。在實際操作中，西方新聞界形成了一種傳統觀念，「報喜」不是好新新聞，「報憂」才是好新聞，「報喜」與「報憂」相較，後者的新聞價值高於前者的新聞價值。也就是說，讚揚政府政策的不是好新聞，批評政府政策的才是好新聞。一般的傳媒，一般的記者，都以撰寫一針見血的批評新聞為榮，都不屑於寫「歌功頌德」、「擦鞋」、「拍馬屁」的新聞。

香港新聞界，在新聞觀念上是完全接受這種「第四權」的思想。然而，在事實上，前面已經提到過，香港新聞界從來不是監督其統治者─香港殖民政府的「英雄」，香港新聞界（除了北京控制的報刊），基本上並沒有表現出批評港英政府的勇氣及實際的行動。

為什麼？還是因為港英政府實際上不給予這種批評監督的新聞自由，而香港新聞界、尤其是傳媒老闆，出於商業利益的考慮，亦沒有進行應有的鬥爭。這與他們在後過渡期向北京爭取新聞自由的行動，大相徑庭。不過，這沒有妨礙他們批評北京政府。回顧香港進入過渡期以來媒體對祖國大陸的新聞報道，應肯定「報憂」是佔據了主流，批評佔據了主流。

無疑，根本上來說，這是中英雙方在香港回歸和反回歸上鬥爭

的反映，是香港新聞界與北京政府在意識形態上的矛盾的反映，但也不可否認，西方的傳統輿論監督功能也在起到作用。

在香港回歸之後，在搬掉不許批評當權者的桎梏之後，香港新聞界的「第四權」要求更加強烈。如前所述，在回歸過程中，他們在要求新聞自由中，已將「自由批評政府的權利」作為重要一環。而在九七之後，香港新聞界的批評矛頭，沒有停止過指向兩個政府—北京中央政府和香港特區政府。

在香港新聞界中有一種誤解，那就是認為祖國大陸新聞界並沒有批評監督的功能，指大陸傳媒是清一色的「歌德派」。事實上，社會主義的新聞理論，同樣重視輿論監督功能。尤其是文革結束進行撥亂反正之後，傳媒的批評功能普遍得到承認和重視。但是，在實際操作上，北京與香港新聞界確有很大的差異。

（一）堅持正面宣傳為主的方針

中共執政幾十年來，雖然經過許多曲折，但是毛澤東、鄧小平等幾代領導核心，都強調正面宣傳為主的方針。在1989年六四風波以後，中共中央更強調要執行正面宣傳為主的方針，要求新聞宣傳將主要精力集中在報道社會主流、謳歌人民群眾在黨領導下所創造的業績上，讓反映進步思想、現代社會正確發展方向的新聞觀念，新生活成為新聞宣傳的主旋律。

中共中央所要求的正面宣傳為主的方針，實際不僅從質上，更從量上明確規定，「報喜」報道，要佔據新聞的絕大多數。

（二）批評要注意內外有別。

中共中央在1981年1月29日發出的《關於當前報刊新聞廣播宣傳方針的決定》規定，「對於不正之風，要堅持進行批鬥爭」，「對官僚主義和生活特殊化的批評和糾正也是必要的」，但是，「要注意方法和時機，要注意內外有別」。[19]

1983年4月26日，中共中央宣傳部作出《關於新聞宣傳要考慮內外影響注意社會效果的通知》，指示：「目前一些地方確實存在一些野蠻落後的現象。但這類現象的發生有著多種複雜因素的影響。抓緊解決、堅決消除這類問題，是我黨和國家始終一貫的方針。但如何解決，要根據不同情況，採取不同的方式方法，有的需要做長期的努力。對這類問題如何進行宣傳報道，必須慎重對待，全面的分析。有的則只做不宣傳，或主要通過口頭、內部通報等方式宣傳，而不在報上公開宣傳。」[20]

1988年4月30日，中共中央辦公廳轉發《新聞改革座談會紀要》，其轉發的通知的第五條規定，「凡是不利於我國的國際形象、容易引起國際社會誤解的東西，如賣淫、吸毒、販毒等醜陋現象，應內部反映，一般不作公開報道。個別經批准的，應從打擊罪犯、嚴禁蔓延的角度進行正面報道。」[21]

從這一系列規定中可以看到，中共中央規定，批評主要以內部形式進行。內地黨報專門出版一種供內部傳閱的「內部參考資料」，有關批評的報道主要刊載於「內參」。有些批評，先刊登在這些「內參」，然後再作公開報道。可以說，「內參」報道，是祖國大陸新聞事業一種特色。[22]

（三）批評要在中共黨委領導下有組織地進行

對於這一問題，中共內部也有過爭論。1950年4月19日，中共中央作出《關於在報紙刊物上開展批評和自我批評的決定》。其中「甲、凡在報紙刊物上公布的批評，都由報紙刊物的記者和編輯負獨立的責任。」「丙、讀者來信中的有益的批評，凡報紙刊物能判斷為真實者，應當加以發表。投書者應將真實姓名住址告知報社，但報社得依投書者的要求代守祕密」。[23]

到1953年3月，中共中央宣傳部作出《關於黨報不得批評同級黨委問題給廣西省委宣傳的復示》，規定：「黨報是黨委會的機關

報，黨報編輯部無權以報紙與黨委對立。黨報編輯部如有不同的意見，它可在自己權限內向黨委會提出，必要時並可向上級黨委、上級黨報直至中央提出，但不經請示不能擅自在報紙上批評黨委會，或利用報紙來進行自己與黨委會的爭論，這是一種脫離黨委領導的作法，也是一種嚴重的無組織無紀律現象。」[24]

1954年10月25日，中共中央《關於改進報紙工作的決議》規定，報紙批評，「報紙編輯部要在黨委領導下積極負責，在報紙上發表的批評的事實必須經過認真的調查研究，批評的態度和觀點必須正確，嚴格按照黨的原則、中央的決議和黨委的意圖辦事」。[25]

1988年4月30日，中共中央辦公廳轉發《新聞改革座談會紀要》的通知，又規定」特別重要問題的批評稿，要事先徵詢有關領導機關和被批評者本人的意見。受徵詢的組織和個人應儘快在合理期限內作出明確答復。編輯部可根據事實和答復情況決定是否刊登，並對自己的決定負責」。[26]

這一規定，又給予了報紙編輯部一定的刊登批評稿的權利。

不過，中共中央在1989年六四風波後重申強調批評要在黨的領導下進行，強調不能與中央的大政方針唱反調，涉及到全局，涉及到重大問題，涉及到政策性問題的批評，一定要向黨委請示匯報經審查批准。

由此可見，雖然北京中央政府承認輿論的監督功能，但要求將批評報道納入一種黨和政府行為，一種由黨和政府控制的、在新聞傳播信息中佔次要地位的行為，這與香港新聞界的把新聞批評作為」第四權」行為的觀念，產生根本的矛盾。

九七之後，在這個問題上，以港人高度自治的原則組成的特區政府的立場，與香港新聞界的差異不大。特區行政長官董建華多次公開表示，批評是「香港文化的體現」。

而中央政府呢？從原則上講，一國兩制的發明人鄧小平生前指示，九七之後不但馬照跑舞照跳，而且可以繼續「罵共產黨」。[27]

可以看出，鄧小平的指示，是一種「寬鬆」政策，表現共產黨的氣量，但是否將香港傳媒的批評，作為一種對中央政府的監督，以一種正面的立場、觀點和態度去看待呢？九七之後，中央政府基本上按照鄧小平的話去作，但也有人對香港新聞界的批評不悅。

四、兩種管理傳媒機制的差異

　　大陸與香港新聞界除了在新聞觀念上存在重大的差異之外，在實際管理上亦有根本不同，下面試進行比較。

（一）中港兩地都還沒有制定《新聞法》

　　大陸新聞運作管理，主要是以中共黨的有關政策和行政部門的規定為根據，為準繩。香港新聞運作管理，則基本是以相關的法例為最高准則，已納入法治軌道。目前，祖國大陸涉及新聞事業法律法例，除了憲法規定「公民有言論、出版自由」條文外，也有了一些相關的法例。

　　事實上，從新聞機構的設立；新聞報道的基本方針、原則；記者站設立和管理；記者證的發放；領導人活動、涉外活動、突發事件等各種報道，都有具體的規定，還有，對國內傳媒使用外電的管理，對職業道德，以至「禁載」都有很細緻的規定。不過，這些規定，大都未經過立法程序，更多的是以中共中央宣傳部「紅頭文件」的方式出現，也有以國家新聞出版署文件的方式出現，還有是新華社或者有關政府機構「通知」的形式出現。

　　例如，對報刊新聞廣播宣傳方針，中共中央專門作出決定（1981年1月29日），規定「報刊、新聞、廣播、電視是黨的輿論機關，要加強組織紀律性。必須無條地同中央保持政治上的一致，不允許發表與中央路線、方針、政策相違背的以及重大政治性的理論問題，對外必須統一於黨中央的決定和口徑，與黨的步調保持一致，不得各行其是。」[28]

又如，「港澳記者到內地採訪的管理辦法」，也是由中共中央宣傳部會同國務院港澳辦公室發出。而「台灣記者到大陸採訪的管理工作意見」，則是中共中央台灣工作辦公室、中央宣傳部、中央對外宣傳小組發出，完全是黨發出的指示。相較之下，「外國記者和外國常駐新聞機構管理條例」還正規些，是由國務院作出。[29]

在香港，亦未有一部《新聞法》，港府對傳媒的控制，隨著政局的變化而變化，總趨向是自由度不斷增大。問題是，不管是緊是鬆，港府都是先經過立法程序，制定法例或修訂法例、取消法例，使控制和管理建立在法治的基礎之上。

在上世紀五十年代初期，港府制定頒佈了《緊急措施條例》、《刊物管制（綜合條例）》、《社團組織條例》，對傳媒設立和報道內容嚴格限制。六十年代後，港府逐步把這些法例修訂放寬，到八十年代後期基本廢除。現涉及傳媒活動的法例，主要有英國《1911年官方保密法》、《誹謗條例》、《管制色情及不雅物品條例》等。[30]

（二）中國大陸對新聞機構設置嚴格限制，基本不允民間和私營機構辦傳媒：香港則基本不允許對任何新聞機構設立加以限制

中國國務院新聞出版署在1990年發出《報紙管理暫行規定》文件，規定不管辦任何報紙都須有黨政機構作為主辦單位和主管部門，並規定這些主管部門在中央應為部級以上，在省為廳級以上，在地市為縣級以上，而且還須報新聞出版署審批，並領取「國內統一刊號」。

同時，在申辦報紙時，即要申明所辦報紙的主要版面內容，例如是一般日報，還是晚報；是一般綜合性報紙，還是專業性報紙；審批之後，不能更改而且報紙的任何變更，包括變更主管部門、主辦單位、名稱、文種、刊期、開版、定價、發行範圍、增版增期，

臨時增版增期，也都須報批之後方可變更。

　　為了避免一些私營機構辦報，或採取偷樑換柱等手法，取得報紙的實質管理權，新聞出版署除嚴格審查外，還規定任何「報紙經批准註冊後，嚴禁轉讓其刊號和出版權，其他單位或個人不得以出資代辦或其他方式控制或接管報紙。」[31]

　　事實上，近期大陸為限制和整頓報紙出版，一般不批准新報紙註冊。

　　至於廣播和電視，大陸有關限制則更嚴。此外，大陸至今仍嚴格禁止境外機構和人士在大陸辦報，中共總書記江澤民本來批准香港星島日報與深圳在境內聯合辦報，後改為在香港出版，允許部分在深圳發行。

　　在香港，1949年中華人民共和國成立之前，報紙出版相對寬鬆，不少反清和抗日，以及反國民黨政府的報紙得以生存。五十年代初，英政府為防範中共勢力滲透，公布前述有關限制傳媒的條例。據此，傳媒機構必須向政府登記註冊才能開業，港督有權拒絕批准註冊，又有權決定保留或吊銷註冊。六十年代修例後，文字傳媒只須經簡單注冊手續，便可付印發行（電子傳媒仍需發牌管制）。登記只是作為合法記錄在案，並非一種審批程序，港府無權拒絕報紙或期刊依法注冊，而且一經注冊毋須每年重新登記或申請延續，所以基本上是無限制。

　　不過，港府仍保有「緊急措施條例」，當香港一旦宣布進入緊急狀態時，港督可以下令實施新聞預檢制度，禁止刊物進出口，以至阻截電訊。據此條例，港府可以毋須說明理由就撤銷傳媒的注冊，即封報，也可以命令傳媒刊登官方的消息。

　　另外，香港允許境外任何傳媒在港設辦事處，出版報紙和發佈新聞。

（三）香港已和世界多數國家一樣，取消了新聞事前檢查制度，中國大陸仍一定程度上執行重要新聞和言論事先送主管機關審查的規定

　　港英政府為了維護殖民統治，長期以來不准報刊發表任何「憎恨英王室或香港政府」的意見。在二次世界大戰前，當局實施新聞事先送檢制度，因為檢查官的「不准」或「刪節」，報紙「開天窗」的情況經常發生。戰後，港府取消了新聞檢查制度，而是採用新聞事後檢控制度。

　　目前，香港政府亦常有對報紙及電視、廣播的內容提出事後檢控，但主要是針對色情、暴力及不雅的內容，基本上不涉及政治問題。

　　在大陸，對傳媒報道內容有嚴格規定，1987年3月29日，中共中央文件規定，對「嚴重違反紀律，堅持進行與辦刊宗旨、辦刊方針不相容的錯誤宣傳的報刊，要及時查究，直至撤銷其注冊登記。有關報刊的工作人員必須無條件地宣傳黨和政府路線、方針、政策，絕不能借口「新聞自由」、「文責自負」而任意發表錯誤的和有害的東西，更不允許利用所掌握的輿論的工具宣傳反對黨的政治主張。嚴禁轉載港澳和海外反共報刊發表的對我進行攻擊、挑撥的文章」。另外，有關方面還規定，報刊不能任意公開內部討論、內部文件、內容材料等等。[32]

　　為了執行這些規定，大陸實行了一定的審稿、審版制度。對中共各級領導人的講話，活動，各種會議，各種文件，記者寫出的稿件都要送有關部門審閱批准後才能報道。例如，有關中共總書記江澤民的講話，有時儘管事先已印發了講稿，但這類新聞只允新華社獨家發佈，而新華社根據講稿擬成的新聞稿仍須送中央辦公廳審批。

　　同時，北京中央各大報，各主要省報的重要版面有時會互相通風，「對版面」，若有問題，須立即改正。

另外，大陸也還有事後審查，報刊有報道、文章，若有被認為有問題，有關方面會追究，輕則須批評、檢討，重則查封停刊。往往，中宣部還會通令，禁止各地傳媒轉載一些他們認為」有問題」的報道。例如1995年3月，《中國青年》有關北大民主寬容精神的一組報道便被禁止轉載。

（四）中國大陸有關新聞的法規政策繁多具體，而香港涉及新聞的法例相對簡單

從前文已看到，目前香港對新聞的法例簡單，主要還是相關的刑法和民法，政府對新聞機構的運作並不進行直接干預，報社、電台、電視台的政治傾向、編輯方針，讀者定位、新聞的處理以及評論，港府都無權直接干預。當然，這並不排除港府運用其他手段影響和施壓，以左右報紙等傳媒的取向。

在大陸，有關新聞的法規及政策規定，則可以匯編成厚厚的一本，涉及的方麵包括報紙和廣播電視的管理、新聞工作的基本方針和原則、新聞發佈會、禁載的規定、保密規定、印刷和發行、境外傳媒的管理、使用外電的管理、版權、職業道德、傳媒的經營活動、廣告等等。大凡傳媒生存運作所涉及到，全都有條條框框，無一遺漏。

例如，新聞發佈會，就有「三個通知一個意見一個辦法」。三個通知，都是國務院發的。1988年7月30日，國務院辦公廳發出「關於嚴格控制新聞發佈會和周年紀念活動的通知」，主要規定各級地方政府及所屬部門未經國務院批准，一律不得在北京搞新聞發佈會。1992年5月29日，國務院辦公廳又發了一個「關於在京舉辦新聞發佈會問題的通知」，放寬了在北京舉辦新聞發佈會的規定，改由各省、自治區和直轄市政府審批便可，但仍要嚴格限制，並且凡邀請外國記者和駐華使館人員參加，須經外交部同意。到1993年8月8日，國務院辦公廳又發了一個補充規定，規定在京發佈新

聞須到新聞出版署辦理登記手續，未登記的記者會新聞單位不予採訪報道。同年9月8日，新聞出版署發出「在京舉辦新聞發佈會登記暫行辦法」，除重申國務院辦公廳通知精神外，還規定新聞發佈會涉及對外宣傳，要由新聞出版署和國務院新聞辦公室共同審核同意。

中共中央宣傳部在1989年3月6日，發出「關於公民個人舉辦記者招待會問題的幾點意見」，規定：一般不允許私人未經同意舉行記者招待會；「凡以個人名義舉行的記者招待會或新聞發佈會，一般不要公開報道」。

又如，對於重大災害和突發事件的報道，國務院和中共中央宣傳部有關的通知、文件，就有12個，基本上是作出種種限制。

可以說，大陸上有關新聞法規政策，總的傾向是「限制」，新聞法規越多，新聞的自由度越小。

香港自進入過渡期之後，新聞自由度越來越大，但不意味著港英政府不控制輿論，相反並沒有放鬆，但主要是間接控制，掌握主流輿論。香港回歸之後，香港特區政府基本是延襲港英政府的間接控制模式，但是手法還未夠純熟，這些在後面還會專門討論。

五、兩種社會制度的差異

深入研究北京與香港新聞界以上在新聞自由問題上的矛盾，可以追根究底為兩者在社會制度上的矛盾。

眾所周知，中共領導下的中華人民共和國實行的是社會主義制度。而香港在九七回歸之前，是在英國殖民統治之下的資本主義制度；而在回歸之後，除主權回歸中國之外，北京承諾香港原有的資本主義制度不變。這也就是一國兩制的原則。既然是一國兩制，北京與香港在社會制度上的差異、矛盾，是必然存在的客觀規律。可分為經濟制度和政治制度兩個層次去觀察。

（一）經濟制度層面

香港長期以來，實行的是「自由經濟」的制度，香港經濟自由度在全球名列第一。政府對經濟基本上執行「不干預政策」，加上低稅收和自由港政策，再配合香港其他優越的條件，使到香港得以長期持續繁榮。香港的自由經濟制度，是香港繁榮的支柱，這是國際上一致公認的。北京收回香港，是冀望收回一個持續繁榮的香港，繼續可以「生金蛋」的香港，因此，順理成章地是誠心誠意地願意在香港繼續落實自由經濟的制度。也正是為保持自由經濟的這個經濟基礎，與此相適應的意識形態及政治架構，北京也只能同時予以保持。

從某種意義上講，這正是對九七香港回歸之後新聞自由得到保持的保證，對新聞自由的前景可以樂觀的一個最充分的理據。幾乎所有的樂觀派，都是建基於這一基礎之上。不過，要指出的是，社會主義的經濟制度與資本主義的經濟制度，仍然存在矛盾對立。鄧小平提出一國兩制，也可以說是從政策上調適兩者的矛盾，使兩者在一定條件下和平共處、和平發展、和平競爭。所以，探討香港新聞自由的前景，首先不能不追根至經濟制度問題。

（二）政治制度層面

一國兩制的創造者鄧小平，雖然允諾香港九七後實行資本主義制度，但不主張完全按西方議會政治、三權分立的那一套去辦，而是保持港英殖民統治的政治架構基本不變。也就是保持「行政主導」，「立法為輔」架構，使到政府的運作保持穩定有效。同時，鄧小平主張民主政治逐步發展，逐步擴大。具體講，立法會的直選議席逐步增加，包括行政長官在內的政府高層，逐步由普選產生。[33]

對於鄧小平這一套主張，香港的各種政治力量至今有不同的看

法，其中反對的力量有：一是英國政府。1994年港督彭定康到香港就任後推行「政改方案」，目的就是反對中英原有達成逐步推行民主政治所造成的諒解。二是西方主要國家，在原則上支持英國。三是香港民主派，主張加快民主政治。四是其他「反共」、「反中」的力量，他們本來的目的是「反共」、「反中」，民主政治的快慢本無所謂，只不過是以作為一種「反共」、「反中」的武器。事實上，在民主政治問題上，香港民主派的主張在香港市民中有相當大的市場，這也是香港民主派在1991年和1995年以至回歸後立法局直選議席選舉中獲得優勢的原因。這一問題，在九七之後一直是擺在北京中央政府和特區政府面前的一道難題。

如何對待政治上的反對聲音，根本就是香港新聞自由的大問題。此外尚有對待中共政權的問題。兩種社會制度的撞擊還表現在，許多香港人和海外學者將長期觀察，看香港的制度是否不變。事實上，香港和國際間都有政治勢力，希望北京中共政權變色，希望中共下台，或者至少希望中共結束一黨為主執政的地位，實現西方式的多黨政治。這也是在香港過渡期中，香港傳媒批評中共政權的主要內容。有人並不諱言，只要北京政權「變了」，香港的資本主義生活方式才能保證不改變。這就是以變中國來保香港不變的策略。

所以，可以認為，一些香港傳媒批評北京，是帶有「抹黑」北京政權，推翻北京政權的因素，是帶有政治目的的。也正因為此，中共總書記江澤民在1989年六四後提出不允香港成為反共的基地，並提出了「井水不犯河水、河水不犯井水」的原則。

而北京政府定出的許多限制香港傳媒進入祖國內地採訪的規定，其主旨就是防範敵意行為。這也就是說，北京政府和香港新聞界在新聞自由問題上出現的許許多多的分歧，相當重要的原因是源於此。

可以肯定地說，如果香港新聞界無意井水犯河水，無意去改變北京政權的性質，而中共政權亦沒有懷疑井水來犯的戒心和一切由

此而產生的防範措施，那麼，香港新聞界進入祖國內地採訪的限制就變得毫無意義，那麼香港新聞界有關回歸之後的新聞自由問題，也完全是非政治化的。

顯然，在這裡，「球」是拋回到了香港新聞界。很客觀地說，香港新聞界在要求落實新聞自由的同時，也需要檢查或者檢點一下自己。

通過對以上五種差別的分析可見，從根本上來說，香港新聞自由的問題，是因為一國兩制而起，如果香港回歸之後，不是繼續實行資本主義制度，而是與內地一樣實行同一社會主義制度，那麼必然是依照社會主義的新聞制度去辦事，也就不存在保留原有的資本主新聞自由的問題。

同時，一國兩制原則，又是香港繼續落實原有的新聞自由制度及實現完全的西方新聞自由制度的政治保證。

由此可以說，歸根結底，香港回歸之後的新聞自由問題，是落實執行一國兩制原則的問題。

在中央政府而言，對一國兩制原則理解得較為寬鬆，那麼未來香港新聞自由度相應較為寬鬆；若對一國兩制理解較為嚴緊，那麼香港新聞自由度亦相應較為嚴緊。

就香港新聞界而言，若同樣嚴守一國兩制的原則，不企圖利用新聞自由為工具去改變北京政權的性質，那麼北京中央政府可以增加信任感，所給予的新聞自由度會擴大；相反，若香港新聞界自覺不自覺地利用新聞自由為武器，去改變祖國大陸的制度，那麼中央政府所給予的新聞自由度必然收緊，收窄。

具體而言，香港和內地在處理新聞自由問題上，應該有兩個座標，在各自的地域各按各的座標行事。而且，在這對矛盾上，中央政府是強者。中央政府不但在香港落實新聞自由上表現寬容，而且應非常正面肯定香港新聞界運用新聞自由的武器，在監督和幫助新

生的香港特區政府施政所發揮的巨大作用。

　　進一步而言，中央政府還應該有博大的胸懷，按照鄧小平指示的精神，正確對待香港輿論的批評監督。我認為，中央政府在落實一國兩制，在自身和內地各個層面的改革和對外開放，在國際交往的各種事務中，善於從香港輿論批評中吸取有益的元素，大有必要。甚至，這可以視為一種「境外監督」，在中國內地社會多層次推動與國際慣例接軌尤其顯得重要。

　　換言之，中央政府不是消極地處理內地和香港兩種不同的新聞自由，而是從香港落實新聞自由中吸取積極的因素；另一方面，香港在落實新聞自由過程中，也不是消極地以中央政府為對立面，相反，在講「兩制」時每一刻都不離「一國」的大前提，積極為豐富中華民族和世界大家庭的新聞理論庫作出貢獻。

►►► 附註

1. 2000年4月13日《星島日報》A2版
2. 《明報》，2000.4.13
3. 《蘋果日報》4月19日
4. 參閱方漢奇：《中國近代報刊史》，山西教育出版社p.67
5. 埃弗雷特·e·丹尼斯、約翰·c·梅里爾《媒介辯論》p.27朗曼出版社
6. 參閱《報刊的四種理論》p.85~124
7. 參閱鄭貞銘：《新聞學與大眾傳播》，台北三民書局
8. 參閱約翰·密爾頓：《論出版自由》，商務印書館，1959年版p.28-30
9. 參閱楊奇主編：《香港概論》，中國社會科學出版社，p.26
10. 文匯報2000.1.1
11. 參閱Yahoo新聞2001年2月10日
12. 參閱香港商報2001~9~30
13. 參閱約翰.密爾頓：《論出版自由》，商務印書館
14. 參閱中國新聞學會編：《新聞自由論集》，文匯報出版社，p.285
15. 參閱成美、童兵編著《新聞理論教程》中國人民大學出版社。
16. 參閱中國大百科全書.新聞出版卷p.289
17. 參閱成美、童兵編著《新聞理論教程》，中國人民大學出版社

►►► 附註

18.註同上

19.參閱中宣部新聞局.新聞出版署報紙管理司編：《新聞法規政策須知》學習出版社，p.46-48

20.註同上

21.註同上

22.參閱中國社科院新聞所編《中國共產黨新聞工作文件匯編》（中），新華出版社第p.250；又參閱何川著《中國新聞制度剖析》，正中書局，p.178

23.參閱中國社科院新聞所編《中國共產黨新聞工作文件匯編》（中），新華出版社p.5頁，p.275頁

24.同上

25.同上p.324

26.同上

27.參閱《鄧小平文選》，第三卷p.222

28.參閱中宣部新聞局.新聞出版署報紙管理司編：《新聞法規政策須知》學習出版社，p.2頁

29.註同上p.186頁

30.一九九二年港督彭定康承諾對六百多條法律法例檢討，看有否影響新聞及言論自由，到九六年中對十四條法律中的三十一項作出撤銷或修改。

31.參閱中宣部新聞局.新聞出版署報紙管理司編：《新聞法規政策須知》學習出版社，p.115

32.註同上

33.參閱《鄧小平文選》第三卷，p.222

第三章　新聞煽色腥

　　甘惜分主編的《新聞學大辭典》將黃色新聞定義為「以傳播色情、兇殺、災禍、恐怖等內容和運用聳人聽聞的編排手法去刺激感官的新聞。」

　　同時，又將煽情主義定義為「一種突出色情描繪的報道手法，始於西方新聞界，主要手段是繪聲繪色揭露醜聞細節；詳盡刻劃犯罪的經過和作案細節，刻意渲染色情言行。這種手法是黃色新聞媒介的主要手段。」

　　世界新聞界公認，黃色新聞源於19世紀末的美國，較典型的兩份報紙是《紐約世界報》和《紐約新聞報》，它們競相刊出名為「黃色少年」的低級庸俗的卡通畫刊，從而導致了近一個世紀的黃潮泛濫。至今，黃色新聞在全球各國仍有著重要的市場。

　　由此看，香港存在黃色新聞並不奇怪，這不過體現了資本主義社會商業報紙生存的一個重要特徵。但是，香港特殊的殖民地的政治、經濟、社會、文化環境，又使到香港的黃色新聞出現有別於其他西方國家的特點；香港的煽情新聞文化，成為香港殖民文化的一個組成部分。

　　到了九七年香港回歸前後，黃色新聞出現了一次極度泛濫的浪潮。

煽情新聞文化──香港殖民文化的特色

　　香港新聞史研究者一般認為，1903年創刊的《憲報》，是香港「現代色情副刊」的先驅。[1]香港早期報刊，以政黨報刊為主，「黃色」主要在一般的商業報刊，並一般刊登在副刊上，香港舊報人稱之為「灑鹽花」、「談風月」。這種「風月副刊」，一直都很有市場。

到了20世紀二三十年代，香港報壇出現了以刊載黃色小說和政壇秘聞的小報。最早的小報有：《骨子》（1928年創刊），還有《石山》、《胡椒》、《探海燈》，其中後兩份最為暢銷。

小報黃色，黃色小報。小報生存發展靠黃色新聞，黃色新聞主要刊載在小報上，這是當時香港報壇的一個特色，也因香港報界的傳統觀念，登黃色新聞是小報格調，小報要上升為大報就要減少「黃味」、「色味」。

1939年何文法創辦的《成報》及1945年任護花創辦的《紅綠日報》，以風月場所秘聞、黃色小說，社會奇聞事態、武俠奇情小說為主。這兩張報紙在當時大量的同類小報中最受歡迎。[2]

張圭陽認為：當年《成報》雖然有國際新聞及本港新聞，但只是聊備一格。最為讀者歡迎的，是它的艷情小說及社會奇情故事。在創刊號中，就有「艷女飛頭記」一篇，第一回是「黑楓村公子斧毒蟒、山神艷女飛人頭」。到了1959年《成報》已是一派「大報風格」，每天出報一張半。第一版例必刊登國際新聞及大陸消息；第二版是「談天」副刊版，刊登連載奇情、艷情故事，亦有「夜半奇談」、影評及連環漫畫；第三版是「說地」副刊，同樣也刊登各式小說，有現代社會男歡女愛的「男心女心」，也有「人間鬼話」，內容都帶有一點色情成份；第四版是港聞版；第五版只有半張紙，刊登港聞、法庭消息及電台節目表；第六版是體育版。當年《成報》的每一版都有約半版廣告，刊出商業廣告、分類廣告及電影廣告等。

1959年5月20日創刊的《明報》，為了生存，起初也是走小報路線。直到1962年，查良鏞在「自由談」欄目為一篇來稿加按語時表示：「《明報》是小報，自慚無大報資格，倘一切順利，三五年內，其能為中型報乎？」[3]

在始創時期，《明報》持續有許多大標題的黃色血腥新聞。

表十二 《明報》創刊首年頭版或內頁標題抽樣

年	月	日	題目
1959	6	7	（報頭提示）波斯富街驚人兇殺奇案 美艷少婦半裸死於床上現場描寫兇案背景見第四版 （內頁頭條）波斯富街發生驚人兇殺案 穿睡衣裸下體少婦神奇斃命 頭部血肉模糊被灼傷　警方嚴封現場偵騎四出
		10	高雄七年前冤獄　宜蘭處女膜風波
		11	本家獨詳內幕報道 賣菜女破財失身　淪為舞女被拋棄
		20	獨眼徐娘被斬四刀　案發後疑兇畏罪跳樓
		22	（以後連續多天以黃案為頭版頭條）
	7	6	艷星家中出血案　經理人慘被擊傷
		9	女頭目率眾行兇　揮利剪血濺天台
		12	南洋客被騙十萬　女老千委身下嫁 戲假情真悲劇開始喜劇收場
		26	十層高樓躍下　舞女當場斃命
		31	渡輪上舞女墮海　事發前三日曾注射過通經針
	8	4	小孤女悲母病逝　三次自殺終死去
		5	婦人襟開褲裉死艇中　警方已擒獲疑兇一人 前夜與男友下艇渡宿嬉笑聲溢於艇外 口張流血狀　被扣斃驗出有兩次性行為 （內文小標題）艇婦提燈搖玉腿　屍橫狀慘好驚人
		11	芳姐婚後生活真相
		12	艷女慘遭毀容　亂刀下滿臉鮮血逃命
		1	避風塘發現雙屍　一男一女下體均全裸
		25	痴男怨女殉情去　相擁浮屍在荃灣
		29	黑吃黑毒販內鬨　女拆家倒在血泊
1959		30	玫瑰里桃色血案　丈夫清心寡慾妻子另闢天地 懷孕是誰經手一刀斬中柴佬
		8	不住酒店還我房錢　舞女被迫姦
		9	坪洲驚人慘殺案　麻袋裏屍埋灶底
		21	少女含羞向警方投訴　被同宗兄弟強姦
		24	青山墟發生驚人亂倫丑劇　庶母報被姦多次

年	月	日	題目
1960	1	10	缺肉乾屍掛樹上　疑被殺害藏深山
		18	扼頸色狼褪褲施暴　少女屎尿齊標昏厥
		20	情侶相擁自殺　男子斃命女郎昏絕
		27	隆胸一針腫痛無名　操刀自割血染玉峰
289期			狂狼迫姦女生　15分鐘殘酷時刻
311期			飛仔醉姦處女
	6	23	疊遭強吻女童橫死　麻繩勒勁伏屍靶場

表中所列，僅是三十多日報紙內容，但頭版的色情與暴力消息之多，以及題目的煽情程度，實不讓今日大眾化報紙。[4]1964年3月更刊登《花花公子》雜誌的「鐵幕美人」裸照。總之，遇上「性」有關的新聞，《明報》也例必以極大篇幅，極為細膩的描寫手法去報道。如富商之子涉嫌與未成年吧女發生性行為，鬧上法庭。《明報》處理這件法庭新聞，把興趣全部放在吧女的處女膜上，以處女膜為題的，同一個新聞版面就出現了三次。

港聞頭條的標題：

〈處女膜裂痕新舊問題　林聖尼醫生認為是新痕，唐醫官則說是舊痕〉

同一版另一標題：

〈檢驗出處女膜裂痕如十二點鐘型〉

再一個標題：

〈處女膜有兩度裂痕，一作十二點狀一作九點鐘狀〉[5]

張圭陽認為，就在《明報》沿著創辦時的小報方針，一步一步的滑向一份「聲色犬馬」的路向之際，國際局勢起了重大變化，《明報》受到了1962年5月難民潮的衝擊，還有「自由談」的設立和1964年與左派的「核子與褲子」的爭論，又迫使《明報》轉向了另一個方向—知識分子的報章。另外，其時《明報》逐漸擺脫財政上的窘境，有了自己的印刷機，報紙出紙兩張八大版成為中型報紙。於是，《明報》的格調開始提升。

香港報業公會在1959年3月18日的年會上提到「香港黃色小報刊物之數量驚人，此種情形，足以影響整個報業之聲譽。」

1959年3月18日立法局在辯論預算案時，郭贊議員就黃色小報的問題提出意見：「吾人深切注意者，為色情作品，載在多種刊物內日增，流行市面，其影響青年人，實至顯見。」[6]

從香港的新聞史可見，香港的黃色新聞也是報業發展的伴生物，而在商業報紙取代政黨報紙之後，黃色新聞迅速發展，煽情新聞文化迅速興起。但是，長期以來，黃色新聞主要載於報格低下的小報，載於報紙的副刊。香港新聞界長期以來形成共識，黃色新聞的尺度和多寡，是衡量報格的一個標準。但是，到了回歸前後，這種舊格局被打破。

黃色新聞氾濫六大標誌

在九十年代中期，香港兩大周刊《壹周刊》和《東周刊》，競相刊登黃色新聞，香港許多專欄作家稱為「淫褻雙周」。「在競爭中，兩刊競相走煽情路線，極盡揭人陰私與誨淫誨盜之能事」。[7]

到1995年《蘋果日報》創刊，「淫褻雙周」的競爭，擴展到兩本周刊所屬的壹傳媒集團和東方日報集團兩大集團的競爭，「淫褻化」傾向擴展到《蘋果日報》與《東方日報》你死我活的競爭之中。這種「淫褻化」的傾向蔓延至香港各大報章、各種傳媒，並在回歸後一段時間形成了高潮。

「一群老師」在1998年5月份發表了〈救救孩子〉的文章，長千餘言，要求特區行政長官、官員及議員正視色情報紙刊物的問題，呼籲專欄作者們從良心出發，躬身自省，不再替那些淫濊刊物寫稿。

該文指出：「幾份具影響力的報紙，長年累月藉自由為名，販賣色情，荼毒人心。可悲的是社會上由官至民，都視若無睹。」文章更直指某報「放毒行為是公然的、肆無忌憚的……所散播的淫邪信息已到了令人髮指的地步。……還恬不知恥地自稱市民喉舌，你說羞不羞？……肆無忌憚地鼓吹、教唆別人「溝女」、召妓，還算有道德麼。」

1997年首8個月，香港淫藝物品審裁處已審裁了逾10萬件物品，其中接近九成半屬三級物品，比1995年全年審裁的物品總數多10倍。

1995年審裁處裁決的物品只有8千多件，其中六成是三級的淫藝物品。1996年該處裁決的物品達到9萬多件，接近九成半屬三級物品。裁決的物品數目在1997年持續增長，頭8個月裁決的物品已超越1996年全年數目，衝破「十萬大關」達10萬零1899件。

表十三　淫藝物品審裁處審理案件

數目／年份	1995年	1996年	1997年 （1~8月）
裁決物品總數	5919	91911	101899
復核個案數目	32	9	4
重新考慮個案數目	22	4	～
上訴個案數目	6	6	1
轉介原訟（高等）法庭	5	6	1

（《蘋果日報》1997年10月13日）

表十四　影視處接獲淫藝及不雅物品投訴數字

種類／年份	1995年	1996年	1997年 （1~8月）
漫畫	134	17	15
雜誌	77	71	33
報紙	142	177	77
影帶	35	21	9
海報	7	14	3

（《蘋果日報》1997年10月13日）

　　香港影視處接獲淫藝及不雅物品的投訴數字也一直以涉及報紙為多，由1995年的142宗增至1996年的177宗，1997年1~8月亦已有77宗（見表）。

　　香港民主黨1997年10月進行一項電話調查，以隨機抽樣方法用電腦錄音電話致電被訪者，讓被訪者以按鍵回答問題，結果成功問了604人。大部分被訪者認為，傳媒在處理性觀念的問題上多屬誇張渲染和失實，其中七成半被訪者認為報紙雜誌的情況尤為嚴重。

　　調查結果顯示，電視傳播的影響力最大，在電視處理與性觀念有關的問題上，被訪者認為「中肯準確」或「誇張渲染」的比例相若；但報紙雜誌方面，約57%被訪者認為「誇張渲染」，只有約8%被訪者認為「中肯準確」。（見表）

　　民主黨文康廣播政策發言人指出，這項調查結果顯示，大眾所接觸的主體媒介在處理性觀念方面存在很大問題，以報紙雜誌誇張和失實的情況最為嚴重。各媒介為爭取市場佔有率，新聞報道不惜鑽現有法律的空隙，進行誇張渲染，藉以吸引多些觀眾或讀者。

表十五　被訪市民對傳媒處理與性觀念有關問題的意見

	中肯準確	誇張渲染	失實	沒意見	被訪人數／百分比
電視	32.5%	28.7%	6.3%	32.5%	268/44.4
電台	47.1%	35.3%	0%	17.6%	17/2.8
報紙雜誌	8.2%	57.6%	15.8%	18.4%	158/26.2
漫畫	7.0%	70.4%	7.0%	15.5%	71/11.8
國際電腦網絡及光碟	8.5%	62.7%	15.35%	13.6%	59/9.8
其他	19.4%	41.9%	16.1%	22.6%	31/5.1
604/100.0					

（《香港經濟日報》1997年10月13日）

　　僅從這些事例和數字，即已可看出，香港傳媒在九七回歸之前出現黃色新聞氾濫趨勢，並不是聳人聽聞。而在九七回歸之後，這種趨勢還呈現強化的現象。資深新聞工作者陸鏗在1999年10月指出：今日的煽情新聞令人搖頭，所謂大報（銷量大）成了小報（格調低），頭版消息充斥鮮血淋漓的社會新聞，越是殘暴、變態，越受編輯垂青。色情照片已經司空見慣，於是黃色報章出奇制勝，實行教讀者尋花問柳、安排賭局，詳盡刊載各式「尋歡指南」。今時今日，報人已被某些商人糟蹋得不像樣子。[8]對這種「淫溅化」現象，還可從下面的方向去考察。

一、黃色新聞大報化

　　1999年4月25日，北京發生了大批法輪功信眾包圍中南海事件。香港報章銷量頭三名並佔七成以上的《東方日報》、《蘋果日報》和《太陽報》並沒有將此放在頭版。《蘋果日報》頭版是報道〈未曾真箇卻已銷魂　嫖客遭妓女移屍梯間〉的新聞，配有死者身披浴衣坐屍梯間的現場相片；《東方日報》與《太陽報》則不約而同報道〈玉販走鬼遭車撞命危〉的消息，均配有現場傷者披血

相片。三大報雷同的煽情手法和對血腥色的嗜好，例證可以隨手拈來。

1999年4月17日，當日三報不約而同在頭版對一宗丈夫殺妻复拋屍落街的倫常慘案做了圖文並茂的全版報道，標題分別為：〈不堪苛索　揮凳爆頭　老漢涉殺妻捉屍落街〉（《東方日報》）；〈榨乾身家　勞役按摩　夫發狂扑死惡妻捉落街〉（《太陽報》）；〈怒漢殺妻捉落街　夢中遭吵醒　變倫常慘劇〉（《蘋果日報》）。

三報亦均將死者臥屍街邊的相片作為震撼性的視覺中心處理，差別處僅在屍身大小。最甚者是《太陽報》，乾脆通欄突出女死者褻衣橫屍的相片，來個別開生面的通欄橫屍圖。

1999年1月19日，《蘋果日報》頭條，〈被控姦女文員　反指對方挑逗　警員　伸脷熱吻後射精〉。《太陽報》則是，〈梯間強姦案另一版本　被告指女方主動誓令他射精〉。刻意和露骨和不掩飾渲染姦情細節，兩報不相伯仲。

任何上網瀏覽新聞的讀者都可以發現，在香港、台灣和大陸，以及其他華人地區，唯獨香港的報刊頭條，血腥色味濃的社會新聞，佔據七成以上。柯達群認為，當年有人將黎智英與馬澄坤的兩份競相以煽情手法賺錢的周刊斥為「淫瀡雙周」，那麼，《太陽報》的創刊，僅是令香港中文報業中的「淫瀡雙報」一詞改寫為「淫瀡三報」，另其他報紙為了生存而「紛紛走向大眾化路線」而已。[9]由此可見，大眾化報紙的煽情文化成了香港中文報業主流文化是不容否認的實事。

1998年下半年，香港記者協會曾經在會員間做過一個關於傳媒操守的問卷調查，部分題目的結果如下：

表十六　傳媒操守問卷調查

問題	答案	所佔比例
哪種媒體問題最嚴重	報紙	71.00%
	電視	27.00%
	雜誌	23.00%
	所有傳媒	16.00%
	電台	6.00%
	互聯網	4.00%
傳媒哪方面問題最大	新聞圖片太煽情惡俗	47.00%
	太多色情素材	43.00%
	誇張報道	41.00%
	太多娛樂式「新聞」	39.00%
	報道不準確	28.00%
	捏造新聞報道	22.00%
	渲染美化黑社會	21.00%
	侵犯個人私隱	20.00%
	採訪手法有欺騙性	18.00%
	太多暴力素材	15.00%
	文字欠佳、粗俗	15.00%
	報道太瑣碎	13.00%
傳媒操守為何轉壞	競爭壓力	46.00%
	商業壓力	42.00%
	討好讀者	21.00%
	專業訓練不足	16.00%

　　另外，民間傳媒監察機構「明光社」1999年就13家中文報紙對精神文化污染的程度進行調查並列出指數表：

表十七　香港中文報章污染指數排名

（一）色情

報名	東方	蘋果	太陽	天天	新報	成報	星島	明報	商報	大公	文匯	信報	經濟
得分	6.95	6.67	6.11	5.79	4.39	4.12	2.35	1.88	1.78	1.17	1.61	1.54	1.48
排名	1	2	3	4	5	6	7	8	9	10	11	12	13

（二）失實

報名	蘋果	東方	太陽	天天	新報	大公	成報	文匯	星島	商報	明報	經濟	信報
得分	6.08	5.64	5.46	5.01	3.87	3.72	3.66	3.51	3.14	2.79	2.51	2.40	2.23
排名	1	2	3	4	5	6	7	8	9	10	11	12	13

（三）不當報道手法

報名	蘋果	東方	太陽	天天	新報	成報	大公	文匯	星島	商報	明報	經濟	信報
得分	6.48	6.08	5.69	4.99	3.79	3.61	3.32	3.12	2.99	2.63	2.39	2.38	2.17
排名	1	2	3	4	5	6	7	8	9	10	11	12	13

（四）污染總分排名

報名	蘋果	東方	太陽	天天	新報	成報	大公	星島	文匯	商報	明報	經濟	信報
得分	6.41	6.22	5.75	5.26	4.02	3.80	2.92	2.83	2.75	2.40	2.26	2.09	1.98
排名	1	2	3	4	5	6	7	8	9	10	11	12	13

在上述污染排名中，長期可以入校園標榜為嚴肅報紙的《明報》和《星島日報》也問題嚴重。這說明這兩間報館老闆和編輯部，經受「淫濺三報」的衝擊，把持不住原來的定位和編輯方針，也「紛紛走向大眾化路線」，即煽情路線。

香港浸會大學傳播學院新聞系就香港回歸前後《東方日報》、《明報》，與廣東省的《廣州日報》、《羊城晚報》的罪案報道率做了抽樣調查，結果發表於1999年8月的《傳媒透視》，題目為：〈比較香港與廣州報紙的犯罪新聞—恐怖的媒體現實〉。標題使用具震撼性的「恐怖」二字，何為「恐怖」？下面是依原文數字對照表簡編出來的表格。

表十八　香港報紙與廣東省報紙罪案見報率對照

	東方日報		明報		廣州日報		羊城晚報	
	1997年	1998年	1997年	1998年	1997年	1998年	1997年	1998年
犯罪新聞總數	1520	1430	722	620	351	403	166	351
頭版犯罪新聞比例	7%	7%	8%	6%	8%	7%	16%	18%
配圖犯罪新聞比例	44%	49%	35%	37%	1%	4%	1%	2%
詳細描述犯罪過程比例	62%	66%	26%	30%	14%	20%	46%	36%

從這個統計中可見，《明報》對犯罪新聞的興趣和細致描寫，比例也是相當高的。

筆者還隨機抽出香港兩日的頭版或頭條，都可以看出《明報》和《星島日報》的「大眾化路線」逆轉的勢頭。

表十九　2001年7月19日香港報刊頭條

報名	版面	標題
《東方日報》	港聞	械劫集團涉銷暫贓洗黑錢七主犯在逃 季炳雄26黨羽落網
《蘋果日報》	頭條	O記搜新賊王拘25人 葉繼歡獄中暢談季炳雄
《太陽報》	本地新聞	涉轟警劫表行七寇同黨落網 季炳雄銷贓集團瓦解拘20人
《成報》	要聞	總衛生幫辦因公職 遭報復　遇伏命危
《新報》	要聞	疑掃蕩地下燒臘場招血腥報復 食環署總督察中伏危殆
《星島日報》	要聞	「O記」飛虎隊齊出擊撳洗黑錢樓契 季炳雄賊黨九骨幹被捕
《明報》	要聞	騙房津罪成研究是否解雇 嶺大聆訊仇振輝妻
《大公報》	港聞	賊王季炳雄二十黨羽被擒 警拘二十名男女起出贓物及洗黑錢證據等 港懸紅二百萬追緝賊王　「紅色通緝令」發佈全球
《文匯版》	重要新聞	全球衰退警報響起　受美經濟放緩拖累 十年首現同步經濟下降 格老：減息或許持續 稱經濟疲弱或超預期　完成清倉方有經濟反彈
《香港經濟日報》	要聞	稱經濟呈現見底　今年稍候好轉 格老：美復甦受阻　需再減息
《香港商報》	重要新聞	格林斯潘經濟報告 前景不妙持續疲弱　美聯儲局或再減息
《信報財經新聞》	要聞社評	3G底價營業額5%　九月競投
《南華早報網上版》	「Front」	3Gsale set to net Treasury $5b

　　2001年7月9日這天，《文匯報》、《香港商報》和《香港經濟日報》都以格林斯潘對美國經濟報告作頭條，因應香港經濟處境不佳及受美國經濟影響大，以此作為頭條是最適宜的。

另外，《信報》和《南華早報》則以香港第三代流動電話的競投做頭條。這也是香港經濟和社會發展的大事，新聞價值亦是重大的。但是，《明報》和《星島日報》都棄這兩則新聞不用，選用社會新聞做頭條，其「煽情」傾向溢於言表。

表二十　2001年7月23日香港報刊頭條

報名	版面	標題
《香港商報》	重要新聞	產業升級蘊藏商機　向外引資近水樓台 東莞轉型港商可著先鞭
《大公報》	港聞	李少光回應談雅然居港權案稱 行使酌情權要顧及社會穩定
《星島日報》	要聞	《少林足球》免費任人睇　質素媲美光碟 內地網盜播港產猛片
《明報》	要聞	14至16歲少女暑期找快錢 三初中生貪慕名牌當舞女
《文匯報》	重要新聞	瓦希德命運今揭盅　昨仍拒辭職 聲言不赴會　要求提前大選
《蘋果日報》	頭條	警嚴緝漏網愛滋妓　至少兩泰妓失蹤 多名馬伕被問話
《成報》	要聞	港人壓力亞洲之最
《香港經濟日報》	要聞	紅磡再勾商地　下月賣地料受壓 倘成事區內供應急增128萬呎
《東方日報》	港聞	三女生陪客搵快錢
《新報》	要聞	遭誘騙運毒復脅逼攬罪上身 19歲少女為哥仔蹲監跳樓亡
《太陽報》	本地新聞	十四歲女生首日伴唱即扣查 警拘色情暑期工
《信報》	要聞社評	地產商反對市建局擔當發展商

2001年7月23日這天，《明報》的頭條與《東方日報》、《太陽報》一樣，都以司空見慣的少女陪客為興趣。《星島日報》選的盜版新版，新聞價值更低。當日的社會與論焦點，應是《大公報》所選取的居港權問題。另外，《成報》有關香港所受壓力為亞洲之

最，其意義大於《明報》、《星島日報》。在香港新聞界，一般界定《成報》是大眾化報紙，色情成分高於《明報》、《星島日報》，但這日之後，兩者的格調就不如前者。

二、從「灑鹽花」到血腥色轟炸

「灑鹽花」，是香港新聞界對長期以來香港報刊上色情文字的形像概括。「灑」這個動詞和「鹽花」這個比喻，都可以看到過去的色情文字在量和質都有所節制，而香港報刊出現「淫濺化」傾向後，從量到質都「去到盡」（廣東話，形容走到極點）。

老報人馬松柏在《香港報壇回憶錄》[10]寫道：

> 今日報章上所謂「風月版」的內容，筆者不便評論，但可以肯定的指出，今日本港報章上「風月」文字，和過去有顯著不同。筆者且說一些以往的情況，供大家看看。
>
> 根據法例，香港政府有關部門昔日對於報章上的「風月」文字，監管得非常嚴格，甚至嚴到可以用「烏蠅都飛唔過」來形容，所以文字「鹹」也「鹹」得有限度，寫也要寫得非常高技巧。若果昔日的文字像今天這樣，恐怕報社要停刊，總編輯和作者也要坐監了。
>
> 數十年前本港有一份相當「有味」的報紙，叫做《紅綠日報》，副刊有一篇專欄名「都市背影」，是有味的一天完小說，作者是本港一流作家高雄先生，當時所採用的筆名是「小生姓高」。高雄寫「風月」文字固屬一流高手，且有豐富經驗，在法律問題上當然懂得避重就輕，而當年吃報館飯的人，最怕就是惹上官司，一旦遭政府檢控，便非同小可，難以向老闆交代，可能自己飯碗也成問題，所以都會非常小心，但是萬料不到像高雄這樣的高手也碰了釘，可謂「老貓燒鬚」。

當年闖禍那一篇文字，內容是說一個男人和一個女人入房食雪條，誰也料不到這樣就被政府執到痛腳，認定是淫褻，罪名成立，罰了4,000大元。

辯方曾經質問，男女入房同食雪條，究竟何罪之有？但法官所持的理由，則是「食雪條何必入房，何不在客廳食雪條」？假如將當日該案的法例尺度用諸今日，後果實在不敢想像。

今日報章上的所謂「風月」文字，情況如何，有目共睹，作者都有生花妙筆，將男女之情寫得繪影繪聲，但實際上過去亦有過不少鹹稿高手，不過他們都礙於法例，執筆都非常謹慎，決不會像今天這般放肆。以前的高手執筆都有很高的技巧，決不會有正式「埋牙」的描述。

下面是《東方日報》2001年7月13日的頭版頭條：

警撞破15歲童16歲女肛交

16歲應屆會考女生，周前在街上認識一名年僅15歲男童，竟然主動到對方家中過夜，兩人除共赴巫山，並進行肛交。警方昨午在尋找一名13歲失蹤女童時，無意中揭發此宗胡天胡帝風化案件，男童涉嫌非法肛交被捕，而失蹤少女則被發現匿藏於床底暗格，險被焗暈。案件現交由油麻地分區刑事支援隊跟進，稍候列非法肛交案處理。

被捕的15歲男童，身材肥胖，頭染金毛，早年停學，現與祖母及親妹同住佐敦道渡船角一親友的單位。據悉，男童任職三行的父親早年與妻子離異，在內地另娶，已甚少回家。據大廈看更及鄰居稱，該單位常有身穿校服少女出入且常有人留宿。

兩校服女童一併帶署

現場消息稱，警方昨晨接獲一名家長報案，指其13歲女兒前晚徹夜未返，昨晨致電返家時傳來雜聲，有人指嚇女兒不能返家，擔心女兒遭不法之徒禁錮，由於過去曾在上址尋回女兒，遂聯同警員於昨日下午一時，一起登門尋女。

當警員抵達現場，只見屋內漆黑一片，且無任何動靜，正當警員四處察看時兩名身穿校服女童剛巧攜著飯盒抵達上址門外，見有警員在場即只顧在門外踱步，即場被失蹤女童父母認出為女兒同學，女警上前查問，但兩女童卻默言不語。

認肛交痛楚褲襠滲血

警方其後在大廈電表房檢查，發現事發單位電表不停轉動，顯示室內開著冷氣機，相信有人在屋內，遂施展一招「焗蛇出洞」，截斷單位電源。

未幾一名15歲男童及其13歲親妹開門，警員入內見單位混亂一片，警員並在其中一個房間發現一名16歲女童，並在地上撿獲一個灰色胸圍及一條染有血漬灰色內褲，但未有撿獲安全套。

當警方上前了解，卻見女童褲襠不斷滲血，女童承認曾與人進行非法肛交，且表示非常痛楚，警方遂將男女童一同拘捕，16歲女童向警方稱，一個月前在街上與任訪問員的被捕男童認識及交往，前晚參加謝師宴後致電他，並前往上址留宿，期間與對方發生性行為，然後更進行肛交。

女童匿床下暗格險死

為失蹤女童未見蹤影，警方遂在屋內進行地氈式搜索，起初未有發現，卒在另一個房間的碌架床床褥下的暗格，尋回失蹤女童，若不能及時發現，女童可能因為室息而送命。

據被捕男童親妹稱，失蹤女童為其兄契妹，並自稱自小遭父親毒打而常離家出走，且懷疑有同性戀傾向，最近在一間網吧結識一名女侍應，女童疑不滿父親計畫將其送往加拿大升學，與女侍應難捨難離，心情沉悶，遂於昨日凌晨四時到上址找契哥開解。警方初步相信該女童與案件無關。

從該節報道的手法中可見，報紙的趣味全在「肛交」，並以此作為當日最有新聞價值的新聞，全篇報道沒有一點批判性，警示性，報館並不是以此作為社會問題提出，希望家長、學校加強對學生的道德約束，而是以性變態行為作噱頭、賣點去吸引讀者，增加報紙的銷路，以變態為趣味，以嘔心為甜品。

對於香港主流媒體對色情尺度放寬和追逐，楊漪珊稱之為「頑強地散播鹹料、黃味」，使「對性解放世界充滿向往」的她和其他開明人士都「慘不忍睹」。她指斥，「媒體為求吸引讀者，採取煽色腥的手法，鉅細無遺地描述性罪案，以滿足讀者的性慾心理和偷窺心理」。[11]

對於克林頓性醜聞的報道，香港幾張大報像天上掉下了寶，極力渲染其中的性情節細節，引起了立法會議員張文光反感。他指出，報紙是登堂的家庭刊物，過份出位的標題、內容，令家長十分尷尬，正如家中每日均購買八份報紙，「那天就等於買了八本鹹書」。[12]

在這一期間，香港樹仁學院新聞系學生在一份作業中寫了一件地鐵車廂耳聞目睹的事情：「一位小孩認出鄰座正在翻閱的報紙大標題上有「口交」兩個大字。孩子於是天真的轉臉問母親：「媽咪，什麼是『口交』。」母親在眾人注視下，臉上泛紅地叫兒子不要亂說。孩子不懂，又大聲地將問題重複一遍，引來更多乘客的注意。年輕的母親羞怒地輕輕摑了兒子一個巴掌，不讓他問下去。

該位新聞系學生目睹此情，心中為那位小孩抱不平，但是，他

也明白，母親不這樣，又能怎麼樣呢？難道他可以開放地對少不更事的兒子耐心的進行「口交」的啓蒙解釋？孩子沒錯，母親沒錯，那位閱報的乘客也沒錯，那麼，錯的是誰？那個時候，是香港大部分報紙津津樂道報道克林頓總統和萊恩斯基性醜聞的「火紅」關頭。沒有這類題材的時候，大眾化煽情報紙已經不惜以身犯法挖題材，更何況這類題材通過國際傳媒炒遍全球的時候，那類報紙的編輯們當然更要像熱衷烹飪的主婦一樣加油添醋地大肆炒作一番了。什麼字眼夠刺激，夠「性感」，就用什麼字眼起標題。」[13]

除了對色情尺度放寬，寫得更露骨、更黃、更鹹之外，還出現了色情新聞「全報化」現象，即色情文字從過去主要在副刊的小框框里（專欄），變成籠罩全報的重要的新聞價值要素。不但在成人版、娛樂版、港聞版、兩岸版、要聞版，甚至國際版也要以全球黃色新聞為主，電腦版、資訊版，都要固定地配上女性胴體的大特寫。《蘋果日報》創刊號的「華南新聞」版，頭條竟是「六名港客深圳嫖出大禍」，而娛樂版「釣娛台」的頭條是「盟主波神彭丹」（波，粵語意指女性乳房），還配上幅欲蓋彌彰的「波」相；就連「兩岸新聞」版，也弄來一條「吉林小淫蟲誘姦七婦女」做主稿。

以下是一些信手拈來的頭版頭條的特大字號的通欄標題：

蔣介石陰囊遭狗咬不育
《蘋果日報》1997年10月3日

逆子為錢弒母狂刺17刀
《東方日報》1997年8月31日

瘋漢生劏慈母
《太陽報》2000年1月23日

小淫魔咬乳頭迫口交囚七年半
《太陽報》1999年4月11日

冒死生吃胎盤
《太陽報》1999年4月27日

這條位列頭版頭條的新聞，報道港人北上生吃胎盤時，對胎盤的血相刻意渲染：

> 不久有傭人端來一個血淋淋的胎盤讓各位食客「驗明正
> 身」。該個胎盤據說剛由產房新鮮運到，仍透出微溫……外
> 層有一塊血淋淋血膜包裹滑潺潺之血肉，臍帶依然連著。傭
> 人給各人過目後，馬上拿近廚房切片作刺身。目前最流行的
> 是胎盤包餃子，做法是毋須將血清洗……」

1997年2月13日，部分中文報刊在處理一位精神病患者將母親砍頭的消息時，刊登了血淋淋的頭顱落地照片，其中又以《蘋果日報》的做法最為煽情出軌，刊登了未經任何處理的血腥人頭照片。1998年5月印尼發生暴亂，《蘋果日報》從互聯網下載了4張華人婦被姦殺情況的照片，在報上登出。後被淫藝物品審裁處評為不雅物品。[14]

三、完全無視當事者尊嚴

香港新聞煽色腥之極，最令人不可忍受的是，完全無視了當事者的尊嚴，拿死人大做文章，拿活人大做文章，拿不幸者大做文章，進行「嘲笑式的報道」，「偷窺式的報道」，「與論審判式的報道」。

1999年9月9日，《東方日報》刊登了一位「兩百磅肥佬坐爆

馬桶傷腿標血」的消息，《蘋果日報》也登了。兩報都配了事主及馬桶毀裂的現場相片。另外，諸如「六十磅浸大女生厭食又昏迷」的花邊新聞，消息見報，雖然對讀者有提醒作用，但是更多的是為求博讀者一笑而不顧對當事者形成的心理傷害。更甚者，《太陽報》頭版報道一位可能患有精神病的女教師，「打完學生匿坑渠」，清晰的連續抓拍組相，將那位女教師與警員掙扎拉扯的形像完全呈現在讀者眼前。試問，如果街上碰見一位精神病人突然做出失常動作，文明社會的路人一是加以援手，二是為之報警救助，只有缺乏同情心的一族，才會站在一旁「欣賞」，甚至抓起相機拍下趣相。就專業使命性質與專業教育程度而言，記者已經不是一般的路人，但是在搶拍一位不幸者的醜相並將其公諸於衆時，有沒有想過，那位不幸者清醒過來，感受如何？她又如何在為人師表或回歸正常的社會生活呢？

更甚者，置人於死地。1999年4月15日，一位24歲青年周某某爬上十二樓的天台企圖跳樓自殺，後來獲救。他是一位有心理問題的人，有數次偷竊前科，又因偷竊被逮，法庭判他18個月感化並繼續接受心理治療，但《蘋果日報》登出他步出法庭時的正面照片。他因此自感無顏偷生，慣而企圖自殺。「我係有病，有時控制唔到自己，一時衝動又做錯事，連法院都畀（給）機會我，畀我去感化，點解（為何）那些報紙趕絕我！為了銷量而不顧他人感受？」[15]這是他留在「遺書」中的吶喊。這不是個別或偶然的事件，它是煽情報紙無視人性尊嚴及所有市民及皆享有平等生存權利的必然產物。

1988年春，23歲的香港大學女生因為在超級市場「高買」罪名成立，她要求法院不留案底被拒絕。香港傳媒在報道這件事時將她的名字公開，她看見後覺得無顏而面對家人和朋友，跳樓自殺喪生。1995年中，有個警員因不滿報紙未經證實，就在頭版報道他和同僚在卡拉OK消遣時非禮同桌的女警，覺得人格受到傷害，爬

上天台企圖跳樓，後上司和談判專家多番遊說，才返回安全地點。

對這種傷害當事人的報道手法，香港電台主辦的《傳媒透視》[16]刊文憤怒譴責道，在美國「對保護青少年及性侵犯受害人有更人性的考慮，從不報道強姦案的過程及受害人的名字。為防止抄襲，不會報道在私人地方發生的自殺案，遑論圖文並茂……更重要的是他們在審視每一條消息和資料，都表現充分的尊重，道德操守和專業精神原是不可分的。畢竟所有報道都是處理「人」的故事，沒有了對人的尊重和道德的考慮，傳媒的意義何在？」

但是批評歸批評，傳媒依然我行我素，概不改正。在1998年7月8日，有一位露宿者被報章用大篇幅刊登他和他的狗隻的照片，並影射他養狗是為洩慾。他看後極度不滿，親自到報社交涉沒有結果，便走到一個行人天橋攀越欄杆企圖跳樓，後獲救。

四、煽情文化伴生黑色暴力現象

以下是從各種報刊報道整理出的九十年代新聞界暴力大事年表：

1993年中，有人致匿名電話給北角警署，稱通緝犯葉繼歡會持AK47自動步槍前往《壹周刊》社址開槍搗亂，後證實為虛報。

1993年8月，二十多名大漢衝上《壹周刊》社址恫嚇，表示該刊文章令他們的「大佬」不滿，這次只是口頭警告，未致破壞。

1993年11月17日晨，測魚湧華蘭路《壹周刊》出版社與長沙灣佐丹奴代理公司寫字樓，同一時間被三兇徒衝入搗亂破壞，事件中無人受傷，僅損失約15萬元財物。

1993年11月18日晚，黎智英在大埔道的豪庭後院被人投擲燃燒彈。

1994年7月5日，黎智英名下佐丹奴店鋪三周內被兩度破壞，相信事件與《壹周刊》文章有關。

1995年6月，甫創刊的《蘋果日報》在運往澳門發行途中，被

抛下大海。

　　香港減價戰爆發期間，1996年5月15日，資深新聞工作者、即將創刊的《凸週刊》雜誌社長梁天偉在辦公室內遭數名男子斬傷，左手前臂更被斬斷。事件懷疑與新聞工作有關，並引發傳媒工作者受暴力威脅的關注。5月19日，逾三百名新聞從業員參加因梁天偉遇襲事件而發起的新聞界反暴力大遊行，表達對事件的抗議。

　　在香港回歸後，新聞界的暴力事件連續出現了幾宗：

　　1997年12月，兩名報社記者在長沙灣臨時禽畜批發市場採訪，被多名大漢毆打。

　　1998年1月8日，《壹周刊》兩名記者採訪歌星黎明時，在紅磡海逸酒店外，突然被5名大漢襲擊，並搶走一部無線電話及一部相機，其中1名記者受傷，警方事後拘捕3名涉案男子，列為行劫案處理。

　　《壹周刊》1998年2月22日被傳真恐嚇，指該刊在九龍長沙灣的寫字樓被放置6個「炸彈」，警方接報後大為緊張，封鎖了附近街道，二千多名大廈員工須疏散。後來，拆彈專家將一個可疑物體引爆，證實並非爆炸品。

　　1998年5月27日下午，《星島日報》和《天天日報》兩位女攝影記者，到樂富中心的中南銀行門外拍攝股票跌市下，投資者在銀行內看股票機的情況。一名因股市大跌而損失一百萬港元的男子，不滿兩名女攝影記者在銀行拍攝他的照片，一時情緒失控追向兩人拳打腳踢，其中一名女記者被打到眼鏡破碎，割傷右眼下皮膚。後來，這名毆打女記者的男子，於1998年7月22日被法庭判監禁4個月。

　　1998年6月1日，香港攝影記者協會50名會員，在中環遮打花園舉行反暴力控訴大會，希望大眾關注近期攝影記者遇襲事件，出席的攝影記者將相機放在地上以表不滿。

　　1998年6月29日，東方報業集團主席馬澄發在出席高等法院聆

訊後，保護他的一批大漢與在場的攝影記者發生衝突。《明報周刊》攝影記者陳木南報稱被推撞至左肩脫臼，警方把事件列作毆打案處理。

電台節目主持鄭經翰每天早上都會透過「大氣電波」針砭時弊，品評香港新聞人物，想不到自己也會成為頭條新聞人物。1998年8月19日清晨6時40分，他駕車前往香港商業電台上班，準備主持時事節目《風波裡的茶杯》。從停車場步行往商台大門途中，突然殺出兩名三十多歲的持刀男子，二話不說揮刀向鄭劈斬。鄭身中6刀，左手手骨骨折，右手和右腳主要神經線被斬斷，兩名兇徒逞兇後逃去無蹤。

送院過程中，鄭情況一度危殆，經過6個小時搶救才轉趨穩定。警方在肇事現場檢獲半截斷裂的牛肉刀，足見兇徒落力度兇猛，但從行兇手法來看，兇徒並非要奪命，而是要鄭肢體殘障。

事件發生後，香港特區行政長官董建華對事件表示關注，責成警務處處長許淇安盡早破案。警方把案件列作傷人案處理。

鄭經翰被斬是否與錢債或商業糾紛有關？有報道懷疑鄭被斬是因為在金融風暴中損失慘重，有金錢瓜葛。但鄭經翰後來在醫院接受記者訪問時否認上述說法，指今次事件是與自己的工作有關。

1998年8月20日，九龍伊麗沙伯醫院發生傳媒遇襲事件。兩名神祕男子駕駛一部報失的私家車，向《蘋果日報》兩部採訪車作暴力騷擾，事件中一名《蘋果日報》記者與狂徒糾纏時受傷。當時，一名惡徒從私家車跳出，手持一支4尺長木棍，搗毀採訪車擋風玻璃後恐嚇說：「叫你老闆小心點，以後唔好再上深圳採訪影相！」後來，兩名惡徒逃脫而去。

1999年9月22日，九龍一位女報販受襲，被斬身亡。翌日東方報業集團鑑於死者家人「情緒激動之餘講了一些不正確和不恰當的話，有損本集團權益和聲譽」，特地就事件發表聲明，澄清《東方日報》及《太陽報》與有關發行公司相互獨立、互不隸屬的關係，

並對事發地區有人擬擺賣兩報「深表遺憾」。

雖然上述新聞界發生的暴力事件，並不能充分證明，回歸後新聞工作者的工作，在競爭激烈的環境中，已經受到暴力的威脅，但是新聞暴力事件接二連三的出現，卻不能排除與報業商業競爭加劇，新聞報道的取向和採訪的方式發生轉變有關。

2014年2月26日10時左右，《明報》前總編輯、現任網絡營運總裁劉進圖，駕車前往西灣河鯉景灣準備吃早餐。泊車後正要入咪錶付費時，兩名刀手同騎一輛電單車馳至，車尾男子手持牛肉刀步近，從後向他揮刀亂斬，劉身中六刀倒地。兇徒傷人後即登回電單車絕塵而去，浴血地上的劉當時仍然清醒，可自行報警。警方趕抵時，躺在地上的劉仍能說話，但未幾疑失血過多暈倒，事後被送院搶救。警方綜合證據顯示，相信兩兇徒早有預謀，事前掌握事主生活作息，並跟蹤前來行兇。事後，警方緝拿了兇手，但是到底為何劉進圖被砍，真實原因一直沒有公布。

五、色情資訊化

色情資訊化，可以說是香港黃色新聞氾濫的最顯著特點之一，在報章長久、專門、系統地提供色情資訊服務，也是對社會風氣毒化最具殺傷力的核子彈。

由於研究資料有限，未知色情資訊化是否香港新聞界的首創，也未能準確判斷其在國際新聞業中所佔的地位和份量和影響，但可以肯定的是，在香港首先提供色情資訊服務，功勞歸於《蘋果日報》，歸於該報的創辦人黎智英。

在《蘋果日報》創刊後兩個多月，筆者任該報的中國版編輯主任，參加了該報的每天舉行的中層以上幹部的檢討會議，耳聞目睹黎智英的編輯方針。每次會議上，一講到該報的「豪情版」，黎智英總是眉飛色舞，愛不釋手，又是搓手，又是嚥著唾沫，說「這是最煞食的（最叫座）」。他每個星期都會做民意調查，了解市民對

報紙各版的觀感意見，他說，不管是男或女的讀者，在調查會上口頭上說不看「鹹版」，實際上個個都「中意睇」，只不過是偷偷地看。

黎智英辦的《蘋果日報》，要在激烈的競爭中立住腳，很重要一條是吸取外國新聞業的經驗，而香港人又做得很不夠的，那就是全面提供諮詢服務，即報紙不但提供新聞，而且提供日常生活所需的諮詢服務。黎智英認為，在香港的「嫖妓文化」浸淫的氛圍，提供「黃色資訊」是一個重要的內容，是報紙生存的「命根子」。

因此，《蘋果日報》的鹹版「豪情版」，辦成了一個「嫖妓指南」。其中，主要提供如下色情資訊：

（一）香港各種「色情架步」，妓女的樣貌，身材，服務內容以及價錢。

（二）澳門黃業的資訊。

（三）深圳以及內地娼妓的各種情況，以及內地掃黃的情報。

（四）香港及內地售賣的色情光碟的內容。不但介紹詳細，而且打分評價，為讀者提供值不值得買的意見。

（五）介紹各種性藥物，包括性能、價錢、可購買的地方。

（六）介紹各種性工具相關的資訊。

（七）介紹世界各種性知識。

（八）開設讀者來信專欄，回答各種性資訊問題。

《蘋果日報》一推出色情資訊服務，立即引起社會轟動，也激起其他大報紛紛仿傚，鋪天蓋地，充斥香港。女作家楊漪珊在《古老生意新專業》一書指出，「報紙上《叫雞指南》、《落區便利店》露骨地寫明架步地址、價錢、女種、拿手性功夫。」

《星島日報》曾以「馬伕」寫專欄介紹《蘋果日報》鹹版而一炮而紅」。[17]

《蘋果日報》1995年創刊後甚為暢銷，除了因為內容新穎外，還因為出現一些受矚目的「有味」專欄作者，其中兩張皇牌是

「肥龍」和「骨精強」。這兩名作者的一大特色，是走遍香港各類架步如鳳樓、骨場、舞廳等，將尋幽探秘所見所聞，以「尋歡貼士」的方式在專欄發表。肥龍曾在文中自認是「馬伕」，在砵蘭街帶妓女出街。

由於這類公然介紹尋歡資訊的專欄以往未曾見過，所以大受注目，而肥龍和骨精強一時間成了另類「名作者」。

這一「文化現象」，連國際傳媒也嘖嘖稱奇，《亞洲華爾街日報》曾專訪了骨精強，讓他現身說法，大談寫這類報道的感受。

一舉成名之後，肥龍等也懂得利用其市場價值，於其他風月雜誌遍開新欄，以更露骨文字品評各架步之「新貨」，不過由於寫得愈來愈濫，內容是真是假，開始令人成疑。亦有人以類似的名稱出版色情雜誌，由此衍生不少色情產品。

到了2000年4月下旬，香港政府公佈《淫褻及不雅物品管制條例》檢討諮詢文件，《蘋果日報》有所收斂，2000年4月29日《星島日報》報道如下：

總編輯：「為免封舖拉人，決定避一避」（眉題）
《蘋果》取消召妓指南（大題）

港府加強管制色情刊物的措施，似已初見效果。雖然有關措施仍在諮詢階段，但本港銷路最多的中文報章之一《蘋果日報》，決定於今天開始取消該報風月版三個被視為「召妓指南」的皇牌專欄，三大召妓指南「名作者」肥龍、骨精強和馬交倫將在該報上消失。

《蘋果日報》總編輯葉一堅承認此舉是「避一避」港府發表加強管制淫褻刊物的諮詢文件。而港府官員則認為這是好消息，顯示港府建議奏效，但政府不會因此撤回諮詢文件。

港府認為建議奏效

《蘋果日報》決定取消該報「豪情夜生活」版面內有肥龍、骨精強和馬交倫撰寫的「豪情三俠」專欄。該三個專欄除以文字介紹風月場所外，還在每個欄內刊登一張澳門歡場女子的性感照片，列出其屬那個場，以及三圍數字等（附圖）。

但葉一堅接受本報記者訪問時，堅持該三個專欄並非「召妓指南」，而是「畀唔叫雞既人睇」的。他亦否認今次做法是因為「理屈」而「改過」。

他說：「政府好野蠻，諮詢文件的法則太辣，為避免被封舖拉人，遭罰款百萬，而公眾又有好多意見，所以決定避一避。」

若銷路大跌考慮恢復

葉一堅坦言擔心取消這三個專欄，會影響報紙銷路，不過對影響仍抱審慎樂觀態度，因為該報的銷量主要非靠這類內容。不過，他說若然銷路跌得屬害，也要考慮是否恢復這些專欄。

港府官員對於《蘋果》取消這些專欄表示鼓舞，認為諮詢文件的建議未立法先奏效，是一項好消息，對整頓社會、傳媒的風氣有正面的影響。但港府不會因此便撤回文件，「諮詢文件並不是為一張報紙而設，而且今天《蘋果》雖取消召妓指南，難保日後有更多報章刊登這類資訊。」

港府上周公佈的《淫褻及不雅物品管制條例》檢討諮詢文件，建議對色情報刊加強罰則，連續三次違規者，即要在每頁加上對角紅線，而不雅報章的最高罰款亦增至一百六十萬元。建議其中一個針對對象便是風月版內的「召妓指南」。在諮詢文件出籠之前，已由另兩份高銷路中文報章，

取消了召妓指南。反色情暴力資訊運動召集人黃克廉，對這些報章取消召妓指南表示高興，證明社會輿論壓力和普羅大眾聲音可令報章自律。（本報記者）

六、黃色立體轟炸

　　香港回歸前後的色情新聞泛濫，還表現在報刊外的其他電子傳媒爭相效尤，使香港市民飽受「黃色立體轟炸」。

　　回歸後一年多，香港發生了「陳健康事件」，這一事件是回歸後香港新聞淫賤化的一個高潮，這一事件是「香港傳媒有史以來最令新聞從業員蒙羞的醜聞之一。這個事件成為香港公眾對傳媒道德淪落由默默忍受轉為強烈指責的一個轉折點」。[18]這一事件之所以激起民憤，罵聲四起，很重要的因素是原來受到較嚴格管制的電視也加入了黃色炒作大軍。

　　1998年10月19日，香港上水天平村發生三母子墮樓身亡的家庭慘案。案中的家庭主婦林文芳，41歲，懷疑因抵受不了丈夫在內地「包二奶」的刺激，竟將親生的7歲次子陳浩瑋和10歲長子陳浩賢，從十四樓寓所讓扔下，然後自己也縱身飛墮，共赴黃泉。

　　這宗人倫慘案，很明顯，原因在於其丈夫對家庭不負責任，尋花問柳，深層次的原因在於「包二奶」社會毒瘤。負責任的傳媒，是可以透過這件慘劇，深入剖析「包二奶」的社會現象，以及內裡的各種現象，鞭撻不道德的行為，警惕香港人喚起良知，抑惡揚善，重整社會風氣。但是，當時香港傳媒實際是「鬥黃」、「鬥爛」，追求的另一番「轟動效應」。

　　10月20日，當死者丈夫陳健康聞喪由內地返港時，馬上被傳媒貼身採訪，成為頭條新聞人物。傳媒除了大肆炒作陳健康如何不顧家庭、縱情色慾的素材外，還利用事主的無知和迷惘，誘使他講一些荒唐的話，大肆報道，例如事主承認自己北上嫖妓，批評剛去世的妻子不能滿足他的性需求，以及「有性先（才）有愛」、

「人都死了，不如找個心愛女人重新開始」等，並賜予「人辦」（「辦」解作樣版，廣東話作反義解釋）謔稱，戲弄事主。

更令人不能容忍的是，《蘋果日報》還支付5千元港元，供陳健康在妻兒屍骨未寒時，再到內地尋歡作樂，然後拍攝他和兩名歡場女子在酒店床上「左擁右抱」的照片，進而炮製所謂的「獨家」新聞。

在平面傳媒盡情渲染陳健康喪盡天良的言行之時，香港兩個電視台亞洲電視和無線電視也加入了戰團，分別在新聞資訊節目《今日睇真D》和《城市追擊》兩個黃金時間播出節目，重錘出擊。電視台還誘使陳健康在熒屏亮相，「剖白心聲」，諸如「有性先（才）有愛」等言論，就是在電視黃金時段直接與觀眾見面的。

到了10月30日，陳健康返港後廣受市民的唾棄，甚至拳打腳踢。他醒覺自己被傳媒戲弄了，便漏出了傳媒「買新聞」的內情。面臨社會公眾強大的輿論壓力，《蘋果日報》在1998年11月10日就有關「買新聞」一事，發表了老闆黎智英署名的公開道歉啟示：

> 《蘋果日報》報道陳健康北上尋歡事件，雖未曾用金錢編造任何新聞，但事後間接支付五千元給陳健康等人，加上處理此宗新聞之編排手法不當，引起本報讀者及社會人士的不滿，強力譴責，本人與《蘋果日報》編採部管理層都感到不安與歉疚。
>
> 《蘋果日報》為做好新聞，取勝心切，造成嘩眾取寵之後果，犯此大錯，實在罪過。《蘋果日報》承諾今後必定吸取此次事件之教訓，不斷改進。本人及《蘋果日報》編採部管理層僅向讀者及社會大眾致十二萬分歉意，也為編採部同事因此次事件蒙羞而道歉。

在整個事件中，傳媒雖然贏得了銷量和收視，但也引來公眾嚴

厲的譴責。香港影視處接獲287宗市民投訴，對香港兩家商業電視台和兩大報章《東方日報》及《蘋果日報》的陳健康事件報道表示不滿，其中針對電視台約佔89.9%，報章約佔10.1%。香港廣播事務管理局於1998年12月1日對亞洲電視的新聞資訊節目《今日睇真D》和無線電視的《城市追擊》，在報道陳健康事件時，出現「不負責任地處理有關人倫關係題材」，分別罰款10萬港元和5萬港元[19]。更為荒唐離譜的是，香港互聯網報《CYBER日報》，竟將嫖妓全過程偷拍下來，上網供人瀏覽。

《CYBER日報》專設「奇情版」，內有如下欄目：流行新事，姦淫擄掠，偷呃拐騙，酒色財氣，感人肺腑，恩怨情仇，黑白兩道，商戰秘聞，政治內幕，娛樂秘聞，名人奇事，這些欄目一看名稱，就知道是什麼貨色。

在2000年底，奇情版做出「一妓之場　搵食淒涼」的視象報道，下面是其網上的文字：

一妓之場　搵食淒涼

性工作服務行業自古已有，因為有需求，所以才有供應，但是香港政府一直未將娼妓合法化，從事性服務行業的人也就備受欺壓，為人所不齒，為了揭開性工作行業的真實情況，我們特派記者採訪了有關人物，並且親身上陣……

請選擇收看：

40K 200K 400K

40K 200K 400K

40K 200K 400K

夜幕初上，旺角、深水（土步）等性工作集中地的黃色招牌紛紛亮起，妓女齊齊出動，冀求多接生意，過一個繁忙勞累的夜晚。除了準備光顧的男士，其他路人看到這些「有樣睇」的妓女，都投以不屑的目光，或刻意走遠一點，以免

被她們兜搭。

　　黃色事業向來為人所不齒，早前民主黨「講一套、做一套」，議員陳樹英曾簽署婦女政綱，同意性工作是一種工作，亦即是合法，不久卻發起一人一信行動，要求政府打擊色情事業；另一政黨民協亦發起深水（土步）區居民遊行，抗議區內娼妓問題惡化，滋擾居民日常生活。有政黨及市民提出反對之音，政府當然要聆聽、正視問題，一名娼妓表示，警方自此每日最少上門搜查一次，嚴重者更一日查牌八次，令到客仔不耐煩幫襯，嚴重影響她們的生計及正常生活。甚至有敗類差人利用自己的特殊身分，「做完之後擺低一百蚊，或者錢都唔俾就走！」。娼妓說到此，又是傷心又是氣憤，可謂百般滋味在心頭。

　　由於備受壓迫，難以搵食，多名性工作者再上月26日相應由職工會聯盟、紫藤、亞洲人權委員會等十多個團體發起的遊行，要求政府盡快制訂政策，使婦女及性工作者免受暴力虐待，和設立訴訟基金及專門法庭，保障受害婦女的尊嚴。其中5名性工作者更以「漁夫帽」和披肩包頭遮面，以紅字大書「妓權＝人權，不容踐踏（Right To Sex Work Is A Human Right）」的標語，高叫「妓權是人權，換我生存權」、「性工作是工作」的口號，希望還自己從事行業的尊嚴及權利。

　　其實，性工作行業是不是應該合法化？為了了解性工作者的工作實況，我們特派遣記者走訪有關人物，及親身到「一樓一鳳」地上陣體驗，讓網友自行判斷性工作究竟是怎樣的一回事。

　　（網友可自行選擇收看影像）

　　各位，不知對性工作有何感想？實在，娼妓只是利用自己的能力及勞力來掙錢，於其他行業無異，政府應予以肯定

及合法化，不應拘泥於不合時宜的道德觀念。而且若賦予娼妓合法地位，持雙程證來港搵食的北姑定會因「非法」而生意銳減，如此便能有效打擊北姑問題。願政府也聆聽本地娼妓的聲音！

（李禧一報道）

非常清楚，該報道以討論「性工作權」為名，販賣色情為實，在整個視象報道，除了輕描淡寫寫幾句「妓權」的爭論，全部是赤裸裸的嫖妓過程。但是該報老闆蕭若元還辯稱：「絕不是賣弄色情，只是報道鳳姐的工作實況，既然是報道妓女，當然有性愛場面，有如文學巨著《紅樓夢》講述賈寶玉初試雲雨情一段，對性愛也有詳盡的描寫，至於奇情版報道鳳姐工作實況，有否需要報道得如此詳盡，實屬見仁見智的問題。」他還說：「不少本港報章的風月版，其實除了刊載召妓指南外，更對性愛有詳盡的指導，但卻不許附加任何警告字眼及包膠袋。互聯網只是表達訊息的界面不同，何以外界卻用上雙重標準？」[20]

新聞煽色腥氾濫的基本原因

香港新聞煽色腥氾濫，是香港回歸前後出現的新聞現象，不能簡單地歸結為回歸是因，黃潮泛濫是果。但其出現在其回歸前後的特有的政治、經濟和社會環境之下，與回歸依然有一定的聯繫。

一、激烈生存競爭是新聞淫賤化傾向出現的基本原因

從前面所述可以知道，在回歸前三、四年香港報刊的經營環境開始惡化。中文報刊在七八十年代發展到頂峰之夜出現報刊份數不斷減少的趨勢，在這幾年更加快了倒閉潮。

九七回歸後，很快又遇上金融風暴，使到香港所有傳媒都遇到廣告收入大幅減少，報章用紙漲價，市民購買報刊減少。在經濟暢

旺時，很多市民每天買二份以上報紙，一份大眾綜合性報章加一份財經專業報章，或英文等其他報章。金融風暴期間，變為每天僅買一份報章，甚至不買。同時，經濟不景，也使到廣告大幅銳減。更重要的是，前面提到的在回歸前後由於《蘋果日報》問世引發的幾場報刊減價大戰，逼得各大報不得不跟隨《蘋果日報》淫賤。在此不再贅述。

二、色情業──香港煽情新聞文化的土壤

香港色情業的興起，如同香港的報紙一樣，是由英國殖民統治帶來的。19世紀四十年代，在英國佔領香港之後，外國商人、水手在島上定居，從澳門運來了第一批妓女，這就是香港色情業的發端。

到1935年港督貝路宣布禁娼之前，「香港色情業經歷了近百年的大發展，達到一個高峰」。[21]那時，風月場所遍佈港島市區，如灣仔、中環、水坑口、石塘咀和九龍的旺角、油麻地一帶。

從1879年至1935年，香港曾實行了56年公娼制度。女性只要納稅領牌，就可以合法賣淫，1930年，整個香港共有200多家合法妓院家，7000多名合法妓女。[22]當時香港總人口為84萬人，妓女佔總人口比例差不多達一比一百，可見娼妓比例是相當高的。1935年明令禁娼後，色情業改頭換面，繼續發展，興起一種叫「導遊社」的變相妓院。香港在二次大戰期間，日本侵略軍壟斷香港色情業，或直接控制，或由他們指定的黑社會人物經營，色情業再度興盛，往日被禁的大小妓院紛紛重操故業。「日軍還正式劃駱克道，塘西為「紅燈區」。這是香港歷史上第一次正式劃定的合法妓院區。」[23]

抗日戰爭勝利後，英國重新對香港殖民統治，重新實行禁娼政策，色情業尋找香港法例的「灰色地帶」，包裝成五花八門的現代色情業，以合法或違法的形式，進行經營。主要的形式有：

（一）表面是公開合法經營的娛樂服務場所，如舞廳、夜總會、卡拉OK等等，有高、中、低檔之分，收費相差很大，客人只在這裡聽歌、唱歌、跳舞、宴客。在場所裡，經營是合法的，但客人可以「買鐘」，付費帶場所的「小姐」外出「開房」，進行性交易。

（二）鳳樓。「一樓一鳳」是香港特有的現象，即按香港法律，一個獨立房屋單位內，只有一個女人與男人進行性行為，而且又沒有抓到性交易的證據時，難以被視為賣淫，這樣的「鳳樓」亦難以被視為妓院。「鳳樓」最早為單個妓女自行營業；但凡是有色情業，就有黑社會。一些黑社會勢力，在一些樓宇租下多個單位，每個單位派駐一名小姐，有的還採取輪班制、地區輪換制，或者「走穴制」（有客人才call 妓女到），有保鏢、馬伕（保鏢兼帶路），形成集團式經營。這些色情場所，大都用黃色的燈箱的招牌，以「北姑」（大陸北方姑娘）、「泰妹」、「金絲貓」、「指壓中心」等等作招徠，主要分布在旺角、油麻地、深水步和灣仔一帶。每當夜幕低垂，這些黃色的招牌，一個接一個，密密麻麻，成為香港特有的景色。

三、與色情業相適應的色情文化

與發達的色情業相適應，香港的色情影視業也相當繁榮。

（一）色情電影

早在五六十年代，香港曾流行過「黃色小電影架步」，經營者在旺角、油麻地、九龍城寨等地租一個單位，自制一些劣質的小電影放映。由於成本不高，收費低廉，好此道者趨之若鶩。到七八十年代，電影的製作質量明顯提高，放映小電影的店鋪更加興盛。香港許多正規電影院放映「三級片」（色情電影），大量日本、法

國、台灣等地和香港製作的色情電影充斥銀幕的「小電影架步」則放映比「三級片」更甚的所謂「成人電影」。

（二）色情錄像帶、光碟、錄像機

這些影視形式的出現與普及，使色情錄像帶大行其道。起初，有專門放映這種錄像帶的店鋪，利潤相當可觀；後來，隨著家庭錄像機的普及，開始湧現大量專門出售、出租錄像帶的店鋪。租售由日本、法國、丹麥、美國等地輸入和香港色情集團自行拍攝的錄像帶，專門放映色情錄像帶的店鋪就逐漸少了。

到了九十年代後期，色情錄像帶被色情光碟所取代（包括VCD、DVD）。這些色情光碟也通過各種渠道流入內地，或在內地生產返銷香港。與發達的色情業相適應，香港的色情出版物也相當繁榮。

（三）色情畫刊

這類畫刊大量刊登裸女照片，內容越來越黃。例如，香港出版的黃色畫報《龍虎豹》、《花花公子》（美國雜誌《Playboy》中文版）和《藏春閣》（美國雜誌《Penthouse》中版）等等，充斥市場。

（四）色情書籍

有些書商每年從海外引入一些外國的原版色情書籍，還出版大量中文版色情書籍。除了中國傳統禁書如《肉蒲團》、《素女經》之外，還可以到處見到《性愛奇譚》等傳授男歡女愛技巧、追求性享樂的書籍。

與發達的色情業相適應，香港隨著經濟發展和新技術的使用，各式各樣的與色情相關行業也不斷興起，此起彼伏。例如：成人電話，這是九十年代初興起的一種新行業，公開打出「新勁料成人

IDD」、「三級線路169」、「放蕩出軌專線」、「夢幻熱女郎」等色情招牌，內容都是一些挑逗性的色情故事。這類成人電話每分鐘收費6元港幣，不管年齡性別，只要撥通電話，都可以聽到，對市民尤其青少年的影響很壞。

在電腦流行後，販賣色情電腦遊戲軟體，成為一門專賺青少年錢的生意。互聯網發展後，收費的色情網頁又大行其道。

在這樣的色情「氛圍」，香港的黃色報刊、黃色新聞和煽情新聞文化的出現、發展、泛濫，也就不奇怪。

四、從人口構成尋找煽情新聞文化形成的需求動力

表二十一　香港總人口及平均每年增長率（1901~1991年）

年份	總人口	平均每年增長率%
1901	386,229	~~~~
1911	456,739	1.68
1921	625,166	3.12
1931	840,473	2.96
1941	1,639,337	6.65
1951	2,915,300	2.06
1961	3,129,648	4.40
1971	3,936,630	2.30
1976	4,402,990	2.10
1981	5,109,990	3.30
1986	5,495,488	1.50
1991	5,674,114	0.60

資料來源：
①1901~1931年及1961年數據，根據各有關年度的政府普查報告。
②1941年數字引自Air~Raid Wards，Hong Kong.1941；系估計數。
③1971~1991年資料引自「1991年人口普查簡要報告」表2。
＊：總人口，或稱離港的少數居民，（？）即通常在港居住的居民人數，包括（有些年度的統計不包括）暫時離港的少數居民，但不包括過境旅客以及滯港的越南難民、船民。

表二十二　香港人口的年齡結構

年份	1961	1971	1981	1986	1991
0~14歲 27.4%	40.8%	35.8%	24.8%	22.1%	20.9%
15~64歲70.2%	56.4%	59.7%	68.6%	70.3%	70.4%
65歲 2.4%	2.8%	4.5%	6.6%	7.6%	8.7%
年齡中位		21.7	26.0	28.6	31.5

資料來源：1961、1971年人口普查報告及《1991年人口普查簡要報告》

表二十三　香港人口的性別指數（每千個女性比若干個男性）

年份	1911	1921	1931	1961	1966	1971	1976	1981	1986	1991
性別指數	1844	1580	1348	1056	1029	1033	1046	1093	1057	1038

資料來源：
①Hong Kong Annual Digest of Statistics 1990
②《1991年人口普查簡要報告》

從以上三個表可見，香港人口因為不斷的大量移民，形成三個特點：

（一）人口增長快。

（二）青壯年人口比例大，從七十年代至九十年代，年齡中位數在21.7至31.5歲。

（三）過往男女之比嚴重不平衡，尤其在青壯年段，青壯年性別差更是高於平均數。

戰前，許多男性單身在香港謀生，他們的父母妻兒都留在鄉間，只在經濟收入較多時才把家眷接來香港同住。所以那時的性別指數特別高。1911年曾高達1844；1931年亦達1348（見表）。戰後，大多數人都在香港成家，性別指數漸趨平衡。

戰後各年度香港性別指數比平衡，但其中也有起伏。一般地說，在人口機械增長率較高的年份，性別指數就比較高，因為來港的新居民多屬男性。

在五十年代後期和文革時間至七十年代末港英政府取消「抵壘

政策」，嚴厲反偷渡期間，香港人口增加三百多萬，其中有大多數是從內地偷渡到港，而其中男性居民佔絕大部分。由於內地七十年代後期才實行改革開放政策，這些男士到港後，很長時間，即使不能在港找到配偶，也不能回內地娶親。這種強大的性需求，是香港色情業發達的強勁動力。

從表上看，八十年代末九十年代初，性別指數稍微下跌，2001年最新人口普查表明，適婚年齡段為1000：960。不過，主要原因是大量菲律賓女傭和泰傭來港工作，女性人口增加。但因為她們一般不在香港找配偶，這不代表實質意義性別指數趨緩。

五、煽情新聞文化的形成與香港商業活動特點也有關係

香港女作家楊漪珊在她深入考察香港色情行業後寫出新書《古老生意新專業》。書中她問一個領她入夜總會的商人張無忌（化名），為何喜歡流連歡場。他說夜總會是最能令人鬆弛的地方，也是最令人興奮地方，能沖淡人與人之間的陌生、拘謹、猜疑。張無忌說，談一單生意合約最多只要15分鐘，但乾巴巴的商談之後，就算達成協議，心理上總會忐忐忑忑，不知決定是否正確。但若把生意帶到夜總會來談，情況就大為不同。首先自己不用花心思說應酬話，叫個小姐來陪陪，情緒很快就進入風花雪夜的狀態。這時候，人對人的戒心、猜疑都會降低。除了生意談成功的機會可以提高，還可以建立互相信任，有利於長期合作。[24]

在香港接待商業客戶嫖娼，差不多是一個不成文的「慣例」、「指定動作」。筆者曾在一間貿易公司任職，老闆是內地出來的一位女士。為了做成生意，她常常叫公司男職員帶內地或其他國家來的客戶逛夜總會。或者可以說，嫖娼是香港商業文化的一環。

在香港這樣特殊社會環境下，還形成了特有的「嫖妓」文化。男人嫖妓，在一般的社會道德觀念中，並不是太過羞恥的事情，不但一般的男人對此可以視為正常的生理、生活和娛樂的需要，甚至

女性世界也可以理解和寬容。筆者許多為人妻的女同事，都表示可以容忍丈夫「滾」（粵俚語，同嫖），丈夫在商場上的嫖娼應酬，更是可以理解，視為賺取金錢不可或缺的一環。也就是說，發展到一定階段，香港的娼妓並不是滿足找不到配偶男人的需求，而是形成了一種社會認可的文化。對此楊漪珊的《古老生意新專業》有詳細介紹。[25]

香港中文大學臨床實驗及流行病研究中心公佈的普查報告，發現「7個男人一個嫖」。根據普查對象及回答問卷的合作性，這7：1的比率毫無意義。憑妓女的直覺，第7個男人是慣性的嫖，其他6個男人則是偶爾嫖，或是想嫖而不敢嫖。

有這樣廣泛嫖妓人口，有這樣「英雄」的嫖妓文化，對香港特有的煽情新聞文化的形成，就一點也不會奇怪。

六、港英殖民統治是煽情新聞文化形成的根本源頭

楊奇主編的《香港概論》認為，殖民政府對色情業的策略，是「有限開放，納入軌道」。[26]以色情行業為例，歷史上香港政府對色情行業的態度，是搖擺不定的。初則禁娼，繼而開放發牌，後又再禁，因而，當局對色情業的策略仍處於「猶抱琵琶半遮面」的狀態。香港政府對「經營」賣淫者的打擊是嚴厲，但對妓女和嫖娼就比較放鬆。對色情電影實行三級影片制，不允許18歲以下人士觀看三級片（黃色），18歲以上的人士則可合法地去欣賞；色情刊物，規定不許賣給未成年人，需有透明膠袋封口才能放在攤上擺賣；色情影碟、錄像帶等，也嚴禁18歲以下人士購買和租借。但是色情物品一經賣出、借出、在社會上流傳開來，就誰也管不著。

施清彬在《香港報紙商業戰》中提到（p95）：「從新聞史看，香港色情文字泛濫於主流報紙的現象，始自六十年代。有學者認為這是前港英政府搞的「陰謀」，鑑於五、六十年代的幾場政治暴動，港英政府藉開放色情文章，以麻醉群眾。當然，這種說法是

否有理，還有待進一步驗證，但握有強大權力港英政府當局，長期以來對報刊副刊刊登「意識不良」的色情文章「隻眼開隻眼閉」，則是不爭的事實。[27]

我認為，香港殖民政府在其統治一百五十多年期間，對色情業的管制，對煽情新聞文化的監管，時緊時鬆，或禁或放，或管或縱，歸根結底是服從其殖民統治的需要，一切以是否有利其殖民統治為標準為出發點。

不過，這種考量不是單一的，機械化的，而是綜合的，有機的，不同時期又有不同時期的特點和需要。具體講，港英政府至少要顧及三個層面的問題。

（一）經濟層面，即對香港整個經濟的影響

香港人常講「娼盛繁榮」，娼盛繁榮，是百業繁榮的一個標誌。色情業至少可對旅遊、餐飲業、旅館業以及其他服務、消費行業帶來推動作用。這點，歷屆殖民政府的認識是一致的，但不能宣之於口。

但是，色情業過份泛濫，社會靡爛，民怨沸騰，反過來，也會對經濟帶來副作用。1932年政府禁娼，一個原因是「妓女實在太多，阻街攔客的情形太嚴重」[28]影響了正常的社會秩序，影響了正常的經濟生活。因此，禁而不止，有限開放，是政府對待色情業和煽情文化的基本策略。

（二）社會層面

包括各界民意的批評，無論在中國的傳統文化，還是西方文化，對色情事業和文化，自古也存在強烈的批判。殖民政府的禁娼行動，得到社會清流支持；而對色情業和色情文化放縱，則受到清流的批評，這對政府的施政造成壓力。

（三）政府層面

　　色情業和色情文化，是「鴉片」，是麻醉劑。筆者認為至少在三方面得到證明。一是上面施清彬提到的1967年反英抗暴後，殖民當局放寬對色情業的打擊，從時機來說，轉移社會視線應是他們的一個考慮。二是在已決定香港九七回歸的過渡期內，殖民當局逐步放寬對色情刊物的管制，在這個政治動盪期，說殖民當局沒有政治上考慮，是沒有人相信的。三是殖民當局長期以來為緩和民族矛盾、階級矛盾，極力塑造香港人「政治冷感」的特性文化，不問政治、不問國事、不問港事，只求生活、只求享受、只講賺錢，是殖民當局希望的理想民眾特性。

　　很清楚，放縱色情業，放縱煽情新聞文化，如同賭博一樣，都是培養「政治冷感」的良好土壤。

七、「馬照跑，舞照跳」

　　對於香港的這種社會特性，鄧小平等國家領導人非常明瞭，並且確立「馬照跑，舞照跳」的方針。這一方針，不但體現了「一國兩制」的戰略構想，而且也是新生的特區政府在回歸初期穩定政權，穩定社會的正確施政方針。所以，在政權交接以後，在一國兩制的條件下，特區政府在對待色情業，對待煽情文化，小心翼翼，基本上蕭規曹隨，照搬舊政府的一套，不特別著墨。既沒有如內地一樣，嚴厲地掃黃；也沒有對淫賤新聞有所動作。只是在出現了「陳建康」事件後，才略加關注。

　　可以說，特區政府的這種態度，是黃色新聞在回歸後繼續發展的一個原因。對此，我認為特區政府應該很好把握分寸。

（一）應該堅持鄧小平的「馬照跑，舞照跳」，不以內地的意識形態標準來要求香港，對待色情業和色情文化都要按香港的標準去要求。

（二）亦要看到回歸前後新聞煽色腥，已經超過了香港社會傳統的道德文化標準，並且給社會帶來了相當的負面影響，不能任其氾濫，應該支持香港社會的健康力量去反對過份色情的不良意識。

（三）對於媒體，尤其是報章應該通過自律，他律，法律和其他手段進行適當的監管，使有關不雅和色情的內容維持在社會道德文化可以接受的範圍。

（四）對於媒體可傳播的不雅和色情內容，香港和內地標準相差很遠。內地要嚴格很多，不能以內地的標準要求香港，也不能用香港的標準看內地。這是兩地新聞差異的一個重要方面。

►►► 附註

1　參閱《變遷中的香港、澳門大眾傳播事業》p.12
2　參閱張圭陽《金庸與報業》p.20
3　參閱張圭陽《金庸與報業》p.28
4　參閱柯達群《後殖民文化與中文報業煽情文化》
5　1964年5月13日《明報》
6　張圭陽：「金庸與報業」p.17
7　柯達群《後殖民文化與中文報業煽情文化》p.76
8　香港電台《傳媒透視》1999.10
9　柯達群《後殖民文化與中文報業煽情文化》p.81
10　馬松柏《香港報壇回憶錄》p.147頁
11　楊漪珊《古老生意新專業》p.200
12　施清彬《香港報紙商業戰》）
13　柯達群：《後殖民文化與中文報業煽情文化》p.58
14　俞旭、黃煜：「市場霸權強勢典範傳媒的倫理道德～香港個案之研究」
　　《新聞學研究》1997.7.55集）
15　《太陽報》，1999，4.15
16　《傳媒透視》1999.4期
17　《星島日報》2000年四月二十九日要聞版
18　俞旭、周碩、施清彬《香港回歸後的傳媒操守——陳健康事件剖析》
19　《大公報》，98、12、2
20　《星島日報》2000.12.6要聞版
21　楊奇主編《香港概論》p.496
22　楊漪珊《古老生意新專業》p.182
23　楊奇主編《香港概論》p.497
24　楊漪珊《古老生意新專業》p.15
25　楊漪珊《古老生意新專業》p.41~43
26　楊奇主編《香港概論》p.523
27　施清彬《香港報紙商業戰》p.95
28　楊漪珊《古老生意新專業》p.182

第四章　煲水新聞的新軌跡

　　香港新聞界包括教學界和前線工作者，在理論上都認同新聞真實原則，這與祖國內地的新聞理論差別不大。當然，香港新聞理論研究較粗淺，各所大學講新聞真實性原則，一般都是強調「5個W」的真實；強調要做查證，對「消息人士」透露的消息，一般要有兩個以上渠道佐證才較為可信；另外，在教學中還強調「平衡報道」，對不同意見作較為平衡的報道。而大陸還強調「事實總體真實」和「事實本質真實」[1]，香港則沒有這個概念。尤其是一些轟動性的政治新聞，社會新聞，香港傳媒都只會根據自身的政治立場、傾向，根據對本傳媒銷量收視的需要而取捨。雖然表面上強調對不同意見「平衡報道」，但實際上有明顯傾向性。在競爭激烈的環境下，「強市場取向」抬頭，真實性的原則更會往後擺。往往，新聞的爆炸性和轟動效應是第一位的，真實性則是第二位的；報紙的銷路是第一位的，報紙的可信度則成了第二位的了。

　　事實上，新聞真實性原則在香港，不是一個理論問題，而是一個實踐的問題，是願意嚴格遵守，還是有條件遵守的問題。應該肯定，在總體上香港媒體是會強調真實性原則，因為完全不顧新聞真實，媒體一點不可信，也賣不了錢，但是如果杜撰、摻假，可以制造轟動效應，增加銷量或收視，賣大錢，那就顧不了那麼多。

「煲水」新聞──香港特有的新聞文化

　　先看下列幾則報道。

　　2001年4月9日《新報》娛樂版：

傳與莫文蔚舊情復熾
星仔：試下（試一試）煲第二樣

〈本報記者阿祖報道〉周星馳、劉曉慶、霍震霆昨為「世界盃在有線」擔任揭幕嘉賓，而星仔為支持中國足隊，特別在一個直徑達11尺的巨型足球上寫上「中國隊好野、世界盃好野」。

星仔指出席今次揭幕活動，是難得的盛事，故沒講酬金，而他向來喜歡睇波，也試包起間酒吧與大班朋友齊剝花生睇波，今年他也希望中國足球隊能開創歷史性新一頁，正如《臥虎藏龍》也在奧斯卡得獎。

早前有報道指星仔與莫文蔚舊情復熾，復合三個月，星仔只呆著說：「幾時既（的）事？」記者再告知他莫文蔚已說過此報道誇張又荒謬，星仔即好快反應說：「吹水煲水新聞，吹下第二樣啦！」而前日星仔與趙薇為《少林足球》拍完海報之後，皮膚敏感起來，星仔沒有太大反應，只問趙薇身在何處，他亦坦言合作完之後，彼此甚少聯絡，不過之後會搞個慶功，到時會一齊見大家。

2000年7月24日《天天日報》娛樂版：

與男友合演《楊家將》
蔡少芬稱煲水新聞

《天天日報》日前有消息傳出，台灣有製作公司擬開拍《楊家將》，安排小虎隊出外，還起用蔡少芬，與吳奇隆情侶檔演出。

昨日向蔡少芬求證情侶檔演出一事，她說：「我睇到消息之後，亦有向經理人查問，經理人話有（沒）人搵（找）過佢（他）拍《楊家將》，估計今次煲水新聞居多。」

講到與奇奇（吳奇隆）合作，蔡少芬表示唔會抗拒，因為娛樂圈好細，合作機會好多，況且現代的FANS好接受藝人拍拖，好似梁朝偉與劉嘉玲都一齊拍戲，遲的（遲一點）又一齊拍劇！

　　蔡少芬覺得與奇奇合作，最緊要係劇本合適，至今未一齊演出，主要係有人搵過佢地，絕對唔係佢地唔想合作。

1999年6月26日《新報》雜文廊：

看來又是一單「煲水新聞」，因為有線電視一向和富士電視台有密切關係，所以《午夜凶鈴》2的播映權，富士剛剛和有線達成協議，將會在港作首度播出，無線的消息，肯定是誤導讀者。

1999年1月12日《文匯報》娛樂新聞版：

袁潔瑩曾因拍《中》劇，與趙文卓傳出緋聞，但她笑言這只是煲水新聞，她本身已有個圈外男友，且已拍拖三年，感情相當不錯。

1998年8月29日《大公報》娛樂版：

李蕙敏談煲水新聞否認與吳鎮宇拍拖

　　李蕙敏最近將頭髮染成紫紅色，洗了幾次就變成紫色，有如卡通人物杜拉格斯。她本身都是漫畫迷，所以試試似卡通人物都好。提及吳鎮宇前日本應出席「港台」接受訪問，但因發高燒而缺席，她可有作慰問？

　　李蕙敏表示，不知對方生病，因上周在食店遇見對方

時，對方還是龍精虎猛，平日是「大隻佬」一名，卻這麼快病？她會致電慰問對方，作為一個朋友都應該祝他早日痊癒。

她會否煲「愛心粥」甚至燕窩慰問吳鎮宇？她笑言，燕窩太貴她無錢買，問候對方已經好有誠意，或者亦有人會煲給他飲。

至於日前伍詠薇接受訪問時，曾經透露和吳鎮宇、李蕙敏合作多次，並不察覺他們之間眼神交流有愛意。此言似乎暗示二人這段「戀情」只是「煲水之作」，問及李蕙敏，她稱，她不會介意伍詠薇之言，因為並非自己與吳鎮宇刻意「煲」戀情，只不過是有傳媒影到兩人飲茶才開始傳，但她說非拍拖又沒人信也無法。

上面是幾則順水拈來的娛樂新聞，都有提到「煲水」新聞這個概念，相信一看就明白其含義就是吹水的失實新聞。

所謂「煲水」新聞是如何來的呢？據悉，香港六十年代後期，電視台節目興起，娛樂新聞大增加，許多報紙包括日報和晚報都加設了娛樂版，每天集中報道娛樂新聞，包括影星的動態，電影，電視，粵劇及其他文藝節目消息。也因此有一批記者專跑娛樂新聞，被稱為「娛記」。

由於娛樂版日日要有具份量新聞做頭條，但有份量的新聞並非天天發生，於是有一些娛記聯合，製造一些有關明星的無關脾胃的新聞，齊齊刊登。本來，娛記們叫這些新聞為「煲冇（粵語，沒有）米粥」，後來索性稱為「煲水」新聞，因沒有下米，只好煲水。由於「煲水」新聞，非常形象生動地概括和描述了這種新聞的來由和性質，所以這一概念很快在香港新聞和社會各界廣泛流傳，廣為使用。魯易在1998年11月3日〈煲水與製造新聞〉（《天天日報》的專欄）裡寫道：

由於「煲水」新聞多數無傷大雅，即使亂傳緋聞，香港娛樂圈也不覺見得是甚麼大不了的事情，因此都不太反對這種「煲水」新聞，反而接受，甚至利用其來提高知名度。

專欄作家阿杜在題為〈謠言緋聞提高知名度〉的文章（2000年12月6日《新報》）裡提道：

> 每年港姐選舉後不久就是無線台慶，而台慶前幾日，例有該台公關部主管與報界文化人宴聚活動，阿杜有幸數年來都被邀叨陪末席，亦有幸三年來皆與冠軍港姐同桌……如兩年前的向海嵐，後來她做《串燒三姐妹》節目主持，到處訪問就多次遇上，彼此熟落起來就有講有笑；又如去年冠軍郭羨妮，也是一次生兩次熟。

> 忽然間就綺聞滿天飛，先傳向海嵐和成龍大哥有親密往還，再則又傳郭羨妮和古天樂娛假包玩的戲假情真，這些煲水新聞滿天飛，令阿杜再遇她們也就有點拘謹了。尤其是向海嵐，阿杜是成龍旗下小伙記之一，大哥之工作生活瞭如指掌，他和向海嵐根本風馬牛不相及，完全牽連不上，也被扯在一起成為謠言中的人，的確荒謬，於是再遇到這位向美人，咱們只有相對苦笑。

> 今年無線大聚會中，則和現屆冠軍劉蘊慧同桌，說笑式的向她說：「你小心呀，前年的冠軍向海嵐傳了成龍的緋聞，去年冠軍郭羨妮則傳和舊日男友情變而投向古天樂，你是今年冠軍，看早晚有些甚麼謠言惹到你身上了」。旁座的無線外事部大員曾醒明就力拍阿杜膞頭說：「千祈別亂噏（千萬別亂說），，嚇怕了小女孩才好。」阿杜說：「怕甚麼，有謠言才有新聞，才可以提高知名度，因此謠言越多越好呀。」

筆者也曾在香港亞洲電視公關宣傳部任總監，負責組織亞視的節目宣傳推廣工作，知道在娛樂圈里為了提高演員的知名度，「炒熱」節目以提高收視率，圈內不但不反對娛記「煲水」新聞，而且參與其中，主動輸送「煲水」新聞。

例如，在宣傳某一連續劇的時候，主動說劇中的男女主角鬧緋聞，拍劇拍出感情；或者說主角與配角有矛盾，爭風吃醋；又或者炒作藝員的報酬，等等。總之，務必引起觀眾對劇集的關注。

但是，時至如今，「煲水」新聞已不是香港娛樂新聞的專利，「煲水」新聞已經滲透於政治、財經、體育、教育、文藝等一切香港新聞的領域。

以下是2000年1月24日《星島日報》的一篇報道：

「煲水」新聞很厲害　陳太難掩對個別傳媒失望

〈星島日報〉甫踏進衛生署署長陳馮富珍的辦公室，看見會議桌上放有一盆盛開的紫色蝴蝶蘭花，陳太說是朋友送上的慰問。事緣是某報近期一篇關於她萌去意另謀高就的報道，令她身邊同事、朋友十分關心，陳太多謝朋友慰問之餘，不忘強調報道失實，言語間難掩對部分傳媒的失望。

「我強調這報道全無事實根據，現才領情傳媒很具想像力。」在陳太口中這宗「煲水煲得很厲害」的報道，引起麾下同事不安。「員工當然關心首長去向，報道刊登後，收到很多慰問電話，甚至送上花來。」她指著檯上的蘭花說。對於現在工作，陳太以「發燒」來形容，面對醫療改革、中醫藥發展、傳染病控制等工作，她滿腹大計，她笑說：「我發夢都無想過離開崗位，你叫走也不走。」

過渡期「煲水」政治新聞氾濫

在香港回歸過渡期，尤其是在1989年六四事件之後，政治謠

言滿天飛，政治假新聞幾乎每天都有發生，有人甚至戲謔香港為「假新聞中心」。這一時期，娛樂的「煲水」新聞在報刊雜誌上仍然是屢見不鮮，但可以說，完全被政治假新聞蓋過了。香港新聞界「煲水」新聞的「功力」，完全體現在政治新聞上。

值得一提的是，「煲水」政治新聞，主要是在涉及中國的政治新聞上，涉及香港人和事的政治新聞的失實情況相對少很多。其中的原因後面分析。

《大公報》記者馬玲在特稿〈嗚呼，香港的「造假新聞自由」〉[2]裡寫道：

> 筆者以前也曾鬧過謠，拿當年鄧小平的身體狀況以及生死傳言來說，筆者就不止一次作過澄清。鄧公的長女鄧琳曾對筆者說，「香港盡瞎造謠，我爸都死了不下一百回了。」當時，甚至有的人拿鄧公的生與死發財：死訊一放，股市跌下，正好買進；過兩日，再說鄧公仍活著，股市復市，正好沽出。香港百姓被這麼戲弄來戲弄去，倒也沒發脾氣。
>
> 對鄧公之死，筆者在日本留學時還有另一番體會。一九八九年「六四」前後，日本媒體報道鄧小平死了，李鵬傷了，後來鄧公和李鵬先後亮相，假新聞不攻自破。有人論起新聞的傳假問題，日本媒體馬上把這個球踢到了香港，說是香港媒體如此報道，日本不過是轉發而已。由於日本出現了假新聞要被追究承擔責任，而香港則不然，所以多踢給它幾個「爛球」也無妨。
>
> 筆者一九九五年也曾澄清鄧公身體的誤導，筆者發稿更正說，任鄧公醫療小組成員的副委員長吳階平表示他在接受德國《明鏡》周刊採訪時，根本沒有談到也沒有暗示過鄧小平的身體狀況。筆者更正消息發出的第二天，替《明鏡》從北京發出「吳階平稱鄧公身體有變」這個電訊的路透社，迅

速從《明鏡》總部波恩發出 一條承認有誤導成份的糾錯電訊。路透社發誤導電訊的記者是否受到處分不得而知,但路透社這種見錯就糾的作風值得肯定。但香港傳媒卻鮮有這樣知錯就改的作風,大多是錯了不再吭聲。

香港媒體在強調新聞自由的時候,怎樣看待信譽問題呢?

鄧小平健康新聞,是香港傳媒追逐最厲害的新聞,也是發表假新聞最多的新聞,鄧小平「死了不下一百回了」,這可以說是香港過渡期政治假新聞氾濫的一個重要標誌。

另一個突出標誌,就是有關1989年六四事件的報道。馬玲提到「鄧小平死,李鵬傷」(當時《明報》報道:李鵬中槍),只不過是太多不實報道中的一二朵小浪花。值得一提的是,香港媒體引述在2001年春出版的《天安門真相》,還在重複當年的許多假新聞。例如,當時三十八軍軍長徐勤先拒絕帶兵進京執行戒嚴命令,香港有報道指徐勤先為大將徐海東之子,很快就被澄清。但在《天安門真相》書里,有一份揚尚昆和鄧小平的談話紀要,竟然還紀錄楊尚昆說徐海東之子拒絕進京,鄧小平答道,老同志兒子也不能這樣做。

許多有過這段經歷的記者看後,都啞言失笑。

完全是無中生有的新聞,尚且如此氾濫,在有大致事實想像編造具體細節的更多。例如,《爭鳴》雜誌有過關於胡耀邦如何在政治局會議上突然心臟病發的報道,連胡耀邦如何點煙,熄煙的細節都齊全,有如該雜誌有人參加政治局會議一樣。

涉及具體人和事的新聞,一旦造假較容易對質被揭穿,而一些抽象的「中央精神」、「會議決議」、「文件精神」則容易蒙混過關。1988年中央在北戴河召開工作會議,確定治理整頓方針以後,香港報刊幾乎年年都報道「北戴河會議」消息,每年也都有各式各樣的版本。可以看出,一些版本是根據當時國內外形勢以及北

京的已公佈的工作方針推測寫成的。例如，兩岸關係緊張就說研究台灣問題；中美關係緊張，就說確定對美新方針；十五大、十六大之前，就說研究人事，權力再分配，云云。

要指出的是，對中國政治新聞的失實，在有北京背景的報紙也發生過。例如文匯報記者陳健平在1994年夏天報道過鄧小平去青島，在頭版刊出，但被北京外交部否認了。

為甚麼過渡期，香港媒體對政治新聞尤其是中國政治新聞的報道失實嚴重呢？

在這一時期，筆者先後在《開放》、《南北極》雜誌、《經濟日報》、《星島日報》、《蘋果日報》從事中國新聞報道，有較為切身的體會。

首先，在香港回歸過渡期激烈的政治鬥爭，使到政治新聞包括香港政治新聞和中國政治新聞，成為新聞報道的焦點和熱點，相對其他經濟、文化、體育、社會等方面的新聞，總體上更受讀者關注，更具新聞價值，更有「賣點」。因此也成為香港媒體競爭最為激烈的領域。

當時，香港的前途和命運如何，中英鬥爭如何發展，一國兩制的構想到底行不行得通，香港回歸後會成為甚麼樣？這些問題與香港人息息相關，而且問題複雜，充滿了變數，港人的關注度可想而知。這是一條政治主線。

另一條主線是，北京和中南海的政治變化。香港回歸以後，是在中國實行改革開放的大背景下進行，中國改革開放的曲折起伏，直接影響到中英在解決香港問題上的鬥爭。尤其是在1989年六四事件之後，港英方面以為有機可乘，調整了策略，中英爭拗轉趨激烈，政治風波不斷，香港人將觀察北京政治作為分析香港前途的另一個切入點。例如，中英內部對改革開放的路線鬥爭，中國經濟建設發展的情況，中國政局和社會的穩定，以至鄧小平及其他中央領導人的健康狀況，都成為香港媒體追逐的焦點新聞。

讀者的這種客觀需求，刺激了媒體在這方面激烈競爭，各式各樣的傳媒都希望在這方面有獨家「勁料」來刺激銷量。1989年六四事件發後翌日，所有的報刊雜誌都一銷而空。在其後一段時間，報刊的銷量都維持在較高水平。《明報》曾被香港新聞界公認，中國新聞是強項，該報許多人都對筆者表示過，每當北京和中港之間有重大政治事件發生，報紙的銷量就上去，相對平靜期的銷量就下跌。在1989年之後，香港各大報都增加報道中國新聞的人手，增加了版面，非常重視中國新聞報道。1989年至1993年，筆者在《經濟日報》任職中國版記者，中國版主任，幾乎每天被老闆逼問有沒有「獨家料（新聞信息）」。《星島日報》過去沒有專門的中國新聞版，1993年筆者任中國組編輯主任時，專門闢了三大版報道中國新聞。

　　到了九七前後，香港媒體對政治新聞及中國政治新聞熱情逐漸減退，原因主要是兩地方面，一是政治方面，香港前途問題大局已定。1989年六四事件發生之後，中國對內沒有停止改革開放，經濟發展持續高速；對外，順利化解了蘇聯解體的衝擊，化解了來自美國和歐洲強國遏制，整個中國的內外形勢一年好過一年。「形勢越好新聞越少」，政治新聞的競爭力隨之逐步下降。二是《蘋果日報》創刊，以煽血腥手法立足，使報業競爭焦點轉向淫賤化，鬥黃鬥爛鬥有味。

　　這種政治熱情減退，具體體現在各大報在質方面降低，在量方面壓縮。《明報》曾以中國新聞為「煞食」，為主要賣點，但到了九七後，報道中國新的版面，從第一手紙撤到第二手紙，非常明顯地表明不再以中國新聞為賣點。

　　上面提到有北京官方背景的《文匯報》在報鄧小平動態新聞方面也有失誤，非常有力說明，香港讀者對中國新聞需求之殷，香港讀者對中國新聞競爭之激烈。當時，曾聽到《文匯報》的一些同行反映，以及九七後筆者在同時有北京官方背景的《香港商報》所了

解到的，這些報紙都曾意識到香港讀者的要求，並認為自己有競爭優勢，希望發揮這些優勢去擴大銷路和擴大影響，但事實上所受限制很多，不易做好。

無疑，過渡期的政治新聞的高價值及競爭激烈頂多說明由於報道量大可能犯失實錯誤機會也較大，但是「需求殷切」與失實並沒有必然的聯繫。因此，不能不談到「煲水」政治新聞的第二方面的原因，那就是政治傾向的問題，可以說，反中拒中的政治立場，是一些批評中共、中國及其政府的負面新聞得以順利「出街」的「高速通道」。

香港報業史上，其實涉及政治新聞的真實性，報銷老闆是遠遠看得比娛樂的「煲水」新聞重。香港老報人馬松柏的《香港報壇怪現象》[3]曾講了兩個「手民之誤」的故事[4]：

（其一）

　　中國報業史上最嚴重的「手民之誤」事件，發生在1943年左右，地點是在韶關。當年蔣介石發動「十萬青年十萬軍」，號召十萬青年從軍。國民黨將宣傳文件交給一家報社排印，詎料其中一名排字工人竟將「十萬青年從軍」之句，排成「十萬青年紅軍」字樣。

　　當年的排字制度是每一個工友排好一段稿放下之時，要簽名作證，所以查得出該段稿是誰人所排。所錯的一個字雖是最細的六號字，整間報館大為震驚，排字領班顏旺（花名「盲公旺」，曾在香港多年）寢食不安。報社社長廖崇聖，為與廖仲凱有關之人，亦大為震驚，大家研究如何善後。廖崇聖向「盲公旺」表示，若然中央（國民黨）不追究，便不必理會，若是中央追究，則要交人出來頂罪。適巧當時戰情告急，中央並沒有追究此宗「手民之誤」事件，結果遂不了了之。

原來排那段稿的工人，其實並非行內人，而是當時的「左派」派來臥底，曾經受過大學訓練。事件過後，他擔任廣州海員公會專員，後被人識破身分。「從」字變了「紅」字，實非「手民之誤」，乃是有心整蠱之作，事有湊巧卻連校對都走漏了眼。

（其二）

發生在香港，當時是在六十年代香港騷亂時期，電台廣播員林彬被放火燒死。《循環日報》當日有兩段大新聞，其中是「毛澤東最佳拍檔林彪」，另一段乃是「燒死林彬」。新聞見報之時，兩段都錯一個字，變成「毛澤東最佳拍檔林彬」，而另一段則變成「燒死林彪」。

原來「彪」字和「彬」字，在排字行業的字盤，不僅都屬「二級字」，還是並列在一起，一個不小心，便會「執」錯。該報的排字首席領班親帶社長到字房察看字盤，詳加解釋兩個字的排列方式，並非故意出錯。此事雖然沒有進一步鬧大，但那個排字的「手民」立即被炒魷魚。

報紙取消了排字作業，改為電腦化之後，也有過大烏龍事件出現，一間電腦化的報社，先後發生過多宗令人百思不得其解的事。編輯在看紙版大版之時沒有問題，影出菲林來檢視過亦屬正常，可是到了印出來的時候，卻變成一塌糊塗，內文的字，大部分變成「XYZ」。為什麼會如此，實在莫名其妙。結果有幾個編輯因此被辭退，或是被迫退休，而被迫退休者，湊巧都是高薪的老臣。到底是否其中另有別情，不得而知。總之老闆指稱證據確鑿，是有人做錯了事。

馬松柏說，報紙老闆是很怕生產部門中有人暗做手腳，所以都會有嚴密的監察，現代化是裝了閉路電視的所謂「電眼」，從前科

技未發達時，只有間中親自巡視。

基於政治立場，「不求真只求爽」、「不求真只求發泄」、「不求真只求一啖笑」，是回歸過渡期不少報紙處理負面中國新聞的無形或不成文的準則，其宗旨實際是討好佔香港主流的讀者，增加銷量。也就是說，對於這些負面新聞，報館不是深入作求證直至有把握才刊登，而是隨便刊出。往往在標題、導語或內文加上一個「傳」的就出街。

「傳」的新聞也可以出街，可說這是香港一大發明，也是香港「煲水」政治新聞的一大特徵。香港「煲水」娛樂新聞，雖然明知是「煲水」新聞，但也較少用據傳、據悉的字眼。一些娛樂記者說，雖然明知是「煲水」，但也要「煲得似（象）」，反正是無傷大雅，若用「傳」那就露馬腳，不如不「煲」了。

值得一提的是，香港媒體在報道「傳」字新聞時，往往是引述、轉述其他媒體的新聞，而不是本媒體的獨家新聞。根據筆者在多家報館處理這種新聞的經驗是：

第一，不能漏，不管對錯都不能漏，「寧錯不漏」。因為各報競爭激烈，如果其他報刊都有，自己「獨無」，那麼就太難看了，老闆追究負不起責任，因此，「寧錯勿漏」，報錯好過「獨無」。第二，因為是引述報道，即使錯了也有源頭，責任不在自己，而在於源頭。尤其是西方通訊社發的消息，不管對錯，照落可也。

應該說，九之後香港媒體處理中國新聞比之前謹慎多了，但是「出港轉內銷」的情況仍然時有發生。

2001年夏天，香港媒體又炒北戴河會議報道。其中有關中共十六大中國高層去留的消息，頗為有趣。8月初，香港一些報章的專欄指江澤民全退，交出總書記、國家主席和軍委主席三個職務。到了8月19日，香港《太陽報》報道，北戴河會議原則決定年過70歲的原則上都要退，而且是全退，讓第四代基本接班。並指，中共十六大的中共政治局常委將為胡錦濤、李瑞環、溫家寶、曾慶紅、

李嵐清、羅幹、吳邦國。其中胡錦濤任總書記、國家主席；曾慶紅任國家副主席；李瑞環任人大委員長；溫家寶任國務院總理；政協主席是李嵐清。

8月24日，日本的《讀賣新聞》發出了與《太陽報》一模一樣的報道，前者抄襲後者的痕跡非常濃重。但是，翌日，《太陽報》又轉引《讀賣新聞》的報道，誰也不敢遺漏，也不管香港是否有過同類報道，更不管是對是錯，反正標明「傳」就可以了；即使是「傳」錯了，也由消息源頭負責。

平實說，香港在過渡期「煲水」政治新聞氾濫，北京政治透明度低，不習慣香港媒體「追新聞」的手法，是一定的客觀因素。這在1989年前後一個時期較為明顯。往往，香港一些媒體聽到一些「小道消息」，想找北京有關單位查詢證實，但不得其門而入。另外，一些不實消息發表後，北京有關部門也不及時澄清，不但使到不實消息繼續散布，也使香港媒體產生錯了也無所謂的想法。

這個問題，在九十年代中後期逐步有所改善。北京黨和國家的以及地方黨政機關一些重要的部門，都設立了發言人制度，既可主動發表消息，也提供查詢服務，澄清不實新聞。

當然，有些事情是屬於保密範圍，即使有查證渠道也不會回答正確的答案。所以，往往放出假消息，其實是想通過這樣求證，獲得真消息。這個問題，實際超出新聞理論範疇，是政治外交鬥爭範疇的問題。

回歸後，影響最大的新聞失實，應該算亞洲電視新聞部誤報「前國家領導人江澤民病逝」。當時，我在亞視新聞部服務，不過沒有參與這一報道的處理。

2011年7月6日傍晚六時，亞洲電視新聞部在晚間新聞時段，在頭條位置報道稱，「前中共中央總書記、國家主席、中央軍委主席江澤民逝世」。之前，2011年7月1日中國共產黨建黨90周年黨慶時，中共第三代領導人李鵬、朱鎔基、李瑞環等人皆出席，曾經

出任13年中共總書記的江澤民卻未現身，引發外界猜測他健康有問題。7月6日傍晚臨近六時新聞播出時段前不久，亞視老闆王徵收到來自北京高層的消息，指江澤民已因病去逝，其堅信消息準確，要求新聞部即時播出。當日中午，在內地，《山東新聞網》也曾大字標題報道江澤民逝世消息。而在國際間，也有日本的《產經新聞》作類似報道。起初，中國官方拒絕評論關於江澤民的健康狀況，直到半夜北京新華社英文版發消息稱「江澤民病逝消息系失實報導」。但是，7月7日早上香港的報刊還是引述了亞視的報道

，直到中午新華社引述權威消息指，媒體報道江澤民死訊是純屬謠言。香港中聯辦指亞視報道是嚴重違反新聞職業操守的行為，表示極大憤慨。然後，下午5時，亞視撤回有關江澤民死訊的報道並發聲明致歉，表示撤回7月6日有關江逝世的報導，並向收看觀眾、江澤民及其家人致歉。事後，香港廣播事務管理局（已改組為通訊事務管理局）表示，就此收到眾多投訴，對事件展開調查，最後決定向亞視罰款30萬港元。

由於中共十八大召開之前，人事是最敏感的新聞，香港媒體都力求「搶新聞」。而王征則相信其信息來源，從內地有山東媒體和國際有日本媒體同時報道，估計消息來源的層級不低。

香港「煲水」政治新聞氾濫，還有一個重要原因是，內地和香港處於兩個不同的司法管轄體系，尤其回歸前，香港尚在港英殖民統治下，兩地對抗情緒激烈。再加上，內地在開放之初，法制意識淡薄，尚不善於利用香港的法律制度，尋求公道，使香港媒體產生報錯了也無所謂的心理。

在前面曾提到，香港過渡期政治鬥爭激烈，但香港媒體「煲」港英當局的政治新聞，微乎其微，與「煲」大陸政治新聞之多，形成鮮明對照。第一個原因，應是受到法律制衡，怕吃誹謗官司。相信，如果當時有媒體敢「煲」肥彭（港督彭定康）的誹聞，或「煲」其妻其女的艷事，相信會被告到「甩褲」（掉褲子）。反

而，肥彭的寵物一度走失，也為某些媒體渲染炒作，愛惜有加。

這裡，也可見有關港英當局的「煲水」政治新聞少，還有一個立場問題，愛憎問題。再就是，港英當局的政治透明度高，善於與傳媒打交道，媒體求證容易，不敢亂「煲」。

回歸後大「煲」社會新聞

香港回歸後，政治上的失實新聞出現了急遽下降的趨勢，無論在數量上，質量上，在顯著性和社會轟動性方面，都明顯降低和減弱。雖然不時傳出如「楊尚昆之子楊紹明患精神病」、「中國再裁減軍員五十萬」、「朱鎔基訪北愛爾蘭座駕遭潑漆和擲雞蛋」、「美國世貿大廈遇襲，中國訪美新聞工作者拍手被逐」等無中生有的消息，但多數消息源頭並非香港傳媒。例如所謂「中國新聞工作者拍手被逐」新聞，就是法新社杜撰。

政治失實新聞減少的原因何在？西方和香港學者似未有專門探討這一現象，但是指香港媒體回歸後「自律」了，對大陸的政治新聞報道少了的聲音，則不絕於耳。筆者幾個外國的「中國通」朋友，都提到這個問題。

以我的理解，這個「自律」的批評，其實不過是說明香港媒體在處理政治新聞，尤其是中國政治新聞嚴謹了。一方面，確實是傳媒的立場、傾向、感情有了變化，二方面，也是因為香港回歸後處於「一國」之內，雖然仍為「兩制」的不同的司法管轄區，但對嚴重失實、誹謗新聞的追究，比回歸前方便了，傳媒老闆不能不有所顧忌。

但是，根據我的觀察，回歸後政治煲水新聞減少，最主要的原因還是新聞的焦點和熱點轉移，回歸後中英激烈的政治對抗陡然下降，由此而展開的各種政治矛盾也陡然下降，這從回歸後多次選舉投票率都不高可以說明。

前面講到，回歸前後，香港傳媒白熱化的高度競爭，使「強市

場導向」達到一個頂點。如果說，回歸後政治新聞仍是新聞的焦點和熱點，各報老闆必然將競爭的「制高點」放於此處，但事實上，發行量最多的幾張大報，電視和電台，都將社會新聞擺在第一位。《蘋果日報》黎智英在回歸前信誓旦旦，捍衛香港的自由民主，實際也是將主力放在「淫賤化」之上。所以，回歸後，在「強市場導向」的新聞生態下，在中英角力淡化的政治生態下，傳媒轉「煲」社會新聞是順理成章。

回歸後，香港傳媒發放的「煲水社會新聞」可以用「多如牛毛，不勝枚舉」來形容，完全是無中生有杜撰的社會新聞隔三差五就出現，而有重大失誤的更是每天都有。前面提到的「陳健康事件」，也屬一個極端的例子。陳健康在妻子攜兒女跳樓自殺後，《蘋果日報》竟然提供金錢給陳健康到內地尋歡作樂，摟著兩個歡場女給該報記者照相，自編自導製造出「陳健康不顧妻兒死活繼續嫖妓」的轟動性新聞。

在2001年9月，美國世貿中心大樓遇襲的驚世大新聞中，《蘋果日報》也出了大笑話，9月21日《蘋果日報》在頭版頭條以通欄大標題報道：

FBI通報警高度戒備（眉題）
數名恐怖分子在港失蹤（主題）

《本報訊》在傳聞恐怖分子將於明天再度展開恐怖襲擊活動之際，美國聯邦調查局（FBI）相信，被列入全球最活躍恐怖分子名單中的其中數名目標人物，經已潛入香港。據本報所獲消息稱，本港警方已採取高度戒備，連日於全港追緝至少兩名入境後突然「失蹤」，但相信一直沒有離開香港的中東人士。與此同時，本港的部分美資機構，包括金鐘美國銀行大廈，已將巨型霓虹招牌熄滅，並提升至二級保安，避免成為恐怖分子下一個襲擊目標。

當日《明報》也在頭版報道，本港警方已收到美國聯邦調查局通傳的60名恐怖分子名單，數名涉嫌人士更已潛入本港，警方在調查中，已拘留1名或多名涉嫌的阿拉伯人。

見報當日，香港保安局副局長湯顯明特別舉行記者會作出澄清，指有關報道並無事實根據。他表示，政府並無收到六十名恐怖分子名單或拘捕任何人。

據特區政府所得資料，迄今並無跡象顯示，與美國襲擊有關的恐怖分子已潛入本港，並已蠢蠢欲動，或正設法來港。

特區新聞處當日也發表澄清聲明，指警方發言人說：「該報導完全沒有事實根據及不負責任。對該報章在刊登文章前並沒有求證表示遺憾。」

「這篇報導會對市民構成不必要的恐慌。」

顯而易見，一個查證電話就可以避免這件失實報道「出街」。但報方沒有這樣做，相信不是要犯低級錯誤，而是想「搶爆炸新聞」，完全妄顧應負的「社會責任」。

在2000年9月5日，香港警方亦曾發表澄清聲明，指出《蘋果日報》在4日報道稱警方招攬學生擔任「臥底」打擊黑社會，並不正確，警方發言人表示，學生的安全是警方主要關注事項，警方無要求任何一名學生在打擊黑社會滲入學校的行動中，擔任臥底。

此外，在娛樂新聞中的「煲水新聞」，更是多到「慘不忍睹」，「笑話百出」。

2001年1月13日，《蘋果日報》報道稱藝員顧嘉輝患上老人痴呆症，並已返回加拿大休養。孰料，見報當日，顧嘉輝現身香港機場，召開記者會，首先證明自己並未回加拿大，跟著用幽默的語言表明他並無痴呆。也參加記者會的《蘋果日報》記者受到同行的嘲笑。記者會完後，他才登機到加拿大。

事實上，回歸前後，香港媒體已經嫌「煲」娛樂新聞不過癮了，幾張大報、大的周刊都設有「狗仔隊」。黎智英2001年到台

灣創辦台灣《壹周刊》也將「狗仔隊」手法帶到了台灣。這些狗仔隊沒日沒夜，對各藝人盯梢，偷拍照片。當中，捕風捉影，合理想像，添油加醋，更是司空見慣，所有的明星若被偷拍到與異性在一起，便是大緋聞。

1999年11月11日，著名影星成龍因與藝員吳綺莉的私生子問題曝光，兩位主角皆成為娛樂版記者緊追不捨的對象。他索性召開記者會希望來個一次性「交代」。他在記者會上責問傳媒，「你們每個月花費大量資源去讓人們談論我們，但是你們有沒有想過，在你們獲得利潤的時候，同時傷害了多少人」。[5]

媒體官司氾濫

回歸後「煲水」社會新聞氾濫，使到香港新聞生態滋生、派生出一個現象，就是「媒體官司氾濫」。

首先，媒體被報道的當事人訴訟氾濫。本來媒體與一般市民，一般非媒體人員打官司，媒體佔領輿論優勢。一些媒體往往公器私用，利用手中的媒體工具，造有利於自己的輿論。加上，在香港打官司，拖延的時間長，花費金錢巨大，一般市民大眾都玩不起這個遊戲，也都啞忍算了。敢和媒體打官司的，一般都是社會名流、富商、政府官員。由於這些人及事，按香港的新聞價值標準衡量，含金量高

所以，這種新聞也是媒體競相追逐的，甚至要派出「狗仔隊」去多方挖料。香港的各級法院，香港主要媒體都派駐記者，不放過這種官司新聞。再加上，東方報業集團與壹傳媒集團因白熱競爭結怨，這兩大報業集團與其他報刊也有過節，都不放過對手方面的這種揭短和醜聞式的負面新聞。

所以，這種官司新聞充斥各大傳媒，成為香港媒體的又一大景觀。

2000年5月17日，英文《南華早報》在財經專欄「利是」刊登

了題為「金童子追求銀幕明星」的文章，提及香港首富李嘉城的兒子李澤楷的感情生活，指他曾與國際影星鞏俐交往並追求之。李澤楷見報後即與該報接觸，隨後不久入稟高等法院控告該報誹謗，並且要求法院禁制《南華早報》作出類似的誹謗性報道，同時要求該報出版有限公司總編輯和文章的作者作出賠償，除了一般性賠償外，需另加懲罰性及嚴重性損害的賠償。還需支付堂費。

到了6月5日，《南華早報》刊出道歉聲明，承認文章中提及李澤楷的有關言論並不真確，願意毫無保留地撤回這言論，並向李澤楷致歉。

這件事，成為了香港各大傳媒的重要新聞，據《東方日報》6月6日引述消息人士稱，按李澤楷與傳媒的友好關係，相信這次訴訟可望和解，不致對簿公堂。

在1998年10月7日，《蘋果日報》在頭版刊登報道，指執業律師朱蕭菊圓騙取3名客戶樓款和按揭貸款共200萬之後失蹤。報道除文字外，還刊登一幅原告律師行門口的照片，指律師行人去樓空。

事實上原告根本和報道所講的行為全無關係，律師行亦一直無停業。原告的丈夫及律師會獲悉報道後即去信要求《蘋果》澄清道歉，《蘋果》翌日刊登啟事道歉及表示收回報道，但原告仍決定入稟控告《蘋果》的督印人蘋果日報有限公司、承印人蘋果日報印刷有限公司及其總編輯葉一堅，要求賠償及頒禁制令。

代表原告的資深大律師余若海2000年12月21日結案陳詞，指《蘋果》刊登涉案文章的做法已超越了新聞寫作的合理標準，不可稱為負責任的新聞手法。他將《蘋果》涉案報道的失實歸納為三點，包括：指有人向律師會投訴原告；警方收到律師會轉介投訴，向原告進行調查；在假期時間拍攝原告律師大門，刊登時卻指原告律師行停業。

他指《蘋果》僅從讀者「報料」，向警方及上門追查，但未有充分資料，便「推斷」那個私逃律師是女性，及將案件與原告扯上

關係。其實《蘋果》只要向律師會、警方或者其法律界消息來源求證一下，便可知原告的律師行是否停業，但他們卻沒有這樣做。

大律師又指，雖然《蘋果》翌日便刊登道歉啟事，但一般讀者始終會覺得，頭條新聞總會有一點事實根據，刊登道歉啟事只是純粹避免被人控告，所以原告所受的傷害，並不會因一則啟事便一筆勾銷。

原告特別針對案發時《蘋果》採訪主任鄭炳華的證供作反駁，指其證供不可信。對於《蘋果》只掌握部分資料，便推斷剩餘細節砌成文章的新聞手法，原告懇請法庭藉此機會向傳媒表達訊息，表明這不是負責任做法，媒體處理新聞應當小心。

朱蕭菊圓是律師，對官司的輸贏有基本的判斷，況且無中生有的報道危及了她的飯碗和身體健康，逼得她不打官司也不行。該案於2001年12月20日審結，法院判原訴人勝訴，獲得賠償三百多萬港元。

2000年10月24日，香港商人黃鴻年在香港主要報章刊登廣告聲明，指10月12日出版的《壹周刊》刊登了文章「過江龍搵錢傳奇」，不少內容是無稽之談，稱他是「紅衛兵出身」更是造謠中傷和誣衊誹謗。到11月1日他正式入稟高等法院，控告該雜誌和總編輯張劍虹誹謗，要求一般性，額外和懲罰性等三項賠償，還要求被告支付利息及堂費。

2001年3月10日，香港聞人「富貴相士」黃運來，亦向《壹周刊》發律師信，要求撤回有關他的報道，並且道歉。他表示，文章指他經濟「唔掂」（不好），要賣車牌套現，其實他是做買賣車牌生意的，有買有賣，正常不過，根本不存在經濟「唔掂」的問題。

《蘋果日報》因「煲水」惹官非，更引起轟動的是報「變童癖」，被高等法院指藐視法庭。1999年10月5日，曾非禮6名男女童的41歲被告阮榮江，涉嫌以送贈「發光寶劍」為餌，將一名5歲男童誘返家，再勒其頸項致死，因該報報道的標題及內容均指被告

有「變童癖」，法官在開審後第三日下令解散陪審團，以免陪審團受誤導作出錯誤判斷。被告在今年二月重審時，因謀殺罪成終身監禁。當時，主審法官司徒敬認為，該篇報道構成嚴重偏見，影響被告受公正審判的機會，逐決定將陪審團解散，案件延後排期重審。事件引起兩日審訊時間與人力、物力被浪費。法官逐將事件轉解政府律政司處理，律政司提出起訴，告該報及總編輯葉一堅藐視法庭。在2000年11月6日庭審中。被告透過律師承認藐視法庭，以求輕判，只判報社罰款而不要懲處總編輯。

被告律師指稱，撰寫該篇報道的記者有兩年採訪法庭新聞的經驗，當日是參照另兩份中文報章在一年前拘捕被告時的報道，這兩篇報道都提及被捕者有變童癖，在其家中搜出兒童照片。該記者以上述資料寫稿，報社採主、編輯、審稿和看板等五重把關，都不知道法庭審訊並無提及該點。

事實顯示，寫稿的記者當日是憑舊的未經證實的資料寫稿，以訛傳訛。代表律政司的資深大律師在庭上反駁，報社總編一直只承認出版責任，但不認藐視法庭。由於報社拒絕透露撰文記者身分，在這問題上和律政司周旋，故律政司延至本年四月才起訴報社和總編，延遲控告的責任在該報社。不過律政司也表示案件毋須判監，可罰款懲戒。

有趣的是，對這件案件的報道，也有失實的地方。11月7日《蘋果日報》對總編認罪的報道，都指出代表律政司的大律師在聆訊時稱《蘋果日報》當初「只承認出版之責，沒承認藐視法庭」，但是當日的《星島日報》則稱「只承認出版責任，及有承認藐視」。顯然，沒有理由當事的媒體唱衰自己，非當事報紙則為其塗脂抹粉。筆者根據《星島日報》報道「只」字句式推理，「及有承認藐視」一句應為「沒有承認藐視」，「沒」字可能是記者寫得過於潦草，打字人將其打成「及」，核對也沒有校出，成為「手民之誤」。

媒體官司氾濫，上面所述的都是發生媒體與非媒體之間，更叫人嘖嘖稱奇的是，媒體與媒體之間的官司氾濫，這亦是香港媒體一大景致。

以下是2000年9月11日，《東方日報》在法庭上公佈的公開聲明：

公開聲明

本案是《明報》等被控告誹謗《東方》之訴訟。

被告包括《明報》東主之明報集團有限公司、督印之日報報業有限公司、總編輯張健波及承印之建明印刷有限公司。事緣1998年5月29日出版的《明報》刊登一篇題為〈東方職員車內搜出電棒大麻〉之報道，《東方》等原告認為報道的內容污衊其信譽及使商譽受損，遂提出誹謗訴訟。

《明報》該報道中的涉事者並非《東方》職員，涉事車輛亦非《東方》所有。現在，《明報》等被告向法庭繳付港幣伍萬元給《東方》，以了結訴訟。

《明報》等被告所刊登涉案報道的指控，查證與《東方》無關；《東方》採取法律行動控告《明報》等被告誹謗，目的為捍衛信譽及商譽不受損害，基於今天可以發表此公開聲明，《東方》等原告得回清白，決定接受《明報》等被告繳存於法院之款項，以了結案件。《東方》對此事表示遺憾。

2000年9月12日《東方日報》的報道是：

（眉題）惡意錯誤報道，違反新聞操守
（主題）明報誹謗東方，賠五萬結案
《東方日報》入稟高院控告《明報》惡意刊出錯誤報道

排謗《東方》的案件，《明報》願意付五萬元給《東方》，以了結案件，《東方》獲准在庭上公開聲明澄清事實，基於可得回清白，所以願意接受《明報》存於法院的款項，了結案件。

兩名原告是東方日報督印有限公司和東方日報有限公司。兩名原告於九八年入稟高院，指一九九八年五月二十九日出版的《明報》刊登一篇關於藏毒和藏有攻擊性武器的報道，標題為「東方職員車內搜出電棒大麻」，內容對兩名原告構成誹謗，錯誤報道涉案人士是《東方日報》發行部職員。四名被告分別是《明報》東主明報集團有限公司、督印公司明報報業有限公司、總編輯張健波和承印公司建明印刷有限公司。

《東方》捍衛信譽

代表《東方》的律師，昨在高院宣讀公開聲明時說：「《東方》等原告認為報道的內容污衊其信譽及使商譽受損，遂提出誹謗訴訟。《明報》該報道中的涉事者並非《東方》職員，涉事車輛亦非《東方》所有。」

《東方》的律師在庭上再說：《明報》等被告所刊登涉案報道的指控，查證與《東方》無關；《東方》採取法律行動控告《明報》等被告誹謗，目的為捍衛信譽及商譽不受損害，基於今天可以發表此公開聲明，《東方》等原告得回清白，決定接受《明報》等被告繳存於法院之款項，以了結案件。《東方》對此事表示遺憾。」

東方報業集團發言人表示：《明報》所報道的該宗事件，事發時並無派記者到現場採訪，因此，《明報》的報道純屬□造，毫無事實根據。

發言人稱：《明報》這種單憑道聽塗說，未經查證便報

道的處理手法，嚴重違反新聞專業操守，並不符合新聞專業要求，應該受到譴責。就《明報》自詡為最具公信力報紙的說法，此事件更是《明報》自摑嘴巴的莫大諷刺。

案件編號：HCA 9022/1998

過了一個多月，同年11月2日，《東方日報》用幾乎一模一樣的版式，報道了《明報》另一宗因誹謗該報，賠款15萬之案件，都是有一篇賠款的主新聞，一篇公開聲明，外另一篇「功夫茶」的評論，這次摘錄「功夫茶」：

《明報》連番誹謗《東方》賠款收場

自稱知識分子及最有公信力的明報，唔知點解，好似前世同東方有仇，經常咬實東方不放，誹謗完一鑊（一次）又抹黑一鑊！

1998年6月4日，明報刊出一篇所謂讀者投稿，對東方日報處理電視藝員鍾慧儀在美國犯案坐監新聞，指手劃腳，說三道四，乘機大肆污衊東方信譽及商譽！呢篇署名為楊柳風□所謂讀者投稿，用含沙射影曲折手法誹謗東方，話東方對無線藝員鍾慧儀以「頭條公審式」報道。真係好笑！東方報道新聞，尊重事實，最注意就係新聞是否確實，報道有冇歪曲。鍾慧儀曾在美國涉及信用卡騙案，事實俱在，證據確鑿，連當事人亦冇就東方報道發表任何抗議，皇帝唔急太監急，明報就在旁指指點點，條氣唔順，見東方新聞做得成功，銷量全港第一，心生妒忌，橫加抹黑，呢種頑劣所為，正好反映出明報吃酸葡萄心態。

明報無故迫害東方，經已唔係第一鑊！1998年5月29日，明報刊登一篇文章，誣指所謂東方職員，涉及一宗刑事案，話警方在一架車內搜出大麻及攻擊性武器，呢架車係所

謂東方職員所有！明報呢篇報道完全無事實根據，呢架車並非東方職員架車，車中人亦唔係東方職員！明報記者問都唔問，就監生砌東方生豬肉，請問居心何在？意欲何為？

明報多次誹謗東方，東方循法律程序，自衛反擊！結果誹謗「東方職員」案，明報賠償5萬，兼賠律師費，尋求認錯道歉求饒，今次東方報道鍾慧儀事件，遭明報誹謗迫害，明報一樣要賠償15萬1千元了結案件及律師費！

明報口口聲聲話自己有公信力，以報業一股清流自居，經常單單打打，話同業散播色情渲染暴力，但次次報新聞未經查證，亂作公審，淨係對東方格外針對，抹黑詆毀，誹謗砌生豬肉，咁樣的道德操守，唔通就叫做「公信力」？

功夫茶在此要質問明報，全香港咁多間報紙，點解明報淨係對東方所報道的新聞懷有特別興趣？背後有冇人指使？明報是否最近加入埋由肥彭幕後操控□政治迫害東方心戰室集團？是否除了以肥佬黎為首□壹傳媒之外，明報亦甘心做埋打手，與殖民地餘孽及壹傳媒內外配合，對東方進行殘酷政治迫害？

《南華早報》與《東方日報》也有兩宗誹謗官司。其一是《南華早報》一篇報道指多家報章社論批評前港督彭定康最後一份施政報告。文中指《東方日報》批評彭定康為衡量香港回歸後情況開列的十六項準則充滿偏見和揣測的社論，獲得中方喉舌《大公報》和《文匯報》的和應。《東方日報》的訴狀指《南華早報》的報道指《東方》是中方喉舌，破壞《東方》的形象。

其二是副刊「利是」專欄作者Nury Vittachi指：澳洲有英文報章曾對東方報業集團馬澄坤作出揣測性報道，後來星島集團的中文報章將有關澳洲文章翻譯後刊登；「利是」專欄又指，未幾《東方日報》即連載故事影射星島集團創辦人胡文虎，指胡於二次大戰

時涉嫌通敵；該「利是」專欄並指連載故事中很多指控從未有人聽聞過。

這兩件事都發生在1996年，但至2000年6月6日東方日報透露時，兩宗誹謗官司還在排期等候上庭聆訊。

《東方日報》集團與壹傳媒兩大集團之間的官司就更多。

1995年6月1日出版的第273期《壹週刊》刊登一篇以「馬社長沽清《東方日報》」為標題的報道。《東方日報》社長馬澄發，入稟高院稱，涉案的報道用了一些字句描述該原告出售東方報業集團股票，包括「內幕人士」、「沽貨大行動」、「愈沽愈低」、「沽得咁狼」、「袋袋平安」、「有乜玄機」和「耐人尋味」等等，引起讀者的懷疑，令讀者以為原告利用內幕消息賺取個人利益，構成誹謗。

這件官司到2000年7月17日結案。陪審團17日裁定《壹週刊》的東主和督印公司壹週刊出版有限公司，以及其總編輯張劍虹誹謗馬澄發成立，須賠償11萬元，當中包括一般賠償和額外賠償，並且要付堂費。

2001年1月11日，《壹週刊》又輸誹謗官司給《東方日報》。次日，《東方日報》刊登了「公開聲明」以及一張「官司表」。

公開聲明

本案是《壹週刊》等被控誹謗《東方》之訴訟。

被告包括《壹週刊》東主及督印之壹週刊出版有限公司、總編輯張劍虹及承印之凸版印刷（香港），《壹週刊》東主及督印之壹週刊出版有限公司。事緣1995年12月15日出版的《壹週刊》第301期，於第80至91頁刊登一篇題為「動用15億東方馬鬥肥佬黎」之文章，藉報道報業減價戰的同時，指出《東方》會趁股價低殘時伺機私有化。《東方》等原告認為文章的內容污衊東方報業集團有限公司及馬澄坤先

生，使他們人格、信譽及聲譽嚴重受損，遂提出誹謗訴訟。

　　《壹週刊》等被告已向法庭繳付港幣40萬零2元，以了結訴訟，《壹週刊》等被告認為此舉乃基於「經濟理由」。《壹週刊》另需賠償《東方》就此訴訟所友付之律師費。

　　《東方》等原告重申，《壹週刊》等被告所刊登涉案文章對東方報業集團有限公司及馬澄坤先生的指控，純屬捏造，毫無事實根據；控告《壹週刊》等被告誹謗，目的為捍衛人格、信譽及聲譽不受損害，基於今天可以發表此公開聲明，《東方》等原告得回清白，決定接受《壹週刊》等被告繳存於法庭之款項，了結案件。

表二十四　壹傳媒及《蘋果日報》侵權、誹謗《東方》官司表

審理日期	原告	事由	結果
01/01/11	東方報業集團等	1995年12月15日《壹週刊》一篇文章指《東方》會趁報業減價戰令其股價低殘時，伺機私有化，構成誹謗。	《壹週刊》賠償《東方》40萬零2元及堂費。
00/07/17	原東方日報社長馬澄發	1995年6月2日《壹週刊》一篇文章指「馬社長沽清東方」，構成誹謗。	陪審團以6：1多數裁定《壹週刊》誹謗罪成，賠償11萬元，並付堂費。
00/05/02	東方報業集團等	1991年10月11日《壹週刊》發表文章「東方馬遙控15億企業」，對東方報業集團管理層作出種種□造指控，誹謗《東方》。	《壹週刊》賠償《東方》10萬零1元及堂費。
00/03/20	東方報業集團等	1997年7月31日《蘋果日報》在副刊發表誹謗性文章「古有周公、今有輕功」。	《蘋果日報》賠償《東方》10萬零1元及堂費。
99/07/14	東方報業集團等	1998年7月2日《蘋果日報》盜印東方報業集團旗下《香港新機場完全手冊》特刊內之圖片，侵犯版權。	《蘋果日報》向《東方》賠償10萬元及堂費。

審理日期	原告	事由	結果
98/09/28	東方報業集團等	1996年10月6日《蘋果日報》盜印一幀女歌手王菲懷孕的獨家照片，侵犯版權。	終審法院判《東方》得值，《蘋果日報》須賠償3萬3千零1元及大部分堂費。

註：除上列已有結果的案件，尚有7宗訴訟仍待法庭排期處理。

從《東方日報》的公佈看，他們贏壹傳媒的時候多，但他們也有輸的時候。

《壹本便利》1996年入稟法院控告《東方日報》誹謗，因為《壹本便利》於1996年1月4日刊登「九六新催情藥　5分鐘淑女也失控」的封面故事，《東方日報》引述英國國會議員批評《壹本便利》的此報道是「令少女失身再淪為妓女，並控制她們賣淫」、「文章內容令讀者憤怒，有教人犯罪之嫌」、「恐怕已經是刑事行為」。香港高等法院指這三個句子涉及誹謗，裁定《壹本便利》勝訴。

看到這些傳媒官司，不知香港以外世界的讀者觀象有什麼感想，相信，謹此，他們即對香港媒體的公信力，也大打折扣。

民意調查誤差大

香港回歸祖國，前面講到政治上的「煲水」新聞少了，社會新聞上的假新聞嚴重。其中，筆者覺得香港民意調查誤差大的問題，值得單獨拿出來研究一下。

1999年11月，香港進行回歸後的第一次區議會選舉，香港大學社會科學研究中心選舉前的民意調查，出現極大誤差。

（一）民意調查結果顯示民主派（包括民主黨、前線、民權黨、民主會和街工）獲115席，但選舉結果只得99席，誤差達16%。民意調查還顯示親中派102席，選舉結果為115席（把民建聯、港進聯、公民力量、工聯會列為「親中」，而

把長期愛國的鄉議局及自由黨除外），誤差達13%。兩者之間誤差達29%。

（二）民意調查指自由黨主席田北俊和對手均勢；選舉結果為田北俊得774票，比對手412票高出80個百分點。

（三）民意調查預測民建聯的陳鑑林落後對手，在票站中又進行調查指陳鑑林將以20個百分點的大比數敗給對手，選舉結果為陳鑑林以高出對手2個百分點勝出。特別值得讚賞的是，陳鑑林在選舉結果公佈前即就港大民意調查向傳媒表示：「我不相信這個調查！」

（四）順便提及，1998年特區第一屆立法會選舉時，港大社科中心以其「權威性」爭先公佈：民建聯曾鈺成出局。結果出了洋相，曾鈺成穩得一席。

調查者的解釋是，民建聯等左派支持者的選票較為隱蔽，在選舉前不輕易透露投票傾向，因此出現較大誤差。但是，由愛國華僑徐四民主辦的《鏡報》月刊[6]發表「且看港大民意調查和西方在華民意調查」文章說：

查了一些嚴謹成熟的東西方國家的民意調查，誤差都不會超過5個百分點。例如最近結束的馬來西亞議會選舉，幾個民意調查與選舉結果基本相符，誤差不到3個百分點。南韓總統選舉、美國近幾屆總統選舉的結果和民意調查也大多相符。

為什麼港大社科中心的民意調查和事實誤差樣大而且是一貫地誤差那樣大？一位資深港大教授指出，這是「少了嚴謹、科學、求實的態度」。誤差如此高的民意調查者，在西方社會恐怕不是收檔就是引咎辭職了。可悲的是香港一些熱衷於政治、滿口「民主、仁義、道德」、每月拿著十多萬高薪的「民意調查者」並不為有損「專業」操守而內疚。

由於立場傾向影響調查準確性的，還體現在對董特首的調查。下面是筆者以「柳三禪」筆名發表於2000 年7月19日的一篇專欄文章「民調與政治騷」的節錄：

> 現在要做到的其實是如何界定政治干預和學術討論。而這個界定，其實也不可能有公平學術界定，只有與論戰。董建華不懂得掌握輿論工具，已輸了5分。平實而言，香港做民調確實談不上科學性。像在最近的一個星期，民主黨在葵湧廣場豎一個董建華像，然後讓市民在上面釘上贊成或不贊成董建華連任的釘子，結果388人反對連任，贊成49人，反對者佔八成八。然後，民主黨宣布近九成人反對董特首連任。
>
> 稍有學術精神的人都明白，首先這根本不是「民意調查」，而是一個「政治騷」。民主黨的反董立場，是鮮明不過（近日民主黨有調整，不再高調叫「倒董」，而是稱表達不滿，可能怕過激、出位反而在九月選舉失分）。因此，由民主黨在董建華像上釘釘，與其說是民調，不如說是洩憤。再就是樣本太少，不到四百人反對，推出來的結論卻是香港近九成人反對連任，怎令人信服？

從上面的例子，也可以看出香港的民意調查，除了政治立場的問題，在技術層面也不嚴謹。例如，香港電視收視調查，我經過調查研究，發現存在如下問題：

一、調查樣本少，不合統計學的最低要求

抽樣調查，取樣越多越接近實際情況，取樣越少誤差越大，現國際上一般通行，隨機抽樣的樣本不得少於600多個。但目前香港收視調查公司AC尼爾遜的樣本，在2000年之前，只在325個家庭安裝收視調查樣機，但由於搬遷、怕麻煩等多種原因，實際經常運

作只有290多台樣機，比統計學要求少得多。而且，實際上許多家庭裝了樣機也由於種種原因，並不操作，使到每日調查的有效樣本數大大減少。在有效樣本數少的情況，必然出現誤差大的情況，一二個家庭的收視變動，都可能極大影響調查結果。

按照統計學的公認的調查方法，在95%的可信度要求下，取樣本僅300左右，誤差率至少正負6%；在99%可信度要求下，300左右樣本的誤差率達到正負8%左右。換言之，目前AC尼爾遜調查的誤差率至少在6%以上。當時，調查公司還不肯承認調查樣本少有問題，後逼於輿論壓力，在2000年開始增加到600個樣本機。

二、調查過程摻雜外來人為因素嚴重，調查結果客觀性低

由於樣本少，AC尼爾遜收集到原始數據時，往往出現前後矛盾，大起大落的情況。於是，為了理順這些數據，該公司內部經常進行自我修正，使最後得出的結果摻雜了許多外加的人為因素。總之，調查公司人員有機會有可能根據個人的喜惡，去影響、去修正數據。事實上，顯示調查用的家庭樣機並非自動紀錄收視數據，而是通過家庭成員收看各台節目用人手按相關的按鈕。這樣，經常會出現人為錯誤。例如，有人去睡覺了忘記按鈕，就會出現其實沒有收看某節目，但收視紀錄仍顯示收看該節目。

三、樣本更新緩慢，易造成有利強勢台的「慣性收視數據」

按照統計的要求，取樣必須符合隨機性，即每次調查的樣本都是100%隨意抽取的，否則將影響準確性。目前，AC尼爾遜的樣機，自然不可能做到每日隨意的設置，而且更新的速度很慢，有些家庭放置樣機長達七八年。無疑，樣本更新越慢，強勢台的收視慣性越易表現出來，所以有些網上調查與AC尼爾遜調查不同，就是這個道理。

四、樣本分布不勻，收視調查主要反映低收入階層口味

在家庭安裝樣本機，是一件較麻煩的事情，為了吸引家庭接受安裝，調查公司會以小恩小惠來吸引，收入高的家庭與收入低的家庭相比，一般來說較較拒絕接受在家設置樣本機。結果顯而易見，適合低收入階層口味的節目，在收視調查上往往取得較高的點數。而陽春白雪，往往曲高和寡。

五、收視調查操作缺乏有效監管

目前，AC尼爾遜作電視收視調查在香港是獨家生意。無人競爭。更重要的是，在樣機設置，數據收集，數據修正，數據計算以及數據公佈等各個環節，無人監管。該公司以保密為由，拒絕電視台監管，也沒有獨立的第三者監管。到底在以上環節有沒有出錯，除了錯怎麼辦，外人是無法知道，這必然使到調查結果的可信性打問號。

對於這些問題，得利的電視台當然不會去指出，問題是香港幾乎所有引用這些數據的媒體都沒有去質疑其可信度，他們有一種錯誤觀點，如果調查有問題，對兩個電視台的影響是均等的，所以即使樣本再小，操作再有問題也不緊要。

香港中文大學統計系教授劉大成博士2000年8月20日在香港記者協會講演時指出，一個可信的民意調查報道，應該至少滿足10個基本要求：

1、誰贊助這個調查？誰進行這個調查？

2、進行調查的時間是否恰當？

3、調查是否面對面訪問？電話訪問？郵寄？音頻（電話訪問）？

4、樣本如何選取？是否隨機？是否有代表性？

5、樣本是否足夠大？使得邊際（可容忍）誤差不致太大？

6、回應率是否超過三成？沒回應者是否有跟進？

7、問題有沒有誤導受訪者？問題的次序（如何排列）？

8、問題回答的選取項目是否合理？

9、未決定者又沒有包括在報告中？投票意欲（如何）？

10、估值的方法（如何進行）？有沒有加權？又沒有根據子
樣本作估值？　若以上答案皆為否定，則其結果是極不
可信的。他還指出，傳媒在報道民意調查對象時應該提
供起碼八項基本資料，包括贊助機構的名稱、研究機構
的名稱、選樣對象、日期、方法（若果採用隨機抽樣，
則同時報道回應比率）和數目、調查結果的準確程度、
及問卷的提問方法。

劉大成博士的「要求」，其實是對香港媒體的批評，這些恰恰
是香港民調和引用民調存在的嚴重問題。香港大學鍾庭耀先生在回
歸後一直對行政長官董建華的民望作調查，數據顯示，在取樣和評
估等重要環節都不嚴謹。

「煲水」新聞根源在媒體老闆

如同黃色新聞氾濫的主要責任人在於媒體老闆一樣，失實新聞
氾濫的主要責任人也是媒體老闆。

分析失實新聞的箇中原因，可以有許多角度，例如，在前面分
析過渡期「煲水」政治新聞氾濫的原因，側重指出政治傾向的決定
性作用，也談到回歸後媒體轉「煲」社會新聞，是因為中英政治角
力淡化，媒體失卻了政治對手。

不少香港新聞理論教育者認為，香港新聞工作者訓練不足，包
括業務訓練和操守訓練都嚴重不足，既缺乏查證和取得真實新聞、
避免錯誤的能力，更缺乏堅持正義的道德勇氣，進而不以編造新聞
為恥，因而為「煲水」新聞出籠，大開方便之門。

這個識見，無疑正確的。但事實前線新聞工作者的問題，還是表象，根源還在媒體老闆。「上有所好，下有所為；上司放縱，下方妄為」。

1996年6月，與《蘋果日報》同屬一個新聞集團的《忽然一周》在48期的封面故事中，報道香港迪生創建集團主席潘迪生患上癌症。事後，潘迪生入稟高級法院，控告《忽然一周》誹謗。《忽然一周》在1996年7月3日當期刊登了道歉啟示，承認編造新聞，並解僱了寫報道的記者。官司也不了了之。

1998年10至11月，《蘋果日報》炒作陳健康事件，後來其花錢編造新聞的醜聞，被陳健康本人揭露，《蘋果日報》在11月10日對此事用一個整版發表「公開道歉啟事」，全文如下：

> 《蘋果日報》報道陳健康北上尋歡啟事，雖然未曾用錢編造任何新聞，但因事後間接支付5千元給陳健康等人，加上處理此單新聞的編排手法不當，引起本報讀者及社會人士不滿，本人及管理層甚感不安及歉疚。《蘋果日報》為做好新聞，求勝心切，造成嘩眾取寵後果，實在罪過。本人及《蘋果日報》管理層謹向讀者及社會大眾致萬分歉意，也為《蘋果日報》同事因此次事件而致歉。
>
> 《蘋果日報》黎智英謹啟

2000年5月23日，《蘋果日報》頭版通欄標題為「越界搶先收料，行賄警察通訊員《蘋果》記者羈留候判」，全版報道該報記者因採取不法採訪手段而惹官非的新聞。有輿論認為，這也是一種貌似勇於自我批評的表現。

1994年9月6日的《壹周刊》，竟將鄭經翰受傷的封面特寫相片作了特殊加工，受到鄭的指責。黎智英3年後對此事做了自我檢討，承認那是對新聞不敬的污點[7]。黎智英說：

我沒進過學校，但知道做錯了就去改。早些時候，有個母親和孩子一起跳樓，我們把相片登得很大，讀者反應很強烈，我們就公開認錯，去改，接受這個教訓。[8]

柯達群認為，黎氏在玩弄一種認錯文化，「錯了，認錯，再錯，再認錯。好像頑童覷準母親的寬容一樣，嘴上認錯，心裡急著掉頭再去繼續錯誤的遊戲。」[9]

《蘋果日報》的「認錯文化」，證明了筆者在這一章的開頭所說，在香港，貫穿新聞真實性原則不是一個理論問題，而是一個實踐問題，在理論上是很清楚的，不存在爭論。在香港內部不存在爭論；在香港與大陸兩個不同的理論體系之間也不存在大的分歧，不存在太大爭論。總之，香港出現「煲水」新聞，不是香港的新聞理論出現了問題，而是香港的新聞工作者的操守出現問題。而前線新聞工作者的問題，根子還在老闆。

黎智英玩弄「認錯」手法，顯示他知道，違背新聞真實性原則，有失報譽，會受到民意譴責，所以他要「認錯」，故作姿態，以緩和輿論的批評，但是他並不是真的要杜絕失實新聞，所以「認錯」之後還會錯。

其實，黎智英高調「認錯」，首先的作用，第一位的作用，是避免打官司，避免打官司後要作出重大賠償，損害經濟利益。前面提到，他旗下的《壹周刊》因報道中國希望工程貪污捐款，被判罰七百萬港元。

與《蘋果日報》形成鮮明對照的是，《東方日報》極少對失實新聞有所「表示」，例如說「袁木自殺」的新聞被袁木現身證明是錯誤之後，報館也沒有甚麼「表示」。（倒是東方日報集團旗下的太陽報，曾因將亞洲電視藝員相放在墓碑上，作過道歉。更有甚者，若有誰對東方日報表示「不是，動輒官司相向。」柯達群稱之為「暴力文化」。[10]

1999年9月，《明報》報道報販準備罷買某報系報紙的消息，《東方日報》馬上發表題為「罷買是亂作新聞，保留法律追究責任，報販主席斥《明報》造謠」的消息。在「功夫茶」專欄配以「《明報》又造謠誤導讀者中傷東方」的評論[11]，將對方嘲笑了一番：

> 深水步一名女報販，前日凌晨不幸被斬死，事發後，敵視《東方》的那些傳媒勢力，又視為一個大好機會，抹黑、攻擊、誹謗《東方》。昨天，一向自稱「公信力全港第一」的《明報》，就藉機大作文章，含沙射影歪曲營造錯誤印象，誤導公眾以為命案與《東方》有關。法改會想成立一個報業評議會，對於好似《明報》這類公然歪曲事實的誹謗、中傷《東方》聲譽的所為，報業評議會又有何對策呢？社會烏煙瘴氣，世道人心不古……

《蘋果日報》的「認錯」手法和《東方日報》的「不認錯」、永遠正確，表現形式不同，實質都是褻瀆新聞真實性原則。

當然，決不能認為香港這兩家大報老闆完全置真實性原則於不顧，作那樣的判斷是錯誤，如果真的是那樣，那這兩張報紙馬上就被讀者唾棄。很多時候，在以為檢到獨家新聞，但實際是錯的時候，這些報老闆也會感到蒙羞。例如，二〇〇〇年九月初，《東方日報》在頭版頭條獨家報道「特區政府將取消房委會」，第二天政府就證明是子烏虛有，筆者見到幾個《東方日報》記者，都說老闆「面黑黑」。

事實上，在「強市場取向」的生態下，香港多數報老闆在落實新聞真實性原則時，心中都有一桿秤，真新聞也好，「煲水」新聞也好，都不是終極目標，終極目標是市場，是贏利。新聞真，可以提高報格，可以提高公信力，當然是好，但不是到此為止，「真」是為了市場；相反，如果吸引到讀者，「煲水」也不壞。反正香港

讀者忘性大。

這裡，不能不特別指出，香港受眾容忍「煲水」新聞的閱讀文化，是縱容報老闆「煲水」的海洋。這些容後再述。

由於以市場為終極目標，香港多數報老闆不是要去杜絕「煲水」新聞，而是要在市場、報館利益和「煲水」新聞中求一種平衡。這簡直就是一種藝術，這也形成香港新聞界的特殊現象。

根據我在香港多家報館工作的經驗和對行內情況的觀察了解，報老闆對這種平衡，大致可歸納以下原則：

（一）基本事實大致正確，細節可能不準確的可以放行「出街」
（刊出）。香港各大報的色情、兇殺、車禍、火災等重大社會新聞，基本上各報都會各報的版本，很少時候完全一致。

（二）基本事實大致正確，渲染細節可贏得「轟動效應」，記者大膽去寫，編輯大膽起題，老總大膽放行。如某災禍死一人、傷百人，內文和標題都寫「死傷百多人」，使人誤以為死很多去吸引讀者。

（三）基本事實可能也是捕風捉影，「煲水」新聞，但無傷大雅，估計不會招致官司，不會引起重大利益損失，可以「出街」。較典型的如前面所說的娛樂名人的「煲水」新聞。

（四）對各種「傳聞」，若能造成獨家「轟動效應」的，而且由此帶來的利益，遠大於可能涉及官司所帶來的損失，就堅決去馬。經常有這種現象，報館輸了官司，賠償上百萬港元，但在新聞知名度，銷售和廣告收入帶來的總收益，遠超賠償。《壹周刊》創刊以來，官司不斷，但經濟收益節節上升。黎智英按此模式創辦的台灣《壹周刊》，銷售一下子名列前茅，但官司也不斷，出版初期是幾乎每期一官司。

（五）對報道可能涉及的官司，也具體區分。對涉及內地官員、機構和香港一般市民，估計他們一般不會主動挑起訴訟，或者即使打官司也「有得打」的，把關會鬆。這裡講的是一般原

則，但判斷經常出錯，黎智英的《壹周刊》報道大陸希望工程貪污捐款，想不到事主會衝破兩地法律的限制，跑到香港來打官司，而且一打數年，招致賠償700萬。

（六）對報道涉及國際大機構和本港大富豪，而且判斷會引起官司並可能輸官司的，慎重處理。我有一個朋友聽到香港一個大富豪的私生活傳聞，便在自己的《星島日報》小專欄寫出，刊出當天即被通知他的專欄取消了。

但也如前面第四條原則所說，有些傳媒專針對某些大富豪作文章，相信是經過計算，判斷利益大於損失，便不怕官司。《壹周刊》創刊以來，一直「關注」富豪李嘉誠，與李氏家族的官司也經年不斷。

一手作新聞報道，一手準備打官司。這可說是香港的新聞現象，也可說是香港報老闆所必備的特質。為此，香港各大傳媒都必備如下武器：

（一）一個好的律師班子。

（二）一筆打官司基金。

（三）對編輯部作出適應打官司的安排。例如《東方日報》在輸了「狗仔隊」官司，總編輯黃陽午判監四月。之後，總編輯之名就由一個不是做總編輯工作的人掛名。外界認為，這樣安排是方便打官司，掛名總編輯上庭打官司，也不影響報館日常運作。

講到「前線新聞工作者出錯，責任其實在報老闆身上」，不能不提到黎智英聘請前線記者的「特殊之處」。他旗下的《蘋果日報》、《壹周刊》等傳媒，並不強調聘請受過大學教育的人士作前線記者，相反社會上的三教九流都可以招致旗下，替他寫「召妓指南」專欄的人士就是「圈子」裡的人。所以，說「有甚麼樣質素的報老闆，便有甚麼樣的前線記者」，一點不假

前面提到，香港受眾的「容忍」，是縱容報老闆「煲水」的海

洋，這是一個複雜的社會問題。

從現象來看，對於香港媒體的失實問題，除了少數團體強烈批評之後，廣大受眾沒有激烈的反對行動，在世界各地出現過的「罷買」、「罷看」行動，香港從來沒有發生過。相反，在「新聞淫賤化」一章提到過的「邊看邊罵，罵完還看」的現象，同樣出現在對待「煲水」新聞上。許多受眾，邊買邊罵「作野」（造假），罵完第二天仍買同一份報紙。他們許多人，將閱讀和觀看新聞，並不是要吸收真實的資訊，而是作為一種消遣，一種娛樂。因此，新聞在他們眼中只是一個故事，水份有多少不打緊，只要能帶來一種快感，一種感官刺激，一陣笑聲便可。對於政治傾向性強的新聞，也往往只是追求個人立場的表達，情緒的宣洩，所以不在乎可信度的高低。

應該說，傳媒引導、培養了香港受眾的這種「閱讀文化」；而受眾的這種嗜好和容忍，又助長傳媒走偏鋒，相互形成了一種惡性循環。所以，在香港出現的怪現象是，銷量越多的報刊不是信度越高的報刊，信度越高的報刊銷量反而較低。

從本質上講，這是香港的殖民文化和商業文化的體現，相信這種現象的改變，有待香港人的素質的進一步提高。

▶▶▶ 附註

1 成美、童兵《新聞理論教程》p.172
2 《大公報》1999.9.13
3 馬松柏《香港報壇怪現象》p.257
4 手民，香港報界一般指排字工人
5 《南華早報》1999,11,11
6 《鏡報》月刊2000年1月號
7 柯達群：《後殖民文化與中文報業煽情文化》p.78
8 《中國時報周刊》1995，203期，36頁。
9 柯達群《後殖民文化與中文報業煽情文化》p.79
10 柯達群《後殖民文化與中文報業煽情文化》p.68
11 《東方日報》，1999,9,24

第五章　自律和他律

公信力危機

　　香港中文大學新聞系學者在1996年對新聞工作者進行調查，結果顯示，新聞工作者1996年對香港整體報紙公信力節評價比1990年降低。

表二十五　1990年與1996年新聞工作者對傳媒可信度的評估

	傳媒機構	1990	1996	差別
		平均分數 #		
（一）電子傳媒	香港電台	7.57（1）	7.07（1）	～0.50＊
	商業電台	6.73（4）	6.72（2）	～0.01
	有線電視	未啓播	6.69（3）	～～
	無線電視	7.30（2）	6.60（4）	～0.70＊
	亞洲電視	7.18（3）	6.48（5）	～0.70＊
	新城電台	未啓播	5.92（6）	～～
（二）報紙	《信報》	7.42（2）	7.38（1）	～0.04
	《南華早報》	7.72（1）	7.20（2）	～0.52＊
	《明報日報》	6.99（3）	7.16（3）	＋0.17
	《經濟日報》	6.69（6）	6.75（4）	＋0.06
	《星島日報》	6.92（4）	6.73（5）	～0.19
	《英文虎報》	6.58（7）	6.55（6）	～0.03
	《東方日報》	6.90（5）	5.85（7）	～1.05＊
	《成報》	6.54（8）	5.74（8）	～0.80＊
	《新報》	5.56（9）	5.45（9）	～0.11
	《天天日報》	5.48（10）	5.12（10）	～0.36＊
	《蘋果日報》	未出版	5.03（11）	～～
	《香港商報》	4.99（13）	4.90（12）	～0.09

	傳媒機構	1990	1996	差別
		平均分數 #		
（二）報紙	《文匯報》	5.09（12）	4.69（13）	～0.40＊
	《大公報》	5.13（11）	4.66（14）	～0.47
	電子傳媒及報紙總平均分數	6.52	6.13	～0.39＊
（三）其他傳媒	《壹週刊》	未出版	3.97	～～
	《東週刊》	未出版	3.81	～～
	政府新聞處	7.04	6.81	～0.23
	香港新華社	4.91	4.68	～0.23
＊統計上達P＜.05的顯著程度				
＃評分由1～10分，括號內是排名				

（1998年12月30日《明報》）

1996年的調查結果，大眾化綜合性報紙的公信力全部出現下跌，而且跌幅頗大：《東方日報》由1990年6.9分下跌至1996年5.85分、《成報》由6.5分下跌至5.74分、《天天日報》由5.5分下跌至5.11分、《新報》由5.6分下跌至5.45分；《蘋果日報》在幾家大眾化綜合性報紙中得分最低，僅得5.03分。這幾份大眾化綜合性報紙的可信度評分出現下降的趨勢，原因與其「淫賤化」傾向和「煲水」新聞過多有直接關係。

值得一提的是，有北京背景的報紙可信度也是下降趨勢。

《香港商報》由1990年5.0分下跌至1996年4.9分，《文匯報》由5.1分下跌至4.68分，《大公報》由5.1分下跌至4.66分，但是，這不代表這些報紙也搞煽色和「煲水」新聞。相反，這些報紙完全杜絕黃色新聞，在新聞真實性的把關也是很嚴謹的，之所以香港的新聞工作者給予的評分下降，應還在「政治傾向問題上」。第一，參加調查的新聞工作者，主要是各商業傳媒，北京背景的報紙的工作者參與人數少；第二，1996年中英角力仍處於激烈階段。所以，對3家北京報紙的評分，其實是政治評分。

在此次15份可供比較的報紙中，8份報紙的可信度下降幅度達到了統計學上的顯著度（Statistical Significance），其餘的則大致保持不變，並沒有一份報紙的可信度評分有顯著上升。換言之，在新聞工作者眼中，香港報紙的整體公信力，的確呈下降趨勢。

另外，香港中文大學新聞與傳播學系分別於1997及1998年的暑假，用電話抽樣訪問市民對傳媒公信力的意見（評分由1至10分）。1997年的樣本數目為864，但成功率僅得33%，因此只宜供參考，推論必須謹慎為是。1998年的樣本為656，成功率為50%。

調查結果顯示，1998年所有新聞機構獲得的可信度分數，均較1997年下跌，總平均分數由1997年的6.44分，下跌至1998年的5.01分，跌幅達5%。

表二十六　　1997與1998年市民對傳媒可信度的評估

傳媒機構		1997	1998	差別
		平均分數 #		
（一）電子傳媒	香港電台	7.26（1）	6.76（1）	~0.50＊
	商業電台	6.77（4）	6.62（2）	~0.15
	有線電視	6.79（3）	6.56（4）	~0.23
	無線電視	7.04（2）	6.62（2）	~0.42＊
	亞洲電視	6.68（5）	6.18（5）	~0.50＊
	新城電台	5.83（6）	5.70（6）	~0.13
（二）報紙	《信報》	6.60（6）	6.36（3）	~0.24
	《南華早報》	7.18（1）	6.58（1）	~0.60＊
	《明報》	7.15（2）	6.55（2）	~0.60＊
	《經濟日報》	6.79（4）	6.31（4）	~0.48＊
	《星島日報》	6.73（5）	6.07（6）	~0.66＊
	《英文虎報》	7.11（3）	6.23（5）	~0.88＊
	《東方日報》	6.54（7）	5.92（7）	~0.62＊
	《成報》	6.39（8）	5.82（8）	~0.57＊
	《新報》	6.05（10）	5.48（10）	~0.57＊

傳媒機構		1997	1998	差別
		平均分數 ＃		
（二）報紙	《天天日報》	5.95（11）	5.18（11）	~0.77＊
	《蘋果日報》	6.24（9）	5.67（9）	~0.57＊
	《香港商報》	5.42（12）	4.74（12）	~0.68＊
	《文匯報》	5.04（14）	4.57（13）	~0.47＊
	《大公報》	5.24（13）	4.33（14）	~0.91＊
	電子傳媒及報紙總平均分數	6.04	5.91	~0.53＊
（三）其他傳媒	《壹週刊》	5.27	5.12	~0.45
	《東週刊》	5.10	4.95	~0.15
	政府新聞處	7.34	6.12	~1.22＊
	香港新華社	5.73	4.94	~0.76＊
＊統計上達P＜.05的顯著程度				
＃評分由1～10分，括號內是排名				

（1998年12月30日《明報》）

表二十七　香港大學社會科學研究中心民意調查：
你認為現在香港新聞傳媒的報道是否負責？

日期	負責任	半負責任	不負責任	樣本數目	回應率
9～10/9/1997	46.6%	26.5%	26.9%	518	43.0%
18/11/97	32.9%	43.7%	23.4%	530	43.9%
19/01/98	30.1%	34.2%	35.6%	512	47.7%
21/07/98	38.5%	37.2%	24.3%	553	47.7%
15/09/98	34.1%	37.6%	28.3%	510	42.5%
17～18/11/1998	18.5%	39.9%	46.4%	502	45.0%
19～20/1/1999	18.5%	36.6%	44.9%	510	54.2%

資料來源：香港大學社會科學研究中心

　　香港大學社會科學研究中心在1999年1月份公佈一項最新的民意調查顯示，在510名受訪者中，有四成一認為傳媒報道不負責任，只有一成七認為傳媒負責任，較1997年剛回歸時的同類調查

下跌24個百分點。

1999年4月份，香港大學社會科學研究中心公佈的一項調查顯示，只有一成七被訪者認為新聞傳媒是負責任的，較上一次同類調查下降24個百分點；認為新聞傳媒不負責任的則有四成一，較上一次同類調查上升17個百分點。

另外，香港大學民意研究計畫主任鍾庭耀進行的香港傳媒公信力調查顯示，公眾對香港傳媒整體公信力評價，在回歸初期曾達6.55分，1999年曾一度下滑至谷底的5.5分，到2000年2月回升至6.08分，仍低於回歸初期。

鍾庭耀解釋，在統計學而言，傳媒公信力在1999年是下跌了2級，相信是因為1999年有很多傳媒不負責任，及應否成立報業評議會的討論未有結論，目前公信力評分回升至約6分，已回升了一級，可能因為評議會已經成立，有關討論已較平淡。[1]

鍾庭耀將傳媒公信力升降原因，部分歸咎於成立報業評論會討論，這是很荒謬的。這就像一個地區匪賊打劫偷盜嚴重，民意要求加強治安，難道外界對這一地區治安狀況的評價好壞，是因為民意而定，而不是因為本身的治安狀況嗎？事實，報紙公信力高低原因，只能從報紙本身去找。1999年公信力的最低潮，應是公眾對「淫賤化」、和「煲水」新聞久久不得改善而憤慨的表現。而之後的回升，則是這兩種惡習有所收斂。

為什麼香港新聞界公信力節節下降，為什麼出現公信力危機？原因固然是多方面的，從傳媒操守層面看，主要是前面兩章分別論述到的「淫賤化」傾向和「煲水」新聞問題。

1999年10月，香港記者協會、香港新聞工作者聯會、香港新聞行政人員協會、香港攝影記者協會共同進行了一次調查，對香港各傳媒機構發出問卷2,832份，收回1,026份，回應率為36.2%。[2]

表二十八　你是否滿意香港傳播媒介在傳媒操守方面的表現？

	樣本數目	回應率 %
十分不滿	111	11.0
不滿	233	41.7
一半一半	424	41.9
滿意	35	3.5
十分滿意	9	0.9
不知道／沒意見	11	1.1
總數	1012？	100.0

調查結果顯示，超過五成被訪者對現時香港傳播媒介在傳媒操守方面的表現「不滿」或「十分不滿」，只有不足5%被訪者表示「滿意」或「十分滿意」。

表二十九　你認為現時香港傳播媒介在操守方面出現了哪些問題？（最多選3個答案）

	樣本數目	回應率 %
傳媒過份渲染色情、暴力	725	70.7
傳媒報道失實	607	59.2
傳媒不尊重個人私隱	447	43.6
傳媒以不正當手段取得消息或圖片	307	29.9
傳媒自我審查，不敢報道政治敏感的內容	302	29.4
其他	144	14.0
不知道／沒有意見	15	1.5
總數	1026（145）	＊

＊由於本題容許被訪者選擇超過1個答案，因此各項百分比之和會大於100%。

調查結果顯示，最多被訪者對「傳媒過份渲染色情、暴力」表示不滿，其他令被訪者不滿的問題依不滿人數多寡次序是「傳媒報道失實」、「傳媒不尊重個人私穩」、「傳媒以不正當手段取得消息或圖片」和「傳媒自我審查，不敢報道政治敏感內容」。

調查有說服力顯示，新聞界本身也不滿意新聞界的操守表現，並認為色情新聞和失實新聞，是香港新聞界操守低落的兩題毒瘤。到了2001年中文大學的調查表明，各種媒體的可信度有所上升，原因是以上問題有所收斂，但也正因為這些問題未能根本解決，所以可信度仍然不高，尤其是東方日報、蘋果日報和太陽報3張大報，得分只在5分和4分之間，離10分滿分相差甚遠。可信度最高的信報，也只是7分多一些。鳳凰衛視新聞報道，在中國內地擁有良好的口碑，朱鎔基總理屢次讚揚，但在香港由於不是用本地話播出，收視並不高，香港媒體界多種調查也不將其列入其中。

自律失效

上一節已可看到，由於新聞淫賤化傾向和「煲水」新聞泛濫，使到香港媒體在回歸後公信力不升反降。前兩章，已分別分析了香港新聞生態這兩種毒瘤滋生蔓延的原因，在這一節試圖從自律角度進行探討。

一、媒體犯案個案

回歸以後，香港新聞界發生了兩件轟動全社會的案件。

第一件是《東方日報》總編輯黃陽午被判監案件。我與黃陽午分別在《經濟日報》、《星島日報》和《蘋果日報》做過同事，他職位一直比我高，關於他的案件的一些內情在行內流傳很廣，但由於種種原因似還未到全部公開的時候，最終還是由他本人講出最有說服力。基本案情大致如下：

1996年10月，《東方日報》控告《蘋果日報》盜印其曾刊登過的著名歌星王菲懷孕之獨家圖片。1997年4月，高等法院判《東方日報》勝訴，《蘋果日報》須賠償8,001元；由於《東方》方面不肯庭外和解，故要承擔《蘋果日報》達200萬元訴訟費。《東方》不服並上訴，上訴庭維持原判中《東方日報》只獲8,001元的

賠償額，而高院及上訴庭的訴訟費及堂費，則改判雙方作不同程度的負擔。上訴庭大法官高奕暉在判詞中建議，立法機關應考慮規定狗仔隊之偷拍圖片不受版權保障。

東方報業旗下之《東方日報》其後連續發表多篇文章，抨擊高院法官羅傑志及上訴庭法官高奕暉，包括題為〈大法官白皮豬，審裁處黃皮狗〉及〈羅傑志的卑劣，高奕暉的錯亂〉的專欄文章，並刊出讀者來信辱罵大法官及審裁員。1998年1月8日，上訴庭拒絕讓東方報業上訴至終審庭，《東方日報》於1月13日宣布成立全天候狗仔隊，到高奕暉寓所外潛伏監察，要「教育」他何謂狗仔隊；同期間，《東方日報》繼續發表文章指遭「政治逼害」，並說不惜玉石俱焚，奮戰到底。1998年1月24日，律政司發表聲明，決定控告東方報業藐視法庭；6月尾，高院裁定《東方日報》時任總編輯黃陽午及東方報業集團藐視法庭罪成，黃陽午被判即時入獄4個月，而東方報業集團則被判罰款500萬元。

香港的一家大報的總編輯與政府對簿公堂，不是因為政治立場、傾向的原因，而是涉及法律問題，這在香港新聞史上是鮮見的。值得指出的是，對於這件案件，香港媒體明顯表示同情《東方日報》的，並不多見。而且，多數媒體，新聞教育界，以及社會各界，都沒有將這個問題往新聞自由上扯，這說明《東方日報》「對付」法官的做法，得不到主流輿論的支持。

另一件案件是《蘋果日報》收買警方線人案。下面是2000年5月30日，《明報》的報道：

> 《蘋果日報》記者劉江群承認以30萬元賄賂兩名警方999台通訊員，換取機密資料做新聞，昨日被判入獄10個月，兩名通訊員楊啟興及曾炳霖，則分別被判入獄7個月及9個月，兩人更須於出獄後將部分賄款共11萬3千元交給警方。

法官丁雅賢判刑時稱：「希望有責任的傳媒不會涉及這些醜聞中。」廉政公署助理處長葛輝則在判案後指出，懷疑有其他傳媒涉及買賣資料賄賂案，現在調查中，他強調事件不會侵犯新聞自由。

　　《蘋果》突發組記者劉江群（47歲）承認兩項串謀向公職人員提供利益罪，控罪指他於1997年6月至去年11月，每次提供4千元至8千元給楊啟興（46歲）及曾炳霖（51歲），以獲取警方機密資料，涉款共30萬8千元。劉向廉署表示，他用應酬費名義向上司申報賄款用途。

通訊員刑滿須交出賄款（小題）

　　楊啟興協助廉署指證劉，被判入獄7個月。楊須於出獄後兩年內，將收取的賄款16萬1千元的半數，即8萬3千元交給警方。另一通訊員曾炳霖則被判入獄9個月，出獄後一年內，須將4萬元賄款的其中3萬元交給警方。

　　法官判刑時稱，雖然辯方指《蘋果日報》、《東方日報》及《太陽報》的報道有相同資料，但辯方不可以此為藉口。他又直言「報業激烈競爭下，我可從剪報中了解他們的標準」。他指剪報中詳細公開了疑犯的地址及受害嬰兒照片，受害人的資料被公開，會影響將來審訊。他又不排除有關資料會侵犯當事人的私隱權。他舉例稱，在楊啟興的警誡供詞中，楊向劉江群透露一宗強姦案件的事發地點，讓劉得以最早抵達案發現場拍攝受害人的照片。

　　法官指受害人已遭受性侵犯，她的照片被刊登後，令她再次受傷害。他說：「若受害人知道是第二被告（楊啟興）泄露資料，不知她有何想法。」

蘋果高層被控機會不大（小題）

去年11月，廉署持搜查令到《蘋果》報館搜查，檢去大批文件。《蘋果》多次向法庭投訴指搜查令不合法，最終敗訴。廉署解封文件後，劉江群於上周到法庭時，便向法官認罪。

案件糾纏多時，劉最後認罪，代表他的大律師艾勤賢解釋，廉署搜到的文件有劉的指紋。而楊啟興也指證劉，證據充足下劉難以抗辯。劉向廉署表示，上司知道他以應酬費申報賄款。劉的上司會否被控告？文勤賢指出，控方難以蒐集到充分證據，證明上司知道應酬費的用途，因此上司被控告的可能不大。

（案件編號：DCC 76/00）

《明報》在同日還就此事發表了社論：

《蘋果日報》記者劉江群賄賂警員罪成，判入獄十個月，雖是罪有應得，但劉江群其實只是執行者，付錢的是報社，促使他犯法的，是報社為求取得煽情新聞、不擇手段的作風，少數新聞同業若不改進這陋習，將會有更多的、無辜的記者被犧牲，香港報業的聲譽也會受損。

用錢向公職人員買新聞不但犯法，且違背新聞專業應有的道德操守，除非有凌駕性的公眾利益，記者不應用錢買新聞，這是新聞學的基本常識。為什麼《蘋果日報》有記者付錢給警察通訊員，收買警隊的行動資料？原因很簡單，那些資料雖然不涉及重大公眾利益，卻很能滿足公眾的「八卦」慾望，報社只求聳人聽聞的報道，根本不理會記者用什麼手段取得消息，不道德的交易，自然大行其道。

新聞自由是每一個新聞機構都應該珍惜的。新聞同業若

濫用自由，假自由之名而縱容編採人員以不法手段做新聞，不但會令自己的員工墮入絕境，更會激起社會大眾的反感，要求加強管制新聞事業，屆時新聞自由的空間便難免縮小，這是我們極不願意看到的，也是我們罕有點名批評同業的原因。

《蘋果日報》記者賄賂警員事件，其實是「冰山一角」，香港廉政公署助理處長葛輝在判決當日，聲言，懷疑有其他傳媒涉及同樣賄賂案，正在調查中。這已暗示問題的普遍性和嚴重性。

這件案件帶出的另一個問題，也是傳媒管理層是否知情的問題。記者劉江群曾向廉署表示，上司是知道他申報的應酬費是用於賄賂，但控方難以收集證據。在香港新聞同行裡，普遍認為，記者成為了「代罪羔羊」。這又一次引證了我前面幾章所提到的記者犯錯，責任在老闆的觀點。

這件案件，還說明了我在「黃色新聞氾濫新特點」一章提到的傷害當事人的極之不道德、極之損人的行為。劉江群賄賂警方，得知一強姦案的事發地點，拍攝了受害人的照片，並且刊登，使其「第二次受傷害」。可見該報為了煽色腥搶收視，道義淪喪乾淨。

上面兩個典型案件，加上香港媒體回歸後公信力下降的情況，可以充分說明，香港媒體在回歸後一段時期，「自律嚴重失效」，媒體是知道淫賤化、煲水新聞、以非法手法獲得新聞資料，是違反新聞的基本原則，甚至是違法的，但依然知錯犯錯，知法犯法，這說明這個解釋是合理的：主流媒體並不願意嚴肅地進行「自律」。

二、媒體自律的兩個層次

觀察香港回歸以來的新聞生態，如果說媒體只知「淫賤」，「煲水」是不公平的，即使最煽色腥，最輕易放假消息出街的報刊也有嚴肅、正氣的時候。事實上，社會上要求媒體自律，和媒體自

身要求自律的聲音，在「淫賤化」和「煲水」最泛濫之時是最強烈的。

據筆者觀察，媒體自律基本可分為兩個層面，第一是單個媒體的自行律己，第二是新聞各行業組織的自我規範。

也許，有人會提出仍有一個層次，就是新聞工作者個體的自律。我覺得，在香港的新聞環境之下，強調新聞工作者自身的自律，意義不大。因為，首先，香港新聞行為，是媒體老闆的行為，是「報老闆」或者「電視老闆」，「電台老闆」，「網絡老闆」的行為。雖然香港媒體一般都強調有編輯自主權，老闆不干預總編輯對新聞的處理，實際上各大傳媒的老闆都介入很深。而已經提到過「淫賤化」和「煲水」問題產生的根源，在於媒體老闆，即使是前線記者犯錯，根子也在老闆身上。因此，要講媒體自律，實質就是媒體老闆自律。其次，香港新聞工作者的工作權是脆弱的，大家捧著的是一個易碎的「瓷飯碗」。捧著這樣「瓷飯碗」的記者編輯，根本無力與媒體的不良傾向鬥爭，更加無力改寫老闆定下的編輯方針。看不慣辭工以示抗議，無濟於事，無礙大局。回歸多年後，未見有過打工的記者編輯扭轉錯誤編輯方針的事例，有的只是聽命老闆，放棄應有尊嚴和道德，去「淫賤」去「煲水」的傷心淚。

在這方面，一些新聞工作者工會較為健全的國家和地區，情況要好些。例如，台灣就比香港好，記者編輯的權益受到工會多一些保護，抗爭的力度會大些。也許，在這些地區，新聞工作者的自律是媒體自律的重要一環。還有，祖國內地新聞工作者政治社會地位高，因此他們自身的自律也較為重要。

（一）媒體自我監管

香港所有媒體都設有自身的監管機制，不過這個機制主要是監管員工，而不是監管媒體和媒體老闆。具體講，香港各大媒體都訂立了員工手冊，規範各種崗位上的新聞工作者的行為，並且訂明

了罰則，犯嚴重錯誤的立即解僱。但是，並沒有條文規範老闆的行為。當然，不少媒體都講明，「實行編輯自主權」，報老闆不得干預之，但實際上新聞自由只是報老闆所有，這在前面「新聞自由有認識」一章中已有提及。

1997年8月，香港回歸後僅一個月，《壹週刊》設立「新聞申訴專員」。香港中文大學講師梁偉賢稱之為「絕無僅有，史無前例」。

1997年夏天，壹傳媒集團邀請他擔任該集團的「傳媒申訴專員」，監察他們出版的《壹週刊》和其編採寫的專業水平和表現。從該年9月開始，梁偉賢便對《壹週刊》A冊和B冊的內容作系統的觀察和分析，同時接收並調查該兩份刊物的讀者所提出的投訴及批評。而具代表性的投訴及批評，有關的調查、調查結果和申訴專員的分析及評論，則每兩週一次在《壹週刊》的「申訴專員」專欄內發表。這個專欄後來在《壹週刊》網上版發表。

整個「傳媒申訴專員」計畫從1997年9月開始運作，到1998年8月結束。在此期間，「申訴專員」曾對16個投訴或批評個案作出跟進調查，其中14個個案的調查結果分別在《壹週刊》A冊的專欄和網上版發表。

梁偉賢擔任「傳媒申訴專員」短短一年的經驗，認為「申訴專員」的自律機制能否成功運作，有賴以下3個條件：

(1) 傳媒老闆及管理層的識見：他們能否看到，專業技術的水平和表現、道德操守的堅持、公信力的建立和維持、受眾的支持和愛戴，跟銷量或收視率有必然的關係？

(2) 傳媒老闆及管理層的決心：他們能否將「申訴專員」的自我監察與自律精神貫徹於機構內涉及編採寫及製作的員工當中？並要所有員工必須跟「申訴專員」合作？傳媒老闆及管理層有沒有足夠的決心，投下足夠資源作長期的努力？

（3）「申訴專員」能否在傳媒建制以外獨立運作的同時，獲
　　　得傳媒上下員工的充分合作？

　　梁偉賢沒有正面說他的「申訴專員」其實是失敗，而是提出了
可以成功的條件。他是否用曲筆告誡《壹週刊》的老闆黎智英，不
得而知。但黎智英將《壹週刊》「淫賤」和「煲水」的成功經驗用
於後來創辦《蘋果日報》。說明他要設立這個所謂的「申訴專員」
並不是真的要去提高旗下媒體的格調，這不過是他「認錯文化」的
一個組成部分。

　　據梁偉賢介紹，最早使用這個監察機制的是瑞典政府，它於
1809年設立申訴專員，去監察當時十分官僚的政府運作。可是，
到了1969年，瑞典報業評議會才委任其首任「新聞申訴專員」，
將這個自律機制應用到新聞傳播行業去。

　　在美國，最先使用「新聞申訴專員」作為自律機制的傳媒是肯
德基州（Kentucky）的Louisvile Courier~Journal，它於1967年委
任了該報、也是美國第一位「新聞申訴專員」，專責處理讀者的投
訴。不久，《華盛頓郵報》（Washington Post）亦委任其首位「新
聞申訴專員」，不單處理讀者投訴，也監察和批評該報的表現。

　　所以，雖然申訴專員這個自律機制存在於北歐有近200年的歷
史，用這個機制去監察傳媒的專業操守和道德水平卻只有30年的
經驗。

　　1998年在美國1,540份日報中，有35份報章設有「新聞申訴
專員」，其中較著名的包括Washington Post，Chicago Tribune、
Philadelphia Inquirer和Boston Globe；而沒有設立這種自律機制的
著名報章則有New York Time、USA Today、Wall Steet Journal、及
Christim Science Monitor。

　　他還介紹，即使在美國最優秀、最專業的報章與報人中，「新
聞申訴專員」是不是一個有效的自律機制，仍是見仁見智，極富爭
論性的問題。[3]

支持者認為「新聞申訴專員」的設立可以幫助報章集中處理讀者投訴、批評和建議，而申訴專員亦可以撰寫專欄，批評報章不足之處，從而提高報章的質素與專業水平。這樣不單可以提高新聞報道的可信性，在增強讀者對報章的忠心程度的同時，更可以增加銷量。更加實際的是：有效處理投訴可以減少法律訴訟的數目。

反對者則認為，編採人員經常就新聞的公平和準確性作出檢討，才是最佳處理投訴和改善報章質素的辦法；躲在「新聞申訴專員」背後的編採人員並沒有盡上他們的責任；何況，每年付出為數不菲的金錢去聘請一位資深的新聞工作者，專責處理投訴以獲取一些不容易看到、也不容易獲得的利益並不化算。

其實，全美1,500多份日報中只有百份之二設有「新聞申訴專員」，可見不少報章對此自律機制的有效性存疑，存疑的主因有三：

（1）由於專員的最佳人選是原職報章內資深或高級編採人員，薪金不菲；

（2）花費不菲所得到的利益卻不容易在短時間內見到；

（3）作為報章受薪職員之一，「新聞申訴專員」如何能夠做到真正的獨立和公正呢？

不過，設有「新聞申訴專員」的報章卻認為，只要報章老闆和管理層對提高專業水平和改善新聞報道質素有足夠的承擔，假以時日，這個自律機制必然會收到預期效果。

梁偉賢肯到《壹周刊》去做「申訴專員」相信他主要不是為了金錢，而是覺得這是值得嘗試的，如果搞成，或許可為香港媒體自律闖出一條路來。但顯然，他對黎智英認識不深。

事實上，即使黎智英不是利用梁偉賢去點綴門面，在大搞「淫賤」和「煲水」之餘，增加一些君子風度，這樣的「申訴專員」機制，也是監管員工，而不能監管老闆，監管老闆的整一條編輯方針。在整個編輯大方針都錯誤的前提下，小小的「申訴專員」去糾正一些芝麻綠豆的小錯，又有什麼意思呢？

（二）行業自我監管

　　既然單個媒體本身，是很難監管到這個媒體的老闆，那麼香港媒體的各種行業性組織又是否能夠完成這個使命呢？

　　我們不妨先看看香港媒體行業組織的情況。香港的新聞傳播媒體分別組織了7個新聞專業團體，包括香港報業公會，香港華文報業協會，香港出版業協會、香港新聞行政人員協會、香港記者協會、香港新聞工作者聯會和香港攝影記者協會。

　　據梁偉賢介紹[4]，香港報業公會的成員都是本港中英文報章的老闆，可是佔全港報章銷量75%的《東方日報》、《蘋果日報》和《太陽報》都不是該會會員；而它每年的三項主要活動是召開會議討論報章的售價、舉行週年晚會、舉辦全年最佳新聞寫作和新聞攝影比賽，似乎監察及維護傳媒的新聞道德不是它的主要關注事項。

　　香港華文報業協會的成立宗旨是推動香港的新聞事業，但大部分會員卻對賽馬消息的報道特別有興趣。

　　香港出版業協會的成員為本地出版人及海外出版機構的本地代表，成立目標是為出版工作訂立一套有關品質管制，核數銷量和廣告的標準和指引。新聞的編採報道活動顯然並非它的工作或關注事項。事實上，本地報章中只有少數是其會員。

　　香港新聞行政人員協會的成員都是新聞媒體的新聞總監、編輯、高級編輯或高級行政人員，協會成立的主要目的是捍衛新聞自由。

　　香港攝影記者協會的成員是各傳媒機構的攝影記者，每年舉辦一次全港最佳新聞攝影比賽，目的在提高攝記的專業技巧與地位。跟香港行政人員協會和香港記者協會一樣，攝協在維護新聞自由上也相當活躍。

　　香港新聞工作者聯會於1996年5月成立，成員有140多人，主要是親中報章的編採人員。成立的目的在於加強香港和國內新聞工

作者之間的聯繫和溝通。

　　香港記者協會雖然是一個工會組織，其主要工作是維護及爭取成員記者的權益。可是，在所有新聞專業團體中，它在捍衛言論及新聞自由的紀錄上是最活躍的；無論是香港政府、中國政府、或它們的領導人，倘若他們的舉措或言行對言論及新聞自由有直接、間接或潛在的重大影響，香港記者協會都會發表聲明，或譴責、或要求澄清、或自行表明立場。根據香港中文大學新聞傳播學院於1996年的一項調查顯示，在全港新聞工作者中，只有13%是其成員。由於經費有限，它每年會舉辦一次籌款晚會，募集經費。在這種狀況下，香港記者協會仍然於1993年開始，每年出版一份年刊，記錄過去一年重大新聞事件，所有與言論及新聞自由有關的事件和法例制訂或修改，以及傳媒行業的發展。

　　除捍衛新聞自由以外，香港記者協會也十分關注新聞工作者的專業道德操守，在其會章內第十九條便包括一份有11項細則的專業道德守則。守則第一項便指出維持最高的專業道德水平是記者的責任，其後有關新聞道德的細則包括：新聞報道必須公平、準確和均衡；不應將猜測當做事實般報道，不應扭曲事實，選擇性地報道以誤導讀者；錯誤必須快速的更正；以誠實正當的方法去採集新聞所需的資料；除非涉及重大公眾利益，否則不應侵犯私隱或傷害被訪者；新聞工作者不應因商業或其他的利益考慮而影響新聞的真確性，也不應因利益的考慮而降低其專業道德操守的水平。

　　可是，這守則內對新聞工作者的專業道德操守的規範和要求，純屬自願性質；而各種規範和要求都頗為簡略，文字比較空泛而不具體。因此，這份守則既沒有約束力，所提供的指引也不夠清晰具體。

　　雖然協會內設有一個由3名成員組成的操守委員會，負責對違反守則的行為作出調查及裁決。不過，該委員會的成員全為業內人士，會議是閉門進行的，調查結果亦不會在報章刊登或發表，加上

這份守則只對加入為會員的新聞工作者有規範作用，而對傳媒機構並無約束力，故此，香港記者協會這個自律機制並不能發揮太大的功效。

筆者也曾參加過記者協會，據我的觀察，香港記協雖然有記者工會的元素，但實際只是聯誼性質的組織。它首先未能在保護記者合法權益和爭取新聞從業員福利上發揮作用，因而也不可能在監管記者操守上有所作為。記者從切身利益出發，必然首先聽命於老闆。其次，記協未有廣泛的代表性，只有一成多新聞工作者參加，因而也必然缺乏監管的權威性。若然香港有一個廣泛代表性的新聞前線工作者的組織，並能有效地維護他們的權益，那麼這個組織不但可以在監管記者操守起到作用，對報老闆也能發揮一定的制衡作用。

鑑於原有的新聞行業組織所作的自我規範和所提供的自律機制，實際上並無約束力，也就是說「自律無效」。並且，面對回歸後不斷惡化的黃色新聞和失實新聞泛濫潮，社會不滿聲音日高，特區政府認為應該出手做一點事情。前行政長官董建華在1999年9月4日雖然強調「政府真的不想干預，希望業界可以自律」，但他也指出：「的的確確，在社會上，尤其是家長、教師對新聞界是有意見的。黃色的新聞報道，或者私隱方面的問題，其實牽涉一個更基本的問題：是否報界以利益為主，以銷路為主的一個思想向前行呢？」[5]

因此，政府於1999年8月發表了《傳播媒介的侵犯私隱行為諮詢文件》，並於2000年4月發表《保護青少年免受淫褻及不雅物品荼毒諮詢文件》，目的在透過法例的修訂，企圖從法律上提供具有約束力和有效的監管，逼使新聞傳播媒介減少或避免在採訪及報道新聞的過程中侵犯個人私隱，並加強監管傳媒內容中淫褻及不雅成分，以保障青少年兒童免受不良物品荼毒。

對此，新聞界的回應是什麼？香港4個主要的新聞專業團體香

港記者協會、香港攝影記者協會等經過3個月的磋商，於2000年2月27日發表了香港第一份跨團體的專業守則：《「新聞從業員專業操守守則」討論稿》，廣泛徵求各界意見。到8月公佈了定稿：

新聞從業員專業操守守則

（香港記者協會、新聞工作者聯會、香港攝影記者協會、新聞行政人員協會）

我們的理念

- 我們確信言論自由是一項基本人權。
- 我們確信新聞自由是言論自由的具體呈現，獲基本法保障。
- 我們確信新聞從業員應竭力維護新聞自由，以公眾利益為依歸。
- 我們確信新聞從業員須遵循真實、客觀、公正的原則。
- 我們認為傳媒機構擁有者及新聞行政人員，更有責任鼓勵和要求員工工作，更有責任鼓勵和要求員工信守這些理念。

操守守則

(1) 新聞從業員應以求真、公平、客觀、不偏不倚和全面的態度處理新聞材料，確保報道正確無誤，沒有斷章取義或曲所新聞材料的原意，不致誤導大眾。

(2) 若報道失實、誤導或歪曲原意，應讓當事人回應，盡快更正。

(3) 新聞從業員在處理新聞的時候，尤其是涉及暴力、性罪行、自殺等社會新聞，應避免淫褻、不雅或煽情。

(4) 新聞從業員應尊重個人名譽和私隱。在未經當事人同意，採訪及報道其私生活時，應具合理理由，適當處理，避免侵擾個人私隱。

4.1兒童的私隱尤須謹慎處理，傳媒報道涉及兒童私生活的題材時，必需要有合理理由；不應單單基於其親人或監護人的名聲和地位而作出報道；

4.2傳媒報道公眾人物的個人行為或資料時，須有合理理由；

4.3擁有公職的公眾人物當其個人行為或資料涉及公職時，不屬於個人私隱。

（5）新聞從業員應致力避免利益衝突，在任何情況下，其工作均不受個人、家庭成員、機構、經濟上、政治上或其他利益關係所影響。

5.1不應利用因履行職責而獲得的消息，於消息公佈前謀取私利，或轉告他人而間接獲益；

5.2不應因廣告或其他考慮而扭曲事實；

5.3不應報道或評論自己有份參與的投資項目、組織及其活動；若須報道或評論，亦應申報利益；

5.4不應因外界的壓力或經濟利益而影響新聞報道或新聞評論。

（6）新聞從業員不應因政治壓力或經濟利益而自我審查。

（7）新聞從業員應以正當手段取得消息、照片及插圖。

（8）在處理有關年齡、種族、膚色、信仰、殘疾、婚姻狀況、私生子女、性別或性傾向等內容時，應避免歧視。

（9）新聞從業員應保護消息來源。

9.1為免錯誤引導公眾，應儘量避免引述不願透露身分人士所提供的消息。

9.2如需引述，應加信謹慎查證不願透露身分人士所提供的消息。

（10）新聞從業員應切實遵行本守則，除非涉及以下的公眾利益範疇：

10.1揭露任何個人或組織濫用權力、疏忽職守、或不法的行為；

10.2防止公眾受到個人或組織的聲明或行動所誤導；

10.3防止任何對公眾安全、香港防務、公眾健康受到威脅。

運作細則（節錄）

（一）新聞攝影

（1）新聞攝影以紀錄真實為首要任務，記者在新聞現場應據實拍攝，不得參與設計或導演新聞事件，作誇大和不實的報導。

（2）記者拍攝意外事件時，應顧及受害人及其家屬的感受，儘量把對他們的心理影響及傷害減到最低。

（3）攝影記者在拍攝過程中應該尊重被攝者的私隱。

（4）新聞攝影工作者（包括攝影記者和圖片編輯）應謹慎處理血腥、暴力、噁心和色情圖片。使用時須考慮；

4.1對說明新聞事件是否必要；

4.2對社會的影響；

4.3對當事人及其家屬的影響。

（5）新聞攝影工作者在處理照片時，應以拍攝現場所見的真實情景為依歸，任何事前或事後的加工，都不能接受。

（6）新聞照片在新聞媒體上有時會有作插圖或作局部整合以配合版面編輯效果。但應註明照片曾經「加工處理」，或指明是「設計圖片」。

我們看到，這個守則，放在第一位的是「新聞自由」，在「我

的理念」頭三點，都是講「新聞自由」。本來，一個專業操守守則，強調點應該是新聞從業員的責任，而不是權利。當然，這四個新聞專業團體，也可以將「新聞自由」解釋為新聞從業員的責任，但實際的情況是，媒體和從業員的操守不佳，而且因為濫用新聞自由，才被迫要作出操守守則，所以，嚴肅和合理的做法，應強調的是從業員的應負的社會責任，而不是在濫用新聞自由的時候，還要去強調新聞自由。因此，這表明，這個守則第一位的不是要監管媒體和從業員，而是要爭這個監管權，害怕失去這個監管權而失去一部分新聞自由。

其次，這個守則，對新聞從業員並沒有說明是否包括媒體老闆，換言之，這個守則並無對媒體老闆的監管條款。

第三，這個守則，沒有罰則，甚至譴責條款也沒有。

所以，這也不過是一紙空文。這個守則出籠後的實踐也證明，這確是一紙空文。

梁偉賢認為：在資本主義高度發展的商業社會內，要求新聞傳播行業內的專業團體提供有效的自律機制並不容易，因為他們在自由市場中都是競爭對手，在爭取並非無限的市場利潤的過程中，採納市場導向的運作模式和弱肉強食的競爭策略不單可以理解，甚至會被認為是不可避免的。[6]

因此，要新聞傳播專業團體提供有效的自律機制，必須具備以下的條件：

（1）傳媒老闆必須確認他們擁有的媒體，不僅僅是一個商業機構，只為謀利而存在；媒體更是社會公器，為維持民主制度和促進有效的民主運作而存在。

（2）新聞專業團體需有高度代表性，絕大部分的傳媒機構必須成為會員。

（3）專業團體所要求的道德操守規範和所提供的自律機制必須有約束力。

可是，香港所有7個新聞傳播行業內的專業團體都不具備上面所提的三個必要條件，也因此未能為香港傳媒提供有效的自律規範。

據筆者觀察，在香港各大媒體經常法庭上見的惡性競爭環境下，他們根本無意共處於一個新聞組織之內，更加無意自我增加束縛繩索。

他律無力

他律，作為新聞業的概念，我個人理解可作廣義和狹義的解釋。廣義是指來自非媒體自身的監管，即媒體自律之外的一切監管，包括政府的直接監管。狹義的理解則將廣義理解的政府行為排除，本書取的是狹義理解。我覺得這樣理解，可使他律更具合理合法性，而傳媒更沒有藉口去抗拒他律。

香港媒體自律無效，訴諸他律的要求必然興起。這種來自非媒體的監管力量，首先透過強烈的不滿和抗議反映出來。

1995年7月，香港演藝人協會，發動全港藝人杯葛媒體報道3天，期間拒絕接受一切訪問。這件事引起香港各界的關注，社會輿論多表同情和支持他們行動。

事件的直接起因，是不滿意剛創刊不久的《蘋果日報》採取「狗仔隊」的方式報道娛樂新聞。以往香港報紙娛樂版主要依靠娛樂圈中人提供消息，同時，香港報刊的娛記有互通新聞的傳統。《蘋果日報》創刊後，改變了這些傳統，以「狗仔隊」的方式，專做獨家新聞，集中挖娛樂界的黑暗面，娛樂界對這種「揭秘式」的報道，極為不滿，逐舉行了3天杯葛活動。

但是，這個杯葛活動，僅僅是表達了藝員們的「一時不滿」，最後大都「隨大流」認可「狗仔隊」的揭秘報道手法。原因恐怕有兩方面。一是報業的競爭，其他主流報刊相繼也仿傚這種手法，使之登堂入室，成為主流，藝員無可奈何，避無可避。二是娛樂圈的競爭，在圈裡，能有3天的統一行動已屬不易。激烈的娛樂圈競

爭，使到非常注重名氣和知名度的藝員明星，既不可能忍耐沉寂，更不可能長期統一行動。

在回歸後，以上的情況沒有變化，娛樂圈在抵制新聞界的不良傾向方面基本上無所作為。即使一些藝員，一些機構遇到不實報道，頂多也是單對單打官司，不見有統一行動。因此，也未形成對媒體的制衡，監管的力量。

回歸以後，針對媒體出現的歪風，社會激烈的監管行為，還有登廣告抗議信，甚至發動「罷買罷看」活動。

1998年陳健康事件發生後，自發組織的社會團體——香港明光社發出題目為〈傳媒報道，濫用自由，社會良心，罷買罷看〉的廣告。全文如下：

> 我們對於天平村三屍案的處理深感擔憂，有太多的傳媒大幅報道男戶主陳健康種種無恥薄倖的言行，有些報紙更高度重視這些言行，如珠如實地捧之為頭條新聞，也有電子傳媒在黃金時段多次對陳喪心病狂的言行作出巨細靡遺的報道。凡此種種可見問題：
>
> （一）這些報道往往以低俗煽情、嘩眾取寵的手法包裝，鼓動讀者情緒，罔顧公眾利益。傳媒乃社會公器，理應具備社會良知，報道內容需對社會負責，不應只顧商案利益，漠視專業操守。
>
> （二）事件的報道容易令夫婦間產生疑雲陣陣，出現不信任情緒，使關係更為緊張。這種現象反映出傳媒的不當報道對社會倫理正產生負面影響。
>
> （三）男事主由最初表示身無分文到成為新聞人物，能在內地嫖妓尋歡，更在鏡頭前「左擁右抱」「表達心聲」，真令人懷疑他／她們是否某種利益驅使作出「表演」。

（四）兩電視台同一時間播放男事主的訪問，限制了觀眾的選擇。

我們在此呼籲：

（一）市民不但監察傳媒，更可發揮市場力量（罷看、罷買），制裁濫用新聞自由的傳媒，以正社會風氣。

（二）傳媒同業應自律自重，正視及遏止這股歪風，不應商業掛帥，罔顧社會責任；也不應為求銷量（收視），搬道對於兩旁；免得辱沒了傳媒行業應有的高尚情操。

（三）政府認真處理市民投訴，阻嚇某些傳媒的不良行徑。

行動：我們邀請每位有心人一同由11月2日至8日（星期一至日）罷買和罷看渲染此事的報章及電視節目，以示對傳媒濫用新聞自由的不滿。

＊參與行動者請回覆本社，方便統計人數

明光社

1998年10月31日

傳媒受眾利用市場的力量來監管媒體無疑是一個強有力的武器。梁偉賢認為：作為訊息市場內的消費者，傳媒受眾絕對可以行使市場規律賦予他們市場力量，罷買罷聽和罷看一些他們認為有傷風化、傷害下一代青少年心靈的傳媒內容。只要有足夠數目的受眾拒絕接收某些內容，傳媒必然會認識到，消費者喜歡什麼、不喜歡什麼，而絕對不會拿自己的收入利潤來開玩笑。但是，可惜的是，在「陳健康事件」中，傳媒受眾其實並沒有充分發揮他們的市場力量，在接近200萬的報章讀者和電視觀眾中，只有2千多人公開表示參加罷買罷看的行列，實在是個不成比例的小數目。」[7]

對此，明光社並沒有灰心，他們和其他17個社團，組成了「反色情暴力資訊運動成員團體」，不斷地進行監管活動。在2000年11月19日，他們組織「勿再踐踏性罪受害人尊嚴」研討

會，並現場進行〈最不尊重風化案受害人的（報刊）標題〉選舉。在之前，他們還和100多個社團，3,500多個人聯署在報紙上刊登全版廣告，強烈要求：

（一）報章勿再刊登風化案受害人任何形式的相片。

（二）政府應切實執行保護性罪行案件受害人的法例，控告洩露受害人身分的傳媒。

（三）報章在報道風化案時，勿再露體地描述強姦非禮的過程和細節，避免渲染及使用粗鄙和令人噁心的標題。

（四）報章報道風化案時有責任維護受害人的尊嚴及保障其私隱。

（五）市民在發現報章有關風化案的報道令人反感時，應積極向有關報章，其他傳媒及政府投訴，必要時杯葛有關報章。

這個廣告，也強調市民「杯葛有關報章」，但實際收效並不顯著。

可以肯定，以「市場的手段」對付「強市場導向」，是一個非常有力的武器，是最能擊中媒體老闆的要害，既然老闆煽色腥、「煲水」是為了追求銷量，獲取最大的利潤。因此，以罷買罷看罷聽的杯葛方式，監管和制衡媒體，不失為有力的他律武器。西方不少國家「煽情報刊」和「黃色報刊」盛衰，其實也都是由讀者用他們的購買選擇所決定的。

香港民間對媒體的他律，為什麼無力，形不成氣候？原因恐怕是多方面的。除了全球普遍性的原因，香港有自己的特殊原因，那就是香港受眾的特殊性。

前面筆者已經提到過香港受眾，即讀者和觀眾對淫賤新聞「又罵又看」的現象。根據我在工作中所接觸過的新聞業從業者，報刊

的老闆和高層管理人員，以及電視台的老闆和高層管理人員，都看到和承認這一現象的存在，而且還利用這種現象。在《蘋果日報》的每日例會，筆者也經常聽到黎智英說其實讀者個個都想「睇鹹野」，男的想，女的也想，有的表面說不想其實背後都偷偷看，這個世界到處都是假道學。所以，雖然受到社會輿論的抨擊，他始終不放棄煽色腥路線。他經常說，報紙的銷路告訴我什麼該做，什麼不該做。

也許，黎智英這個媒體老闆，並不一定知道「受眾需要理論」中的「本能說」，但實際上他正是將人的性本能，好奇本能，窺秘本能，作為新聞需要產生的源泉。

事實上，香港的受眾對新聞界的不良現象制衡不力，發揮不到「他律」的作用，應可判定受眾的總體覺悟水平不高。上面提到支持明光罷買罷看的人數不過是一百多萬分之二千，可見「真罵真不看」的只是少數，微乎其微。相當多的是，成年人可以看，也就是自己可以看，但不能影響子女，教壞兒童。也有很多「罵」的讀者是跟著「罵」，人家「罵」也附和一起「罵」，以示道德高尚，其實心裡並不罵。而追求低俗新聞的讀者，也為數不少。這從幾張發行最多的大報，堅持設有「鹹版」便可證明。香港新聞行政人員協會主席趙應春1999年10月22日公開說，1998年7月至1999年6月的讀者人數調查顯示，多份不走渲染暴力和色情路線的報章讀者大量流失，這反映讀者們「口不對心」，請讀者們不要再「邊看邊罵」，否則「傳給報業老闆的信息是，要走暴力色情路線才賺錢」。

中國人民大學新聞學院教授鄭興東在《受眾心理與傳媒引導》[8]一書中指出，根據主導動機的不同，將受眾分為「主智受眾」和「主情受眾」。主智受眾是以滿足認識上的需要為主導動機，受眾主要是為了獲取信息，了解輿論，以認識客觀外界的變化，並以此作為自己的行為取向的參考。主智受眾關切和注意的內

容是國內外大事，有關方針政策、形勢的變化與發展等，對硬新聞關注較多。主情受眾，是以滿足情感上的需要為主導動機的受眾，主要為了調節生活，消遣娛樂。他們最感興趣和最關注的內容是富有人情味、富有趣味的社會新聞，對於軟新聞的關注要超過對硬新聞的關注。他們更多追求受傳中的即時補償，不去進行理性的思考，而只是從軟新聞中的刺激性、變異性、戲劇性和人情味中去獲取一瞬間的情感宣洩，從而獲得即時的愉悅。

香港的受眾可說主情受眾遠遠多於主智受眾，《東方日報》、《蘋果日報》、《太陽報》、《成報》、《新報》等大眾化報紙的總銷量在一百幾十萬份以上，而《信報》、《經濟日報》等財經報紙銷量不過10萬左右，即可大致推斷香港主智受眾和主情受眾的比例，低於1：10。

據我的觀察，這要從殖民地的政治教育和文化上去找原因。

第一，香港雖然經濟繁榮，但是高等教育水平不高，直到2001年也只有佔一成八的適齡青年可以在香港接受高等教育。而六十年代以來，大量移民來自內地農村，這也影響到回歸以後來港團聚的移民也是主要來自內地農村低素質人口。這使到香港受眾的總體構成呈現文化不高的狀況。據2001年春的人口普查，大專以上教育程度僅一成三。

第二，香港的殖民政治和教育，長期灌輸不問政治的傾向，使香港養成政治冷感，這從香港回歸前後的區議會、立法會等選舉投票一直不高，可以引證。

第三，香港緊張的生活工作環境，使受眾的閱讀和視聽，更求輕鬆、解脫。

第四，香港教育存在不重閱讀，不重思考的弊病，香港人認為小孩是看漫畫長大的。我認識的一個朋友，曾在《明報》任中國版主編，但平時熱衷看的是漫畫。黎智英也曾說過，《蘋果日報》就是給看漫畫、看電視長大的香港人看的。

香港的受眾，主情受眾佔絕對多數，在新聞煽色腥一章，我還著重分析了煽色腥新聞可以在香港滋生的土壤，在煲水新聞再認識一章，亦分析了香港受眾對失實新聞容忍的原因。這些，也都可認為是香港他律不力的根源。

在香港受眾覺悟不高的同時，受眾的領導力量不強，也是「他律不力」的原因。回歸以來，香港的重要政治力量，包括自由黨、民主黨、民建聯等政黨、政團，在監察傳媒方面，調子並不高，原因相信有兩個方面，一是怕得罪傳媒，不但影響對自己政黨政團的正面宣傳，還可能增加負面影響，被傳媒有意抹黑。二是怕踩到「新聞自由」這條線，香港回歸前後，「新聞自由」一直是敏感問題，各種政治力量包括左中右都想扮演捍衛「新聞自由」的勇士。雖然他們當中也有人認識到一些不良傾向的出現已是「濫用新聞自由」，但也不願意趟渾水。例如，曾任民主黨副主席的張炳良，1999年9月8日，在《明報》論壇版以城市大學公共及社會行政學系主任名義，發表題為「傳媒自律還可有他律」的文章，婉轉地提出，「保護私隱與維護新聞自由同樣是社會應力爭的原則，並不排斥」，他還認為，傳媒自律，「與他律不一定互為排除。」但是，民主黨在回歸後對傳媒不良傾向的監管，其實一直較為低調，可以說是無所作為，所以，回歸後在監管傳媒的主導的政治力量，主要是教育和宗教團體。而他們的政治能量始終不如直接參政的政黨政團。

不過，我相信，在回歸後，隨著香港市民的主人翁意識加強，參政意識提高，政治熱情增加，總體道德水準的加強，尤其是民間社團的政治影響力加強，他律的作用會越來越明顯。

梁偉賢認為，「隨著消費者權益意識日漸高漲，而資訊社會內新媒體對受眾的主動性及參與程度的要求日增，愈來愈多受眾懂得組織起來，發揮較具組織的市場力量，向傳媒發出更清晰的聲音和要求。」[9]

梁偉賢從消費者維護權益的觀點，看他律力量的增加，筆者基本同意，但也要看到，新聞作為特殊的消費商品，對其「質量」的鑑別是複雜，例如對煽色腥，不同口味的受眾有不同的評價。因此，市民對媒體的監管，對新聞質素的判別，還需結合其他的標準，政治、道德、文化等，但是可以肯定的是「受眾懂得組織起來，發揮較具組織的市場力量」，來發揮他律的作用，則是方向，也是必然之路。

理論上作為市場力量的他律，更主要應體現在大財團的廣告投放之上。黎智英旗下的傳媒，由於一開始就針對香港首富李嘉誠，因此，李氏家族旗下的公司基本不在黎氏旗下的傳媒投放廣告。鑒於黎氏對北京的不友好，一般中資公司也不在他旗下的傳媒投放廣告。香港《星島日報》地產報道是傳統上的強項，其報道內容很少得罪地產商。香港商人投放廣告雖有自主權，並受多種因素左右，但是整體上是「經濟第一」、「利益第一」，一般只考慮報紙的發行量，投放廣告後的效益，而不會考慮監督制衡報紙，尤其是當一些不良傾向成為媒體的普遍現象，商人更加不會選擇高格調報紙登廣告，因為這些報紙的發行量因為高格調而低，例如《信報》廣告就較少。加上，商人本來也存在激烈的競爭。所以，在理論上，商人可以聯合起來以廣告之市場力量去對媒體進行「他律」，事實上這樣的「他律聯盟」難以形成。

報評會的爭論

在回歸之後，香港新聞界和社會其他派別，就媒體的自律和他律有過一場大辯論。這場大辯論，導火索是前面已提到的，回歸前後傳媒淫風邪氣泛濫，尤其是1998年10月陳健康事件爆發，輿情激憤，要求政府作出有效監管。經過差不多一年時間的醞釀，到1999年8月下旬，法律改革委員會私隱問題小組發表了《傳播媒介的侵犯私隱行為諮詢文件》，除建議立法保障各類私隱權益外，更

具體建議成立「保障私隱報業評議會」，以檢查並監管報業進行新聞採訪和報道時作出的各種侵私行為，從而保障市民的私生活，免受新聞媒體的不當干擾。

非常明顯，為了避免觸動新聞自由的敏感神經，政府想從侵犯私隱這個較有法律依據的層面去作為突破口。在1984年底港英政府律政司唐明治正式提出要成立一個類似英國新聞評議會的自律組織，於1985年五月發出諮詢文件，但後來不了了之。

但是，新的諮詢文件一公佈，新聞界和香港民主派反對聲音不絕於口。概括新聞界反對的論點主要有：

（一）建議中的評議會將嚴重影響新聞自由；

（二）對新聞行業的監督，應該來自公眾輿論，而不是來自政府，或任何法定的組織；

（三）在不影響新聞自由的情況下，對傳媒更有效的監督或制衡，應該是新聞媒體的自律檢討、新聞界專業組織所制定的守則。

（四）有效的監管應發揮市場的力量。

梁偉賢認為，新聞界似乎認為來自政府以致法律上的監管，都會嚴重影響新聞自由；任何監督或制衡，都應以不影響新聞自由為原則；若真的做出監管，新聞媒體的自律、新聞界專業組織所制定的守則，和市場力量，比政府或立法的監管將更有效。[10]

下面引述的《蘋果日報》的意見書[11]，反對聲音更強：

我們不要官辦報評會
——致法改會意見書

《蘋果日報》知悉法律改革委員會私隱問題小組委員會，就傳播媒介侵犯私隱行為發表諮詢文件，尤其有關設立「保障私隱報業評議會」的建議。

本報充分明白，保障個人私隱的重要性，無論是富有的、知名的，抑或是普通小市民，其私隱均應受到保障。不

過，在保障私隱和新聞自由之間必須小心取得平衡。以保障個人私隱為名，箝制新聞界是錯誤和有違公眾利益的做法。不幸地，私隱問題小組委員會，倡議成立有廣泛權力、由政府委任的報業評議會，無可避免的會窒阻新聞自由和削弱公眾的知情權。因此，本報認為私隱問題小組委員會的建議是錯誤的，不應考慮。

小組委員會的建議，過分束縛新聞採訪和報道的運作。建議中的報業評議會，指點報章什麼應做什什麼不應做，會變成報章的「超級總編輯」，令本地報章的編輯獨立性，受制於政府的委任人，這是絕對錯誤的。再者，來自政黨以及政府的不當政治干擾，也容易透過這個機構滲入，這也會破壞本地報章的獨立性。公眾人士和新聞工作者這方面的憂慮，從不同的民意調查均顯示出來。舉例說，由4個新聞業團體，聯合進行的業界民意調查顯示，73%的被訪者，反對設立由政府委任的報業評議會。

給予時間觀察成效

《蘋果日報》也反對法改會小組委員會認為，新聞界自律機制必然失敗的說法。現時的新聞界自律機制的確未能發揮很大功效，但並不表示沒有其他自律機制可以奏效。鑑於公眾人士愈來愈關心私隱保障，新聞業團體正努力研究不同方法以回應公眾的關注。其中四個新聞業團體同意，聯合草擬一份共同的操守守則以提升專業操守；另方面，報業公會則建議，設立非政府的新聞評議會處理私隱保障問題。這些發展在本港均屬史無前例，在作出本港新聞業不可能自律的結論前，應給予更多時間觀察這些建議的成效。

《蘋果日報》作為報業市場上主要一員，也對公眾的關注做出積極回應。私隱問題小組委員會諮詢文件公佈後，本

報的管理層即委任了一個三人小組，研究報章如何回應公眾對新聞操守的關注，以便更好地服務讀者和公眾人士。管理層深信，自律是回應公眾對私隱問題的關注，和維持一個自由和活躍新聞業的最佳方法。

逐步落實各報自律

三人小組在研究過不同國家所採用的不同自律模式後，建議《蘋果日報》在報社內部設立新聞申訴專員，以直接回應公眾人士的投訴。管理層已接納有關建議，並希望編輯部上下，今後都朝這方向不斷探討，不斷落實我們認為應該做的相關措施。本報也密切注視，有關業內自行設立新聞評議會，保障私隱之議的進展，若該評議會是最後定案，符合本報堅持的原則，及必須為非政府和非法定，不享有特殊權利的組織，本報會考慮加入。

總結而言，《蘋果日報》認為，成立一個法定和委任產生的報業評議會，以處理私隱保障的問題，無論從原則抑或實際出發，均是完全錯誤的做法。過去數月本地新聞業和業內專業團體的行動，也正顯示自律不但可能，而且正在逐步落實。故此，法改會無理由繼續倡議成立報業評議會的建議。若繼續堅持有關建議，只會令本港珍而重之的新聞自由，和作為一個自由開放社會的國際聲譽受損。

對於報業抗拒「報評會」，社會其他界別總體較為反感，也紛紛發表文章批評，總括起來，主要論點如下：

（一）事實證明，傳媒有自律機制比沒有自律機制好，但是，受眾多受利益的制約，由道德主導的自律機制收效是有限的，道德的力量打不過金錢的力量。

（二）對傳媒他律，不一定影響新聞自由，相反公正、公開、民主的社會監督機制，有助於防止濫用新聞自由，實現媒體新聞

自由與社會責任的平衡。

（三）作為對傳媒的社會監督機制──報業評議會，的確不能由政府直接參與，以避免成為政府控制輿論的工具，但要有一定的社會權威性。

在同意成立報業評議會的人士看來，關鍵問題是要把這個機制設計好。時事評論員劉迺強1999年9月14日在《信報》發表文章認為，法改會提出的評議會形式，是一種可行的機制。從民主的角度看，法改會的建議有兩大缺點：一是由特首間接委任，始終是一個政府機構，公信力不足。二是權力過大，集接受投訴、調查、裁決、懲處於一身。

他認為，評議會的成立，完全沒有任何的政府支持是絕對不可行的，而且是缺乏操作性的。他指出，另一點同樣重要的考慮是經費何來？有錢人家怕得罪傳媒，評議會面向社會募捐十分困難，政府撥款能使評議會無後顧之憂，有足夠資源，集中精力代表公眾做好監察傳媒工作。因此，評議會一個可以考慮的定位是政府贊助的民間機構，它由法例成立，賦予它接受投訴及調查權力，將調查結果公佈，並作道德性譴責，及在有需要時，代表公眾及受害者對有關傳媒進行訴訟。它的成員經費由立法會每年批准撥款。成員方面，開始時政府可通過公開諮詢方式制定團體名單，再由各有關團體，按照法例規定，以公開、公正、公平方式推選代表進入評議會。團體名單每五年以公開諮詢方式檢討一次。

這樣的一個評議會，首先它是民主的，因而是有公信力的，它的權力是有限的──舉例說，它是沒有懲處權力的──並且是受立法（撥款）和司法（裁決和懲處）制約的。其次，政府的介入和干預，將減至最低。

他還提出，這個官資民辦的評議會，其職責範圍應大大擴闊。首先，它應包括報業以外其他傳媒、報刊、電臺、電視不在話下，我們更要研究漫畫和互聯網應否包括在內。其次，傳媒胡作妄為，

非只是侵犯私隱那麼簡單，還有過分色情、暴力、美化罪惡、失實及不公平、不適當報道等，這都應該納入評議會的職能之內。從一般市民的立場來看，侵犯私隱並非當前傳媒最嚴重的罪行，而許多不當的資訊也並非只來自報章。

他建議，這個評議會可以很簡單直截的名為傳媒評議會（Media Council），而其構成，傳媒單位可佔一定的席位，但比例最多不應超過25%，而非法改會的50%。我們毋須把傳媒這行業過分神聖或神祕化，傳媒有代表於評議會中，其作用主要是扮演業界與公眾的橋梁，雙向溝通，而非影響評議會的決定，沒有理尤其監察的對象竟佔監察機構一半席位的高比例。傳媒代表利益簡單而一致，市民意見分歧，資訊不足，很容易被佔一半席位的傳媒擺佈，徒披著監察的外衣，實際上往往連自律都不如。

經過差不多一年的論爭，香港報業評議會於2000年7月25日正式成立。成員包括：

非業界人士：

教協副會長歐伯權校長

港大法律學院陳文敏教授

中大新聞與傳播學系陳韜文教授

嶺南大學校長陳坤耀教授（主席）

資深大律師清洪

香港大學副校長程介明教授

香港青年工業家協會創始會長蔣麗雲

明光社總幹事蔡志森

浸會大學傳播學院院長朱立教授

前申訴專員及退休高院法官賈思雅（副主席）

教聯會副會長梁兆棠校長

教統會成員戴希立校長

香港演藝人協會副會長、執業大律師黃錦燊
前律師工會會長葉天養律師
香港社會工作人員協會會長阮曾媛琪博士

業界人士：

大公報	洪文炳
中國日報香港版	張一凡
天天日報	鄭紀農
文匯報	王伯遙
明報	劉進圖
香港商報	李祖澤
星島日報	盧永雄
香港經濟日報	邱誠武
新報	張為德
Hong Kong iMail	張定遠
南華早報	楊健興
香港新聞工作者聯會	惠標
香港新聞行政人員協會	張圭陽

陳坤耀和賈思雅出任正副主席，並選舉產生由10人組成的執行委員會。這10人包括非業界人士陳坤耀、賈思雅、程介明、蔡志森、蔣麗雲和業界人士李祖澤、盧永雄、楊健興、邱誠武、張圭陽。

《大公報》2000年7月26日之報道稱：

香港報業評議會是香港報界發起的一個自律性組織，旨在提升香港報章的專業性和道德操守。根據該會的章程規定，正副主席在被任命時需為非在職報業人士，以確保評議

會能運作獨立、公正和不偏不倚。

該會主席、香港嶺南大學校長陳坤耀表示，評議會將首先處理報章涉及侵犯私隱的投訴，公開譴責有關報章或要求其做出公開道歉，並逐步將監察擴展至報章的過分暴力、渲染色情、失實報道等範圍。

陳坤耀承認由於該會是個獨立的機構，不是法定機構，所以並無傳召權等實質的權力。但他認為有市民的支持，再加上公眾輿論的壓力，相比起使用罰款等的罰則更加有效，因為這樣能使犯錯的報章在業界承受很大的壓力。

他說，該會將定期公佈投訴個案的統計資料，並將「評議會享有特許報道權」交予新立法會審議，以平衡公眾知情權及個人私隱權。該會也將研究監管電子報章等新興媒體的具體方法。

陳坤耀有信心在下一個立法年度能向立法會爭取到特許報道權，無需受誹謗條例的限制。在獲得豁免權後，評議會可更主動於調查、教育、宣傳等工作。而被問及本港三大銷量的報章均沒有加入該會，該會的代表性會否有影響時，陳坤耀表示評議會剛成立，而且已有11家本港的中英文報章加入，所以並不擔心評議會的代表性問題。

根據《大公報》的報道，香港報業評議會自我定性為由「香港報界發起的自律性組織」。但事實上，評議會成員中有一半是非業界代表，而且正副主席又規定為非業界代表；在財政方面，既由參與的報業代表繳交年費，也接受社會上不帶條件的基金和或個人資助。所以說，這個報業評議會帶有相當多的社會元素，甚至主要力量寄付予社會的力量，不能視為純粹的報業自律機構。我認為，可將其視為自律和他律結合的機構，實質是報業藉助社會力量進行某些方面（起初僅局限保護私隱方面）監管的機構。

但是，報業評議會成立之初，即顯示患有先天不良症：第一，報業評議會規定只監管參加該評議會的報業機構，沒有參加的不受該評議會監管，偏偏擁有全港發行量第一的《東方日報》，發行量第三的《太陽報》的東方報業集團，以及擁有發行量第二的《蘋果日報》的壹傳媒集團，都沒有參加評議會，這三張報紙的發行量佔全港報章發行量的七成以上，換言之，全港百分之七十的報章不受監管。

　　此外，有一定發行量的《成報》，較有公信力的財經金融報章《信報》也沒有加入評議會。還有，香港記者協會和報業公會都沒有參加。

　　成立之初，該會主席陳坤耀表示相信，該會會越來越被接受。但事實是，直本論文定稿的2001年10月，評議會不但沒有增加，反而因為《天天日報》（曾改為《A報》和公正報，但也先後結業）結業，而減少了成員。所以，該評議會的代表性始終是問題。

　　另外，該會規定不享有處罰權力，只希望通過輿論施加壓力。該會規定，從2000年9月起，報評會開始接受市民對評議會或是報章的投訴，然後做出調查，若發現確有侵犯私隱情況，便作出譴責，並要求成員報章作出反應，包括作出更正，道歉。

　　由此，又帶出兩個問題，一是不用處罰權力，能否有效地起到監督作用；二是當報章刊登評議會有關調查和譴責時，會否引起誹謗訴訟。

　　由於誹謗訴訟是昂貴的官司，前面幾章已提到，香港媒體尤其是幾張大張，都善於打官司。如果他們動輒以打官司來回應評議會的批評，有關官司甚至會一級一級，打到終審法院，僅律師費就是天文數字，這不是評議會可以負擔得起的。

　　因此，評議會成立之初，就提出爭取「特評報道權」，要求工作中遇到誹謗控訴，有豁免權。2000年11月18日，報評會在接受市民投訴後兩個多月，鑑於實踐經驗，評議會主席陳坤耀公開強調

評議會「尋求有限度免被起訴的權力是必須的」。同為報評會委員的浸會大學傳理學院院長朱立在同一場合表示，報業評議會像「無牙老虎」。中文大學新聞及傳播學院副教授蘇鑰機亦表示，報評會在結構及功能上都有不足之處，而且權力有限，予人形同虛設之感，賦予報評會免被起訴的權力，可以改善情況。[12]

事實上，由於評議會在兩個多月收到的投訴，主要來自非會員報章（見下表），若然評議會享有免起訴權，就可以對這些主流大報也提出批評。這可以說是評議會爭取這個法律權力的更主要的目的。

同時，由於投訴血腥和失實過多，評議會還提出了擴大監管範圍的設想，即將不雅及煽情、失實問題也進行監管。

表三十　報業評議會接獲投訴個案

	會員／非會員報章	
私隱 （2宗）	會員	車禍遇害人家屬，不滿報道詳列其地址
失實報道 （7宗）	非會員	曾幫忙救人的女士投訴報章將其年齡列出
失實報道 （7宗）	非會員	投訴一報章社論失實誤導
	非會員	投訴兩份報章的新聞圖片錯誤刊登
	非會員	投訴一報章報道失實
	非會員	投訴一報紙文章含沙射影及失實
	非會員	投訴失實報道（3宗）
暴力血腥或 文字粗鄙 （2宗）	非會員	投訴「舞小姐被肢解烹屍案」報道描述過分血腥
	非會員	投訴一報章專欄文字粗鄙

資料來源：報業評議會（查詢及投訴電話：25704677）
註：
1）報業評議會非會員有：《蘋果日報》、《東方日報》、《太陽報》、《成報》、《信報》
2）本屬於會員的《天天日報》，自易手後分為《公正報》及《A報》，故評議會需重新處理，目前《公正報》已口頭答應繼續成為會員。

評議會在隨後的越來越認識到，報業評議會也要像香港消費者委員會那樣，是一個法定的團體，享有誹謗豁免權，擴大監管範圍，才能真正有效地發揮對報業的監督作用，便積極起草《報業評議會條例草案》，以私人條例草案的方式，提交香港立法會通過，以確定其性質及權限。

　　我個人認為，報業評議會成立以後，發揮主要作用的都是會內的非業界人士，整個運作是向他律的方向演變。若然這個《報業評議會條例草案》通過，即該會原定的報業自律機構的性質則有實質性的改變，因為作為一個法定的團體，那必然是一個他律的機構，而且是「有牙老虎」了。

　　因此，報界的反彈也尤為激烈。《太陽報》在2001年9月7日的社論，可見一斑：

報評會尋求特權打壓新聞自由

　　香港最可貴的新聞自由、言論自由，正受到嚴峻挑戰！異形怪胎的報評會不斷自我膨脹，張大學盆，伸出利爪，準備公佈私人條例草案內容，要提升為法定團體，攫取誹謗豁免權。我們可以斬釘截鐵指出，報評會無論代表性和公信力俱弱不禁風，是完全沒有資格成為法定團體。本港現時幾份銷量最多、同業員工最多的大報俱非報評會會員，假如按讀者人數計算，報評會成員所代表的只是極少數讀者，不足以反映絕大多數報章讀者的意見和需求。以一個沒有代表性的報業組織擴權操控其他有代表性的非會員報章，這是荒謬絕倫，更蘊含極大政治陰謀。

　　報評會自去年九月成立以來，到今年7月只接獲40宗所謂投訴，平均每個月只有4宗，堪稱生意淡薄，門可羅雀，這反映出其公信力近乎零蛋，不為大眾市民接納。我們更質疑這些所謂投訴，是否出自愚昧偏見之士，還是有背景的政

治勢力？抑或是傳媒人士發生利益衝突後藉投訴來洩憤、報復？報評會做事黑箱作業，見不得光。今年六月底通過自我擴大工作範圍，既無諮詢同業，更要拖延大半個月才敢公佈。此外，報評會的所謂私人草案完全沒有諮詢公眾和同業意見，是一廂情願的閉門造車，如此鬼祟而獨裁的組織，又怎能公平公正地擔任「報業警察」，准其變身法定機構，享受法律免責權，無異於准許逆閹敗朝綱。

我們必須嚴正指出，報評會由小撮報奸操控，他們不惜搖尾乞憐，勾結庸劣高官和卑鄙政客，甘願奉獻新聞自由以換取支持擴權，然後肆意誹謗、詆譭、報復，從中攫取私人利益，要做報業的專政機構，報評會如癌細胞般自我膨脹，逐步侵蝕香港的新聞自由、箝制言論自由，主要是特區政府的幕後策劃撐腰。以董建華為首的特區政府諸多行政失誤，累盡蒼生，每被敢言直諫的傳媒工作者力斥其非、揭其穢史、翻其劣跡、展其醜行。特區政府早已懷恨在心，殫思極慮進行報復，近年來一再力主成立什麼「淫評會」，其惡毒居心昭然若揭，在輿論一致譴責聲討下，有關方面改弦易轍，從報業中找出有奶便是娘的報奸，支持他們成立報評會，逐步擴權，負起「監察」報業職責，政府便免除直接箝制新聞自由的惡名，卻能實際幕後操縱報評會這個傀儡進行打壓傳媒、迫害知識分子、趕絕出版事業，剝奪全港市民的知情權，堵塞大眾的諮詢來源。屆時，所有傳媒都要成為政府的傳聲筒，所有報道都是隱惡揚善，什麼短樁醜聞、高官詐騙、房策禍港都不能揭露出來，甚至立法會議員抗議政府、批評政府的言論也不能見諸報端。果真如是，香港還有希望、還有前途嗎？

但也有些批評是中肯的。例如香港理工大學通識教育中心首席

講師史文鴻，在《蘋果日報》發表題為〈報評會不是道德警察〉的文章，指出報評會要好好處理報章中的淫藝和不雅，首先要解答以下一些問題：

（一）報評會能否拿出淫藝及不雅的客觀標準？

（二）它能否有足夠的見識作出合理的判斷？

（三）它和「淫藝物品審裁處」的功能是否衝突？

他認為，香港高等法院轄下的淫藝物品審裁處已擔當了這一機能，報評會沒有必要插手。

另外，還有批評意見認為即使報評會擁有誹謗免責權，也不能是無限的。因此，後來在提交的《報業評議會條例草案》初稿，只建議轉載報評會裁決的報章或電子傳媒豁免誹謗刑責，報評會本身及其成員仍需就其裁決或言論承擔法律責任，收窄了豁免範圍。

到底這個報評會將來如何發展，目前仍難定論。相信這個他律機構若建立健全起來，應可發揮一定的監管作用。

▶▶▶ 附註

1　信報2001、4、7
2　《記者之聲》2000年2月號
3　參閱《香港21世紀藍圖》P.231
4　參閱《香港21世紀藍圖》P.223~224
5　明報1999~9~5
6　參閱《香港21世紀藍圖》P.226
7　參閱《香港21世紀藍圖》P.230
8　鄭興東《受眾心理與傳媒引導》P.16
9　參閱梁偉賢《香港21世紀藍圖》P.230
10 參閱梁偉賢《香港21世紀藍圖》P.211
11 《蘋果日報》1999.12.1
12 香港經濟日報2000、11、28

第六章　輿論調控

沿襲舊的架構和調控手段

　　香港回歸，按照「一國兩制」的方制，特區政府是在有政治、經濟、法律和社會制度基本不變的基礎上施政，加上原有的公務員隊伍悉數平穩過渡，為新政府所用，這決定了特區政府沿襲舊政府對傳媒的管理體制，以及對輿論的調控模式、手段。

　　在硬體方面，原殖民政府的涉及管理媒體的機關部門，都只是將帶有殖民色彩的名稱，改為中華人民共和國香港特別行政區，原封不動，過渡為香港特別管理媒體的機關部門。原殖民政府設置的新聞機構，亦是同樣為特區政府接收使用。當然，架構設置有微調，人事有變動，但大架構不變。

　　在軟體方面，特區政府也基本沿用原殖民政府對傳媒的管理模式和調控輿論的手段。當然，由於調控輿諭論的基本任務不，原港英政府是為鞏固殖民統治服務，特區政府是為落實「一國兩制」，保持香港穩定繁榮服務，對傳媒的管理模式和調控的手段，也必然有相應的變化。例如，原來被港英政府監控的有中資背景的媒體，成為了特區政府的重要力量。而且由於種種原因影響方面，也有經驗得失可以總結。

一、沿用舊架構
（一）管理媒體機構

　　港英殖民政府長期以來，主要依靠法律手段管理傳媒。在「新聞自由」一章，曾提到港英政府曾實行新聞出版事先送檢制度，報刊注冊批准制度，因此行政部門設有相應的檢查機構和檢查官，後來隨著逐步放寬，逐步取消行政管理報刊手段或「備而不用」，相

應的管理報刊的行政機構也逐步撤消。到了香港回歸前的過渡期，港英政府於1987年3月正式廢除「刊物管制（綜合）條例」，取消了由港督行政掌握的出版審批權，以及原有的限制出版物出口的行政權力。自此之後，政府部門中的行政手段直接管理報刊的功能基本取消。

另一方面，由於電子傳媒的不斷發展，而電台和電視台的廣播頻道為公共財產，廣播電波又深入到每一個家庭。港英政府認為，報刊是有閱讀能力的人才可以成為受眾，而廣播、電視，只要沒有視聽障礙的人都可以接收，所以要有較嚴格的管制。

首先，開業實行發牌制度，經過投標取得牌照的公司最後仍要經過港督會同行政局批准。其次，在節目內容上，商業經營、廣告內容，也作出規管。例如「電視條例」規定，電視節目所訂的一般標準，包括：符合一般良好品味及合乎常理；尊重公眾個人意見；恰當照顧兒童的需要；尊重法律和社會制度。

依照所訂的準則，要求電視和電台不播映有以下內容的節目：淫穢粗鄙、下流猥褻的；可能煽動犯罪行為或造成社會騷亂的；可能妨害社會福祉、傷風敗俗，或違反公益的；牴觸法律的。此外還要求廣播節目避免煽動不同種族、膚色、階級、國籍或信仰的人士互相仇視，不得攻擊任何宗教信仰；不得煽動公眾憎恨香港政府和法制；不得渲染暴力和色情。對兒童節目，還規定禁止播放那些違反良好道德觀念或不健全生活的情節。

對電視台播映的新聞，訂出了如下準則：應該以公正無私的態度播送準確的新聞；應務求合理，分量平衡，各方兼顧；應該把時事評論、新聞分析與新聞報道清楚分開；應該以良好品味為原則；應該避免引起不必要的虛驚；新聞報道所用的圖片不能誤導觀眾或聳人聽聞，等等。播音電台的新聞節目也有類似的限制，並規定報導新聞專用效果、用語和技巧都限於在新聞報道時使用。對電視、電台每天播放起碼應有的時間，也有所規定。

電視台播放電影，同樣受《電影檢查條例》限制，包括禁止放映任何會破壞與鄰近地區友好關係的內容。

電子傳媒業務守則中，訂有播放廣告的標準，包括要符合真實性等。電子傳媒業是不准播映政治廣告的。[1]

本來，港英政府設有「影視及娛樂事務管理處」對廣播事務進行監管。港府以行政權力控制電台和電視台的經營執照、節目播放，和人事任用（例如過問電視台的總經理、節目總監和新聞總監的人選）。正如過往港府的高層官員、議員都必須宣誓效忠英皇一樣，電視機構大多數董事必須是經常在香港居住的英籍人士。對廣播節目所訂的標準，包括規定購買新聞影片的來源要以英國和英聯邦為主。到了中英兩國政府就香港前途進行談判後，港府改變了管理策略。港府於1984年2月委出了一個由官員、議員等組成的《廣播事業檢討委員會》；1985年8月，該委員會發表報告書，建議設立「廣播事務管理局」，取代原本的「影視及娛樂事務管理處」對廣播事務的監管。《廣播事務管理局條例草案》於1987年立法局會期結束之前提出和迅速通過。管理局在同年9月成立，由港督委出12名成員組成，其中9人為社會人士，另3人為港府官員，主席由非官方人士出任（首兩任管理局主席由曾任立法局首席議員的李鵬飛、羅保擔任）。管理局內決定事務，是以投票方式表決，與港府先前一貫採用的咨詢形式不同。廣播事務管理局職權，包括處理電視和電台牌照的申請、續領或撤銷，以及就廣播節目內容和廣告的標準守則、廣播技術水平等，向港督和行政局作出建議。

廣播事務管理局的成立，使港府原本對電子媒介廣播事務的直接管理，轉為引入「代議」成分的間接管理。廣播事務管理局下設投訴委員會，處理有關電視業和播音業的投訴。投訴委員會有熱線電話，全日24小時接受投訴。1998年「陳健康事件」，所有對這件新聞大肆炒件的報刊，包括用金錢導演陳健康不顧妻兒死亡繼續北上尋歡的《蘋果日報》，都沒有受到甚麼行政和法律上的處罰。

但是播放有關內容的亞洲電視和無線電視分別被廣播事務管理局罰款十萬元和五萬元。

廣播事務管理局的架構和職能，香港特區政府，基本上接收沿用。

（二）政府新聞處

新聞處是港英政府的兩個傳播機構之一，另一個是香港電台。新聞處作為港府重要的調控輿論工具，其職責主要是扮演政府與社會各種新聞媒介之間的橋樑角色。港府過渡期每年都投入超過一億港元的預算開支。

政府新聞處創辦於第二次世界大戰後，最初名為「公共關係辦事處」，1959年改為「香港政府新聞處」。1967年後，數名曾屬英軍情報和「心戰」部門的人員相繼調進新聞處，加強了工作。1968年，新聞處派人到警務處，組成警察公共關係科；1969年起，繼續向各個部門派駐新聞官，幫助發佈需要宣傳的訊息和回避不欲披露的內容。七十年代，新聞處編制擴展迅速，以高薪從私營傳媒機構中招納資深人員轉任新聞官。新聞處曾先後隸屬於新聞司、民政司。「中英聯合聲明」簽署後，港英政府又增設資訊統籌署長，隸屬佈政司，負責全面制定港府的宣傳政策和策略，而新聞處則為推行宣傳政策的行政部門。

政府新聞處公佈的任務有5項：

（1）是向公眾宣傳介紹港府的政策；

（2）透過傳播媒介了解輿情，收集反應為港府作決策參考；

（3）透過傳媒向海外推介香港的形象；

（4）提高公眾的公民意識；

（5）代理港府出版事物。新聞處設有如下4個科：

新聞科：負責發佈各類政府資訊，與各大報章、通訊社、電台和電視台等傳媒機構聯繫，每日以中、英文新聞稿形式向傳播媒

介發表消息。新聞稿是免費供應的。該科還提供全日24小時的新聞咨詢服務。此外，負責安排記者招待會，讓各部門官員與傳媒會面，闡釋施政方針；並協助安排探訪官方活動。

公共關係科：設有大眾傳播研究組和海外公共關係組。大眾傳播研究組向港府反映經由傳播媒介表達的民意，以及對重大新聞的反應。該組選定分析報章和期刊，每日摘譯各大中文報章的新聞和社論，以及摘譯在電台發表的意見，供高層參考；有時還要就傳媒報道的受關注問題編寫特別報告。

海外公共關係組為了對海外進行宣傳工作，經常製作宣傳資料分發到世界各地去，多家駐港通訊社和外國傳媒機構保持聯絡，還為外來記者和其他訪港人士提供協助。

外調事務科：新聞處設於政府各部門和決策科的新聞及公共關係小組，共有230多名由新聞處調派的新聞主任，負責處理新聞、宣傳和公關事務。

宣傳科：負責創作、出版和宣傳工作，包括攝影及電影製作，管理港府的圖片資料室，安排展覽，設計書籍、傳單和海報，以及設計政府廣告。新聞處編印多種刊物，有各種傳單、便覽，以及《香港年報》和其他書籍。

政府新聞處在回歸後，架構和職能基本沒有改變，只不過因為港英政府服務改為為特區政府服務。但由於有的人員的思想觀念受舊的影響較深，在董建華時代，新聞處在為特區政府服務方面表現得較為軟弱無力，這些下面再詳細分析。相信正是這一原因，董建華不滿意新聞處的表現，在上任不久，特在特首辦公室設立一名高級新聞專員，由林瑞麟擔任，扮演特首與社會新聞傳媒溝通橋樑的角色。

（三）香港電台

香港電台是港英政府宣傳政府立場、政策的重要渠道。

香港電台創辦於1928年，初期依循英國體制，由郵政局局長兼管廣播事務；1950年起改由新聞處負責，至1954年才自成一個政府部門。香港電台每年仍由港府撥給經費，1991年至1992開支撥款為2.632多億港元；回歸前每年為四億港元左右。香港電台分為五個部：行政部、電台部、電視部、教育電視部、生產服務部和制做事務部，由廣播處長統籌管理。香港電台一直與英國廣播電台保持著密切的聯繫。

　　香港電台從資訊、教育、娛樂三個方面廣播節目。1991年，香港電台每周廣播1,134小時。該台的主要中文台（第一台）和英文台（第三台）每天24小時不停廣播。香港電台屬下各台分工，各具特色：第一台以提供新聞資訊為主，另外也組織對社會大事的評論，即時轉播立法局的會議，還透過電話節目，反映市民對時事的意見。

　　第二台對象以青少年為主，著重播放流行音樂，連續十多年舉辦「十大中文金曲頒獎禮」，宣揚本地流行歌曲。

　　第三台為英語台，報道新聞和播放音樂及雜誌節目。

　　第四台提供古典音樂和藝術節目，以粵語和英語播放。

　　第五台播放文化及非普及節目，如粵劇、地方戲劇和普通話特備節目，以及專為老人和兒童而設的節目。

　　第六台每日24小時轉播英國廣播電台的節目。

　　第七台每隔15分鐘，報道一次新聞快訊、財經消息、交通和天氣情況，另播放樂曲。

　　香港的廣播電台，還有新城電台和商專電台兩家民營的媒體。按西方一般的媒體經營規律，民營的收聽、收看率要比公營的好，但是香港電台的收聽率，一直非常穩定，並不輸於民營電台。

　　香港電台還製作電視節目播放。香港電台並沒有自己的播放的電視頻道，而是通過立法，指定兩家商營的電視台撥出黃金時段。

　　香港電台製作的節目，內容一半以上為時事與公眾事務，三

成為教育節目，另外為戲劇、綜合遊戲節目、兒童與青少年節目等。節目製作依循當局規定的方針，時事節目「城市論壇」，每周一次，邀請各界人士評論時事，並現場直播。這個論壇至今一直進行，成為香港很重要的一個輿論陣地。香港電台製作的新聞時事片、專題片，一直帶有強烈的政治傾向。

特區政府成立後，香港電台換了「新老闆」，但炮火也一直向著新老闆—董建華，形成一種特殊的「港台現象」。對此，後面再詳述。

二、襲舊的調控模式和手段

歷史上的殖民統治模式，有「直接統治」和「間接統治」之分。港英的殖民統治偏向於「間接統治」，即在牢牢地掌握可對香港事務操控的法定渠道下，倫敦給香港一定自主權，實行「就地統治」，港英政府不直接干預華人社會，尊重當地人的風俗習慣和鄉政傳統，以利緩和民族和社會矛盾。[2]

在「間接統治」的思維下，加上英國新聞自由思想和習慣做法的影響，港英政府對輿論的調控，也傾向於「間接調控」的模式。當然，所謂直接、間接，是相對而言。在殖民統治相對緊張時期，港英政府的直接干預成份大；在殖民統治相對平穩之時，港英政府的間接調控成份大；而越接近香港回歸，港英政府越放棄直接干預手段，越多採用間接調控的模式。

由於香港政府不直接經營報業，而政府所屬的香港電台所佔有的廣播聽眾和電視觀眾的份額有限，因而要營造有利自己管治的輿論氛圍，必須依靠民營媒體。這也決定香港當局只能以「間接調控」為輿論調控的主要手段。

根據我在過渡期新聞工作的經驗，認為如下港英政府幾種「間接調控」手段，是值得注意的。

（一）主動發佈各類信息，營造政府無處不在，主導輿論的氛圍

即使是批評政府的輿論，其實也是唯政府馬首是瞻。在彭定康擔任港督期間，香港市民幾乎天天都可以在電視和報紙裡與他見面，而且是佔據重要時段和版面。每逢出台新的政策，闡明港英政府的立場，彭定康主要官員都提前吹風；到了正式出台時，彭定康一般都親自出面講話；之後，他和重要官員也是繼續就社會的質疑作出說明，就批評作出解釋或者反擊。有時即使沒有必須亮相的理由，他也搞些親民的訪問，巡視，座談，以及各種典禮，總之，保持他和其他高官的曝光率，使到民營媒體實質成為不是港府傳聲筒的港府傳聲筒。

彭定康的這種手法，基本為回歸後的特區政府沿用，尤其是政務司長陳方安生，財政司司長曾蔭權等由舊政府過渡的高官輕車熟路。但是行政長府董建華在上任之初，公開不屑於學彭定康「做秀」，事實他是沒有認識到控制輿論的重要性，以為踏踏實實工作，便自然可以贏得市民的擁戴，不知道爭取輿論其實也是一場你死我活的鬥爭。

（二）利用獨家消息，培植親己媒體

獨家消息，在激烈商業競爭中，可以說是媒體的生命線。所以，利用政府掌握的資訊，有選擇性地發放給幾家媒體，使其成為親己的工具，是西方政府控制媒體的常用做法，在彭定康時代，英文《南華早報》都經常有港府的獨家新聞，而這些報章也表現出特別親英的立場。

回歸以後，可以看到一些高官與一些報章仍保持有特殊的關係，有關他們的消息會首先從這些媒體傳出，例如，政務司長陳方安生與《明報》和《信報》就較為密切，有關她去向的消息都首先從這些報章透露，而這些報章也明顯表現親陳太的立場。行政長官

董建華則未見與個別建立特殊的關係。

（三）不擇手段地發放消息，以影響輿論

在香港回歸過渡期：英方單方面發放中英雙方原先達成政制安排的共識，引起雙方合作破裂。當時為了向香港市民交代清楚到底中英雙方有沒有共識，中英雙方商討好同時公佈雙方交換的七封外交文件，但是英方在公佈日期上做了一個小動作，英方「自行提早了一天公佈，於是外界通通先看了英方不大忠實的擇要版本，多少會有點先入為主。英國人玩政治還是有他們的一套，而中國政府又上了一課。」[3]

當時，香港除了受北京控制的媒體，不管是中立的，還是親英的，都不會管港英政府是否違犯規定提前透露，都會在最重要位置刊登這一文件。港英政府不擇手段利用媒體，在輿論戰上佔了先機。

《香港概論》在介紹港英政府的新聞處時提到，「六十年代後期，新聞處內曾成立特別新聞組，針對親中力量進行敵意宣傳。有一退職的港府官員曾透露，港府有時會散布一些不利的傳言去打擊特定的對象。英國議會中英關係小組主席艾德禮也在他的一本著作裡說，新聞處曾經試圖找資料來詆譭他的聲譽。這些都不屬於新聞處的正常工作。」[4]

香港特區政府在回歸以來，則未見有利用不見得光的手段影響輿論，但如何在合法合情合理的情況利用媒體營造有利政府施政的輿論，似乎也未見有很好例子。

（四）籠絡對輿論有重要的影響力的人物

例如媒體的老闆、總編輯、主筆、資深記者、專欄作家等等，對該老闆級的人物，港府主要在利益上施加重要影響。而對其他的媒體重量級人馬，則主要透過「飯局」，聯絡感情，吹風吹料，交換意見，力求批評時「筆下留情」，讚揚時「筆下有情」。港英政

府做這方面的工作是不遺餘力，港府自港督彭定康，各高官和各政策局的負責人，都會親自出面請「吃飯」。而政府新聞處，則扮演重要角色。因此，港英政府每當需要經營甚麼輿論的時刻，都可以找到「槍手」，即時趕稿，第二天見報。上面提到的特區第一屆行政會議議員鍾士元的回憶錄提到[5]，在1995年初，中英聯合聯絡小組計畫設立一個「關於過渡期的財政預算案編製和有關問題的專家小組」，除由內地專家外，中方有意委任部分預委會經濟小組的港方成員加入，港英政府憂慮港方成員加入會有利益衝突。旋即，《南華早報》記者黃麗君發表文章，促請中國政府謹慎從事。從來，這位黃麗君成為了當年英方談判代表之一的盧維思的太太。

在回歸以後，這種吹風聯誼「飯局」不斷，我作為《香港商報》社評和亞洲電視評論的撰寫人，也曾與董建華辦公室的人員、時任財政司長曾蔭權、立法會主席范徐麗泰共晉午餐。但是，特區政府的「飯局」似乎未如港英政府的「飯局」有效，為特區政府護航的聲音始終不強。

（五）大棒敲打傳媒

對於「親中反英」的報章，港英曾採取過封閉等手段對付，這些原屬「直接調控」手段。到了過渡期後期，一方面港英當局逐步放寬了對傳媒的限制，另一方面迫於整個政治大氣候的變化，他們已不再使用直接打擊的方法對付不聽話的媒體，而是採取私下警告，「找尋藉口判罪罰款」[6]，或者透過廣告客戶施加影響，等等。總之，你不親建制，就要在經濟或其他方面吃虧。

在回歸後不久，《星島日報》集團老闆胡仙被特區政府廉政公署控告，指旗下的《英文虎報》為了吸引廣告客戶，長期虛報銷售數量，要告她欺詐罪。據我在香港報業的經驗，虛報銷量是一個普遍現象，只要將各種重要報紙的發行數加起來，可發現，超過香港閱讀人口多得多，實際不少新聞報章都將印刷數量作為實銷數量。

當時，律政司長梁愛詩以公眾利益的理由，決定不起訴胡仙，引起了一場軒然大波。不少輿論分析指出，胡仙在過渡期後期政治傾向轉向親北京，而特首董建華也是該報業集團的董事，所以在回歸前就被港英當局整黑材料，伺機打擊。回歸後，整黑材料的人還在，也配合倒董勢力適時拋出，我認為這種分析是有道理的。

（六）利用法律調控

在這方面，港英政府做得尤為純熟，當局的意志往往首先變成法律法例，然後由司法執法部門執行。對此，在新聞自由一章曾提到的修改多種法例，放寬限制，就是一個說明。回歸後特區政府也力求往這個方向努力，有關的得失後面再詳談。

回歸後政府輿論處於弱勢

正如《香港概論》所指，香港「傳媒機構大都表現出「親建制」的態度，支持港府的政策，在回歸前港英政府輿論始終是香港的強勢輿論，佔據輿論主流。[7]

與此形成鮮明對照的是，香港回歸後特區政府的輿論轉變為弱勢輿論，批評監督的聲音壓倒支持政府擁護政府的聲音，尤其是針對特首董建華。在回歸初期，輿論與董建華有過一較短暫的蜜月期，很快就展開了密集炮火，直至董建華發表他首屆任期內最後一份施政報告止，批評聲音不絕於耳，甚至出現過幾波「倒董潮」。我將此現象概括為，政府輿論弱於批評輿論。在本論文收筆時，董建華展開連任競選宣傳，因為大勢所趨，情況有所改善。

無疑，在前面講過，香港回歸之後，中英矛盾，親中和反中、拒中的矛盾，以反殖民地遺留下來以各種基本矛盾，並沒有結束，不過表現形式有所轉換，焦點集中在董建華身上。倒董實質是擁護回歸和反回歸，擁護中國和反對中國，擁護新生的特區政府和留戀舊的殖民政府鬥爭的表現。這種鬥爭，必然要通過輿論反映出來

的，因此，回歸以來出現強烈的倒董輿論並不奇怪。

必須強調的是，香港回歸以來，媒體在監督政府施政方面，是有相當正面的作用。相當部分批評是善意的，以幫助董建華施政為目的的。這也是香港新聞自由得以落實的體現。在監督批評政府的輿論中，也有就事論事的。但是，抱有強烈倒董的政治目的的輿論，往往也是通過批評以董建華為首的特區政府的施政表現出來。事實上，以上這些帶有各種目的的監督輿論，是混在一起，很難作出清晰的區分。因此，我將這些制衡政府輿論聲音都稱為批評輿論。

政府輿論弱於批評輿論，首先體現於政府對政治性問題的決策。回歸後，董建華政府在施政中基本上按照一國兩制、港人治港、高度自治的方針、按照基本法的精神去施政，沒有出現明顯的、重大的失誤。但是，幾乎每次董建華政府的決策宣布，都受到強烈的批評，出現強烈的反對聲音。例如，政府對立法會、區議會的選舉安排，對撤銷功能重疊的區域市政局架構，對香港法輪功允許在合法範圍內活動但關注其可能作出違法活動的安排，以及提請全國人大常委會釋法，避免大量內地人子女一下子湧入香港的安排，都遇到激烈的批評。提請人大釋法，其實是當時維護香港利益的最好方法。

當時，對港人在內地所生子女居留權，基本法的規定寬疏，存在爭議，官司打到特區終審法院。終院作出判決，允許他們即時享有居留權。由於這些子女人數超過100萬，加重香港社會各方面的負擔，有損香港的整體利益和長遠利益。該判決中有關特區法院可審查並宣布全國人大及其常委會的立法行為無效的內容，違反基本法的規定，是對全國人大及其常委會的地位、對一國兩制的嚴重挑戰。

按照基本法第十九條規定的終審法院審判權是對案件的審判權，而判詞卻引申出法院具有「憲法性管轄權」，這在基本法的規定中是完全沒有依據的，特區終審法院根本無權審查和宣布人大及

其常委會的立法行為無效。終審法院判詞中的「法院憲法性管轄權」部分是其法理基礎，但這恰恰同一國兩制背道而馳。終審法院宣稱擁有憲法性管轄權，在權力關係上，是把自己凌駕於全國人大及其常委會之上；在管轄範圍上，是把管轄權擴展到北京。基本法沒有賦予它這種權力，也不可能賦予它這種權力。這既違反憲法，與國家體制不符，也是完全違背一國兩制的原則。

另外，判詞說終審法院可審查人大常委會的決定是否符合基本法更是十分錯誤的。根據我國憲法，法律的解釋權屬於全國人大常委會，基本法也明文規定，基本法解釋權在全國人大常委會。特區法院在審理案件時解釋基本法的權力是人大常委會授予的，而且是有限制的。判詞卻把特區法院對基本法的部分解釋權任意擴大，並且顛倒了權力來源。就基本法的解釋權來說，終審法院對基本法的解釋權是全國人大常委會授予的，不是其本身固有的。解釋的範圍也是有限制的。在涉及中央管理的事務和中央與特區的關係時，要依法提請人大常委會解釋並以人大的解釋為準，而按照判詞，終審法院卻可以推翻人大常委會的解釋，變成人大要聽特區終審法院的。判詞完全把中央與特區的關係弄顛倒了。

本來，針對基本法對港人子女居留權問題規定寬疏，特區籌委會已作出實施的意見，清晰地收窄了範圍，可防止大量人口湧入香港，是從保持香港穩定繁榮的大局出發，符合香港人利益。但是，部分別有用心的政治組織和人士利用港人維護司法獨立的心態，以及港人對香港長期實行的普通法與中國大陸實行的大陸法存在法律觀念上的差異，進行歪曲性的煽動，挑起了一場大爭論，並作為「倒董」的炮彈。對此，董建華政府本來的理據應充分，但只強調一百萬人湧港，甚至反對派指這是危言聳聽也不會有效反駁。

政府輿論弱於批評輿論，還體現在政府的經濟民生決策和政策方面。政治性議點涉及到政治，司法制度，涉及到意識形態，在回歸初期，在一國兩制處於探索階段，董建華政府的政策受到激烈批

評，仍有可理解之處。但對於一些經濟民生論題，也出現了強烈的不問對錯，不權衡利弊，為反對而反對的輿論。

在金融風暴中，政府突然入市干預，擊退興風作浪的投機活動，捍衛了香港的金融秩序，事後政府不但全部收回入市動用的過千億元資金，而且還有豐碩的利潤。對此，香港各界以及國際金融界已有定評，甚至當時興風作浪的美國「大鱷」索羅斯，事後來港也承認港府的作法是適當的。但是，當時批評的聲音仍是相當強烈。

1998年8月15日，我為《香港商報》寫的社評是這樣講的：

非常時期非常手段

金管局繼在匯市干預後，昨日再二路出擊，在股票市場和期貨市場進行干預，使恒生指數大幅反彈百分之八。政府新招，令人擊掌叫好。

國際大鱷上周挾鉅資狙擊港元，未料到金管局動用外匯儲備接過港元沽盤，拆息並未大幅扯高，無利可圖，遂直接拋售大藍籌，推低股市，欲使其原先累積的期指淡倉盤獲暴利，孰料，金管局再出兩道新招，促使股市和期指大幅反彈。政府此舉，可能重創炒家，使其收歛投機活動。

香港政府長期以來堅持不干預股市的政策。但目前香港是處於一個非常特殊的時期，面對非常嚴峻的經濟形勢，適當地入市干預，是要用「非常手段」，打退炒家的破壞性行為，維護香港各階層的眼前利益和長遠利益，值得大家強力支持。

目前，香港與國際大鱷在金融戰場的拼搏，已是一場關係香港整體經濟的攻防戰。有論者已把炒家多次來犯看作為「經齊侵略」，大鱷把香港看作「提款機」，予取予攜，已多次得逞，但他們還不罷休，來犯次數更為頻密。他們最終目的是要替倒聯匯，才能獲取暴利。一旦聯匯被衝垮，今日

香港也可能像昨日的東南亞諸國一樣，幣值大幅下瀉，儲備掏空，整體經濟倒退十多年。這種後果，不堪設想；這種局面，絕不能讓其發生。

事實上，大鱷的投機已超出了正常的經濟活動，帶有很大破壞性；而他們所採取的手段，也是無所不用其極，不斷製造謠言指港幣與美元脫鈎，人民幣會貶值，甚至指銀行不穩導致擠提等等。對此，只能給予迎頭痛擊。如果還書生氣十足，墨守陳規，自縛手腳，等於高舉白旗，任人魚肉。

香港現在處於痛苦的調整期，資產價格已下降逾五成，失業率持續高企，要走出困境，首先需要一個穩定的金融環境，並使到息口逐步回落，才能使百業恢復生機，帶動整體經濟回升。因此，如果任由國際炒家三天兩頭來進犯，不但使息口居高不下，也使到公眾對港元的信心削弱，必將大大拖慢復甦進程。

政府這次使用非常手段迫擊炒家，令金融市場可有一段相對隱定期，為復甦贏取時間。更重要的是，可增加市民對政府的信心，明白政府再不是只有「一招」。但政府仍要再接再厲，例如對炒家的進攻武器——一些衍生工具運作情況，應詳加檢討。

當天，《文匯報》、《大公報》也都為政府入市護航。但《東方日報》的「正論」題目是〈干預托市長遠得不償失〉，認為政府入市「種下了幾個不利的禍根」，第一，人為造市，延長見底潮。其次，動用外匯，可能陷入無底深潭。另外，改變了不干預市場政策，「香港的國際投資信譽會蒙難以彌補的損失」。《信報》的社評題為〈干預愈陷愈深，市場從此多事〉，也是全盤否定政府入市干預的行動，只說政府「用心良苦」，「為香港好」的動機毋須懷疑，但是「我們仍然無法認同政府的干預行動。」

《蘋果日報》從其一向的政治立場出發，批評特區政府的入市行動，並不令人奇怪。當日，其社論的標題是〈非常時期，非常措施，非常後果〉。文章不但指政府這樣做，使到香港「維持多時自由市場的美名已經抹黑」，而且將問題往政治上扯，說「回歸之前，為甚麼外國炒家不會「長駐候教」，就算出手也沒有那樣狠辣？這是一個值得研究的問題。經濟同政治是不可完全割斷」。文章還說，「香港作為國際金融中心之一，有其先天缺憾，包括市場體積太小，容易受『外力』興風作浪。在英治時期受衝擊較少，自然有其微妙因素，關乎此點，相信董建華政府無先見之明，否則，香港未致如此田地。」《蘋果日報》的社論，其實暗示是回歸招致國際炒家進犯，炒家來犯責任也在董建華，將市民的怨氣潑向董建華政府。事實，這完全不合邏輯，不合事實。

　　另外《明報》、《經濟日報》、《星島日報》的社論基本支持政府入市干預，但在報道中對反對聲音處理過大，與社論立場似有不合拍之處，例如《星島日報》在報道各政黨的反映，將〈民權黨：毀自由經濟長城〉列為大題；〈民主黨：想擊倒炒家太自信〉，〈早餐派：政府顯示決心〉為眉題，將支持政府的聲音放在次要位置，但消息內文則是先寫早餐派的立場，民權黨的態度放在最後。顯然，這條題反映了編輯的立場。《明報》在報道經濟界反映時，以〈批評指港府干預極愚蠢〉為大題，內文一起頭就在導語裡說：「港府史無前例動用外匯基金入市買股票惹來劣評如潮，一些基金經理、跨國銀行負責人及期貨經紀異口同聲反對這種入市干預手法，因為港府根本沒法抗禦市場力量，入市干預擊退炒家的機會根本不，個別基金示會重新考慮投資本港額外風險。」以後全篇不斷引述各種基金和跨國銀行代表的反對聲音。只是最後才提了一個學者支持的話。

　　總之，那段時間，在廣播中的主要言論，在報章的主要版面，反對的聲音給人印象是佔了上風。但幸虧由於國際金融形勢逆轉，

國際炒家很快就打退堂鼓，股市急速反彈，在短時間內勝負已分，市民從事實中明辨了是非。否則，如果當時這場仗拖的時間長一些，那麼市民對政府的不滿會愈積愈深。

政府輿論弱於批評輿論，還體現在重大突發事件上。回歸之後，出現過新機場啓用初期混亂，禽流感事件，鍾庭耀民調風波等，全社會關注的事件。在這些事件中，董建華政府的輿論也處於被動的地位。鍾庭耀事件最為突出。這件事件頗為複雜，諸如為何鍾庭耀在回歸三周年之際，突然在董建華生日——7月7日跳出來，分別在一份中文一份英文報章上發表信件，指董建華「干預學術自由」。政務司長陳方安生在該事件中扮演甚麼角色？還有許多內幕至今未有揭出，但有些基本事實已可確定，那就是未有證據和事實認定董建華干預學術自由。

作為香港大學民意調查員的鍾庭耀稱，在1999年1月及11月收到「特首不喜歡他進行的特首民望及政府表現的調查」的訊息。由於他在回歸以來一直做相關的調查，指董特首的民望一直偏低，雖然他的調查一直有人質疑，還有人對他突然將一年多以前的舊賬翻出來感到奇怪，但他在記者會上聲淚俱下，公眾很快地先入為主，認定他是「受害人」。

因此，儘管在他的指控見報當天，董建華即公開否認叫或授權任何人去傳訊達，要學者不要做民調。到了翌日，鍾庭耀改變了口風，晚上更發表聲明稱「可能是第三者誤會了特首的意見，特首可能沒有提及過要求他停止進行民意調查」。到最後，港大組成調查委員會展開聆訊調查，最終也沒有證據證明董特首干預了鍾庭耀的民意調查。但是，董建華始終無法將自己沒有問題這一事實成為輿論的主流聲音。

時事評論員潘潔在〈民調風波的「民意」是如何形成〉註108[8]的一文中說，事件發生頭三周，對誰是誰非，已經形成了民意，即公共輿論。「在公共輿論中，行政長官、路祥安、及至鄭耀

宗似乎已被確認與指控有無法開脫的關係。電台的「Call-In」節目呼籲特首將路祥安革職或調離，校園裡的學生要求鄭耀宗下台。可見，公共輿論中這些當事人早已被認定是『做錯』了。這種先於調查結果的輿論裁判，事實上是需要從香港社會的訊息傳播特徵及公共文化和價值取向來討論的。」

潘潔還指出，「鍾庭耀事件在公共討論中還被不斷地重新定義（fedetine）。先是鍾指特首通過第三者向他施壓，事件展開後，迅速變成了有關「特首是否干預學術自由的」討論，再後來，評論文章主要集中在「倒董陰謀論」、「挺陳勢力論」的討論。我們可以看到，每一次重新定義都有一次跳躍，從「特首向鍾施壓」，到「特首干預學術自由」，到「倒董」、「挺陳」陰謀論，事件漸漸從一個個別案例轉向具有普遍性意義的社會、政治事件」。

如果董建華沒有做錯事，又能控制主流聲音，事件很快澄清落幕，鍾庭耀落得個別有用心「倒董」的罵名。但事實是，董建華是弱勢，不斷被牽著鼻子走，民調每一次「重新定義」，就是重新為他出難題，為他重新增加負面影響。

2001年10月，行政長官董建華發表他首屆任期內的最後一份施政報告，輿論同樣是「彈多於讚」，甚至公開要求他下台或者不要連任。行政會議成員錢果豐看不過眼，公開站出來挺董，並指出，「市民對特首及政府的怨氣，純粹是傳媒鼓吹出來的」[9]

錢果豐的話，其實也正是政府輿論弱於批評輿論的一個佐證。

香港回歸二十年，我一直在新聞第一線工作，先後在《蘋果日報》、《香港商報》、鳳凰衛視和亞洲電視新聞部服務。我的總體感覺是，特區政府始終沒有改變控制輿論的弱勢局面，無論是董建華任特首，還是曾蔭權、梁振英任特首時期，儘管三任特首還是各有不同，但是，都沒能控制主流輿論。主要標誌有如何五點：

（一）與港英時期比較，如果說殖民政府的控制力為百分之七十，那麼特區政府二十年來平均不會超過百分之五十。

（二）香港電台是政府管轄的輿論平台，有廣播，有電視，在殖民政府時期，基本是港英政府的喉舌；在回歸後，港台依然由納稅人支付開支，但是港台二十年始終不以宣傳特區政府政策為己任，相反批評、反對為主流，雖然幾任特首都試圖改變港台領導來控制港台，但是基本失敗。殖民政府留下的「編輯自主」原則，成為港台員工、工會和領導層的神主牌。

（三）回歸後，經鍾庭耀主持的香港大學民意研究計畫對三任特首的長期跟蹤的市民支持度調查，基本得分很少超過百分之五十。無疑，鍾庭耀的調查是有傾向性的，但是三任特首長期民望「不過半」，至少可以從一個側面檢驗特區的輿論工作成效。

（四）與特首民望類似，回歸20年來，反對派與建制派勢力分布的「六四格局」長期變化不大，也可以是特區政府輿論工作不彰的標誌。

（五）回歸20年歷經三任特首，重大施政遭遇挫折，例如，2004年就基本法二十三條立法；2005年就立法會07及08年政改方案；2012年有關於學校開展國民教育；以及，2015年就特首普選產生方案等等。固然，這些重大施政的受挫的原因是多方面的，複雜的，可是每次受挫都可以找到政府未能營造有利自己施政順利的輿論環境。

特區政府調控輿論的教訓

可以肯定，造成香港回歸後政府輿論軟弱的現象，原因是很複雜的，多方面的。如前所說，這是回歸後擁護回歸和抗拒回歸，擁護祖國和反對祖國，擁護新生的特區政府和留戀殖民政府的政治鬥爭的反映。而從傳媒職能上看，亦與香港媒體追求和崇拜英美媒體「第四權」和監督功能分不開。但從特區政府調控輿論角度看，是有教訓可以總結的。

一、「港台現象」

　　港台，就是香港電台，前面講到它是政府屬下的一個傳媒，政府重要的傳播工具，政府官員——廣播處長是港台的總編輯。但是，回歸以來在政治宣傳方面，港台一直被批評為「吃碗麵反碗底」，既是政府的公營機構，但一直以批評董特首為己任，這就是奇特的「港台現象」。

　　2001年10月17日，《大公報》刊登了讀者張心永來信：

港台「頭條新聞」是何居心？

　　屬於特區政府機構之一的香港電台，上星期推出一輯「頭條新聞」，極盡顛倒是非，無中生有尖酸刻薄之能事，侮辱特首和特區政府，也侮辱了香港市民，看後令人憤慨異常。

　　這個節目一開始的「特別報告」，將特區政府和特首董建華譬喻為阿富汗的塔利班政權。這裡舉出其中幾段：

　　「阿富汗的居民現時生活在水深火熱、民不聊生的時候，他們的塔利班政府依然努力完成一份施政報告，希望這份報告為他帶來五年留任。」

　　「他們最不滿塔利班政府開出最多空頭支票，所以很多居民都不稀罕這份施政報告，索性改名為『施捨報告』。面對這份於事無補的『施捨報告』，很多長老索性叫塔利班不要留任，速速離開。」

　　「面對這次責難，塔利班如何回應？他表示，在最艱難的時候，作為領導人要堅定不移，賴死不走。

　　「很多市民最希望塔利班給他們槍桿齊齊走上前線和美國人打仗，希望一個好彩被抓去當俘虜，可得兩餐溫飽……，索性要求北方聯盟派人落來接管，別讓塔利班繼續

胡混。」

不厭其煩的將這些節目內容抄錄下來，目的是使廣大市民看看是怎樣被人傷害、被人侮辱的。

大家都知道阿富汗的塔利班政權是一個暴戾、為人唾棄的政權，世界上沒有那個國家承認他，到今天還在國境內庇護恐怖分子。將特區政府和董建華比作塔利班，我們香港市民就是在塔利班這樣的政權下生活的人民，這種用心惡毒的攻擊，必定引起市民的反感和憤怒。

事情非常明白，「頭條新聞」的炮製者，目的是「倒董」，可不是嗎？什麼「索性叫塔利班不要留任，速速離開」、「別讓塔利班繼續胡混」……而鏡頭就出現劉慧卿在立法會要董先生不要「再連任」的畫面。作為一個政府部門，這樣做適合嗎？作為公務員身分的炮製者，這樣做適合嗎？

「挺董」、「倒董」，市民有發表意見的自由；但作為政府機構的香港電台就沒有這麼「自由」，不能這麼放肆！

更令人反感的是，節目裡主張「索性要求北方聯盟派人落來接管，別讓塔利班繼續胡鬧。」

「北方聯盟」也好、「北大人」也好，誰都知道指的是北京中央政府。就是說叫中央派人來「接管」。

目前香港傳媒發放一些歪理，說香港已經「大陸化」了，「一國兩制」、「港人治港」在香港行不通了，什麼港人將香港管治得一團糟，不如索性改行「一國一制」由「北方」派人落來管治吧，等等。這種言論並不是「晦氣說話」，更不是「好心」，而是「心懷鬼胎」，其目的是破壞「一國兩制」這個堅定不利的國策在香港貫徹落實。

新一輪的「倒董」、反政府的陰風惡浪是否再次颳起，香港的繁榮穩定是否能夠繼續保持，善良的市民，大家要警惕啊！

《大公報》同時向港台提出了五個問題要求該台回答：

（一）《頭條新聞》節目影射香港特區政府和董建華特首為「阿富汗塔利班政權」，請問此是否代表香港電台的立場和觀點？

（二）《頭條新聞》節目有何依據，將董特首和特區政府比喻為「塔利班政權」？

（三）節目指「塔利班」借施政報告謀求「五年連任」、「賴死不走」，香港電台是否反對董特首日後競選連任？

（四）節目稱「不如索性由『北方聯盟』派人落來」，「北方聯盟」是否指中央人民政府？是否暗示「一國兩制」不應再實行？

（五）請問香港電台負責人對這一類惡毒攻擊影射特首和特區政府，矛頭直指中央的節目，是否仍以「新聞自由」來推搪，作為特區政府給予公帑的政府電台，到底應要扮演什麼角色？

同時《大公報》還刊登了〈新聞自由再被濫用〉的短評，指出：

　　眾所周知，香港電台是納稅人公帑辦的公營電台；同樣「眾所周知」的是，香港電台一些節目一貫對特首和特區政府攻擊「不遺餘力」；不過，這回的問題是：這些人的肆意攻擊已經到了無所不用其極、「過晒火位」的地步！

　　作為特區公營電台，頭一個責任就是宣傳政府的各項施政和政策，維護社會的繁榮穩定，當前的具體工作就是宣傳好特首的第五份施政報告，從而安定人心，加強團結，共同為香港經濟找尋新的出路。

然而，該《頭條新聞》節目不僅不此之圖，反而把「施政報告」稱作「施捨報告」，而且對特首進行惡毒的攻擊，指特首借「施政報告」謀求「連任五年」、「賴死唔走」；還說什麼「不如索性由『北方聯盟』派人落來接管」。

　　回歸以來，有關香港電台的角色、功能問題，已經引起社會人士議論紛紛和極大關注。作為公營電台，不支持特區政府、不宣傳特首施政、不維護繁榮穩定，已屬咄咄怪事；更有甚者，該電台個別人士還一再作出違背國家統一包括為台灣當局在港人員公開宣傳李登輝的「兩國論」提供空間。至於在節目中對特首和特區政府進行冷嘲熱諷、挖苦歪曲以至破口大罵，則更是司空見慣，「優而為之」的了。

　　政府電台以攻擊政府為「第一要務」，以攻擊政府為榮、為樂、為標誌，這樣的「怪事」，恐怕只有「香港電台」只此一家，別無分店！看來，有關問題已到了必須正視和處理的時候了。

　　特區的言論自由、新聞自由是最可寶貴的，傳媒「編輯自主」方針應受到尊重；但是，把特首稱作「塔利班」卻絕非新聞自由，新聞自由不能被利用作為攻擊政府的借口。

　　香港電台是特區唯一的公營廣播機構，以「在新聞、時事、藝術、文化和教育方面提供有特色、高質素和多元化的電台及電視節目」乃他們的服務承諾；以「適時與不偏不倚報道本地及國際大事與議題」為他們的使命。

　　上面的評論，已經清楚看到，港台「頭條新聞」節目，在董特首發表第五份施政報告後，藉阿富汗塔利班來嘲諷他。對此，董建華在啓程往上海出席亞太經合組織會議前，在政府總部會見記者，當被問到「頭條新聞」的影射時，他形容節目屬低級趣味：「我覺得這些低級趣味製作，不會評論。」

這次「頭條」風波，香港各界又展開了一場大爭論，除了爭論該節目是否過了「火位」，有沒有影射董特首，節目的品格高下，最後還是最本質的問題，作為公營機構，港台到底應該扮演甚麼角色，是為政府造輿論，還是監察政府？許多批評指出，美國之音不聽政府勸告，堅持要播阿富汗塔利班領導人的專訪，結果其台長被撤職，港台怎能反政府？

　　事實上，回歸以來，港台已出現過多次引起社會重大爭議的風波。第一次，是在1998年政協常委徐四民在北京開會時已指斥港台的「Call-in」節目，天天從早到晚罵中國政府和董建華，他更點明「頭條新聞」是陰陽怪氣。當時特首董建華回應指，徐四民有言論自由，而當時的政務司司長陳方安生則對徐四民的言論「感到遺憾」，明顯維護港台，兩人立場迴異。當時公眾對港台的角色也有過一番激烈爭論。其後，港台在首任資訊科技及廣播局局長鄺其志「督促」下，效法英國廣播公司編寫一本《節目製作人員守則》，強調編輯自主，但應「不偏不倚」、「準繩」和「節目講究品味」。1999年7月港台節目「香港家書」邀請當時台灣駐港最高代表、中華旅行社總經理鄭安國談李登輝的「兩國論」，引起左派陣營猛烈批評。港台編委會事後發表聲明，指《香港家書》允許言論自由下的百家爭鳴，否認宣揚台獨。之後，擔任廣播處長、也就是港台總編輯13年的張敏儀，在1999年10月被調往東京任京貿首席代表。在張敏儀調離港台後，「頭條新聞」節目一度停播約半年，其後於2000年底復播。

　　2001年5月23日是西藏和平解放五十周年紀念日，也就在這一天，香港電台在名為「還看天下」的節目中，男主持人楊吉璽竟稱，1951年西藏解放時，其實很多西藏人並不接受，因為其宗教不被尊重云云。接著女主持人區麗雅說西藏這個「國家」本來一直享有自己的獨立及自主云云。當時就有市民致函《文匯報》投訴。但5月25五日，港台公共事務節目總監梁家永在致函《文匯報》回

應讀者指責時，替區麗雅開脫，指她的『國家』之說只是引述別人看法；當時只片面提及西方某些人的觀點，實在有欠持平」

其後《香港商報》（2001年5月30日）發表評論指出，如果區麗雅稱西藏為『國家』已屬原則性錯誤；那麼梁家永（榮？）認為國家主權問題上要「持平」，更是錯上加錯。《太陽報》黎俊的評論也指出：「有理由相信港台的高層已失去應有的領導能力，縱披『編輯自主』這塊港台的『護身符』，也掩飾不了其『失控』的事實。」[10]

事實很清楚，回歸以來，港台的主流路線，是「反董」、「抵（制）董」路線，這其實不是甚麼新聞自由，編輯自主的問題。如果港台的主流路線是擁護回歸，擁護董建華，其新聞自由、編輯自主會用來很好宣傳董建華；相反，即使董建華強悍，要求港台為其政策服務，但抱著「反董」、「倒董」、「抵董」觀念，也不會做得好。

其實「港台現象」並不是偶然的現象，不過是回歸前「港台公司化」鬥爭的延續。這裡要說明，政府媒體與公營媒體是有區別的。政府媒體是屬政府架構政府出資的媒體，公營媒體是指由社會各階層籌資舉辦的有別於私營的媒體，其功能是為了提供較高質素的節目，並且行使監督政府的功能。前面《大公報》的評論將政府媒體與公營媒體有所混淆。

中英兩國政府關於香港前途的談判期間，港府開始醞釀改變對香港電台管理方式。1983年12月6日的一份港府行政局資料摘要中表示，「不能把香港電台視為政府的宣傳工具。」1985年廣播事業檢討委員會報告書，建議把香港電台改為獨立於港府以外公共廣播機構，擺脫「港府的喉舌」的形象。報告書建議另訂香港電台組織章程，由港督委出人員組織董事局進行管理。

到了1989年7月，行政局宣布同意香港電台改組為一個公營廣播機構，準備由港督委任9名非官方人士組成董事局，原廣播處處

長將轉任電台的行政總裁，原機構中的員工可以選擇保持公務員身分，或者獲准領取長俸，轉為新機構的雇員；新的香港電台經費來源，將由立法局每年批准一筆補助金，另外可從社會人士贊助、捐款和出售節目等得到收入。根據行政局的決定，港府有關部門著手修訂香港電台條例。到了1990年10月，港府又委托麥健時顧問公司就香港電台獨立後的組織結構和成本效益作進一步研究。後來提出香港電台向「公司化」轉變的計畫，使全部員工不再是公務員身分。

由於「公司化」計畫涉及政府架構和資產的變化，必須由中英兩國政府磋商。1992年3月在香港舉行的中英聯合聯絡小組第22次會議上，就有關香港電台問題交換了意見，中方代表說明，為了有利於香港社會的穩定，有利於公務員制度的穩定，香港電台不宜改變。[11]

雖然港台「公司化」計畫觸礁，但港英政府還有招數，那就是「編輯自主」。將港台打造成既屬政府架構，以公帑運作，但又不受命政府的獨立的輿論機構，也就是前面大公報批評所說的怪胎。2001年10月21日，港台製作入人員工會主席阮大可在香港亞洲電視《六十分鐘時事雜誌》節目討論「頭條風波」時表示，在回歸前，港英政府與港台內部商定，港台仍屬政府架構，享受公務員待遇，但行使如美英公營傳媒的功能。

英國人對港台的撤退部署，說明他們是非常重視港台這個輿論工具。港台的　廣播波段，尤其是「call-in」節目，對輿論有較強大的影響力。由於廣播時間長，密度大，影響力遠在「頭條新聞」之上，而這些節目在回歸以來，也基本是持「批董」的立場。

港台在回歸後的表現，應該說，英國人的撤退算盤打響了。

相對英國人對港台的重視，董特首可以說是重視不夠，使用不力。在「頭條新聞」以塔利班比董建華後，全國政協常委徐四民說：「董建華自己負責，（港台）是他的下屬，他不理，我都唔理

得咁多（管不了這麼多）！」[12]徐四民意思是說，回歸之初他已經指出港台的問題，但董建華不處理他也沒有辦法。

據筆者觀察，回歸之初，董建華投鼠忌器，生怕處理港台問題，被批評干預新聞自由，而這個批評又會連帶影響外界對一國兩制落實的評價，所以不敢輕舉妄動。其次，政務司長陳方安生，對他有較大的掣肘，港英遺臣陳方安生在港台路線上是贊成監督政府，不為政府所用，她其實是港台主流路線的後台。第三，董建華對公務員班子不熟悉，他要安插自己的人選也難找到。最後，歸根結底，還是他對港台的輿論作用重視不夠。如果他有強烈的意願，重視港台的作用，要用其為自己的施政輿論服務，那就不會前怕狼後怕虎，任由港台糟蹋自己。

二、法律監管

港英殖民政府間接調控輿論，最有效的手段，還是靠法律。港英政府的「間接管治」模式有效，主要是靠法治，港英管治的意志首先通過立法變成法律，然後通過執行法律來實現其管治的意志。在調控輿論中，也主要是通過法律來規範傳媒的輿論尺度。

梁偉賢教授將香港殖民政府留下來，特區政繼續沿用的法例大致分為五大類[13]：

（一）與傳播者的行為有關的法例：包括《簡易治罪條例》、《公安條例》、《噪音管制條例》、《刑事罪行條例》、《國旗及國徽條例》、《區旗及區徽條例》和《法律適應化（釋義）條例》，有7條條例共10多條條款。

（二）與傳播機構有關的法例：包括《本地報刊註冊條例》、《電視條例》、《電訊條例》、《廣播事務管理局條例》和《緊急規例條例》，有5條條例共20多條條款。

（三）與傳播渠道有關的法例：包括《電訊條例》、《公共娛樂場所條例》、《郵政處條例》和《截取通訊條例》，有4條條

例共8條條款。

（四）與傳播過程有關的法例：包括《官方保密法》、《簡易治罪條例》、《警察條例》、《危險藥物條例》、《防止賄賂條例》、《刑事程序條例》、《少年犯罪條例》、《司法程序（報導管制）條例》、《罪犯自新條例》、《複雜商業罪行條例》，藐視法庭的案例等14條條例共30多條條款。

（五）與傳播內容有關的法例：包括《電影檢查條例》、《電訊條例》、《公共娛樂場所條例》、《郵政處條例》、《電視條例》、《簡易治罪條例》、《誹謗條例》、《不良醫藥廣告條例》、《吸煙（公共衛生）條例》、《少年罪犯條例》、《廣播事務管理局條例》、《防止賄賂條例》、《司法程序（報導管制）條例》和《個人資料（私隱）條例》，有14條條例共20多條條款。

要特別指出的是：踏入過渡期後，港英政府對傳媒的相關的法律法例，不斷向著放寬的方向修訂，而回歸後香港新聞生態出現一些不良傾向，與這種過份的「放寬」有直接的關係。

例如，本來對發放假消息的傳媒有要作出懲處的法律條文，經過過渡期的幾年持續爭議之後，也在1989年宣告撤銷了。這個條文原本規定，對於發放假消息引起公眾驚恐與擾亂公安的傳媒，是要進行檢控的。在這個條文撤銷兩年之後，在1991年8月，香港有幾家銀行曾經受到謠言影響，出現了擠提現象；港府下令警務處和廉政公署聯合調查謠言來源，聲言要加以檢控，但事情終於不了了之。[14]

在這之後，報紙對於不實不確新聞的處理越來越大膽，至回歸之後也不收斂，使到傳媒公信力日益下降。這在前面有詳述。一直以來也有學者提出，在日本等一些西方國家，也對發放假新聞的懲處有一定的法律規限。

1986年，港英當局修訂出版法例《刊物管制綜合條例》。前

面提到過，1952年《大公報》與1967年「三報一刊停刊案」，港英當局都援引該條例執法。香港法律界一般都認為，第一該條例是嚴苛的。第二在大部分時間只是「備而不用」。過渡期開始後新聞界不斷要求修訂或廢除該條例，至1986年10月有議員公開向港英政府提出建議，港府出於配合整個「民主抗中」的戰略部署，在當年12月19日刊登憲報，提出了修訂草案。草案提出，刪除所有嚴苛的條款，將唯一留下的「發佈虛假新聞」條款抽離，納入《公安（修訂）條例草案》中，成為該條例的第27條。[15]

該條規定：根據1986年《公安（修訂）條例草案》第27（1）條規定：「任何人士發佈虛假新聞而可能引起公眾或部分公眾恐慌、或擾亂公安，就構成罪行。若根據刑事檢控程序被入罪，最高可被判罰入獄2年及罰款10萬元；若按簡易程序起訴而入罪，最高可被判罰入獄半年及罰款3萬。」

針對要求取消該條款的意見，佈政司霍德在立法局二讀辯論時，首先指出發佈虛假新聞是一項嚴重事情。鑒於沒有其他法例作相應管制，故此有必要保留「虛假新聞」條款，並恰如其分地轉載於修訂後的《公安條例》中，以督促報業謹慎從事新聞發佈工作，使得公眾人士免受虛假新聞之危害。[16]

其次，佈政司還強調實行該條款與維護新聞自由沒有必然衝突，理由包括：

（一）港府過往行使法例賦予權力的紀錄良好，可以期望未來亦會如是：而即使行使該權力也只會在緊急情況下才使用。

（二）社會人士認為該條款會被港府濫用為箝制新聞自由的憂慮是沒有根據的，一方面只要維持法治傳統則仍可保障被告之利益；另一方面有關法例的存在新聞自由未必有必然的衝突。

此外，署理律政司在同一場合中強調，第27條不會構成干預個人權利，並認為國際公約亦承認自由有限度，需要由法律對言論自由施加責任規範。[17]

當時，港英政府就是以這些理由，在1987年3月11通過該條款。但是，到了1988年10月，港府對這一條款進行檢討，最後於1989年1月11日三讀通過《1988年公安（修訂）條例》，撤銷有關防止《惡意發佈虛假新聞》的第27條。

為甚麼港府原本認為這一條款是有必要的，而且並不與新聞自由有衝突，但一年多後又改變主意呢。應該還是從港英政府的撤退策略上找原因。法律顧問黃漢龍顧問，在分析該條例修改時指出：「無論如何，從修訂法例通過前後，社會輿論普遍持否定態度可以看到，明顯地，人們始終擔心，即使留下這區區一條，亦可以成為政府日後箝制新聞自由最犀利的武器。」[18]

在管制色情刊物方面，港府在1987年2月通過《淫藝及不雅物品管制條例》，取代了1975年《不良刊物修例》，整個條例取向，也是向放寬的方向發展。回歸後，針對「淫賤化」傾向，特區政府在2000年4月19日發表諮詢文件，建議收緊該條例，主要內容如下：

表三十一　新舊淫藝及不雅物品規管制度比較

舊制度	新制度
評審制度： 由屬於司法機構的淫藝物品審裁處評級。1名主審裁判官和兩名審裁員進行暫定評審，主審裁判官為司法人員，一般公眾可申請成為審裁員，目前共有125名審裁員。	由屬於行政機關的淫藝物品類別評審委員會評級。政務司司長委任1名主席、數名副主席及為數200人的委員團。1名主席或副主席連同4名委員，進行評級。
上訴制度： 如有關人士不滿意暫定評審結果，可向審裁處提出上訴。由1名主審裁判官和四審裁員進行最終評審。	如有關人士不滿評審委員會結果，可向淫藝物品審裁處上訴。審裁處由1名主審裁判官和5名審裁委員組成。5名審裁委員自一般陪審員名單挑選，對上訴作出裁決。主審法官只會提供指引，不參與表決。

舊制度	新制度
分級制度： 第I類—無淫藝或不雅物品： 第II類—載有不雅物品，不許發佈予未滿18歲人士； 第III類—載有淫藝物品，禁止發放。	不受限制類別—無淫藝或不雅物品； 只准發佈予18歲及以上人士類別—載有不雅物品； 禁止發佈類別—載有淫藝物品。
規管方法： 要求第II類物品須密封出售及刊有警告字句。	獲評為只准發佈予18歲及以上人士類別的報章，須印有紅色對角線標記及刊登警告字句。
刑罰： 發佈淫藝物品—最高罰款100萬元及監禁3年 違例發佈不雅物品—初犯最高罰款40萬元及監禁1年；再犯最高罰款80萬元及監禁1年。	發佈淫藝物品—最高罰款200萬元及監禁3年 違例發佈不雅物品—初犯最高罰款80萬元及監禁1年；再犯最高罰款160萬監禁2年。

（信報2000年4月20日）

　　特區政府在公佈諮詢文件時，表明條例就是針對那些被列為「一級刊物」的報章（即無淫藝或不雅物品的報章）發放「二級內容」（即載有不雅物品，不許發佈予未滿18歲以上人士）。[19]

　　由於香港幾張大報的「鹹版」明顯屬於被打擊對象，反應激烈。除了照例指這是干涉新聞自由外，甚至以「淫議會」來稱呼政府建議成立的「淫藝物品類別評審委員會」。[20]

　　在這些激烈的反對之下，加上實際操作存在問題，諮詢文件發表一年後，政府仍未將修訂法例提交立法會討論。不過，幾張一度過份「淫賤」的大報有所收斂。例如《蘋果日報》避免再被指為刊登嫖妓指南，將「肥龍」等介紹色情場所、提供嫖妓資訊的專欄取消了。

　　另外，法律改革委員會在2000年10月30日，在經過諮詢後正式向政府提出，將不斷「發出通訊、尾隨、監視、送贈、登門造訪、謾罵」等引致「驚恐及困擾」的纏擾行為，列為刑事罪行，最高可監禁兩年[21]。這項法例制訂，是為了保護市民的私隱權，但也

明顯針對了香港媒體在回歸後濫用的「狗仔隊」採訪手法。

對此，報界基本上又是持反對意見。但是，法改會則表示是參照美國在1995年訂立的有關纏擾罪行的法規，以及英國、澳洲及新西蘭在1997年實施的類似法規。理據頗為充分。但是，亦有報界人士認為，列為刑事罪過嚴，而且具體執行也有許多界限不宜劃清，建議政府慎行。

港英政府修例放鬆對虛假新聞的監管，我認為對特區政府是一個負面的教訓，而嘗試通修例，加強對色情氾濫和濫用「狗仔隊」的打擊，則是非常有益的經驗。上面提到設立「報評會」機制，尤其是爭取成為法定團體的努力，也都是力求充分利用法律手段，進行監管，以營造良好的新聞生態，達到政府調控輿論的目的，是非常正確的思路。

這個做法，無疑是港英殖民政府傳下來的，但確是建基於政治、經濟和法律制度之上的最有力的政府調控輿論的手段。這是特區政府未來努力的方向，也值得內地政府借鏡。

新聞立法，更重要的層面，還在保障寬鬆的新聞自由度，同時亦體現社會責任，防止濫用新聞自由。

香港基本法第二十七條規定，「香港居民享有言論、新聞、出版的自由」。香港1991年通過的《人權法案條例》也規定：「人人有發表自由之權利；此種權利包括以語言、文字或出版物、藝術或自己選擇之其他方式，不分國界，尋求接受及傳播各種消息及思想之自由。」

對於《人權法案條例》，北京中央政府反對其凌駕於其他法，包括對基本法的凌駕性條款，但對於這則涉及新聞自由的條款本身並不反對。而且，該則條款是移植《公民權利和政治權利國際公約》第十九條的規定，是國際通行的條款，所以，從總體上看，香港的新聞自由，是受到「雙保險」的。但是，香港基本法第二十三條規定：香港特別行政區應有自行立法禁止任何叛國、分裂國家、

煽動叛亂、顛覆中央人民政府及竊取國家機密的行為，禁止外國的政治性組織或團體在香港特別行政區進行政治活動，禁止香港特別行政區的政治性組織或團體與外國的政治性組織或團體建立聯繫。落實基本法第二十三條的立法工作，為香港各界和新聞界所關注。在〈新聞自由的再認識〉一章提到的有關「鼓吹」與「報道」的風波，實質就是涉及這一問題。

我認為，基本法第二十三條，是香港新聞自由的「政治底線」。

從前面的爭論可以看到，北京中央政府的主流觀點，與香港新聞界的主流觀點有較大的差距。其中一個較大的分歧是「言論」與「行為」區別。香港新聞界一般理解，言論就是所言者所想、所寫、所說，其不等於「行為」。他們認為：公民可以提出任何的政治主張，包括「香港獨立」、「台灣獨立」、「西藏獨立」、「新疆獨立」、「反對社會主義制度」、「反對中共執政」，但只要其不是付諸於具體的、有組織的、暴力的、非暴力的行動去落實其政治主張，便仍屬「言論」範疇，不屬「行為」範疇。但是，北京的觀點往往將寫文章提出一種政府所不容許的政治主張，便看作為一種「行為」，超出了「言論」的範疇。

其實，國務院港澳辦主任魯平和中聯辦副主任王鳳超所提出的「鼓吹」的問題，不允許傳媒「鼓吹」香港、台灣獨立和兩個中國，就是認為這樣做，已超出了「言論」的範疇，是屬於一種「行為」。客觀地說，「言論」和「行為」，新聞上的「客觀報道」與「鼓吹」，可能只有一線之差，亦可能沒有不可逾越的界線。因此，香港特區政府應迅速就基本法二十三條立法，對以上問題作出清晰的界定。

可以預料，在這一立法過程中，就有關條款的「寬窄」、「粗細」會出現激烈的爭論。所謂「寬窄」，就是有關的條款，是較為寬鬆，還是較為緊窄。所謂「粗細」，就是整條法例，較為嚴謹、細致，對可能遇到的問題，都有清晰的界定，還是較為粗略，留下

一些「彈性的問題」、「灰色的地帶」。

筆者認為，在這個問題上，原則應該是，「宜寬不宜窄」，「宜細不宜粗」。

「宜寬不宜窄」，就是要按國際通行的慣例去做標准，而避免以內地的法例作標准，這也是落實「一國兩制」的體現。無疑，較為寬鬆的標准，是有利於增加香港新聞界對落實新聞自由的信心。但是，同時對媒體的社會責任亦應有所規範。

「宜細不宜粗」，就是要求法例定得較為細致，儘量避免留「有灰色地帶」。自然，越細致的法例越宜執行，亦越宜遵守。不過，較細的法例制訂需時較長，而「法律的真空期」越長則越不利特區起步期的穩定。如何求取平衡，將考驗特區政府的智慧。

另外，對「批評」和「攻擊」的界定，亦相信有法可依好過無法可依。鄧小平允諾，香港回歸之後仍可以批評中共，批評中共領導人，但是回歸前後也有中央領導人提出（錢其琛），九七後香港媒體不得刊載攻擊北京領導人的言論。

顯而易見，「批評」和「攻擊」的差別，更是微乎其微，其區別很重要的是視乎各方的立場。所以，若由法例作出嚴格的界定，相信是有利澄清各方的疑惑。

接著下去，還需要從法律上界定清楚的是「河井兩水不犯」的原則。從前面分析中可見，「河水不犯井水」、「井水不犯河水」，是落實「一國兩制」的一條基本原則，也是北京中央政府作為保障香港新聞自由的一條基本原則。然而，大家都知道，河水井水，使用的是文學語言，是形象地表示中港兩地、兩種制度互不侵犯的原則。但是，這不是法律用語。到底何為「井水犯河水」，何為「河水犯井水」呢？落實到新聞報道，新聞批評，其中的界線又在哪裡呢？這顯然也是需要從法律上給予確定。一旦有了這樣的規定，中央政府，特區政府和香港新聞界，大家都「有法可依」，避免「觸雷」。

事實上，上述問題，可考慮納入香港《新聞法》的範疇。香港在殖民統治時代沒有《新聞法》，香港特區政府也就無《新聞法》可繼承，出現了這方面的「法律真空。從某種意義上來說，這是香港新聞界擔憂新聞自由不落實的重要原因，但另一方面，社會也因此擔心新聞界的行為不能得到有益和應有的監管。因此，香港特區政府在成立多年後，應迅速將制定《新聞法》擺上議事日程。這部《新聞法》，既可將目前散見於其他法例的條文集中，又可將需要釐定而又未定的條文訂定。

總而言之，制定出《新聞法》，對應有的新聞自由明確規定，對其「限制」「不可濫用」的部分亦明確作出規定，這才是落實香港新聞自由的最根本保證。

此外，相對來說，祖國大陸本身亦應從速制定《新聞法》，使香港新聞界有所參考。

三、營造主流輿論

香港資本主義的經濟、法律和政治制度，以及歷史形成的傳媒經營傳統，決定了輿論是多元化。這點與祖國內地有極大的差異。相對來說，內地以行政命令調控輿論，執政當局幾乎直接掌握了所有輿論工具，直接調控，引導輿論，工夫要簡單很多。在一個媒體自由經營，聲音多元，政府不直接辦報紙的香港特區，是不可能依照內地的模式去直接調控輿論，只能間接調控輿論，這點經過前面的論述，應該是很清楚的。那麼，特區政府如何著力，才能使到間接調控輿論這種難度相當的工程產生較大的效用？

筆者根據長期在香港新聞工作的經驗，認為特區政府必須在營造主流輿論上下工夫。非常清楚，在香港特區，輿論是不可能一律的，各種聲音都會通過不同的渠道反映出來，如果執政當局試圖使到輿論一律，只有一個聲音講話，那必然會壓制某一部分意見，有違香港基本法確立的言論自由、新聞自由的原則。而事實上，這也

不可能做到，試圖這樣做是愚蠢的。但是，執政當局有可能通過各種手段去主動地營造有利施政的主流輿論。這裡要強調的是，施政不管對錯，執政當局都可以營造有利自己的主流輿論。換言之，就是營造有利施政的主流民意。或者說，即使主流民意不擁護執政當局施政，但執政當局營造的主流輿論可以造成施政獲取主流民意擁護支持的「假象」，甚至通過這種執政者營造的主流輿論去影響、改變民意。

對此，港英當局實施殖民統治的歷史，可以充分證明。理論上講，擺脫殖民統治，港人治港，而且實行一國兩制，在香港特區不實行社會主義制度，在這種條件下香港回歸祖國，是應該得到佔香港90%以上的華人支持擁護，不管在民意和輿論都應該呈現這一本質，但前面說到，事實並不是這樣簡單化。在回歸過渡期，港英當局曾長時間佔據主流輿論，並且佔據主流民意也並不是短時間，回歸前的立法會，區議會等各項選舉，持「逢中必反」立場的民主派都以大比數勝出，即是說明。

在本章第一節，分析了港英政府控制輿論的手段，其中一些屬於「非正常手段」，例如暗中收集媒體的「黑材料」，適當時間出手以要挾或打擊等等，但不管怎樣說港英政府的各種手段營造適合自己施政的主流輿論，是非常明確的。

前面提到的特區政府在香港問題上的教訓，是屬直接調控範疇，政府應很好地運用自己屬下的輿論工具，為自己的施政服務，但是特區政府不但未能善用這一工具，反而這一工具還成為不斷對董建華政府唱反調，制造雜音，政府施政的阻力。另外，前面還提到特區政府如何加強利用法律手段，監管媒體，改善媒體生態環境、規範媒體言論和新聞訊息傳播的底線，則是屬於間接調控。這兩種調控手段，直接也好，間接也好，其實就政府施政而言，其功效都應體現在營造主流輿論之上。

回歸以來，之所以出現政府輿論弱於監督輿論的現象，非常重

要的一個重要原因是董建華政府不重視營造主流輿論，更不善於營造主流輿論。前面章節有關的論述，已可清楚看到這一點。

香港中文大學亞太研究所副所長劉兆佳，對《信報》記者曾批評說，「特首從來都忽視傳媒工作，欠缺公信力闡述政府施政方針。他指出，面對一批商業主導、利潤掛帥的傳媒，政府要操控已很難，其實西方政府也面對同樣的問題，但她們有相當好的傳媒策略，能藉助傳媒，與各反對政府的力量競爭。傳媒是陣地，但政府一早有失敗的心態，刻意與傳媒為敵，而不會利用政府力量製造新聞，不了解編輯、記者的思維及觀感。」他還指美國總統，經常站出來面對群眾，化解編輯、記者歪曲其言論，用傳媒打傳媒，積極進取，爭取群眾。但特首則認定新聞界站在對立面，採取消極態度，這不符合電子時代的政治需要，若放棄傳媒陣地便愈趨被動。[22]

劉兆佳批評用語不一定準確，例如「刻意與傳媒為敵」。但是，他的批評其實已指出了董建華不重視不善於營造主流輿論，並且不重視不善於與各種民營媒體打交道。甚至消極地站在新聞界的對立面上。

根據我的觀察，董建華不重視與新聞界打交道，在上任之初表現得尤為突出，當時他多次公開表示不屑最後一任港督彭定康「做秀」那一套。從正面意義理解，彭定康虛偽的手段不值得學，但他利用各種機會曝光，使自己的形象和聲音無時無刻不佔據媒體的主要版面和主要時段的造勢手法，是有值得學習之處。

經過一段時間的實踐，董建華明白了與媒體打交道的重要性，但至今如何純熟地運用各種手法，張揚正面輿論，化解負面輿論，營造有利自己施政的主流輿論環境，還有很大的差距。

在發表劉兆佳批評的同一日《信報》還刊登了時事評論員毛孟靜的文章〈特首與傳媒溝通一敗塗地〉。文章提到：董建華煞有介事地請了D8（指特首新聞官林瑞麟，官位為首長級第八級）以及國際公關公司當媒介顧問，但直至目前，他似乎仍不明白並非放鬆

臉部肌肉、增加手部動作就大功告成。筆者認為，董建華請傳媒顧問之時，其實還不明白一般公關與輿論的區別。

文章還批評董建華在回歸三周之後的一個記者會，宣布「八萬五」建屋計畫「不存在」，答問粗糙，解釋不清，使到政府內部發出不聲音，傳媒也作出不同解釋。她指出：任何一個有責任感、講效率的高層架構，在領導人見新聞界前，都會替他先來個熱身實習，各式答問先行採排定案，記者儘管可製造四面楚歌的氣氛，我領導人自有八面玲瓏的手腕，滴水不入。

毛孟靜的批評其實是指出，董建華政府在宣示重大政策時出現的問題。另外她還批評董建華和他的幕僚看來不明白傳媒的存在意義，以為只要沒有「取消」傳媒，哪個傳媒字號不喜歡我，我也不睬你：你再罵我，我總之不睬你就是了。

毛孟靜的批評尖酸刻薄，當然顯示她不喜歡董建華的內心世界，但她的批評是有道理的，除了記者會前要「熱身」這些技術性問題，她指出如何和不喜歡自的傳媒打交道，其實是非常重要的問題。是營造主流輿論中重要的一環。政府的總戰略應該是「善待」，與他們做朋友（虛情假意也好），逐漸使「非常不喜歡自己」的變得「一般不喜歡」，惡意程度降低。「一般不喜歡」變得中立起來，有彈也有讚；原本中立的變得「喜歡起來」，疏者逐漸親，遠者逐漸近。

2001年10月10日，董建華發表他首屆任期內最後一份施政報告，我在前一日在《太陽報》的《監察網》版以柳三禪發表一篇專欄文章如下：

心病心藥醫

香港到底衰成甚麼樣？誰能說清楚講明白？老董的報告講清楚了嗎？有識之士說，其實香港目前是心病大於真病，香港其實比台灣、新加坡還要好一些，但是香港的唱衰聲響

過人家，市民的悲觀氣氛強過人家，這是就悲觀情緒與真實狀況相比而言。原因也許是多方面，相信有一條是不爭的，就是老董是「弱勢輿論」的特首。

看看人家佈殊，「九一一」後不斷曝光，甚至一日發表幾次電視演說，一下子就把美國人民團結起來，儘管他錯話連篇，甚麼「十字軍東征」、「不是朋友就是敵人」之類，但他把握到美國民意的主流，獲得九成的支持。再看看我們老董，施政報告前沒有甚麼像樣的演說，報告後相信他又是坐在辦公室等人家批評，而不懂得強勢灌輸自己的理念。

當然，這不可能怪老董本人，怪只能怪他不知道有一個強勢宣傳班子，靠林瑞麟、路祥安兩個人，怎可能擔此大任。另一個原因，是更重要的，那就是港台。即使是最講新聞自由的美國，也非常明確，美國之音吃政府飯就是要成為政府的喉舌，宣傳政府的聲音，否則，你要播塔利班領袖講話，就對不起要「炒魷」了。港台這些年來其實是角色錯位，批評老董還是讓民間媒體去做，港台的職責就是保皇，不保皇是失職。

我的文章基於香港「唱衰」聲音和悲觀情緒不正常的說法，批評董建華「弱勢輿論」；同時指出在報告前沒有像樣演說，並預測他報告後不懂得強勢宣傳施政理念，預測不幸言中。港台問題也不幸被言中。前面提到過的港台《頭條新聞》節目，竟將這份施政報告比為施捨報告，將董特首比為塔利班。並非是我預見性強，這些問題的出現都是董建華政府未能足夠重視和善於營造主流輿論的合邏輯的結果。

最後，要強調指出的是，要營造主流輿論，特區政府一定要有相應的組織架構去擔當這一重任。祖國內地直接調控輿論，當局設有龐大的宣傳部門。特區政府要搞好間接調控，營造主流輿論沒有

一個強大部門組織領導班子，必然不可能完成此一任務。在殖民政府時代，港英政府設有「心戰室」，「政治部」，決不是偶然的。

如何營造主流輿論，這是一篇大文章。在本論文只是粗淺地談到必要性和一些基本手法，而如何有效地具體操作，還有許多複雜的技巧，甚至可以說這也是一門藝術，如果有機會我還希望透過總結港英時代和回歸以來的實踐深入探討。

由於傳播手段日新月異，全球經濟一體化的步伐不斷向前，祖國內地直接調控的方式也將受到挑戰，及早借鑑香港及西方國家的經驗教訓，研究在多元聲音、輿論不一律的條件下營造主流輿論，為正確施政服務，似值得內地有關部門注意。

在探討營造主流輿論中，還有兩個問題值得研究的，一個是「贖買輿論」問題，另一個是中央政府背景的媒體的角色和作用問題。

回歸前後，香港一些媒體經營者發生了變化，其政治傾向也發生了明顯的變化。例如，香港衛星電視（Star TV），原由國際媒體大王梅鐸（默克多）獨資擁有，後來內地到港發展的商人劉長樂持有了控股權，其政治立場轉為明顯傾向北京。劉長樂和其他一些商人合組公司，取得原由港商林伯欣掌控的香港亞洲電視的控股權後，其政治立場也明顯轉變。該電視台獨創的社論式節目「亞視評論」，我也參加寫作，基本上反映了廣大市民的正面聲音。香港還有一些報章也發生股權變化。後政治立場變得擁護回歸。我將這一現象，概括為「贖買輿論」。

香港新聞界長期以來，其實並不諱言，有甚麼背景的媒體就發出甚麼樣的聲音。也因為此，國共過去長期鬥爭中，都要在香港辦報，擁有自己的喉舌。因此，可以肯定「贖買輿論」是營造主流輿論的一種手段。過多反政府背景的媒體，一定會過多發出（反？）政府調控輿論的聲音。一定數量的親政府媒體，是政府調控輿論的必要基礎。

至於中央政府在香港辦的報章，如《大公報》、《文匯報》、《香港商報》，在回歸以來在擁護董建華施政，擁護香港安定繁榮，扮演積極角色。但是其輿論影響力始終有限。這裡有甚麼原因，由於文革期間北京的失誤被港英政府利用，在各階層中製造歧視「左派」的輿論，使這三份報紙與市民有一定距離。而從這些報紙主觀經營上看，則有如何根據香港的特殊環境，拉近報紙與市民大眾的距離，從而擴大銷量，擴大影響的問題。

　　再就是，這些報紙在編輯方針上值得探討，如何正確處理與特區政府施政的關係，具體講，就是是否也可以適當批評政府。我在《香港商報》寫了一年半的社論，從1998年到1999年中，一共500多篇，沒有一篇批評特區政府的。我覺得一些善意的批評也是需要的，應該以香港和市民大眾的基本、根本、多數人的利益為依歸，去發表言論，才能贏得市民的信任，而這與政府施政的根本目的也是一致的。否則，對特區政府「只讚不彈」，必定會拉開與市民的距離。

四、工夫在調控外

　　「工夫在詩外」，這是從古至今詩歌界公認的優秀詩歌創造的規律。同樣的道理，香港特區政府要調控好輿論，其工夫也應該在「調控之外」，或者換句話說，工夫在正確施政之上，工夫在做好正確施政的各個環節之上。這些環節做好，特首和政府的民望相應提高，政府權威增加，說話有力，有人聽，調控輿論就較為順利；相反，政府施政失誤多，市民怨氣大，說話就沒有力量。所以，抓好正確施政的一些關鍵重要環節，是做好調控輿論的基礎。

　　由於本論文重點不是談特區政府的施政，不可能展開來談，但從筆者的親身經歷和觀察，也有一些粗淺的看法。

　　首先，特區政府領導班子步調的一致性，就是必須重視的「調控外的工夫」。前面講到，回歸以來，特區政府經常出現不同的聲

音，而這種不同聲音的出現根源在於董特首和政務司長陳方安生在一些重大的問題上政見分歧。例如，對於香港電台扮演的角色，陳方安生堅持港英政府的方針，打著政府傳媒的牌，實質扮演私營傳媒的角色，實行脫離政府干預的編輯自主，變為政府宣傳為監督政府。董建華當然希望港台為施政服務。另外，在其他不少問題上，兩者的政見矛盾也公諸於眾。董陳不和，成為香港社會回歸之後的「普遍」看法。在這種情況下，特區政府當然不可能有效有力地調控輿論。

後來，陳方安生辭職後，原來的財政司長曾蔭權任政務司長，財政司長由原來的行政議會成員梁錦松擔任，董曾梁組成新「三頭馬車」，步調較為一致，有評論指為「鐵三角」，情況就比原來好了。可見，特區政府領導班子組成，是正確施政的首要問題，當然也是調控輿論的首要問題。

當然，回歸之初，特區政府領導班子的組成，有特殊性，舊體制的全盤過渡，董建華沒有選擇，在陳方安生退休後，他計畫推行「部長制」後情況會有改善。

其次，就是正確決策。應該充分肯定，董建華政府在回歸後施政基本上正確的，但也不是沒有失誤之處。例如，他上任之初，在第一份施政報告提出為實現七成港人有自置居所，在未來10年每年提供「八萬五」個住宅單位。不料，回歸後即遇上金融風暴，使到香港的樓市泡沫爆破，樓價急瀉六成，大量的中層階級的住宅貶值至低於以銀行貨款額，成為負資產，這些人「怒氣衝天」。

平實而論，樓價急瀉，根源在於港英當局推行高地價高樓價，形成樓市泡沫。這個泡沫爆破，導火索也是金融風暴，但是，董建華提出的「八萬五」計畫本身，也脫離實際，高估了未來的房屋需求量。應該說，政府房屋部門在評估這一需求的失誤，應負主要責任，董建華是憑他們的數字拍板「八萬五」計畫。但是「倒董」勢力則將這因果關係、責任所在混淆，將「負資產」的怨氣指向董建

華，而董建華又沒有有力的輿論工具去澄清，造成極大的被動。

再就是，對社會的各種政治勢力的團結利用。新生的特區政府，是結束港英殖民統治後產生的，是為香港人謀利益的，代表了大多數港人利益，是應該得到他們的擁護。但是，新的特區政府又是由舊的殖民政府過渡而來，而社會上的各階層、各團體亦將過去的矛盾問題帶了過來。加上在回歸和反對回歸的大政治鬥爭背景下，各種政治勢力的取向微妙複雜，除了「愛國愛港」的民建聯，與「民主拒共」的民主派兩大陣營外，還有許多中間力量。不管因為甚麼原因，實際上，董建華政府在盡可能地爭取更多的政治力量，社會力量的支持方面重視不夠。而這實際就是輿論基礎，爭取到大多數的支持，就不愁不能佔領主流輿論。

這些，在董建華競選連任第二屆香港特區行政長官活動中，已有所改進，所以支持他的聲音顯著增加，而他的民望亦有所上升。

董建華之後的特首曾蔭權和梁振英，也都基本沒有做好輿論調控工作。

最後要指出的是，香港新生的特區政府對輿論的調控能力，與祖國內地的穩定和發展，也有密切關係。兩制離不開一國，祖國的國力不斷增強，政治開放清明，國際地位蒸蒸日上，香港特區政府也會受到「輻射」，權威性會隨之增加，聲音有力了，對輿論的調控能力就加強，社會主流輿論的公信力就加大。新生的特區政府能夠較自如地利用輿論，為自己的施政服務，更易取得實績，反過來又增加自己權威性，形成良性循環。

但是，由於中共在內地採取「輿論一律」的管理方式，完全沒有對實行「新聞自由」的香港特區的輿論調控經驗，因此對香港的輿論指導20年來也說不上成功。由中央出資經營的《文匯報》、《大公報》和《香港商報》，回歸後反而在香港邊緣化，銷量下降，連建制派群眾也不買，教訓是深刻的。

►►► 附註

1　參閱楊奇主編《香港概論》p.276
2　參閱楊奇主編《香港概論》p.48。
3　鍾士元《香港回歸歷程》p.151
4　參閱楊奇主編《香港概論》p. p.280
5　鍾士元《香港回歸歷程》p.172
6　參閱楊奇主編《香港概論》p.270
7　參閱楊奇主編《香港概論》p.270
8　信報2000.8.2
9　《星島日報》2001.10.14
10　《太陽報》2001、6、6
11　參閱楊奇主編《香港概論》p.278
12　2001年10月17日《明報》
13　參閱梁偉賢《香港21世紀藍圖》p.222
14　參閱《香港概論》p.273
15　參閱《傳播法新論》p.376
16　《傳播法新論》p.377
17　《傳播法新論》p.377
18　《傳播法新論》p.380
19　參見大公報2000、4、19
20　《太陽報》2000、4、29
21　參見《明報》2000、10、31
22　《信報》2000、7、15 p.8

第七章　網媒沉浮

網媒井噴

　　早於1990年代初期，香港已經開始提供網際網路服務，為亞洲最早提供網際網路服務的地區之一。1995年開始，香港網際網路服務開始普及化，使到香港網路使用者數量急速發展。至2004年，使用者數量達330萬人，滲透率為51.0%，僅次於韓國、瑞典及美國。而香港網路使用者在家中上網的時間更是全世界最長，每月平均達22小時，寬頻網路已經覆蓋香港所有商業樓宇和95%以上的住宅，於社群中心、香港公共圖書館、公眾地方、政府建築物、主要餐廳等均有提供免費上網服務。

　　2013年，根據由國際網路公司Akamai Technologies所作出的調查，香港為全世界網路瀏覽速度最快的地區，最高速度逾54Mbps，第二位韓國為48.8Mbps，第三位日本為42.2Mbps；第14位美國為29.6Mbps。2015年，Akamai Technologies的「2015年第一季網際網路發展狀況概述報告」顯示，香港網路平均速度為16.7Mbps，屬全球第三快。第一是南韓的23.6Mbps，其次為愛爾蘭的17.4Mbps。

　　在網際網路在香港面世初期，是以撥號連線（Dial-up）為主，以香港電話公司為主要服務提供商（ISP）。後期，寬頻上網在香港普及，也有更多ISP出現。2007年起，「光纖入屋」是某些ISP所提供的新穎服務。及至2010年代，流動上網在香港愈見普遍。經歷多年變遷，流動連線方式已從2G發展至3G和4G。

　　網路硬體的發展為網媒發展打下物質基礎。事實上香港的網媒，因為香港的互聯網比內地開發早，也因此發展的比內地早。但是，由於香港是一個只是一個七百多萬人的狹小的政治經濟體，與

內地相比差天共地，於是在大陸迅速互聯網躋身世界一流地位之時，香港互聯網品牌在國際上不太掛得上號。然而，由於香港視通訊自由、新聞自由和言論自由為核心價值，高度捍衛，且其自由度在全球都排有很前的位置；回歸之後，香港始終政爭不息，到了2014年政改，更發生持續79天的佔中事件，接著2016年的立法會選舉，2017年的特首選舉，激烈的政治鬥爭土壤與互聯網發展的硬體加通訊自由、新聞自由和言論自由的軟體疊加作用，給了香港網媒一個「井噴」式發展的機會。

一、「亂世」造網媒

俗語，亂世造英雄，英雄出亂世。亂世也是媒體大發展的機會。香港媒體幾次大發展的機會都是在時局動盪，政爭激烈，以至發生戰爭時期。自然，以「亂世」來形容回歸後的香港，有誇張媚俗之意。不過，79天佔中之亂，的確是出人意表。

2017年2月，春節過後，香港新一屆特首選舉逐漸進入高潮。2月7日，信報發表周日東署名文章：曾俊華網絡選戰青出於藍，寫道：

> 特首選舉參選人曾俊華在上周五開始其競選經費的「眾籌」（Crowdfunding）活動，另一位參選人林鄭月娥則在同一日正式舉行造勢大會，標誌著兩位特首大熱門正式交鋒。細心留意這場選戰，不難發覺曾俊華表現出來的選戰策略，客觀上和當年的梁振英有相似之處，兩人均是大打「民意戰」；而在爭取市民支持上，曾俊華更是乘著社交媒體興起的東風，青出於藍而勝於藍。

文章指，曾的網絡選戰，將面向公眾的策略以更為「入屋」的方式呈現出來，在社交媒體拍片，自稱「薯片叔叔」，邀市民在大

街上玩「自拍」，請當紅藝人拍攝宣傳短片；還有，各種直播，親身回答網民問題，各種互動元素使其形象更立體呈現。同時，曾俊華又透過網絡「眾籌」，本來他不缺錢，但是通過「眾籌」吸納支持者，打破香港競選的傳統拉票方式。

另一方面，另一位特首參選人林鄭月娥也開通fb聆聽市民意見。同日，大公報報道：

> 行政長官選舉參選人、前政務司司長林鄭月娥早前提出「同行WeConnect」的競選口號，昨日又以「林鄭辦公室」為名，開通Facebook專頁，表示希望與網友和廣大市民「Connect」，聆聽對方意見，尤其是與年輕人交流，讓大家對她「多一點了解，多一點信任」，願意與之同行。

林鄭月娥於昨日傍晚開通Facebook專頁，以「carrielam2017」為帳號，以她在辦公室拿著水杯的相片為頭像。專業的首個貼文是幾名年輕人教她使用Facebook的片段。貼文指，由宣布參選至今，大家都建議她開設專頁與大眾交流，「熟悉我的人都知道我事事愛親力親為，也沒有個人Facebook帳號，不想草率而為」。但競選辦內的年輕人教她簡單操作後，她發現「原來不是太難」。

林鄭月娥在貼文中續指，開設專頁的目的就是希望與網友和廣大市民「Connect」，「高清直接」聆聽大家意見，尤其是與年輕人交流，與香港一起同行。她重申，與團隊選擇以「同行WeConnect」為競選主題，是因為大家飽受近年社會撕裂之苦，「『和諧』一詞好像離我們越來越遠，香港的發展更漸漸停滯不前，我和大家一樣熱愛這片土地，面對挑戰，我們必須團結起來。」她指「同行WeConnect」還有另一重意義，「就是希望與大家加強聯繫，讓大家對我多一點了解，多一點信任，願意與我同行」。

「林鄭辦公室」的專頁開放開設約三小時後，已有超過6000人讚好，超過9000人關注，有不少網民留言鼓勵她參選。

　　同日，明報聞風筆動欄目刊登李先知文：「曾俊華政改23條惹火民主派選委內訌」，一開頭是這樣寫：

> 【明報文章】曾俊華昨日公布逾70頁的政綱，其政改和23條立法的立場，令民主派選委現分歧。筆者聽聞政綱一出，「民主300+」的WhatsApp群組就響個不停，不少選委都對鬍鬚曾的政綱有所不滿。更有選委立即建議民主300+提名胡國興，另外150票就提名獲得戴耀廷「2017特首民投」公民提名支持的人。然而，有核心民主派選委指這只是個別泛民選委的意見，重申當下的社會民意對曾俊華無太大反感。

　　「民主300+」的WhatsApp群組就響個不停，這一信息顯示，不但候選人林鄭月娥和曾俊華運用網絡造勢，握有投票權的選委，也充分運用網絡商議投票策略。

　　2017年3月26初，林鄭月娥和曾俊華的特首爭奪戰揭曉，前者勝出，但是以民意計後者的網絡戰稍勝。不過，2016年九月的立法會選舉，香港大學教授戴耀庭等發起「雷動計畫」，通過各種社交媒體，社交群組，以及手機短信的方式，聯絡非建制派的支持者，並最後確定一份非建制派候選人的「棄保」名單，指導投票。結果，被「棄」的老牌的泛民議員黃毓民，李卓人，馮檢基，何秀蘭等落選，而梁頌恆，游蕙禎，羅冠聰，劉小麗，鄭松泰等立場異常偏激的被保送當選。此役，網絡戰被成功運用在選舉成為香港政壇和學術界的共識。

　　對於網媒在政治爭拗尤其在選舉中的作用，其實香港回歸後有網媒出現可用之時就發生了。2012年立法會選戰揭盅後，當選的泛民立法會議員范國威在接受蘋果日報訪問中表示，「若沒有高登

網民支持，新界東最後一席，或許也會落入建制派手上」。

2014年，香港政改，79天的佔中，清場過後，街頭抗爭依然不斷。2016年春節，旺角暴亂。香港政局迎來了回歸以來最動蕩的時代，香港的網媒的「井噴」也出現一個高潮。

2015年1月23日，號外雜誌發表文章：2015：香港網絡媒體的新戰國時代。文章描述：

> 雨傘運動為香港開啟了後佔領時代。清場過後，「鳩鳴」團一浪接一浪，警隊疲於奔命見證港人的鳩鳴能力，團友適時快捷的人手調動，
>
> 全拜社交網絡便利。一人一手機，FACEBOOK成為了佔領資訊的集散地，但運動之初，大量資訊不分是非黑白流通做成了不少恐慌／混亂，可見社交網絡還是一把兩刃刀，公信性存疑，此時網絡媒體的角色就顯得尤為重要，他們比傳統媒體靈活，又比一般社交網絡可靠，既監察政府，同時質疑主流傳媒。網媒第五權的角色再一次被高舉，更為這塊版圖帶來了新局面：《獨立媒體》的LIKE一下子從十幾萬跳到40幾萬；蔡東豪辭任精電執行董事回歸東山再起的《立場新聞》；《100毛》也有意發展自家網絡媒體。

經營逾兩年的《主場新聞》去年7月突然死亡，社交網絡上27萬多個LIKE頓成無主孤魂，ARCHIVES的舊文章也一夜蒸發，後起的《主場新聞博客群》算是留住了部分讀者，但缺少了新聞策展的部分，網站只變成博客們共同擁有的分享平台，凝聚力不可同日而語，另一邊廂，《輔仁網》、《評台》、《熱血時報》，在過去兩年間漸漸壯大起來；信報「紀曉風」離棄主流媒體，半途出家創立《852郵報》；還有蕭若元、林雨陽等人成立的網台《謎米》，《主場》殞落，網媒依舊不愁寂寞。然後，《主場》以《立場》之

名回歸了，在突然死亡不到半年的時間，當日因反國教摧生，現在又因雨傘清場復活。新《主場》還是原班人馬操刀，新場不再由個別人士擁有，股權改以信託安排持有，只接受公眾不附帶條件的捐款，維持編採獨立自主。上月官方PAGE首天登上FACEBOOK，就引來三萬多個LIKE，可是留言版上引來眾多網民攻擊，惡搞多個X場新聞，矛頭主要針對蔡東豪，甫創刊就惹來如此抨擊，下筆時《立場》還沒有正式在網上回應，「我認為最好的方法，就是以日後的工作，讓網民看清楚我們是一個怎樣的媒體。除了評論，《立場》還會多做採訪報導，希望能容納不同意識形態、政見，只要是好文章我們就歡迎。」雖然總編輯鍾沛權對其營運方式還是三緘其口，但《立場》到底代表了誰的立場，很快就會揭盅。

在政改以及佔中前後，建制派的網媒也紛紛成立，比較出名的有「梁粉」之稱的《港人港地》。統籌反佔中運動的「幫港出聲」發起人周融，成立了《香港G報》，除了轉載新聞，亦多次獲得來自政府「消息人士」的內幕。中資機構聯合出版旗下的附屬公司雲通科技則創辦了《橙新聞》。還有全國政協副主席董建華創辦的團結香港基金，也搞了網站《思考香港》，重點發表評論文章。

其時，網媒的概念是多樣及混亂，有的將社交群組和網媒區分作為兩個概念，而我則把社交群組作為網媒大概念下的一個方式，在後面「網媒的採訪權和定義」會詳細論述。不過，從這段描述文字，可見網媒的「井噴」，事實上到底有多少家網媒，香港政府始終難以有準確的統計，因為網媒起步門檻極低，政府也沒有發牌監管制度，所以找不到很準確的數字，只能用「井噴」來形容。不過，此時網媒的「井噴」也不是全部成功，而是有死有生，此生彼滅，此起彼伏，沉沉浮浮，多數不成功，不能堅持多時，有的開了關關了又開，不過，總體上網媒的海洋是呈擴張之勢。

二、網媒發展的回顧

本書第一章描述香港媒體發展歷程時，提到上世紀九十年代末二十一世紀初，香港互聯網發展及「科網熱」泡沫爆破，帶來香港網媒發展的大挫折。這裡，通過幾個個案的分析，重溫這段及之後香港網媒沉浮。

Tom.Com

2014年1月22日，香港媒體都報道了，李嘉誠旗下公司港燈上市新聞，指，市傳港燈僅錄得逾6倍超額認購，「超人光環」似乎日漸褪色，不復tom.com當年之勇：

> **市傳港燈僅錄得逾6倍超額認購，「超人光環」似乎日漸褪色**
>
> 【本報訊】由「超人」李嘉誠旗下長和系分拆的港燈投資（2638）昨日截止招股，市傳公開發售獲逾5.7萬人申請，錄得逾6倍超額認購，凍資逾百億元，反應雖遠勝近年同由長和系分拆的匯賢（87001），卻仍未能重返TOM集團（2383）當年上市超額認購2,600倍的壯觀情景，「超人光環」褪色。
>
> 港燈這次發售約44.269億個基金單位，發售價介乎5.45至6.3港元。香港市場零售發售2.2億股，涉資13.9億元，以市傳超購6倍計，相等97.3億元。李嘉誠的長實在2000年分拆當年稱為tom.com上市時，獲超額認購2,600倍，涉資2,000億港元，市民爭先恐後踴躍搶購。這也是多年網絡熱潮的寫照。不過，Tom.Com固然有李嘉誠的光環籠罩，但是自始至終沒能成為一個成功網絡新聞媒體的品牌。

「Tom.com有限公司」（下稱「Tom.com」）為「和記黃埔

有限公司」（下稱「和黃」）及「長江實業（集團）有限公司」（下稱「長實」）與其他策略性投資者組成的合營公司。長和系一直以發展地產、基建、電訊等業務見長。Tom.com則是其對科技網絡業務的一大嘗試。Tom.com前身為Alexus，是1996年成立的一家深圳口岸電子報關的公司。因Alexus的發展需要，同時「長實」也想加入當時上市熱潮，1999年12月30日，「和黃」和「長實」將旗下虧損的新城電台附屬的新城網站及其節目製作部門作價3.1億港元，注入Tom.com，換取在Tom.com的股份，從而創立了其科技網絡的基礎，使Tom.com成為真正的科技網絡公司。同時此舉亦為Tom.com添置了香港創業板規例所要求的兩個財政年度的業績。Tom.com在1999年10月5日成立後，隨後Tom.com在2000年2月宣布上市，港交所用8天時間批准其上市要求，2000年3月，Tom.com正式在港創業板上市。2000年3月便在香港創業板上市（港交所上市代碼8001）。Tom.com上市之初以網上業務為主，上市後不斷進行兼併和收購運作。

　　2000年3月納指開始急瀉，之後稍有反彈，但在9月時再次大跌，網絡股泡沫被確認破滅。香港創業板指數由於對美國股市的反應有時間差，隨後也隨之大跌。在這段時間，基本上所有具有科技網絡概念的股票都遭受了全球投資者的抛售，股價一路下滑，Tom.com也不例外。Tom.com的股價由2000年3月1日的1.78港元飆升至3月7日的14.30港元後，在高位僅維持了很短時間便開始下滑，股價一路下滑至2001年12月才有所好轉。

　　2001年Tom.com基本保持與大市持平。究其原因，是因為Tom.com及時調整公司策略，將重點由網絡轉向傳統媒體。在科技網絡股不再受歡迎的市場氣氛中，Tom.com的轉型使它成功地擺脫了網絡股的形象。Tom.com上市前後的兼併與收購消息不斷。近三年來，收購項目多達30多宗，平均每月一宗，投入資金總額超過30億港元。無論從其收購數目及規模上看都是同行業的

榜首。，由幾百萬港元到幾十億港元都有；大多數收購的規模與現金支付比例成反比。Tom.com收購的公司依據其主要業務可分為網上媒體及網下媒體（傳統媒體）兩大類。而網下媒體又以戶外媒體、印刷媒體為主，同時還有體育媒體。收購以中國內地的公司為主，其次是台灣地區和香港地區。其2000年時收購的主要是以網絡媒體為主的科技網絡公司，但網絡股泡沫破滅後，收購目標即轉向傳統

媒體。這些傳統媒體公司都有兩大共同的特點，一是有穩定的收入來源，二是有很多廣告的行銷渠道，這些公司使Tom.com不再是一個科技網絡公司，而轉型成了一個傳統媒體集團。

2000年，網上媒體的業務佔了其收入的60%以上，但此時Tom.com的總收入很少，只有8000萬港元左右，且EBITDA（未計利息、稅項、折舊及攤銷的收益）為負值。但是從2001年開始，隨著Tom.com不斷收購有實質收入和盈利的傳統媒體，網下業務佔了它總收入的絕大部分比重，其總收入和EBITDA也因此在這三年來有了長足的增長。2001年，Tom.com總收入增長超過了7倍，達6億港元。2002年上半年已達到2001年全年的數字，並且EBITDA已成為正數。同時，這些傳統媒體大都是來自中國內地，對於Tom.com將來的長遠發展著眼於內地打下良好的基礎。

可見，Tom.com逐漸好轉的盈利來自於它及時轉型後的收購。收購只是Tom.com尋求業務增長點的手段，重要的在於收購的對象。Tom.com正是感覺到了市場上情緒的變化，收購能產生實質收入盈利的印刷媒體和戶外廣告公司。與其他未轉型的網絡股相比，Tom.com的業務對投資者來說更有可信度。在網絡股熱潮中，趕上好時候，逢時出生；網絡泡沫破滅後，及時調整發展策略，平均每月一宗的收購，打造傳媒集團的新形象。Tom.com成功的併購轉型不僅將股價一直保持在招股價之上，而且也走出了傳統網絡股陷入網絡泡沫破滅的陰影。

不過，Tom.Com始終不是一個新聞品牌。其作為香港富商李嘉誠的旗下公司，自始至終沒有營運資金的問題，相反在併購上是成功的，但是一直沒有在發展獨立的新聞報道上下功夫，因此也就一直未能成為在大中華地區有影響力的新聞品牌。

中評網（www.CRNTT.com）

中評網，應該說，是一個嚴格意義的網媒，而且是香港不多的、白手起家並成功站穩腳最終成為海峽兩岸有影響力的品牌網媒。

中評網，由中國評論通訊社經營。中評社自稱，是大中華地區第一家數字化網絡通訊社，目前已在台北市、新北市、桃園縣、台中市、台南市、高雄市，以及香港、北京、廣州、美國華盛頓特區、洛杉磯、韓國首爾等地建立起比較完整的新聞采編體系，於2005年6月3日通過中國評論新聞網（中評網）正式對外發稿。中評社与中國評論月刊、中國評論學術出版社等機構緊密合作，此外，通過中評智庫基金會與兩岸及港澳、北美、東亞的200多家戰略和政策研究機構、以及2000多名專家學者開展互動。

中評網（www.CRNTT.com）分別在香港和北京設置了兩組鏡像網站，同步對外發布新聞信息。在內地網站的備案編號是：京ICP備10038868；京公網安備　11010802022185號。也就是說，其允許在內地落地，從而獲得巨量的點擊率。

中評社（網）實行二十四小時滾動播發新聞信息，有關新聞及言論從點、線、面多維度為兩岸受眾提供不一樣的視角與思維，在兩岸關係與新聞傳播方面，中評社（網）具有領導、塑造、影響話語權的作用。目前，中評社平均每天播發文字通稿330條，圖片新聞180底。

經過多年的發展，中評社已經鞏固其在兩岸華文傳媒領域四大新聞通訊社之一的地位，在對台及兩岸關係新聞傳播方面影響力居首。在中國內地，據初步統計，轉載中評社稿件的網絡媒體數量

有800家以上。在台灣，利用美國微軟公司最新的網絡搜索工具必應（Bing）進行搜索，中評社稿件一年約有67萬3千篇次被轉載。在香港和東南亞地區，轉載中評社稿件的網絡媒體數量有300家以上；在美洲、歐洲和非洲地區，轉載中評社稿件的網絡媒體數量有100家以上。世界著名的搜索引擎機構，如百度、谷歌、雅虎、必應、中搜、盤古等，都有百萬級甚至千萬級搜索保存中評社的各類稿件。

　　同時，中評社的稿件在傳統的華文媒體也被廣泛採用。根據美國alexa.com網站的統計分析，2014年5月份，中評網受眾分布前五位的地區分別是：大陸地區：64.9%。台灣地區：16.1%。香港地區：9.6%。美國：4.2%。加拿大：1.3%。

　　中評網點閱指標：頁面點擊數（Hits）：最高時超過了1.29億次／天。頁面瀏覽數（Page Views）：中評網最高時超過1722萬頁／天。

　　其未來發展戰略目標，保持成為兩岸關係中最權威的新聞和輿論來源。繼續鞏固其華文傳媒領域四大家新聞通訊社之一的地位。並在成功締造「兩岸共同媒體」的基礎上，實踐「和平戰略媒體」之提升，創新成為「智庫媒體」，並在兩岸關係、中美關係、國際問題、港澳問題、東亞及東南亞問題方面，發揮獨特的話語權作用。

　　需要一提的是，中評網雖然在打造網媒品牌上是成功的，但是也還沒有找到成功的贏利模式，主要還是靠投資者支持營運。

高登討論區（Hong Kong Golden Forum）

　　高登討論區是典型的香港網媒。被稱為，香港最大和最多人讀覽的網上討論區。於2000年開始營運，最初網站主要提供電腦資訊，及附設多個主題分類討論區，約於2006年後，高登會員經常惡搞一些社會知名人士、時事人物圖片，又間接創造了一些網路術語，逐漸受到部分香港傳媒的關注，更有媒體（如《蘋果日報》

和《明報》）引用高登會員的意見和二次創作作品，使高登發展成為現時全港最具影響力的論壇。該網站基本不能在中國大陸打開。後來討論區被分裂成香港膠登討論區和連登討論區，於2006年及2016年成立，均由前高登會員創立。

討論網站，是高登網的最顯著的特色，也是其成功之道。香港一些常用的網絡語言，不少始創於高登，包括一些新的俚語。但是，高登網也是香港較早出現網絡罵戰、網上欺凌的平台，甚至有網友利用網路空間的隱閉性作出欺詐及行騙的行為。有學者，將此概括為高登網絡文化。香港經濟日報曾有報道指高登討論區「每天有近6萬條新留言，8成含粗口、誹謗、人身攻擊及起底內容」，除了公開事主個人資料外，更「惡搞」他們的照片。

香港青年智庫高級研究員趙善軒：「網絡憤青（甚至憤漢或憤伯）……他們活躍於高登、香港人網、Facebook等地，口說公義，卻對不同意見施展惡毒的人身攻擊，亂扣帽子，大有「非我朋友，即我敵人」之勢。討論問題不愛提出理據，甚至沒有推論。有人說「香港難以在中共專權下達致真普選」，就把他為打為親共，連分析、評論和意見都分不清楚。當然，無名無姓之網民，質素也不必講究。然而，香港的政治生態一旦為他們所主導，走向民粹主義，後果就不堪設想。」

商業電台叱咤903節目主持陳強：「幼稚園學生未成熟，沒能力控制自己……在校園中失禁，我們不會罵他，因為他還很小嘛。但那些在「高登討論區」中作惡的人都不讀幼稚園了，怎麼控制自己的能力還那麼差？他們在網上面跟人道理說不通，就想辦法欺凌人家，言語暴力、起底、改圖……將人家的心靈傷害到最深，要人家收口或者恐懼，明明是最下流的欺凌，大家不可能覺得沒所謂吧？他們中，不少人的智慧也真的只達幼稚園學生的水平。」

專欄作家梁穎妍：「如果懂得利用環境去找到屬於自己和讓自己生存得有點與別不同的空間是叫罪過，那麼，那群一天到晚沉迷

上「高登討論區」罵港女、中女的男人大可繼續賜予我們不只幾宗罪。反正，就像Erica說：「做大事的男人怎會上高登打東西，你上去就代表你真的不是做大事的」。而我，則會形容這群男生，是只懂用腦袋來自瀆的可憐蟲。」

該網站吃官司不少，香港富商楊受成於2011年3月入稟香港法院，控告高登討論區有誹謗他的文章。

不過，高登討論區行政總裁林祖舜接受訪問時稱，「高登網民是真實版的香港人」。事實上，高登網民當中以年輕人較多，各級收入階層人仕都有，還有一成是外國用戶。最重要的是，該網站是香港激進青年的宣洩渠道，也是籠聚他們的平台。除了如范國威等反對派人士，因為得到其助力當選，更重要的是，其是香港科網熱衷少數能堅持下來的網站，更是反對派網媒的先驅，後來如同雨後春筍般出籠的反對派網台、網站、網絡電台，多數是效法其而起。

三、超高的滲透率

《主題性住戶統計調查第61號報告書》，是香港特別行政區統計處所做的。其於2015年10月至2016年1月期間進行，對有人居住的13277個屋宇單位中的13441個住戶，成功訪問了10057個住戶，回應率為75%。

其中：

表3.7a：

按年齡及性別劃分的在統計前12個月內曾使用即時通訊平台或社交媒體的經常上網人士數目									
年齡組別	男			女			合計		
	人數	百分比%	比率	人數	百分比%	比率	人數	百分比%	比率
10-14	107.1	4.6	90.1	104.1	4.3	95.2	211.2	4.5	92.5
15-24	390.8	16.9	99.6	383.2	15.8	99.6	774.0	16.3	99.6

年齡組別	男			女			合計		
	人數	百分比%	比率	人數	百分比%	比率	人數	百分比%	比率
25-34	445.4	19.3	99.7	498.7	20.6	99.8	944.1	19.9	99.8
35-44	436.5	18.9	99.6	524.0	21.6	99.4	960.5	20.3	99.5
45-54	452.2	19.6	98.7	507.7	20.9	98.8	959.8	20.3	98.8
55-64	356.1	15.4	96.6	323.0	13.3	96.8	679.1	14.3	96.7
≥65	123.1	5.3	90.2	86.0	3.5	92.4	209.1	4.4	91.1
合計#	2311.2	100.0	98.0	2426.6	100.0	98.6	4737.8	100.0	98.3
Overall #		(48.8)			(51.2)			(100.0)	

按年齡及性別劃分的在統計前12個月內曾使用即時通訊平台或社交媒體的經常上網人士數目

註釋：

^ 「經常上網人士」是指在統計前12個月內通常每星期最少使用互聯網3.5小時的10歲及以上人士。

+ 即時通訊平台的例子有WhatsApp、微信、LINE等。社交媒體的例子有面書、Instagram等。

* 在個別年齡及性別分組中佔所有經常上網人士的百分比。以所有10-14歲的男性經常上網人士為例，90.1%在統計前12個月內曾使用即時通訊平台或社交媒體。

括號內的數字顯示在所有在統計前12個月內曾使用即時通訊平台或社交媒體的經常上網人士中所佔的百分比。

表3.7d：

按使用即時通訊平台或社交媒體的次數劃分的在統計前12個月內曾使用即時通訊平台或社交媒體的經常上網人士數目

使用即時通訊平台或社交媒體的次數	人數	百分比%
每日一次或以上	4709.4	99.4
每星期一次或以上，但少於每日一次	27.9	0.6
少於每星期一次	‡	‡
總計	4737.8	100.0

註釋：

^ 「經常上網人士」是指在統計前12個月內通常每星期最少使用互聯網3.5小時的10歲及以上人士。

+ 即時通訊平台的例子有WhatsApp、微信、LINE等。社交媒體的例子有面書、Instagram等。

‡ 由於抽樣誤差大，有關統計數字不予公布。

從這兩個表可以一目了然，香港市民的上網率包括通訊平台和社交平台是超高的。同時，調查還得知：

a、與較年長人士相比，相對有較多年輕人士經常透過互聯網

渠道（包括「網上媒體」、「社交媒體」、「即時通訊平台」及「網上論壇」）得知有關公共政策或社會時事議題的資訊。以「網上媒體」為例，視該渠道為常用渠道的比率從15-24歲人士的56.1%，下降至65歲及以上人士的7.1%。事實上，「網上媒體」是15-24歲人士第三常用的渠道。（報告表3.12e）

b、在各個用以得知有關公共政策或社會時事議題的資訊的常用渠道中，「電視」被認為是最影響個人對該類議題的取態的渠道。在該6058400人中，有59.4%提及。其次為「收費報章」（12.6%）及「網上媒體」（10.1%），但影響力的差距較大。（報告表3.12f）

c、按年齡分析，「電視」在各個年齡組別中均被認為是最影響其個人對有關公共政策或社會時事議題取態的渠道，並有顯著較大比例的年長人士認為如此。視「電視」為最具影響力之渠道的比率從15-24歲人士的41.8%，急升至65歲及以上人士的78.6%。「收費報章」在35歲及以上人士中排在第二位（有關比率介乎65歲及以上人士的6.4%至35-44歲人士的15.5%之間），而在較年輕的15-34歲人士中，「網上媒體」（有關比率為19.0%）則取代「收費報章」排在第二位。（報告表3.12f）

這個調查可以清楚看到，香港網媒的滲透現狀。

香港網媒排名

　　Alexa是Amazon的附屬公司，專門統計全球3000萬個網站的流量等資料。它的網上免費數據並無列出實際流量數字，但有其他數據可供參考，包括各網站的本地及國際流量排名、人流來自哪些國家、到訪者頁面點閱數等。下表示其2016年10月15日統計：

Alexa有關香港新聞網站流量的資料

媒體	香港排名	世界排名	到訪者百分比			到訪者每日頁面點閱數
			第一地區	第二地區	第三地區	
Ⓐ 網媒網站（N＝9）						
巴士的報	15	2,195	香港87.6%	台灣2.2%	美國2.0%	8.60
立場新聞	41	5,195	香港70.5%	中國9.7%	台灣4.4%	2.31
香港01	53	2,995	中國40.8%	香港39.6%	台灣9.6%	6.24
熱血時報	159	19,504	香港84.0%	台灣3.8%	美國2.8%	2.57
謎米香港	202	25,733	香港62.8%	中國14.9%	美國8.3%	3.83
852郵報	395	55,924	香港77.8%	中國10.2%	加拿大3.0%	2.57
端傳媒	422	14,751	台灣41.4%	中國24.1%	香港18.0%	2.38
輔仁媒體	657	60,600	香港78.9%	台灣4.8%	加拿大3.3%	1.57
香港獨立媒體	694	69,746	香港56.4%	中國27.0%	台灣3.3%	1.35
Ⓑ 收費報紙網站（N＝11）						
蘋果日報	9	1,241	香港65.9%	中國11.1%	台灣5.3%	5.12
東方日報	17	2,939	香港66.4%	台灣8.2%	中國7.2%	4.26
明報	60	6,560	香港53.6%	中國22.7%	加拿大6.5%	4.20
香港經濟日報	61	9,638	香港79.8%	中國5.8%	台灣3.6%	3.47
南華早報	104	6,052	香港24.8%	美國16.9%	中國11.7%	2.14
信報	107	10,034	香港67.3%	中國14.3%	台灣5.4%	5.55
星島日報*	109	12,460	香港60.5%	中國16.0%	美國6.3%	3.05
文匯報	459	34,406	香港37.5%	中國36.7%	美國5.6%	2.02
香港商報	3,465	358,557	香港81.5%	──	──	1.60
大公報	──	1,089	中國98.6%	美國0.6%	──	3.63
成報	──	1,989,338	──	──	──	1.00
Ⓒ 免費報紙網站（N＝4）						
am730	412	57,518	香港80.2%	中國7.6%	加拿大3.4%	2.19
英文虎報	895	104,478	香港60.0%	美國8.7%	印度5.0%	2.90
都市日報	993	128,720	香港84.2%	台灣4.3%	──	2.21
晴報	──	12,967,825	──	──	──	1.00
Ⓓ 電子傳媒網站（N＝6）						
無綫電視	32	3,731	香港63.7%	中國21.0%	美國3.6%	4.30
香港電台	91	12,190	香港63.6%	中國14.8%	美國7.2%	4.05
now TV	184	21,394	香港64.5%	中國20.5%	台灣4.1%	3.20
商業電台	190	23,901	香港70.8%	美國8.6%	中國7.6%	3.04
有線電視	440	48,724	香港69.1%	中國18.8%	加拿大4.2%	4.40
新城電台	722	78,126	香港71.9%	美國9.0%	澳洲2.6%	2.90

*星島日報和頭條日報在Alexa資料庫中屬同一個網站
註：以2016年10月15日計算

香港中文大學新聞與傳播學院教授、社會科學院副院長蘇鑰機和李月蓮是香港浸會大學新聞系系主任，在《明報》（2016/11/03）發表文章對此解讀：

1、網媒中香港流量排名最高依次是「巴士的報」、「立場新聞」、「香港01」，報紙網站則以《蘋果日報》、《東方日報》、《明報》和《香港經濟日報》有較高流量，而電子傳媒以無線電視和香港電台領先。世界排名的情況則和香港排名相近。

2、用媒體類型作比較，網媒的平均排名較高，其次是電子傳媒，第三及第四分別是收費報紙和免費報紙。當然在某個類別當中，不同機構的排名可以有很大分別。

3、「香港01」、「端傳媒」、《南華早報》、《大公報》、《文匯報》的世界排名比其他相近香港排名網站的為高，因它們的外地讀者比例較大，本地流量比例偏低。特別是《大公報》的世界排名，竟然是在所有香港媒體中最高的，它的到訪者幾乎全部來自內地。

4、大多數媒體都是以香港本地受眾為主要目標，本地流量佔有率基本超過五成。本地到訪者比例最高的機構依次是「巴士的報」、《都市日報》、「熱血時報」、《香港商報》、《am730》、《香港經濟日報》、「輔仁媒體」、「852郵報」。

5、除了香港外，第二及第三個最多到訪者的地區主要是中國內地、台灣和美國。其他地方包括加拿大、澳洲、印度，排得再後的還有英國、澳門、日本等地。

6、電子傳媒網站每日平均點閱數較高，網媒和收費報紙在中間，免費報紙最低。

7、在首500個香港網站中，排名較高的外地新聞機構依次是CNN、BBC、《紐約時報》、Daily Mail（英國）、The

Guardian、Tribun News（印尼）、The Telegraph、《自由時報》、《華爾街日報》、今日新聞（台灣）、Inquirer（菲律賓）、《蘋果日報》（台灣）、《聯合報》、《商業周刊》（台灣）、《大紀元時報》（美國）、《中國時報》、東森電視。它們大多是美國、英國或台灣的媒體，而菲律賓和印尼各有一份報紙上榜，相信是香港外籍家傭經常瀏覽的網報。

8、報紙的銷量、派發量和電子傳媒的收聽、收看率相對穩定，網上媒體的瀏覽情況也類似。在10月初、月中及月底3個日子比較了香港新聞媒體的網上流量排名，發現收費報紙及電子傳媒的排名，無論是排得較高或較低的機構，都沒有太大變化，排名差異在個位數至10位之間。但網媒的情況不同，排名較高網媒的排名變動不大，但排得較後者卻有很大波動，相差位置可達數十以至近百位。網媒優於對重大突發新聞事件作即時報道和分析，其流量及排名因應不同時期事件的關注程度，可以有很大波幅。

9、公信力和網站流量排名有正向關係，即公信力愈高流量也愈高。

網媒的採訪權和定義

網媒井噴式發展，但是，到了2017年1月11日，香港政府仍將網媒與傳統媒體等而視之。由網媒的採訪權入手，是一個探討香港網媒定義好的切入點。

一、網媒採訪權的抗爭

2017/01/11香港經濟日報新聞：

新聞處仍未准網媒採訪　記協批劉江華老調重彈

申訴專員公署早前裁定記協投訴政府新聞處拒絕網媒採訪不公成立，並曾促政府盡快修改新聞政策和相關指引，民政事務局局長劉江華今日回應立法會議員質詢時指出，政府新聞處現時未有安排網媒進場採訪。

他解釋現時自稱為媒體的網站數目眾多，性質各異，對於應否把這些網站都歸類為「大眾新聞傳媒機構」，須按個別情況判斷，不能一概而論。社會和業界對網媒的定義亦未有一致或清晰的界定。

他稱新聞處完全理解近年網媒日趨普及，並正著手研究讓網媒進場採訪的可行性，包括參考外國經驗和其他機構的做法，又指出政府新聞處會盡快完成上述研究，並就研究結果與業界溝通。

記協批評劉的回應重彈研究之老調、令人失望，又稱港府從未向業界諮詢，亦指劉江華曾兩度拒絕與記協會面；重申政府拒絕網媒採訪官方活動及登記成為新聞發布系統用戶的做法，嚴重窒礙新聞自由，促請政府立即修訂現行政策。

記協強調早於2012年開始向政府反映有關意見，及後至2014年已多次促請港府容許網媒採訪官方活動。期間，記協及新聞處均已參考外國經驗進行廣泛研究，就網媒政策交換意見，亦獲前民政事務局局長曾德成早於2014年1月承諾，政府會密切留意網上新聞資訊平臺的最新發展，並參考有關持份者的意見和其他機構的做法，不時檢討相應的安排。

這則新聞顯示，直到2017年初，香港網媒都未能被政府授予採訪權。自然，這個採訪權主要體現在採訪涉及政府組織的相關活動，而其他社會活動則視乎網媒工作者和被採訪對象的是否合作。網上新聞媒體一直投訴，被政府新聞處拒絕向該媒體機構的記者發

出採訪通知和政府總部記者證，拒絕採訪政府組織的重大活動，包括特首和媒體見面，立法會選舉中心點票等等，拒絕原因包括場地不足、申請者非主流媒體或非註冊傳媒等。

2014年1月下旬，資訊科技界立法會議員莫乃光就連同香港獨立媒體、D100、香港天樂媒體、《熱血時報》、社會記錄頻道、United Social Press及《852郵報》等七個網絡媒體代表召開記者會，抗議政府新聞處限制網絡媒體採訪，莫乃光更在立法會會議上，就網上媒體的採訪安排提出口頭質詢。就此次質詢，政府發放新聞稿如下：

新聞公報

以下是今日（二〇一四年一月二十二日）在立法會會議上莫乃光議員的提問和民政事務局局長曾德成的答覆：

問題：

有開設互聯網新聞網站的媒體組織（下稱「網媒」）的記者向本人投訴，政府人員曾多次拒絕他們採訪政府部門舉辦的公開活動（包括記者招待會、簡報會及諮詢會）；政府新聞處亦以其新聞發布系統的容量有限為由，拒絕網媒在該系統登記的要求，令他們未能收到採訪通知。他們又指出，只有主流新聞媒體機構的代表獲准申請政府總部的記者採訪證，以致網媒記者無法入內進行採訪。就此，政府可否告知本會：

（一）政府去年舉行的公開活動的數目，以及就每項活動的平均（i）採訪區可容納的人數、（ii）出席的媒體機構數目及其代表人數，以及（iii）網媒代表被拒進場的人數；政府拒絕網媒代表進場採訪該等活動的理據；媒體進場採訪該等活動的資格要求和審批准則，

以及政府會否予以檢討；若否，原因為何；

（二）政府新聞處的新聞發布系統最多可支援的用戶數目，以及現時已登記的用戶及媒體機構數目分別為何；媒體機構申請在該系統登記的程式及所需的時間，以及政府的相關開支為何；會否提升該系統以容納更多用戶；若會，所涉開支及時間表為何；若否，原因為何；及

（三）鑑於立法會綜合大樓的採訪安排訂明，網媒代表若能證明其網上新聞網站曾採訪立法會新聞或立法會議員，便可申請臨時工作證進入大樓採訪，政府會否參考該安排，並改善網媒代表進入政府總部採訪的安排，以免妨礙新聞自由；若否，原因為何？

答覆：

主席：

　　多謝莫議員的提問。香港特區政府施政以民為本，十分重視傳播媒介的功用，一向致力透過傳媒向市民大眾發放與施政有關的各項資訊，並盡可能為新聞傳媒的採訪工作提供方便。

　　我們理解，發展突飛猛進的資訊科技，對傳媒帶來深刻的變革，互聯網大大降低了開設傳媒的門檻，幾乎任何人都可以設立媒體網站，加上社交網站日新月異，層出不窮，在網上發放資訊的管道五花八門，數目難以準確掌握，運作方式亦各師各法，不依循主流新聞媒體的傳統規範。對於何謂莫議員所說的「網媒」，社會上未有一致的定義或清晰的界定。政府會密切留意資訊科技的發展和傳媒的變化，使採訪安排能夠與時並進，讓廣大市民能夠最有效接收政府的資

訊。同時，政府亦利用互聯網加強溝通，如：利用香港政府一站通上載政府的新聞稿件、圖片及新聞短片，方便公眾人士二十四小時檢索和閱覽；在政府網頁直播主要的記者會整個過程；以及設立網上廣播資料庫，供翻查有關的記者會和其他新聞短片。

就莫乃光議員提問的三個部分，現回覆如下：

（一）政府舉辦的公開活動，一般都會邀請新聞傳媒採訪，包括如特首和主要政府官員的活動、公眾論壇、推廣活動、重要的國際及本地會議等。政府亦有特別為傳媒組織訪問，例如參觀公共設施等。每當有重大的政策、措施公佈，或有重大事件發生，亦會舉辦記者會，回答傳媒的問題。政府各部門會根據整體情況，包括場地條件、保安要求和現場秩序等因素，通盤考慮最合適的採訪安排，儘量配合新聞界的需要。由於各項活動的性質、規模和形式不同，場地各異，因此可容納的傳媒人數亦不盡相同。但政府各部門秉持公開及高透明度的原則，會盡可能接受新聞傳媒採訪，以便市民大眾可透過傳媒報道更瞭解政府的工作。

我們沒有就所有開放予傳媒採訪的活動進行統計。一般而言，進場採訪上述活動的，是報道新聞的傳媒，包括：

（i）註冊印刷報刊、期刊

根據《本地報刊註冊條例》（香港法例第268章），已經向電影、報刊及物品管理辦事處註冊的報刊、新聞期刊，以及關聯的網站。

（ii）電台

政府資助的電台廣播機構；及持有根據《電訊條例》發出的聲音廣播牌照的電台廣播機構。

（iii）電視台

政府資助的電視廣播機構；及持有根據《廣播條例》發出的本地免費電視節目服務牌照或本地收費電視節目服務牌照、或持有非本地電視節目服務牌照的商營電視廣播機構；以及持有根據《電訊條例》發出的固定電訊網絡服務牌照、有限制固定傳送者牌照、或綜合傳送者牌照的機構。

（iv）新聞通訊社

根據《本地報刊註冊條例》，已向電影、報刊及物品管理辦事處註冊的新聞通訊社，以及政府新聞處海外公共關係組編製的「駐港外地記者」名單上所列載的新聞通訊社、報章、雜誌及電視／電台廣播機構。

至於如莫議員所說的「網媒」，目前並沒有如上述主流媒體那樣一套依法規定的註冊或發牌制度，我們既未能在眾多「網媒」中作出區別，而在實際安排上又不可能開放讓所有自稱「網媒」的都進場採訪。

（二）以上提及註冊或發牌的大眾新聞媒體都是政府新聞處新聞發布系統的用戶。目前該新聞發布系統有已登記的媒體用戶100多個，以及政府各部門用戶400多個。這個系統是於二〇〇五年推出，至今已屆使用年限，在某些情況下可能會出現系統過載的風險，新聞處現正著手更新系統的工程，包括重新設計系統的架構，提升系統效能，以及儘量消除相關風險，使服務更有效率及更可靠。此外，新聞處亦會增設用戶端軟體供傳媒機構下載，讓它們可自動下載最新稿件、圖片、

附表、短片等，方便業界運作。在設計過程中，會考慮增加用戶數量的需要，有關工程預期明年完成，涉及的開支約九百九十五萬元。

就媒體用戶登記手續而言，一般可以在一星期內完成，並不收費。

（三）政府會繼續致力配合新聞界的採訪工作。政府亦會繼續密切留意網上新聞資訊平臺的最新發展，並參考有關持份者的意見和其他機構的做法，不時檢討相應的安排。新聞處已根據現場條件等因素，訂出了記者進入政府總部採訪的一套安排，並且行之有效。新聞處會繼續與新聞界的組織和有關持份者保持接觸，隨時聽取對改進採訪安排的意見。

多謝主席。

完

2014年1月22日（星期三）
香港時間15時12分

當時，曾德成局長回覆的要點：一是，「網媒」，社會上未有一致的定義或清晰的界定。二是，互聯網發展大大降低開設傳媒的門檻，幾乎所有人均可設立媒體網站。三是，網上發放訊息管道五花八門，網媒運作方式亦各師各法，與主流媒體的傳統規範差異很大，令當局難以準確掌握網媒的具體採訪安排。四是，考慮場地及保安等因素。因此，目前無意改變只准傳統報道新聞媒體包括印刷報刊、電台、電視台及新聞通訊社採訪的安排，難讓無依法例註冊、自稱網媒的人到場採訪。不過，曾德成也承諾政府會續留意網上媒體發展，不時檢討採訪安排，強調有關決定沒有政治考慮。

值得指出的是，也有不少傳統媒體指責「網媒」記者多重身分，時而是記者，時而又變身為示威者在記者會上示威抗議，身分

混淆。

2014年7月，政府再次拒絕網絡媒體進入政府總部採訪。

2016年12月5日香港政府申訴專員公署去信香港記者協會，表示記協就早前就政府新聞處拒絕多家網媒進入採訪現場投訴獲得成立。記協表示歡迎申訴專員公署裁決，並希望特區政府參考歐美國家做法，並制訂網媒認證準則。特區政府新聞處回應指會檢討現行做法。

申訴專員公署在6頁的調查報告里指出，香港政府3年前已經在立法會承諾保證新聞政策，會配合傳媒行業的發展步伐，但是一直沒有進展。新聞處新聞中心以「順利舉辦活動需要」及「保安需要」為由，拒絕多間媒體進場採訪，但是未能提供實際理據，證明媒體數量超出場地可容納的空間，或受拒絕的媒體可能有安全威脅等。此外，新聞處沒有清楚界定「大眾傳媒機構」，令傳媒界及公眾對其規則無所適從。所以裁定記協的投訴成立，並建議政府新聞處儘快修改政策和指引。

接著，香港英文網路媒體Hong Kong Free Press、香港獨立媒體網、立場新聞、端傳媒、社會紀錄協會、本土新聞等六家的網媒發出聯合聲明，表示網路媒體也是為公眾利益服務，隨著社交媒體普及和傳統媒體趨向單一，政府的政策不止是落後，而且損害了讀者的知情權。聲明促請特區政府重新審視限制網路媒體採訪的政策，他們也希望能採訪2017年的行政長官選舉和回歸20周年活動等。

不過，如開頭所說，直到2017年1月11日政府還沒有新的決定。直到2017年9月19日，香港政府承認網上新聞平台的媒體地位，對網媒適當開放其採訪活動，香港記者協會和網媒皆表示歡迎。

這一場抗爭也引致香港新聞理論工作者加入。香港中文大學新聞與傳播學院教授蘇鑰機在明報論壇版撰文：《是時候檢討網媒採訪權》了。他認為，採訪權是指新聞記者搜集資料的權利，本來只屬傳統主流新聞媒體記者的特別權利，其他非從事全職新聞工作

的人士並不享有。然而，最近傳媒生態有根本變化，在新科技帶動下，市民特別是年輕人取得資訊的模式改變，網媒的地位和重要性日益增加。傳統新聞媒體早已設立網上平臺，各種規模的純網媒亦如雨後春筍。它們不單報道日常新聞，在重大社會突發事件的參與速度更快，提供了即時新聞和即時評論，又在平臺上和讀者雙向溝通，形成網上社群，強化了意見匯聚和小眾身分認同。

由於使用了網上傳播方式，大批「公民記者」和獨立網媒湧現，它們自詡可充當「第五權」的角色，發揮監察作為「第四權」的主流媒體。這些發展，觸發起「誰是記者、何謂傳媒」的討論，因為專業記者和業餘記者的界線模糊了，新聞媒體的定義也變得不清晰。

蘇鑰機教授認為，政府難沿用原有做法，大方向應是適度放寬對記者和媒體的定義，不應停留在傳統工業社會的思維視野。因應大家對新聞質和量的渴求，不同資訊平臺的湧現，各種性質媒體能合縱連橫競爭互補，政府和管理者在理念上要更新和開放，以適應資訊社會的新聞資訊秩序。具體他認為，傳統記者當然有完整的採訪權，網媒記者因應其條件也有採訪權，實習記者可按情況有某些採訪權，而其餘的「公民記者」和「報料人」基本上不獲採訪權。原則可以有彈性，透過大家協商共同制訂。

他還提議，在具體做法方面，政府有關部門可自行訂立登記制度，在名單上明確顯示合資格的新聞機構及它們的採訪權限。例如在台灣，總的方向是開放媒體採訪權，讓獨立媒體和公民記者都可以進入立法院。立法院在核實和發放新聞採訪證時有以下規定：一、媒體要有公司登記；二、媒體（包括網媒）的每日新聞內全國性新聞達六成或以上。符合規定的記者可申領常駐的採訪證，每個機構有若干配額，記者需預繳交個人資料和照片，就能自由進出立法院。另一種是臨時採訪證，只限當天使用，但不可進入議場，有申請常駐證件的機構可為支援記者在當天申請並領證。

香港中文大學新聞與傳播學院教授李立峯也在明報撰文：《誰是媒體？誰是記者？從網媒的採訪權談起》。他提出，誰是媒體和記者並不止是抽象的概念討論。在各種各樣社會和政治制度的運作中，媒體和記者的定義是有非常具體的實踐意義的。在法律層面，一些國家有新聞記者保護法（shield law），賦予新聞工作者某些特權（reporter›s privilege），例如為遵守與被訪者之間的保密協定，新聞工作者可以拒絕向法庭說出消息來源的身分。又如在普通法系中，新聞工作者在被控誹謗時可以援引的其中一種辯護，就是所謂「雷諾茲特權」。簡單地說，就是如果被控誹謗的文本是根據負責任的新聞專業原則而得出的報道，內容又涉及公眾利益的話，就可以不承擔誹謗責任。

　　那麼，在這個網絡時代，誰可以受到這些「特權」的保護？這並不止是網媒和非網媒的問題，也涉及公民記者、學生記者，和自由業者（freelancers）等新聞界的「邊緣人」的權利。美國國會在2013下半年通過的對新聞記者保護法的修訂，就大幅度擴闊了「新聞工作者」的定義。該英文定義長達405字，不容易概括（註）。但簡單地說，它明確地包括了學生記者，包括了不受機構長期僱用但在過去5年內多次發表新聞作品的人士（亦即包括了有較長期從事新聞工作紀錄的自由業者）。在媒體類形上，該定義明確地包括了新聞網站、手機程式等。它甚至在定義了誰是「被覆蓋的記者」（covered journalists）後，補充說一位法官在面對一位不符合「被覆蓋的記者」的定義的人士時，仍可選擇讓該人士受到新聞記者保護法的保護，條件是這樣做能達至公義，以及是為了保障合法的新聞編採工作所必須的。這一點補充，應該為將保護法擴展到公民記者身上提供了法律依據。

　　他說，儘量擴闊「新聞媒體」和「記者」的定義，不單是因為要配合科技轉變，亦是因為採納廣闊的定義才是最符合新聞自由、資訊自由，和保障公眾知情權等原則的做法。他認為，一刀切地不

讓網媒參與記招，是非常不符現實的做法。

　　兩位教授的觀點無疑是指出了對該問題處理思考的方向，既體現了新聞自由的方向，也考慮到具體操作的問題。我倒認為，網媒採訪權的有無，全在於網媒自身；只要網媒真的具備嚴格意義的新聞媒體的作用，誰敢剝奪其採訪權？問題是，網媒自身也要在發展中自我完善，自我規範，自我提高公信力，那麼，網媒不是要爭得與傳統媒體同等的採訪權的問題，而是在發揮媒體的自身各種功能上更超越傳統媒體，表現出更為強大的影響力和生命力，那麼，社會自然要賦予其更多的更方便的採訪權。

　　至於網媒具「第五權」，要監察具「第四權」的傳統媒體，這是一個邏輯混亂的說法。既然，網媒要把自己視作為新聞媒體，那麼就自然歸類為「第四權」，何來什麼「第五權」。固然，網媒可以批評傳統媒體，無論在新聞的內容或者在報導手法，但是這不是一個誰監察誰的問題，而是一個相互競爭的問題，就像傳統媒體裡面不同的類別也有競爭的問題，電視和報紙、期刊等，而傳統媒體同類本身也有競爭問題，例如報紙裡不同機構的競爭。再說，傳統媒體現在也都有自己的網媒，哪有自己監察自已一說。因此，所謂網媒以第五權來監察傳統媒體的第四權，是對外人對網媒的捧殺，或者是網媒自身浮躁的表現。

二、網媒的定義

　　我通過互聯網搜索，發現對網媒的定義的確像曾德成所說，「社會上未有一致的定義或清晰的界定」，不過，也八九不離十，主要要素有相當共識。

　　一般說，網媒：主要是ICP（互聯網內容服務商）以電腦、手機、平板等為載體的媒體。

　　香港網絡大典對網媒的定義：網絡媒體，又稱互聯網媒體，就是藉助國際互聯網這個資訊傳播平臺，透過電腦、電視以及智慧電

話等以文字、聲音、圖像等形式來傳播資訊的一種數碼化、多媒體的傳播媒介。

百度網上也有定義：網媒，是網路媒體的簡寫，就像新聞媒體，廣告媒體。

通過網路傳播的行為就是網媒。網路媒介專員是指把握媒體動向，協調維護媒體關係，完成媒體計畫，做好各項網路活動的策劃、實施及評價的專職人員。主要工作：①建立、維護企業的網路媒介關係；②確定媒介宣傳策略並制定實施計畫，組織及負責發佈企業宣傳稿件；③配合協助公司各項市場活動的執行；④各種新聞稿件的媒體發放及傳播監控；⑤積極瞭解客戶的各項需求，獨立完成媒體計畫；⑥策劃或召集舉行相關重要會議及網路活動。但是一般的公司是為網路媒介專員就是網路媒體拉廣告的業務員，負者網路廣告銷售及客戶維護工作

還有，新媒體是新的技術支撐體系下出現的媒體形態，如數字雜誌、數字報紙、數字廣播、手機短信、網路、桌面視窗、數字電視、數字電影、觸摸媒體等。相對於報紙、廣播、電視、雜誌四大傳統意義上的媒體，新媒體被形象地稱為「第五媒體」。較之于傳統媒體，新媒體自然有它自己的特點。新媒體並非新興或者新型的媒體的統稱，新媒體應該有其相對準確的概念。新型的媒體或者新興的媒體都是互聯網路上的電視。

可以看到，這一定義使用的「新媒體」概念，就是網絡媒體的意涵，用「新」來定義顯然只是說明其在報紙、廣播、電視、雜誌四大傳統媒體之後出現並發展，而使用「網絡」來定義這一新發展的媒體，則是如同四大傳統媒體一樣從其傳播載體上歸納其屬性，更能準確把握其本質。未來，也必然有新的媒體出現，那麼網媒也就不是新媒體而是舊媒體了。

我的定義是：網媒是藉助互聯網這個資訊傳播平臺，透過桌上電腦、平板電腦、電視機、以及智慧手機等工具，以文字、聲音、

圖像等形式來傳播資訊的一種數碼化、多媒體的傳播媒介。網媒首要的功能功能是傳遞新聞資訊，故此使用網媒的概念是其狹義的定義，即是一種新聞媒體。

通過對比可以看到，我的定義在傳播手段和管道上和其他定義是一樣的，但是，所不同的是：

第一，我界定清楚媒體傳播的管道是通過互聯網的平臺，而受眾接受資訊也是通過互聯網，不過接受的終端的工具是桌上電腦、平板電腦、電視機、以及智慧手機等。將香港網絡大典對網媒的定義中的「電視」，規範為「電視機」。

第二，強調網媒主要傳播新聞資訊，包括新聞消息、新聞評論等等。

第三，強調網媒這一概念，一般使用的是狹義的概念，即是新聞傳播媒介。

無疑，網媒還會傳遞其他的娛樂、科技、教育等資訊，在全球，在内地網媒是百花齊放，傳播各種資訊的網站都有，事實上也有很多互聯網站是一點也不沾新聞資訊。但是，我認為，使用「網媒」這個概念，一般應該使用其狹義的概念，要強調其主要是傳遞新聞資訊；而其他不涉及新聞資訊的，稱其為「網站」較好，而不是稱其為「網媒」。事實上，在實踐中，管理者也必然要把兩者區分開來，不是「網媒」的，不傳遞新聞信息的當然也不會去要新聞採訪權嗎？傳統的報紙，傳統是叫「新聞紙」，開始主要就是傳遞新聞資訊，後來發展版面內容越來越豐富，但是他的主要功能還是新聞。傳統電視，應該說以娛樂為主，不過，今時今日，許多以新聞立台，如有線電視、鳳凰衛視；也有專門開闢24小時新聞台，如無線電視。也就是說，在香港的媒體生態中，網媒一般就是說的是新聞媒體。因此，在本書中使用的網媒概念，都是用其狹義的概念，指其是一個新聞媒介。

三、網媒的分類

（一）傳統媒體網絡化。

　　香港報紙、廣播、電視、雜誌四大傳統媒體基本完成網絡化。香港各主流傳統媒體，自上世紀九十年代，互聯網發展起步階段就開始建立自己媒體的網上傳播渠道和方式。目前，已發展較為成熟，不過在贏利模式上八仙過海，有的收費訂閱；有的免費開放，征訂廣告。針對智能手機普及及成為資訊主要來源，主流傳統媒體，還設置智能手機的App，方便受眾觀看。

（二）企業網媒

　　就是某種類似傳統媒體的投資方式營運的網媒。例如，最早的TON.KOM,中華網。之後，還有中國評論網。近年，還有橙新聞，香港01等等。

（三）同仁式網媒

　　有點類似過去的「同仁報紙」，三五知己，志同道合的媒體人，或一起湊股份，或一起募捐，或眾籌。如，2016年底才創辦的，由劉進圖、李月明等開辦的眾新聞。

（四）政治組織網媒

　　由政治組織主辦的網媒在數量上佔據大多數。其中也分為兩類，其一是打正旗號的政治組織創辦的，香港無論是左中右的政團都有自己的網站，以發佈本組團的活動消息，發表評論，宣傳自己的政治理念。其二是，帶有強烈政治傾向的。

（五）社交媒體

　　高登，微信設立公眾號，fb。這些社交媒體，在香港佔中，立

法會選舉，雷動計畫，都發揮了令人意想不到的聯絡作用。

（六）自媒體

百度提供的自媒體定義，指為個體提供資訊生產、積累、共用、傳播內容兼具私密性和公開性的資訊傳播方式。我認為，通俗講，就是個體的網媒。主要是某些個體，通過互聯網上的社交網站，例如微信、FB等渠道傳播。最白的說法，就是手機加社交平台。

首先,自媒體繼承了新媒體的傳播特點。同樣依賴網路Web2.0的支援,自媒體幾乎完成了新媒體能完成的所有任務。其次更注重用戶的交互作用,使用者既是網站內容的瀏覽者,也是網站內容的製造者。再次,自媒體獨自發揚了自有的特點。自媒體擁有了更大的話語空間與自主權,使用者可以自由的構建自己的社交網路等。自媒體成為了草根平民大眾張揚個性、表現自我的最佳場所。所以從中文的字面意思來講,自媒體的»自»還可以理解成»自由度»較之過去的»新媒體»有了明顯的改善。於是,有人認為自媒體是一個比網媒更新的媒體。自媒體不但登堂入室,而且成為和紙媒網媒並列的媒體。在自媒體時代，各種不同的聲音來自四面八方，「主流媒體」的聲音逐漸變弱，人們不再接受被一個「統一的聲音」告知對或錯，每一個人都在從獨立獲得的資訊中。在互聯網大會，不少自媒體的主播也登堂入室。內地還出現了「網紅」。香港由於網民相對大陸少得多，個體網媒發展都受到很大的制約，更遑論自媒體，「網紅」的現象也還沒有出現。

強烈的「黨媒」色彩

在本書第一章香港新聞史分期中提到，西方報刊史一般公認，有三個歷史發展階段：

1、封建集權制下的「官報時期」

現代報刊出現於歐洲中世紀末期，因而在報刊誕生的時候，便

受到王權的直接控制，或直接由政府部門創辦報刊（例如1665年時的英國、1702年時的俄國），或者特許少數王權信任的出版商出版報刊（例如1631年時的法國），對報刊內容實行書報檢查；同時查禁其他非官方的出版物。

2、新聞自由條件下的「黨報時期」

資產階級革命時期（包括臨近革命前夕的短暫時間）和革命成功以後的一段或長或短的時期，由於國家的基本政治體制、許多具體政策尚未確定，各階級和各利益群體都要為自身贏得更多的革命果實而進行宣傳活動。在結社自由和新聞自由的條件下，人們的熱情集中在政治問題上，政黨活動極為頻繁。在這種情況下，政黨報刊成為報刊的主體。

現代黨報最早出現於英國，「黨報時期」在英國持續百年。1643年英國出現黨報的雛形（國會派和保皇派的報刊相互攻擊），直到19世紀中葉，轉向商業報刊時期。此後，英國的黨報還變相存在了幾十年。1783-1833年,從獨立戰爭結束到第一份廉價報紙《紐約太陽報》的創刊，中間的政黨報刊時期，被史學家稱之為美國新聞史上的「黑暗時期」。

黨報的基本特徵是黨的喉舌，是黨的宣傳工具，由黨出資營運。

3、「商業報刊時期」，也有稱自由報刊時期

一般來說，一個國家大規模地出現廉價的大眾化的報刊，是商業報刊時期到來的標誌。大眾商業報刊強調中立原則，即使有政治傾向也隱藏起來，做到貌似中立。

雖然互聯網的出現被譽為二十世紀後期人類生活最偉大的革命，不過香港網媒的發展囿於香港特殊的環境，出現嚴重的「返祖」現象，那就是回歸到那早已被西方社會丟棄的「黨報時期」。前面已經說過，這一時期香港網媒的「井噴」，起於政治發展於政治，可謂興勃於政治。

有網媒經營者說，「不鬧人（粵語：罵人）就無點擊」，就是

說，網站的政治立場不鮮明，就沒有點擊率。這種說法，似乎是網媒為了求點擊才不得不沒有堅守現代商業媒體須中立的原則，事實上，不排除有網媒負責人為了追求點擊而退縮，但是更多的網媒本身就是為了政治目的而成立的。

與香港回歸後的政治格局相適應，香港傳統媒體也帶有強烈的政治色彩，尤其是在政治光譜兩端的報紙，例如中資的文匯報、大公報，對於香港反對派採取涇渭分明的批評立場；而由商人黎智英創辦的蘋果日報，則也扮演著百分之一百的反對派機關報的角色。黎智英不但出資支持反對派政團，為反對派各種遊行示威提供標語海報，而且還直接參加非法「佔領中環」運動。蘋果日報的網站和「動新聞」欄目，也隨之成為反對陣營的工具。

在「佔中運動」之後，反對派中主張港獨的激進本土崛起，和原來的既合作也有分歧。而激進本土營辦的網媒，網台，政治色彩更為強烈。可以用一句話形容，「沒有最激，只有更激」。這些網媒越來越趨向只為「同黨」、「同道」、「道友」提供情緒發洩渠道以及自娛自樂平台的功效。

在這一個時期，香港的政團固然都有自己的網站，而主流的網媒雖不直接屬於某一政團，但是都無不帶有濃烈的派系色彩，具備了「黨媒」的基本特徵，所以也稱其為「黨媒」並不為過。無疑，這也是香港網媒發展的「黑暗時期」

一、非建制派網媒有領先優勢

非建制派網媒的領先優勢，是始於高登討論區，其不但在辦政治議題討論區平台上，開創先河，而且能夠持續經營，擁有較多的點擊率和瀏覽量，形成了品牌效應。另一方面，蘋果日報集團較早進行網絡化，尤其是創立「動新聞」品牌，吸引了廣大青年觀眾。再就是，非建制派網媒較早及善於運用香港人尤其是青年學生喜聞樂見的FB等國際社交平台，作為再傳播的主渠道，擴大傳播力和影

響力。

除此之外，反對派的網媒既可謂雨後春筍，也可謂雜草叢生，此起彼伏，一雞死又一雞鳴。

熱血時報

香港網絡大典是這樣介紹：《熱血時報》（英語：Passion Times）在2012年香港立法會選舉後，由黃洋達及其「熱血公民」團隊成立的網絡媒體平臺，集報紙、網台、社會行動於一身，全方位結合，其口號為「熱血製造，最強頻道」，旨在提供一個正直、公開及廣闊的發聲空間。網絡電台部分則於2012年11月11日正式啟播。

其別稱：熱狗、經血時報、月經報。官方網站、官方facebook。

2014年3月17日，熱血時報與Myradio.hk正式推出本土主義節目《大香港早晨》。節目主持包括黃洋達及黃毓民。節目中同時加入大量政界名人Phone out。據報，在節目首2星期，每日收聽直播人數為平均3000至5000人不等。

網民評論：有給5粒星。稱，無可否認，熱血時報在宣揚本土派思想，以至本土新聞傳播，特別在雨傘革命的時候，功不可沒，稱得上第一。Man Yue LO評論了PassionTimes熱血時報——5粒星（2016年10月26日）剩係睇reviews就已經睇得出，邊啲媒體先係真係得人心。其他販民、左膠、黃屍、藍屍、保皇、親共媒體，根本就充滿水份。也有只給1粒星。稱，（2016年11月6日）全無公信力　永遠私怨行先　淨係識成個怨婦咁鬧鬧鬧同路人　但琴晚西環單野隻字不提。還有發祝賀：祝你哋成功打倒肥佬黎、老燒

謎米香港（前身為香港人網）

香港網絡大典是這樣介紹：「謎米香港」（memehk.com）為劇作家蕭若元繼香港人網之後，於2013年6月1日所創辦的

全新網上多媒體平臺，主要提供網上電台節目。當中「謎米」（meme）意思是指思想的傳遞。

「謎米香港」設有網上討論區平臺，原有香港人網用戶可以用回原有的會員戶口及密碼，同時登入「謎米香港」的討論區。

該網的報道，也往往反映反對派的內部矛盾。如，香港網絡大辭典指，雨傘革命發展至2014年11月19日凌晨，一批示威者衝擊立法會大樓。謎米香港迅速點名及發放照片，指證熱血公民的「法國佬」有份衝擊。雖然謎米香港指有關報道於刊登後被大量網民檢舉，而遭facebook刪除，但翌日多個主流傳媒跟進報道時，已點名提及法國佬有參與其中。其後「香港謎米」再刊登訪問法國佬的跟進報道，並強調「不同傳媒，從不同角度」拍攝到的男子很可能就是法國佬。其後法國佬遭到警方拘捕。網民指斥謎米香港這種行為是「篤灰」、二五仔[3]，翌日更引致其親密關係的人民力量於佔領區大台被圍。後來其靈魂人物蕭若元座駕亦被無故攔截撞毀。

二、建制派急起直追

建制派網絡影響力遠不如非建制派，這是建制派中人坦承的。2016年8月12明報，刊登香港新媒體發展研究中心董事陳志豪文章：

> 【明報文章】筆者上月（7月8日）寫了篇文章，指出建制派不重視網絡工作，收到了程兆成先生的回應（刊7月28日《明報》），認為我低估了建制派網媒的影響力。說實話，程先生的文章顯然是「外行充內行」之作，本來是不值得回應的；但我想借題發揮一下，藉機說說建制派網媒與非建制派網媒之間的差距。
>
> 首先，程文以數個建制派網媒facebook的「讚好」量與《蘋果日報》的銷量作對比，是毫不合理的。他何不以《蘋果日報》facebook與建制派網媒facebook作比較？事實上，

《蘋果日報》facebook「讚好」量近190萬，較所有親建制facebook專頁的「讚好」量總和還要多！而有影響力的反建制facebook專頁絕不止《蘋果日報》一個。程君又假設愛國愛港facebook的「讚好」人數沒有重複和沒有水分，同樣是不合理的。立場和內容如此相近的一系列facebook專頁，怎會完全沒有重複「讚好」？至於水分問題，圈內人都知道實際情況，我便不好在這裡說出來了。

　　除看「讚好」數　更重要是討論人數

　　其實，評價一個facebook專頁的影響力，除了看「讚好」數外，更重要的是留意其討論人數（talking about）。以程君所提到的「巴士的報」、「港人講地」、「時聞香港」和「HKG報」為例，這4個facebook專頁的討論人數加起來，不但不及《蘋果日報》，甚至連立場較反建制的《100毛》也不及，再次顯示出建制派網媒和非建制派網媒之間的影響力差距。這並非主觀判斷，而是有客觀數字支持的。

　　再透露一下，據我所知，《蘋果日報》facebook每星期的瀏覽量（weekly total impressions）一般可達上億次；即使是《100毛》，其每週瀏覽量一般亦可達數千萬次，是建制派排名前列facebook專頁的好幾倍。

　　再比較一下建制派和非建制派政黨和政客的facebook專頁，差距更加懸殊。民建聯facebook專頁的「讚好」量是建制派政黨之中最高的了，約有8000個「讚好」，卻遠低於社民連的8.2萬多個「讚好」，差距達10倍。facebook「讚好」量拋離民建聯兩倍以上的非建制政團至少還包括：本土民主前線、人民力量、青年新政、民主黨和公民黨等。政客方面，在所有建制派立法會候選人中，以葉劉淑儀的facebook人氣最高，其專頁有近7萬個「讚好」；非建制派

候選人方面，facebook專頁「讚好」數較葉劉淑儀高的人有：梁國雄、鄺俊宇、楊岳橋和王維基，其中梁國雄和鄺俊宇facebook的「讚好」數均超過葉太兩倍。

當然，網絡工作不僅僅限於facebook，但facebook是香港目前政治影響力最高的網絡平臺，也是不爭事實。實際上，即使是網站和政治類Apps方面，建制派也毫無優勢。毋庸諱言，建制派在網絡上的影響力遠不如非建制派，不但起步較慢，所投入的人力和資源也較少，更甚的是很多建制派人也只抱著「人有我有」的心態來看待網絡工作，而非認真重視。除非建制派認為網絡工作無關痛癢、不影響大局，否則的話，在未來必須急起直追，追回落後了的步伐。

作者陳志豪是香港青年時事評論員協會副主席、
香港新媒體發展研究中心董事

事實上，文中提到的建制派網媒，正是急起直追的產物。

港人講地（Speak Out HK）

香港網絡大典是這樣介紹：

一個立場親建制派的討論時事和社會議題為主的網站，並設有facebook群組。港人講地網站及群組由前行政會議成員張震遠及梁振英競選辦顧問鄧爾邦成立的「齊心基金有限公司」管理，被外界形容為「梁粉文宣部」，頻頻高調刊登「梁粉」撰寫的議政文章，即時轉載高官發言，並引用網民提供的政治漫畫，隔空為政府造勢，提供輿論支援。

網民討論

2013年5月，「港人講地」facebook專頁發帖討論遊行

集會自由。帖中引述裁判官杜浩成就黃毓民和陳偉業於2011年七一遊行案件的判辭，「無論任何法律，不論你喜不喜歡，即使有強烈意見，除非被法院頒令有違基本法或人權法，否則都要遵守；否則香港核心價值就無從說起」。下方則是當年學民思潮成員參加六四遊行後欲前往中聯辦，在途中被阻而躺臥馬路的相片，同時指「學民思潮成員遊行示威前拒絕申請，遊行期間衝出馬路，集體瞓馬路，癱瘓行車線達一小時，危害自己及其他道路使用者安全。」此帖一出，不少網民留意到指「港人講地」亦懂改圖為梁振英造勢。

抹黑學民思潮

2013年10月，學民思潮黃之鋒及黎汶洛於國慶升旗禮與在場執法人員發生衝突，被保安人員強行拖離「獲邀請人士觀禮區」，學民思潮批評保安未有表明身分並沒有合理法理依據下抬走他們，整個過程被社運聯合媒體拍下並上載互聯網。及後「港人講地」將片段轉載並剪輯成2分21秒的短片，在影片說明質疑「保安帶走學民成員前有冇交代原因？」學民思潮及社運聯合媒體先後發聲明批評「港人講地」盜片兼抹黑學民思潮。

「港人講地」則發表聲明反駁，否認「盜片」及「抹黑」之說，又指所謂的「指控」，全屬無理取鬧、歪曲事實，刻意以似是而非的所謂理據，誣蔑和抹黑該專頁，重申對於兩個組織的行為十分失望並深感遺憾。

質疑港大特首民調用意

2014年3月，政協常委李家傑在中共兩會期間與全國人大常委會委員長張德江會面，指港大民研發放不利北京及港府的民調結果，建議另起爐灶設新民調機構，請中大和科大做調查抗衡，引起輿論關注，連日左派報章如《大公報》、

《文匯報》等亦加入指斥總監鍾庭耀。「港人講地」網站則發表短評，表示儘管港大民研當時最新公佈的特首評分僅得47.5平均分，表現被評為不合格，但指出根據港大發布的原始樣本數據，大部分人給予梁振英合格分數，只因太多「0分」極端評分，連累梁振英的平均分大幅度拉低。短評質疑，港大民研將這些原始樣本，「藏於」民意網站的暗處，令人懷疑民調背後的用意，質疑並非一個公正持平的民調機構所應採用的發布方式，「香港確實有必要有更多獨立的機構進行民調，並要高度透明地公佈收集到的數據，以助市民大眾通過比較獲得真象。」

香港G報（hkgpao.com）

香港資深媒體人周融，在反佔中期間，擔任「保普選、反暴力大聯盟」發起人，後來又成為「幫港出聲」召集人，香港G報（hkgpao.com）尤其創辦。他在創刊寫道：

再次下海、香港G報！

周融

2015年05月06日00:01

人生無常，早達退休年齡，竟然再次下海，創業而去。做的是老本行——傳媒，嘗試的是新媒體——網報，那就是今天面世的HKG報，香港G報！

為何叫HKG報？航空業全球各地都有獨特的三個字母代號，別無雷同，香港就是HKG。大家在外地回港，機票及行李tag目的地寫的都是HKG。

G代表甚麼？在我們來說，G是good，更是great。香港是我們的家，希望它好，甚至偉大，非常正路。希望香港「死」和「衰」的政客及反對團體們，肯定和我們對立。

為什麼是網報？當報紙、雜誌、寫書、專欄，幾乎所有文字媒體工作，從小記者到總編輯，甚至作為老闆，都已做過；電台及電視主持，錄影及現場live，也已慣歷其境。臨老學吹打，當然要做自己未做過的web/Facebook版。感恩找到意念相同的一群年輕人相助，擔任總編輯的是林芸生老弟。

　　香港面臨重要關頭，大部分人希望得到民主普選，另外小部分人則反對，認為「唔夠正，唔想要」。社會不同意見，本來無可厚非，可惜反對派一連串搞亂行動，從佔中、鳩嗚、光復到港獨，最終更妄圖令香港人失去垂手可得的一人一票普選。

　　黃絲泛民手執多個媒體，善於宣傳播假，經常把歪理打造為正義行為，影響民心。作為傳媒老兵，假若不站起來，加把聲音以正視聽，不啻是放棄了香港及我們下一代的未來。

　　十多年前，香港電台遊說我加入烽煙節目，為港發聲，當時自己創業的公司上市在即，本來已多次推擋，最終令我改變初衷是以下一段說話：「大家都承認香港情況不對路，但每個人只在等其他人出手，我們不是坐而待斃嗎？你懂得投訴，為何不肯出手？」

　　也是這一段話，令我今天決定再度下海。成功與否，未知之數。不過，為香港出聲，怎能不做！希望大家同樣心態。最低期盼，請來Facebook找HKGPao或HKG報，請加個like，多謝加唔該！

　　周融在成立酒會表示：《香港G報》是代表建制派網媒，目標讀者是四百萬，主要吸納一班成年人閱讀。公信力留讀者判斷。周融亦不忘呼籲政商界集資二三十萬投資《香港G報》，一年有二、三百萬就足夠支持一個網媒，多一把聲音。

　　蘋果日報李八方專欄則抨擊其：

周融亦貼文賀baby出世，佢話G代表good甚至great，而自己「臨老學吹打」，源於「黃絲泛民手執多個媒體，善於宣傳播假，經常把歪理打造為正義行為，影響民心」，作為傳媒老兵，所以要再次下海站起來。但有網民就笑hkgpao音譯「香港豬報」；唔知自稱「妹豬」嘅正義聯盟召集人李偲嫣，幾時加入寫文吖？有口痕友就問嘅，咁呢份網媒嘅社論，係咪叫G點？

對於「HKG報」的真實財政來源，《星島日報》今日報道，坊間有傳聞指李兆基幼子、恒基（012）副主席李家誠是幕後老闆，周融向《星島》稱自己獨資辦HKG報，但他承認，李家誠曾打本七位數供他與拍擋成立「HKG報」的前身「群聲社會政策研究公司」，並持有公司七成股權，李家誠已將所有股份賣予周融，但未披露作價。

《巴士的報》（bastillepost.com）

香港網絡大典稱：

《巴士的報》（BastillePost）是本港一個網上媒體，創立於2013年，屬星島新聞集團旗下。星島注資429萬元，佔三成股權，其餘七成由盧永雄持有，另外星島會提供560萬元的股東貸款，為期三年。據其網頁資料，《巴士的報》的定位為一份網上報紙，是一個「網路原生的媒體」，亦是「數碼媒體革命的探路者」。網報以法國大革命起點的「巴士的監獄」（又譯巴士底監獄）為名，代表將打破自身局限，投身傳播革命。該網報宣稱在報道即時新聞之外，會要求有自己的分析，並要求有自己的策展（curation），將資訊挑選，賦予新意，寫出受眾愛看的文章，要做得比傳統媒

體更好。

　　由於該網報與星島集團有關，因此經常可見星島旗下免費報章《頭條日報》轉載其內容。有指《巴士的報》主要針對《主場新聞》，立場較親建制。

　　《巴士的報》facebook專頁人數與其他同類網絡媒體如《主場新聞》、《852郵報》相比大相逕庭。

《香港01》（hk01.com）

　　2016年1月11日，《香港01》新聞網站正式運作；同年3月11日，於香港發行同名周報《香港01》，逢星期五出版。《香港01》一直以倡議型媒體自居，主要傳播平臺是手機應用程式和網站，內容包括香港、兩岸及國際的新聞資訊，並反映香港社會的文化特色和城市脈搏。

　　其由《明報》前老闆于品海籌劃創辦，據聞投資數億港幣，聘請超過500人，規模可與傳統媒體集團媲美，一改此前網絡媒體小成本以小博大的模式。有粗略估計營運資金一年最少要6,000萬，五年需要3億。唯負責人龍景昌拒絕透露具體投資金額。其宣稱，新聞內容以正面報導為大原則，堅守不跟風、不喧染，不扭曲事實的專業態度。作為倡議型媒體，《香港01》較傳統新聞報導在民生及社會政策等議題上更積極進取。除了主動倡議對民生及整體社會發展有利的政策議題外，《香港01》花更多時間研究議題的內容及具體細節，把事實仔細舖陳，讓市民更掌握實際情況，從而更瞭解《香港01》在倡議有關政策議題的立場和目標。不過，

　　由於于品海在中國大陸有很多生意，其立場轉向親中，不過《香港01》員工多是從明報挖角，政治傾向「偏黃」。因此，政治傾向性有予人飄忽的印象。

三、網絡黨媒的基本特徵

概括而言，我認為香港網媒的黨報特點有如下基本點：

第一，強烈的政治立場，創辦網媒的目的就是為了政治。

第二，基本放棄現代商業媒體一般遵循的「政治中立」原則，或者至少隱藏政治立場。

第三，一般都放棄現代商業媒體一般遵循的「平衡報道」原則。

第四，強調政治動員組織功能。

第五，強調政治宣傳鼓動功能。

第六，分散的、小作坊生產為主。

影響網媒生存的因素

一、網媒收入與收視不成比例

2014年7月底，成立近兩年的網媒「主場新聞」突然宣布停止運作，其董事兼創辦人蔡東豪在公開聲明中，歸咎於「在不正常的社會及市場氣氛下，廣告收入不成比例」、「白色恐怖氛圍瀰漫」。基於四位創辦人蔡東豪、中央政策組前全職顧問劉細良、梁文道及宋漢生的背景，「主場」反建制、撐泛民的政治立場鮮明，力銷本土言論自由的空間，在本港即時新聞加入新觀點作賣點，曾設欄目講佔領中環，另提供大量博客文章，每月開支幾十萬。蔡東豪披露，「主場」停刊前每日平均「獨立瀏覽人次」有三十萬，但廣告量奇少，從未做到收支平衡，在「看不到曙光」下，惟有壯士斷臂。

雖然，「主場」將「白色恐怖氛圍瀰漫」視為停刊的原因之一，但是行內都清楚，死因還是在入不敷出。宋漢生在報章專欄寫道，首先，近年網媒氾濫，商戶要落廣告促銷產品，最重視媒體的受眾人數、形象和公信力；若跟印刷或電子媒體相比，「主場」及其他網媒年資尚淺，公信力未足，商戶不敢貿貿然落廣告。其次，

即使撇開形象、公信力等主觀因素，在「主場」賣廣告，就像在其他綜合網站或手機apps做宣傳一樣，廣告商難以確定有多少目標客戶看得到；況且，市面上的智慧手機螢幕雖然愈來愈大，但不少用家仍視廣告為厭惡性資訊。新媒體投放廣告的空間和效益不足，自然令廣告商卻步。蔡東豪說「有人問我，主場新聞有沒有出現抽廣告情況，答案是沒有，從未落，何來抽？」另外，「主場」還堅拒引入贊助人或收費制度，終捱不住要結束。

根據出版銷數公證會（APC）數據，2000年是《蘋果日報》發行量的高峰期，每日印數達37萬，如今（2015年）印數已跌至16萬。除了免費報紙、《蘋果》和《南華早報》，沒有其他收費報紙願意接受核數。

根據美國的報業研究，紙媒流失百名讀者，需要在網絡找回七百至一千讀者，才能彌補廣告收入。《蘋果》動新聞雖大獲成功，點擊率卻未能轉化為增加收入。

網民拒絕廣告，也是香港網媒得不到廣告的原因。在網上辦傳媒，好處是可以利用現成的載體，不用耗紙印刷，亦不用發射接收，只需提供內容已成，所以起步成本較低。可惜，網民不習慣為資訊付費；若然堅持收費，不但無法發揮互聯網的優勢，甚至等同自殺。所以，現時只有傳統的傳媒收受網上版的訂閱費，新辦的網媒，未聞一開始就向讀者收費的。

在這種情況下，網媒唯一的收入來源，只剩下商業廣告。理論上，網媒只要能匯聚到足夠的經常性讀者，就應該有廣告功能，但網民一般都抗拒商業廣告，一見懷疑屬廣告性質的東西，就會跳看其他內容。若然用一些強制性的軟體，非要網民看完不可，那網民會覺得自己的主權被侵犯，以後都拒絕重訪這個網站，令網媒得不償失。因此，網媒即使有廣告功能，亦不能靠傳統的頁面廣告的方式來發揮。

現時有一種嘗試，是把廣告內容變身，把它混在其他的內容

裡，希望受眾在不知不覺中接受了商業宣傳。然而，這樣做成本可能很大，此外編輯工作也滲入了商業利益的考慮，傳媒的公信力就會受到質疑。

根據香港廣告客戶協會2014年初公佈的廣告預算調查，選擇傳統媒體的客戶仍佔大多數，預料會投放近七成份額，新興媒體則佔約三成。2017年2月，香港廣告客戶協會及尼爾森公佈的「2017廣告預算調查」顯示，廣告客戶傾向將傳統廣告的預算轉移投放於手機或網上廣告，預計網上廣告開支預算今年將首次超越傳統廣告開支，佔整體51%。調查還顯示，2016年傳統廣告開支佔其總廣告開支約58%；網上及手機廣告開支則分別各佔21%，不過，此一趨勢今年將會逆轉。不過，即使香港網媒廣告呈增加趨勢，但是至少在2017年還是傳統媒體的一半。香港網媒在2017年，還不會有盈利的公告。

二、網媒的收入模式

香港網媒經營多年，可以說多數還沒有找到盈利模式，至於收入模式大致有以下幾種：

第一、直接投資。

2016年1月11日，另一遊走中國內地多年的香港大亨于品海，投資數億港幣的「香港01」（hk01.com）香港01資金規模驚人，可與傳統媒體集團媲美，一改此前網絡媒體小成本以小博大的模式。

香港01互聯網企業開辦時有600名員工，當中包括資深的編輯和記者。負責人龍景昌粗略估計營運資金一年最少要6,000萬，五年需要3億。唯他一直拒絕透露具體投資金額。

2016年3月30日，星島集團公告，透過其間接全資附屬公司星島控股，與巴士的報控股及巴士的報訂立協議，據此，星島控股及巴士的報控股同意按30：70的比例基準進一步認購，而巴士的報同意配發及發行其普通股分別合共210萬股及490萬股，現金代價

分別為210萬及490萬元。即，集團再注資巴士的報。網媒《巴士的報》創立於2013年，屬星島新聞集團旗下。

2013年，星島新聞集團宣布，和前行政總裁盧永雄，成立互聯網及流動媒體公司「巴士的報有限公司」，星島注資429萬元，佔三成股權，其餘七成由盧永雄持有，另外星島會提供560萬元的股東貸款，為期三年。

香港網媒一般都入不敷出，要持續維持多數靠投資方繼續注資。

第二、眾籌。

網媒靠眾籌起步，並不奇怪；但是，香港網媒，還有不少靠眾籌維持。一打開這些網站，就在首頁看到小額眾籌的廣告。捐款從每月200元、500元、1000元以至更高不等。

很多網媒負責人說，小額眾籌，可以打破單一金主的限制。傳真社創辦人吳曉東開張前說過，通訊社將於三月開通過眾籌而*毋須*仰賴廣告，向公眾提供公共服務，以新聞誠信換取公眾肯定。即使有盈利，也不會有商人或投資者獲利。眾籌須向公眾交代，用得其所，吳坦承有壓力。吳不想不斷眾籌，必先做出成績，才能得到公眾支持，開拓收入來源。他強調中立和公信力，就是傳真社的招牌和賣點。第一年是能否打響頭炮的關鍵，資源有限，要站穩腳跟，無愧於捐款後。他認為香港媒體需要反省，做好內容。只要有水準，香港的媒體也能像外國大媒，需要付費才能解鎖。然而,也有人比較悲觀，香港市場太細，欣賞深度的讀者有限，收費模式在香港難以實行。

但是，多數現狀是聊勝於無，眾籌所得不足以維持網媒開支。852郵報負責人游清源曾表示說，每月開支20多萬港幣，讀者捐款每月平均可達15萬港幣，收支平衡依然無法實現，但每月的「虧損」只有約七萬元。

第三、廣告。

香港新媒體最常見的商業模式依然是廣告。2016年5月11日，

在香港會議展覽中心舉行一周年台慶的毛記電視（tvmost.com.hk），雖然成立只有一年，但因其在年輕人中影響甚大，已吸引很多大品牌投放廣告。由黎明代言的雀巢白咖啡廣告，在毛記電視播放後，收效明顯。《毛記》還有過超薄避孕套廣告。

端傳媒執行主編張潔平也在接受採訪時表示，有幾家國際大品牌接觸他們。因為這些品牌計畫在中國大陸、台灣、香港各選一家在線媒體投放廣告，當前香港可選的嚴肅網絡媒體依然不多。

不過，普遍的現象是，香港網媒招徠的廣告無論在數量和價格上，都未如理想，既不能使網媒達至收支平衡，更不要說盈利。

第四、其他經營活動。

「灼見名家」（master-insight.com）同樣只有幾名工作人員的，在2014年10月上線後，走的是另外的經營方式，依靠線上線下結合，通過出版書籍和舉辦一些活動如講座、論壇等來增加收入。據接近內部的人士透露，因為創始人文灼非的個人影響力，「灼見名家」通過搞活動收入不菲。

另外，主打調查報導和深度評論的端傳媒，也曾試水電子商務，推出網上商店（shop.theinitium.com）。應該說，這實際上還是靠另外的商業經營來養活網媒。

還有的網媒，與姊妹紙媒聯手收取廣告，發揮協同效應。香港大部分傳統媒體其實都有紙媒，再逐步發展網媒新聞，這種方式，也被稱為「O2O」模式。這，不但可在內容上互相補足，廣告收入也可以一盤子經營。例如，有的紙媒印製商業印花，讓讀者可從紙媒上剪下，再在網上登記換取禮品，整個過程可以配合廣告商的多方宣傳計畫。這種商業市場推廣方式，有可能做到這種「O2O」效應。有評論指，這就像太極一樣，從網上、網下互動出現、補足，報網合一，得到更佳發展。

概括香港的網媒，基本靠上述方式生存，基本上沒有找到可持續發展的盈利模式。有的一個短時期成功，如主場新聞和毛記電

視，但是能否長期持續發展並且壯大，還要觀察。

三、公信力是關鍵

　　網媒要有收入，無論何種方式，業界一致認為，最主要的是如同傳統媒體一樣，要有公信力。因為網媒也屬於新聞事業範疇，所以也離不開這一條媒體的生存的基本原則。但是，要指出的是，偏偏香港當下的網媒遇到一個結構性的矛盾，就是某一網媒的誕生本身就帶有政治任務，有強烈的政治傾向性；而一些本以商業行為辦網媒的，也被當下網媒處於「黨報黑暗時期」的氛圍所左右，不得不也有「強烈傾向性」。「沒有立場就沒有贊」。結果，「立場就是鴉片」，固然可以帶來短期的點擊，但是長期而言就是公信力的毒藥。

　　《852郵報》為何存在？這是輔仁網發表的文章，寫道：

　　　　本文的標題帶點挑釁性，但筆者確實是希望《852郵報》團隊能思考一下這媒體的存在意義在哪。

　　　　提出這問題的原因主要有二：

　　1）《852》現時並不成功，重新思考定位有助發展；

　　2）過多「引述新聞」的行為令人反感，有負讀者期望，亦枉費編採的光陰。

　　　　以上幾句說得直接，但筆者百分百是出於好意，因為個人主觀願望是見到各新媒體（尤其是支持新聞自由的傳媒）都能成功，亦真心相信《852》團隊是抱有信念。筆者希望以下幾點的粗淺分析可以助《852》思考何去何從、為何存在。

　　何謂「不成功」

　　　　當初游清源帶同舊部出走《信報》，自組《852郵報》並以「提供Breaking View」為定位；一眾編採滿腔熱誠，

以捍衛新聞及言論自由為志，著實曾令人期待。可惜，時至今日，《852》的表現卻是未如人意。簡單從它Facebook專頁的數據可略知一二，成立一年多，約有四萬多的Like，遠遜一眾本地新媒體，甚至比半惡搞性質的《墳場新聞》還要低。當中post的評論及分享次數亦鮮有過百，即讀者的投入程度不高。至於主網站的流量，筆者等旁觀者固然無從得知，但參考該網其中一個主打、由游清源親自主理的短片專欄於Youtube上的數據，每段平均只約有一千點擊，數字亦不理想。

更重要的是，實際的網站內容未見獨特，《主場新聞》結束後，《852》嘗試「補位」，報道更多即時新聞，同時吸納一眾前《主場》博客，希望令內容產量大幅上升。唯突發報道大多來自「引述」《蘋果》、《明報》、有線電視等的即時新聞，搬字過紙且未見有額外觀點，實有「搶Click-rate」之嫌；而各「名家」專欄亦欠叫座力，《主場》最受歡迎的幾位寫手都未有加盟，《立場新聞》開網後，《852》的陣容在對比下更見薄弱。作為新媒體，如果沒有高質素的自家內容，只靠「引述」，本質上根本與《Teepr》、《Giga Circle》等Content Farm沒有分別；一隊資深、專業、胸懷大志的編採人員「（依遊清源的講法）拍案而起」，放棄相對穩定的職位及收入，最後竟只是組成了一家疑似「新聞界Content Farm」？在筆者眼中，這是為最失敗的一點。

為何「不成功」

《852郵報》以「提供Breaking View」作賣點，其團隊來自《信報》「獨眼香江」理應駕輕就熟，但實情是網上世界的「Breaking View」舉目皆是，以佔領運動期間為例，

區家麟、黃大鈞、健吾、甚至林日曦等等，都能夠即時在Facebook在就突發情況作評論，而且各種觀點有嚴肅、有恢諧；《852》「獨眼香江」風格的評論在傳統媒體或仍有市場，但在要「爭Viral」的網上世界就顯得面目模糊。

初時仍偶有所謂「內幕消息」，但一次又一次，讀者都會發現只是「標題黨」。隨手舉一例，《梁特醜聞第二擊：據悉乃係婚外情》的標題搶眼，使人以為編者有獨家消息，文章又出於「UGL事件」後不久，自然吸人讀者點擊瞭解，但讀畢數百字，竟只得到一句「如今『國家級動作』出現了，先來一客『錢銀』問題，『女人』問題還會遠嗎？」。姑勿論這些推論，於全港各屋邨酒樓隨手找個老伯都能「侃侃而談」；最大問題是，那些所謂「消息」鮮有成真，幾次「狼來了」之後，讀者對《852》的消息自然不再置信。

公道地說，以《852》的立場及讀者數，不難理解各方勢力都不會視之為「放風」或「爆料」的對象；不過，事實既然如此，《852》又何必執意要走這路線呢？新聞媒體的最重要資產就是「公信力」，現在為博取Click-rate而讓人有「《852》只是『標題黨』」的印象，值得嗎？

「突發新聞靠『引述』」的情況之前已描述過，在此不贅，只簡單補充一點：即使不考慮道德操守、版權等問題，現時各大傳媒都擁有自己的Facebook專頁及手機App，基本上任何重要的獨家消息，全都會即時發佈，《852》頂多只能緊隨其後；而偏偏大多關注時事的市民，都齊備有關的App或"Like"了那些Facebook專頁，在這情況下，《852》「引述報道」的效益又何在呢？如果依賴「引述報道」是因為自己的人手不足，那就如筆者先前提過的一樣──「寧缺莫濫」，只專注做好個別議題。

各新媒體都需要先針對某特定的讀者群，再提供相對專注的內容，有的主打「環保」、有的是「LGBT」，最重要是確保目標讀者會覺得「這些內容是別處找不到的」，這樣才會有「留意該媒體內容」的動機；《852》可以選擇甚麼特定範疇，大概只有自己團隊分析清楚眾人專長及興趣後，才能得到答案。百貨應百客，只要有誠意去做，內容有質素，理論上再冷門的範疇都能夠找到一定支持者，可以再慢慢擴展開去。

　　最後，除了「欠公信力」、「缺乏自家內容」外，「欠互動」亦是原因之一。《100毛》是「互動」的好例子，其編輯會在自己發佈的post回應讀者留言，吸引更多Fans參與留言；《蘋果日報》的Facebook編輯雖鮮有回應Fans的討論，但其Post往往已包括他／她本人對新聞內容的想法，而非直接輯錄內文，再者，《蘋果》留言人數之多，已足夠讓Fans自行互動。《852》不但應嘗試在Facebook表現得更人性化，亦應在自家Post或至少在主網站的文章評論欄位，間中作些回應，盡用新媒體的優勢。

　　《852郵報》如何定位、為何存在，這兩問題都只有其團隊才知道答案；但可以肯定的是，現在的運作模式只是在磨蝕幾顆想「不作奴才文章」的心。

對於這篇文章，也有回應：
2015年1月31日傳媒生態發表文章，題為：《852郵報》不成功？難道《輔仁》成功嗎？

　　今天較早時份從輔仁網看到一篇名為「《852郵報》為何存在？」的文章。內容談及到《852郵報》的種種，並希望該報從中改善。

作為經營網媒的一份子，我可以好肯定的說：

《852郵報》非常成功

（一）網站排名

　　《852郵報》在alexa的網站排名。在百花齊放的網媒世界中，《852郵報》取得78名的佳績，可以說是非常成功。一個在香港排名78的網媒，能說不成功嗎？

（二）收入

　　以上為《852郵報》的截圖，這裡有2個Google adsense的廣告。而《852郵報》的版面中亦藏有多個Google adsense的廣告版面。在pageview＝revenue的世界中，流量越多，收入越多，試想想，香港排名78的《852郵報》會有多少收入呢？

　　除了網絡廣告，《852郵報》還有贊助人這一玩意；贊助金額高達一萬的朋友還可成為黑卡贊助人（雖然我不知道黑卡贊助人可享有什麼優惠）。到底有沒有人去做這些事呢？

　　《852郵報》（post852.com），由《信報》前副總編輯游清源（原名袁耀清）所創立的852郵報，只有四個全職記者，在Facebook上有五萬多跟隨者。該網開放一個月後公佈瀏覽數字，表示錄得169.3萬人到訪，瀏覽人次約234萬人，即平均每天有7.55萬人次登入，頁面瀏覽總數達1049萬。一年過後網站稱獲得超過6,000萬的瀏覽量，現時Alexa統計的香港排名78。

　　在《主場新聞》於2014年中結業後，《852郵報》本獲看好填補空缺，但是業界質疑其「專欄收風式」報道流於「吹水」，很多時沒有實質證據支持，其facebook讚好數目在網絡媒體中未見突出。例如，亂吹民主黨公民黨合併。2015年9月11日，《852郵報》刊登署名「范中流」的記者報道《圖阻中共持續滲透分化　公

民黨民主黨研商合併》，筆者指自己收到消息，得知民主黨及公民黨雙方在湯家驊退出公民黨後，眼見「泛民」中像狄志遠及湯家驊等人接見京官，為免中共統戰將於來年立法會選舉後商討合併。前公民黨黨魁，現任該黨主席的余若薇立即在facebook個人頁面上駁斥，指「依家做新聞都唔駛問當事人回應，事關問左就冇新聞」。有網民笑稱《852郵報》不如更名為「852水報」。

游清源政治屬性是香港泛民主派的，他的《852郵報》其實也是一份反對派的黨報。筆者認為，這一性質影響其公信力，也影響了收閱和盈利。

香港中文大學新聞與傳播學院教授、社會科學院副院長（學生事務）蘇鑰機2016年9月8日在明報撰文：香港傳媒公信力又見新低，指出中大傳播與民意調查中心定期追蹤香港新聞傳媒的公信力，有關調查自1997年起至今已進行了7次。我們發現公信力評分每況愈下，2010年我們撰文報道結果的標題是「傳媒公信力整體下跌」，2013年則為「公信力見新低」，今年的標題是「公信力又見新低」。

文章介紹，最新的調查在8月15至25日進行，利用電話進行隨機抽樣調查，訪問了907名18歲或以上的市民，請他們分別對29個新聞傳媒機構作出評分，另有一條問題詢問整體新聞界的公信力（見表）。這次調查和歷次的方法及所採用的問題都一樣，結果可作縱向比較。最主要的發現是，在7次調查中這次的傳媒公信力的分數最低，錄得最高的評分是在2009年，及後在2010、2013及2016年均下降。

文章指，電子傳媒方面，整體的平均分數雖然上升，但只是因為之前兩個分數最低的電視台結業；其實6個電子傳媒的平均分數和3年前相比，基本上沒有太大變化。收費報紙方面，排名的格局和上次差不多，但其平均公信力分數是歷次最低，幾乎所有收費報紙的分數均下降。免費報紙今次的排名和上次調查相若，其平均分

數比收費報紙及網上報紙為高。

文章著重介紹，今次調查加入了一些網上媒體（或稱「純網報」），我們根據Alexa的網上流量統計，選擇了7家較多人看的。它們的公信力評分都偏低，平均分數是各種傳媒中最低的。立場新聞和香港獨立媒體分佔頭兩位，它們的歷史也較長，其餘的網媒評分很接近。

調查還指出，社交媒體作為消息來源的公信力頗低，和一些純網報相若，大概是彼此的性質接近。

2014年11月19日，獨立媒體（香港）在金鐘命運自主大台舉行論壇，討論「港視開台網媒前景光明？」泛民主派的毛孟靜也說，現時網媒已經成為第五權，對比「雨傘運動」，網絡扮演了一個很重要角色。她表示香港的即食文化講求方便，偏好圖像而厭惡閱讀大量文字等，正是促成網媒如雨後春筍般發展的因素。但是，她也承認，網媒最大問題是可信性，因為傳統媒體會有多層查證，相比下網媒則較易落入惡作劇散布消息的陷阱。

五、香港網媒的死穴：市場狹小

香港只是730萬人的城市，市場的狹小是香港網媒發展的難以跳脫的陷阱。

一般而言，香港的網媒都被內地封鎖。香港持建制派立場的網媒，要不進入內地市場，是要報批的。

中國大陸互聯網的發展遲於香港，但是很早就找到成功的商業模式，重要的是有十數億人的龐大市場。2017年中國大陸的網紅「打賞」就羨煞港人。而2017年，香港網媒還看不到盈利的前景。

香港網媒或許只有突破730萬人的限制，才有一片廣闊的生機。事實上，也有香港的網媒製作和國際互聯網大戶合作，尤其是fb，youTube,yahoo等合作，只不過收費分成未如理想，但廣告收入幾乎盡歸人家。

網媒的前景預測
一、網媒和紙媒競爭

2015年9月28日，香港浸會大學學生會編輯委員會發表對資深傳媒人、《信報》前總編輯陳景祥的專訪「紙媒寒冬，網媒初春？」。專訪一開始描述：

> 七八月份本屬一年中暑氣最盛的月份，可紙媒這一行卻進入了前所未見的寒冬。先有創刊五十六年的《新報》停刊、再有具七十六年歷史的《成報》暫停實體出版、連專門迎合大眾口味的《壹週刊》、《忽然一周》及《東周刊》亦相繼裁員或停刊，掀起一股紙媒萎縮潮。再加上網上媒體開始盛行，為媒體帶出了一個嶄新局面。紙媒終究何去何從？

陳景祥認為：

> 紙媒沒落因由之一：讀者閱讀習慣改變。紙媒正處於大變動時代，紙媒徐徐沒落，是甚麼原因導致此番景象？生活方式改變是其一致命原因。指出，五、六十年代晚報十分盛行，是因交通及資訊傳播不便，民眾下班回家的乘車時間長，一毫幾分的晚報因而成為大眾的消遣選擇。再者，報紙在晚上截稿，晚報正好能補足深夜和上午的新聞消息。可是隨著電視新聞日益發達，晚報的功能已全面被電視中午及晚間的新聞報道取締，而互聯網甚至能提供比傳統報業更快更新的消息，大部分人亦慣用手機而甚少閱報，使報業漸漸沒落。此外，在現代人追求方便的生活方式底下，報紙對香港人來說，是極為不方便的產品。報紙體積大且會使雙手沾上油墨；相反，手機輕巧便捷，又不會弄髒雙手，正好解決了閱

報的不便。

陳景祥坦言：

> 紙媒已是夕陽工業，報業是夕陽工業，但認為仍有生存的空間。傳媒市場向來競爭激烈，汰弱留強，稍作分神，讀者便會流失。當免費報紙及網媒出現，傳統報業更需提高質素，提升競爭力，以挽留讀者。因為報紙已經不能以快取勝，因此他認為報紙應向獨家報道、調查報道、系列報道等方向發展，以深入且高質素的報道取勝。他又認為紙媒不應只顧及如何維生，更應看重如何經營品牌和報格。報紙現時具有的權威、品牌和公信力，是網媒暫未能取代的。

相對傳統報業，網媒在訊息傳遞上有著極其明顯的優勢。香港人講求效率，甚麼事情都要求「快」。網媒正正符合了香港人的心理。「快」是網媒的優勢，只要按下鍵盤，新聞便能即時傳送到讀者的智能手機。而且，讀者可以自行儲存喜歡的內容或版面，方便隨時重溫報道。最重要的是，網媒擁有紙媒欠缺的互動性。讀者可以即時回應文章內容，不但能與撰文者交流，更可以與其他讀者交流。網媒提供了更強的互動性，取代了紙媒單向的資料發佈。

可是，網媒暫時最大的弊處是公信力不足。陳景祥認為，雖然網媒現在百花齊放，但暫未有任何一間具高度公信力。他指開設網媒的成本低、門檻低，因此很多人都擠身市場，一試營運媒體。在云云的網媒當中，卻未有一間如傳統報紙般有公信力。有些網媒為了突圍而出，往往過份討好讀者，嘩眾取寵，以收宣傳之效。網絡不時充斥著點擊率高但新聞價值低的報道，以軟性新聞去吸引讀者，造成惡性循環。而且，網上部分文章均由網民編寫，網媒負責人較難查證消息來源，文章質素也是良莠不齊。陳指網媒正處於混

沌時期，需要經歷時間洗禮才能確立定位，讀者亦需花時間觀察，才可辨清報道的質素。

陳景祥最後說，

> 困局當前，傳統報業也在苦苦思索應對之策。與網媒比較，報紙在即時性、互動性等方面雖然處於劣勢，但報社專業的編採團體、報格及公信力，卻是大部分網媒無法超越的。在現有的傳媒生態下，新聞內容第一手的編寫、資料搜集及發佈，甚至去到深入式的專題研究和社評，仍然主要控制在報紙等傳統媒體手中。因此，紙媒如果能夠發揮其長處，以「內容」取勝，即使面對網媒的競爭，仍然可以有所作為。

他指出，網媒中的優勢在於其傳播訊息的速度，但對新聞內容卻留於表面，基本上是「即食」。在資訊爆炸的年代，讀者沒有足夠時間過濾資訊，亦沒有從網媒中得到太多營養，而且其可信性亦有待商榷。若報紙利用其專業的編採團體去經營其原創或獨家新聞，相信絕對能夠帶給讀者全面深入的報道內容，啟發讀者對新聞事件進行深層思考。在現今的閱讀風氣下，帶給讀者新的閱讀視野才是紙媒生存的唯一方法。

2017年2月18日，香港報業公會主席甘煥騰，則斷言紙媒仍有明天。他的文章在香港各報發表：

> 社交網絡及網媒的興起，加上一些報刊先後倒閉，令「紙媒寒冬」「紙媒已死」在近一兩年不時成為不少人口中或筆下最常見的傳媒命運宣言。

要談紙媒是不是真的已經躺進深切治療部，隨時斷氣之前，我

倒認為要弄清楚大家口中的紙媒，是泛指傳統傳媒還是只限於報章和雜誌等印刷傳媒。有這個疑問，是因為根據調查，雖然近三四年購買收費報章的人數逐步下跌，可是通過電子報章吸收新聞資訊的人數卻大幅增加。可以說，近年港人的讀報習慣有所改變，他們未必再如以往般拿著一份報紙來掌握時事資訊，而是改為在網上瀏覽新聞資訊。然而，他們瀏覽的網站，主要還是收費報章的電子版。由此可見，若論新聞時事的可信度，大家仍然會較信賴傳統傳媒。

中大傳播與民意調查中心，於去年八月，隨機抽樣訪問九百○七名十八歲或以上的市民，為整體傳媒公信力及二十九間傳媒評分。電子傳媒及收費報紙的評分一般高於免費報紙及網上傳媒；其中網上傳媒的公信力評分均偏低，平均分更是各種傳媒中最低。

香港中文大學新聞與傳播學院教授、社會科學院副院長蘇鑰機，比較了市民對傳媒公信力的評分，以及Alexa發布的傳媒網上流量排名，發現收費報紙和電子傳媒的公信力和網站流量排名有正向關係，即公信力愈高流量也愈高。但免費報紙和網媒的情況不一樣，公信力和流量並無關係。讀者只是即時消費免費報紙的簡約消息，對網媒的免費快速資訊的可信度可能沒有很高要求。

記得較早前發生一宗突發事件，社交網絡迅即廣傳，當有人質疑事件的真偽時，有留言回應說：報紙已經報了，應是真的。看到這個留言，我不知該哭還是笑。不少活躍於社交網絡的年輕一代，對傳統傳媒或他們口中的主流傳媒往往嗤之以鼻，但在心底裡卻又較為信賴它們。也許正如蘇鑰機教授所言，大眾對網媒的免費快速資訊的可信度可能沒有很高要求。

另外，去年底一場紛擾不堪的美國總統選舉，有說民主黨候選人希拉里敗選的原因之一是受到網上假新聞所累，皆因在大選期間不少在社交網絡廣傳有關希拉里或民主黨的報道或消息，其實都是未經證實甚至是純粹虛構的假新聞。故此，今明兩年將舉行兩場重要選舉的捷克已經成立特別部門，專門打擊假新聞。看來大眾已經

意識到假新聞氾濫帶來的禍害，而重新檢視傳媒的可信度及傳統傳媒的社會角色。

無可否認，近年傳統傳媒面對讀者閱讀習慣改變及經濟放緩的打擊，營運方面面對不少挑戰，人手亦形緊絀，未必能夠做到最理想。然而，傳統傳媒處理新聞及資訊仍有一套固有的嚴謹要求，不會道聽途說，不加求證就報道。因此，不管大眾如何看淡傳統傳媒的發展前景，若論公信力及可信度，社交網絡及一些非由新聞工作者主導的網媒仍不可能取代傳統傳媒的位置。可以說，傳統傳媒／紙媒還有不少要改善的地方，但在可見的將來，紙媒不會突然壽終正寢！

「紙媒既未全敗網媒也未成功」，這是資深傳媒人周顯2015年7月19日發表於《Jumbo》的文章。他寫到：

> 在這十天，可以說是傳統紙媒的大災難：首先是《新報》的結業，然後《壹週刊》和《忽然一周》宣布經營困難，要削支和裁員，跟著《成報》又因戶口被負責清盤的畢馬威會計師樓凍結了，無法支出，因而暫時停刊。按照現時的資料去推算，由於《壹週刊》和《忽然一周》的經營環境並沒有好轉的可能性，所以在可見的將來，結業的可能性會很高，而《成報》的銷量一直在流失，一旦停刊，剩下來的老讀者的購買和閱讀習慣被打斷了，再要培養起來，也幾近不可能，因此，恐怕縱是復刊，也「醫得返嘅藥費」了。

簡而言之，雖然《新報》已死，《壹週刊》、《忽然一周》和《成報》只是深切治療，可是離死恐怕也不遠了，相差的只是時日而已。可是，想深一層，在今日網媒的盛行，大家都在預測，傳統紙媒根本不可抵敵，它們的逐一死亡，估算也是時間的問題而已，縱使現時仍在賺錢的紙媒，也只會是暫時的風光，「今日吾軀歸故

土，他朝君體也相同」，只怕也是遲早的事。

問題是：事實真的是如此嗎？未來真的是像大家想像般的運行嗎？

網媒固然是已成為主流，在香港，大部分人主要都是在手機看新聞，看傳統紙媒的人變成了少數，而年輕人更加是只看網媒了。然而，香港的網媒幾乎是沒有一間賺錢、沒有一間可以在市場上立足，在西方，縱然是有賺錢的網媒，可是論賺錢能力、論影響力、論公信力，和傳統紙媒相比，相差是太遠太遠了。

我們也可以說，網媒的仍未建立商業模式，是時間問題，再假以時日，紙媒進一步被殲滅，網媒所獲得到的收入將會更多，它有可能比紙媒的全盛時期更為賺錢。然而，看現時的趨勢，網媒的公信力依然存疑，傳媒大型紙媒所得到的公信力，依然是網媒所望塵莫及的。而要把網媒的公信力建立起來，看現今的趨勢，仍然是遙遙無期的。

我們可以再問一些問題：今日的傳統紙媒，都有一個網上版，這些網上版毫無疑問扯低了它的銷量，如果它們沒有網上版，下跌的趨勢會不會稍微改善呢？在網媒興起了之後的香港，一些新發行，成功賺錢的傳媒，例如《頭條日報》、《AM730》、《100毛》等等，在商業上都很成功，但是它們卻是傳統的紙媒，反而新興的網媒，卻並沒有它們的商業成就。

或許，我們應該可以這樣說：網媒的取代紙媒，也許是遲早的事，可是，現在只是局部取代，要全面取代紙媒，恐怕還要一、二十年的時間，才能完成。但請別忘記，在二十年前，世上還沒有網媒這回事，在二十年之後，究竟是哪一種傳媒獨領風騷呢？這是誰也不敢確定的事。

三位資深傳媒人的文章，使我們得到一個印象，那就是香港的傳統媒體與網媒還處於競爭及並存的階段，「誰勝誰負」還沒有結論。

二、興於政治凋零也於政治

2017年3月26日，香港第五屆行政長官選舉落幕，北京及相關建制派支持的候選人林鄭月娥勝選，被香港反對派極力支持的曾俊華落選。為了選戰鼓足了了勁的網媒像洩了汽的皮球，固然，支持林鄭的建制派網媒可以繼續為她發聲，而支持曾俊華的反對派網媒則可以繼續批評和攻擊林鄭，但是雙方的熱情一下子拉低了幾個等級，無論是發稿的數量和質量都呈現陡坡式的下降。有些網媒的編採人員，甚至覺得仗已經打完了，可以考慮另謀高就。

值得強調的是，這，不是單一偶發的現象，而是重複「過去的故事」。本章開頭講到，香港網媒的井噴式發展得益於政治，因此，網媒發展的高潮低潮的波浪式曲線，與香港政治活動的高潮低潮是吻合的。

2013年12月，就香港行政長官選舉產生辦法展開的政改方案公眾諮詢啟動。不久，以「佔領中環」逼使中央讓步的意見提出。2014年七一遊行亦以爭取真普選及公民提名為主題，之後有學界代表發起「預演佔中」。

2014年7月中，「反佔中」簽名運動也展開。到8月31日，人大常委會公布簡稱「831」決定。9月，長達79天的「佔中」開始。直達政改方案不獲通過，2015年春節發生旺角暴動事件。政治運動潮起潮落，網媒也隨之潮起潮落。

林鄭月娥將從2017年7月1日出任香港特首，香港相當多人判斷，未來五年是治港路線轉變的五年。特區政府將著重於發展經濟，改善民生，而有爭議的政治議題將往後擺，政改和基本法23條立法不急於解決。因此，這未來的五年，可能是一個政治低潮的時期。在這個氛圍下，反對派的政治組織也需要思考相適應的定位和出路。網媒的發展回落到一個低潮期，是必然的。無論是反對派，還是建制派，一些實力不足的網媒將退出戰場；有些勉力支撐

的，也意興闌珊。

這五年間，如果特區政府施政得當，在發展經濟、改善民生都有顯著成績，社會趨於穩定，撕裂有所彌合，政治氣候逐步和緩，那麼，即使一些有實力的網媒也可能「收檔」。繼續經營的將逐步降低政治色彩，走回傳統商業媒體的久經考驗的中立路線。

三、傳統媒體創辦的網媒較有生命力

香港網媒井噴式發展，但是傳統媒體也沒有束手待斃。分析香港傳統媒體應對網媒挑戰之道，可以發現有如下對策：

第一、以新聞的準確性應對應對網媒體隨意性。

上面資深報人陳景祥就提到的，紙媒發揮原來求證新聞準確的長處來保持對網媒查證不足的優勢。本書在前面探討香港新聞真實性時，也有提到傳統紙媒的不足，但是，比起網媒還是要嚴肅認真程度高很多。網媒對熱議事件一味追求新鮮、刺激、轟動，跟風炒作，往往未經核實或核實不到位就播出，而且出錯也不更正，造成不良影響。有評論指，網絡的虛擬性、免責性及網民的集體無意識和從眾心理，使得網媒報道有時真假難辨。傳統媒體則謹慎採訪取證，充分發揮把關人角色，也因此才累積了一定的公信力。因此，在和網媒競爭中，紙媒管理層都會要求極力減少差錯，尤其在轉載網媒消息時，更是慎重。

第二以新聞寫作的原創性應對網媒的轉載性。

與傳統媒體相比，網媒在傳播速度、廣度、強度上有較大的優勢。不過，香港網媒的信息來源基本上都是以紙媒為主的傳統媒體，香港許多網媒內容都是抄錄紙媒的報道，傳統媒體具有網絡媒體無法比擬的原創優勢。在現有條件下，傳統媒體仍然掌握原創新聞的採訪權和發布權，擁有專業化的記者隊伍、職業化的編輯經驗，而網絡媒體的採訪和發布則受到嚴格的限制。這傳統媒體贏得競爭、贏得對手的主要因素。

目前，傳統媒體的原創性，既表現在獨家新聞發掘，還有原創性的信息加工標准、加工方式、處理手段、表現方式。這裡所指的原創性，還包括某一獨立傳統媒體的具有突出個性特徵的新聞風格。事實，這也是公信力和品牌效應的累積。

第三，以深度報道應對網媒的時效性。

網媒在輸出的渠道上佔有優勢，而傳統媒體在內容上更具競爭力。網絡新聞短、平、快，但也簡單、零碎、淺顯。網絡媒體的信息大多為動態新聞，背景性報道、分析性報道、預測性報道十分有限，正是傳統媒體深度報道的核心內容。故此，紙媒以對新聞的深入報道，去克服時效弱於網媒的短處，成為香港紙媒生存的共識。

第四、以言論的權威性應對網媒的討論性。

網媒起步的長處之一，在於為公眾提供了發表言論的空間。但是，在香港的公眾討論區，真正能夠理性、客觀、嚴肅討論問題的少之又少，往往成為惡言謾罵，情緒發洩的「垃圾場」。

相反，傳統媒體在這方面有著長期的歷史修行。因此，在競爭中，包括免費報紙做的較成功的也是以評論作賣點。例如，AM730就處於領先位置。筆者每天早願意接過的芸芸眾多的免費報紙，也是以其為先，目的就是想搶先看看其老闆施永青的專欄。

看清傳統媒體與網媒交手的具體策略，那麼就可以看到傳統媒體辦的網媒，實際上會自然的揚長避短，揚兩者之長，克兩者之短。舉一個簡單的例子，多數傳統香港報紙的網站都開設了「即時新聞」欄目，新聞報道和評論文章之後都設有網民留言。於是，孰優孰劣，一目了然。

因此，筆者大膽預言，香港未來的新聞市場是屬於過去成功的品牌傳統媒體，並及時轉型創辦的網站或者叫網媒。他們既可傳承傳統媒體成功的經驗，包括，對新聞的理解，對新聞采寫和製播的一定之規，還有對於言論的嚴肅要求，以及對觀眾資訊的需求理解和市場的掌握。必然，新的成功的網媒的品牌和盈利的商業模式尤

其開創。

四、國際網媒搶佔香港市場

　　最後，筆者要指出，香港是個狹小的市場，加上一國兩制的限制，香港傳統媒體的發展都受到很大限制。而香港網媒進入大陸市場受到限制更大。

　　但是，國際上的傳統媒體則積極到香港發展，國際知名媒體到香港發展有增無減。與此同時，FB、Youtube等國際互聯網也在香港取得成功，有香港網媒遠遠不可比擬的的超高瀏覽量。

　　於是，隨著國際媒體的進入和香港傳統媒體的經營困難，香港傳統媒體的國際化可能是一個趨勢；而香港網媒的發展也可能在國際化中雄厚的資本來源和廣闊的瀏覽空間。

第八章　未來趨勢預測

香港回歸已經過20年的歷程，未來20年，30年會怎樣？到了中央政府承諾的「五十年不變」到期後又會怎樣？未來香港社會制度的變化，經濟的發展，政治環境的鬆緊，以及新科技的衝擊，決定了媒體生態的變化。

我相信，一國兩制大體走下去，新聞自由基石不會動搖，但是，新科技尤其是互聯網日新月異的高速發展，香港媒體將發生革命性的變化。

解剖一個個案：亞洲電視之死

2016年4月1日這個愚人節，也是香港亞洲電視的「黑色星期五」。亞視的免費電視牌照正式終結。不過，也許無線電視也罕見的出現虧蝕，更令香港電視界驚訝。香港怎麼了，香港電視業也怎麼了，揮之不去的雙夢魘也許長時間在維多利亞港上空徘徊。業內人士不能不想起，通訊局委託的顧問公司稱香港電視廣告市場有一百八十億的結論。思前想後，相信啞言失笑者必眾。

亞視的官方網站是這樣記載的：亞視成立於1957年5月29日，服務香港觀眾超過半世紀，不僅是香港第一家電視台，而且更為全球第一家中文電視台。

亞視這樣的結局，坊間有說，最衰都是王征，作為一度的亞視內地投資者，他不肯低價轉手。而在續牌的最後一刻，他還玩了賣盤王維基的把戲。還有人說，後來接手的內地老闆司榮彬更衰，既不懂電視還胡來，還牛皮吹到了宇宙，搞不了幾個月糧都出不了。王征是有錢不願再投資，他可是沒錢也充大頭鬼。不管怎麼說，他們都使香港看衰大陸私人商人。

還有人說，不是。香港的亞視是被台灣佬玩死。米粉大王蔡衍

明對香港沒感情，拒絕投資，亞視死就死。也有人說，NO。亞視是香港通訊局玩死，「罪魁禍首」是其主席何沛謙，還有他的頂頭上司商經局。他們允許王征投資亞視卻不許其管理亞視；對司榮彬更荒謬，不批他買亞視但又不阻止他實質經營亞視。是也？非也？

對於一間工作了十七個年頭的公司，我當然也有自己的見解。毛澤東說過，事物的變化，內因是根據，外因是條件。亞視之死，是內在的新陳代謝規律決定的，這是辯證法的勝利，當擊節而歌，彈冠而慶。

我從1999年入亞視，2016年2月4日收工時離開，本來想做到4月1日亞視免費電視牌照結束。但是，2月2日我對傳媒說，亞視再拖糧，員工頂唔住，隨時有停播的危險。新投資者司榮斌惱怒，說倒了他的米。他怕人家說真話，說明他真的沒錢了。於是，我按香港勞工法10A條款跳船了。

2014年底，原來的投資者王征說完成了歷史使命，不再向亞視注資了。亞視在葉家寶帶領下自救，自籌資金出糧。那時，我也在記者會上表示不會「跳船」，要有沉船時船長的精神堅守到最後一刻。但是，司榮斌時代已經是一個假話連天的時代，實在不能忍受了，所以對跳船沒有自責，反而感到解脫了。

王征、司榮斌和蔡衍明，其實都是過江龍，要政府特批才能擁有亞視投資者的身分，但是則不能直接參加管理。這是有香港特色的電視管理制度，怕香港的媒體被非本地資金吃掉而制定的。

王征雖然不是亞視的直接股東，只掛了亞視投資人的名銜，但是誰都知道他是亞視的真正大股東，通訊局也知道。但是，他沒有香港永久居民身分，就不能公開參與亞視營運管理，一旦被通訊局抓到辮子，就罰款一百萬。無線電視被通訊局罰款也近百萬但是憑著司法複核贏回來，王征他也沒有無線的實力只好認倒楣了。

司榮斌不知從哪裡冒出來的土豪，雖然通訊局到4月1日亞視沒有免費電視牌照前都沒有批准他購買亞視，而他和王征的交易也

沒有實際完成，只交了定金，但是通訊局又讓他實際管理亞視，也寫下香港電視業的又一個笑話。相信通訊局也是縮骨到死，有人幫他們使香港的一家免費電視臺廣播到停牌前的最後一刻，免得他們被市民批評，哪又何樂而不為。至於亞視在最後時刻其實沒有做足牌照所規定的廣播事項，也裝模作樣說啓動除牌程序，然後又說沒有必要而取消，被批評：虛偽的很。

　　離開亞視時，有人要我比較王征與司榮斌，雖然我自知這種評價其實很主觀，或許也有些不道德，畢竟兩人都做過你的老闆，你說好了人家說你擦鞋，你說差了人家說你小氣，應該沉默是金。不過，我還是脫口而出，兩人不是一個層次，一個是京城二少，一個則不知哪個山溝溝的土豪金。既然是事實，也就說些大家都眼見的東東。起碼，王征還真金白銀說是投了20億，到了最後說不再投資也還是有錢在庫；而司榮斌接過亞視沒多久，就一連幾個月都是拖到7號才出糧，半年多一點就斷糧了。

　　亞視55週年台慶，王征移師北京舉辦大型慶祝活動，請來港澳辦主任王光亞等8名中央部委級領導。他是盛宣懷的後代，還有清廷貴族遺留的一點皇氣；他的繼父是舒同因而，又有紅二代的三分色彩，弄個「京城二少」的綽號，也不是浪得虛名。哪似司榮斌，國家有個「中金」，他就搞個青島的「中金」；國家文化部有個「中國文化傳媒公司」，他就在香港註冊「中國文化傳媒國際公司」玩的都是雕蟲小技。

　　那些年，內地常說一個詞：「忽悠」，在粵語裡要找到相對應的傳神的語匯，就像粵語裡的「爆棚」要找到神似的普通話一樣困難。大概，「忽悠」的實質意義，應該是白話常說的「吹牛」、「車大炮」，但是「吹」起來彷彿拿把扇在你耳邊「撥扇」，「撥」到你「暈坨坨」，本來是「假層層」，但是講到比真的還真。說實話，當下內地商人一個比一個能「忽悠」。王征說要把亞視辦成「亞洲CNN」，司榮斌則說亞視沒牌了也能玩，可以做「三

亞」：一個原來的亞視，一個OTT的亞視，一個上衛星的亞視。亞視人都知道，亞洲CNN不是不可以做，問題要有足夠的資金和人才的投入；「三亞」也不是不能做，問題是你的市場在哪裡，你的贏利模式在哪裡？總之，在亞視倒數的日子裡，我的耳邊充滿了「忽悠」。

新投資者司榮彬第一次到亞視召集高層開會時，我們舊的管理層成員可謂是個個都是帶著感激的眼光，仰視著新老闆。因為，自主要投資者王征因為官司輸給另一股東蔡衍明被判出售百分之十點多的股份，宣布不再投資之後，亞視員工幾乎半年時間月月享受等錢出糧的煎熬滋味，真是苦不堪言。眼下，新投資者來了，再也不用擔心出糧了，他不就是亞視的大救星嗎？

司榮彬在座談時還說，之前他已經購買了亞視劇集的播出版權，幫亞視員工出過糧啦！會議室裡響起雷鳴般的掌聲。他說，他看到當時與他洽談的亞視版權業務主管馬熙心臟有病，還為公司事奔波，很是感動，覺得亞視的員工都是好員工，值得投資。司榮彬的話是贊馬熙，但是他能這樣贊，說明他也是一個很有人情味的老闆呀。這是我的第一印象。

接著，他的話，我都一字一句記下來，向新聞部同事傳達。他主要講了三層意思，第一，他在山東讀中學時看的第一部香港片，就是亞視的【霍元甲】，晚晚追，成了霍元甲迷，也因此學習武術。他說，那時亞視的大名就深深刻在他心裡。現在能夠成為亞視的老闆也是他一生人的榮幸。他還說，要重拍【霍元甲】。一個原來與亞視有因緣的人老闆，大家自然慶幸。

第二，他說，他接管亞視之後，一個員工都不會炒。不但不會炒人，而且還會大量招聘人才。這可是一顆很有分量的定心丸，新聞部同事們成熟內向沒有人出面大贊他好，但是內心是肯定的。

第三，他說他的奮鬥目標是「三亞」，就是不但要繼續做好原來靠大氣電波傳輸的亞視頻道，而且還要搞OTT，網絡電視，以及

衛星電視，三個播放方式合起來，就統稱「三亞」。因為，有過王征做亞洲CNN的經驗。我心裡第一時間打個問號，有這個能力？亞視五十多年都是虧本，做好一個亞視就不錯，還要做OTT，和無數的網上電視競爭？還要做衛星電視，且不要說上星要錢，即使打上天了又如何落地？然而，不這樣又如何？還有十個月，亞視就沒牌了，老闆現在就想到做OTT和衛星電視，說明他對亞視的長遠經營是有思考的，是有規劃的，不是亂來的。

當晚，司榮彬帶著亞視一眾管理層到大尾篤晚飯。大尾篤離亞視大埔大樓不遠，三面臨海，夜色迷人，微風送爽，遠處偶爾飄來幾盞漁火。不過，我們無比興奮的碰杯聲，擊破了郊野的寧靜，雖然不時有人提醒勿騷擾了附近居民，但是紅酒還是開了一瓶又一瓶。

我誠心誠意的端著酒杯，向司老闆表示感謝「您救了香港第一家電視台！您救了亞視六百多員工！」司榮彬說，他也要多謝我，因為我幫他和王征搭上了線。他還說，「王征叫了第一口價，我就答應了。所以，我贏了其他的買盤競爭者，贏了其他的白武士」。原來，亞視管理層也有心讓徐小明牽頭的公司接管亞視，認為亞視長久讓外行領導，必須讓本土的電視業老行尊出山，亞視才有救，而且也避免王征以為還有很多買家，遲遲不願放手，因此一些三不識七的買家就擋住了。我不知就裡，聽到馬熙說，亞視不能再拖了，多個買家多個機會，於是把他的名片傳給了王征。事後想起，也不知是對是錯。

不管怎麼說，這一天，是激動的一天，是感恩的一天，也是以為亞視將重生的一天。

其實，疑問很快就產生了。司榮彬入主沒有多久，就說要換亞視的臺徽，美術部夜以繼日設計出來了，據說他也很滿意，並要給獎金八萬，可是不知為什麼，也就不了了之了。

亞視在他入主前，有六個頻道，包括本港臺、國際臺、亞洲臺、歲月留聲、中央台第一套節目和深圳衛視。另外，有一些節目

在美洲轉播，稱之為美洲臺。他命令要改成八個頻道，將亞洲臺變成財經新聞臺，歲月留聲則變成經典劇集臺，新增一個普通話綜合台。

計畫之宏大，當然令亞視上下都生疑：我地有這樣的財力物力，以及人手嗎？我地做這麼多節目有人看嗎？我地做這些節目有廣告收入嗎？得到的答復是，錢不是問題，各個部門趕快做預算。人手不夠嘛，趕快請，全球招募？剎那間，也「撥」的大家心裡一團火。

不過，預算做出來了，也就沒有下文了；人手才補充了幾個，很快有嚴控。更令人生奇的是，八月份的糧竟然要拖了。9月7日，仍未發放8月份薪金。到了9月9日，糧還沒出，倒是舉行了記者會，宣布中國文化傳媒國際控股有限公司購入黃炳均所佔有的亞視52.41%的股權，其中41.66%完全交易成功。記者會還宣布，集資一百億，打造「三亞」。那天記者會，我也有坐上主席臺，我特別留意各路記者的問題，看看有沒有人追投資資金問題。結果是失望的，第二天各報的大標題多數是：亞視易主，投資一百億。天啊！集資一百億和投資一百億，差天共地呀！這是開始有疑惑的一天。

我漸漸發現，司榮彬帶來的團隊沒有一個懂行的，只是他說要做普通話綜合臺，從山東電視臺找來一個叫王俐的，算是做過電視的，但是她們完全不懂香港，也沒有工作簽證。至於他帶來的剛剛畢業的王小姐，竟然當上了財經新聞臺的台長。她這個台長也只是想著自己出鏡，居然可以一個頻道連續三個小時都可以看見她。司榮彬的解釋說，要大膽用新人。大家都知道，不可以這樣的，這樣不但把亞視害了，也把這個女孩毀了。不過，既然老闆喜歡，大家也懶得說，事實上臺裡的大事更多，也顧不上這些。

那天，我終於忍不住了，我對著司老闆說：過去，王征老闆經常對著我們說，我每天一睜開眼，就將兩輛平治私家車推到海裡了。我們現在做這些節目，既不管觀眾在哪裡，也不計成本，不計

收入，這樣怎麼能堅持下去呀！他一聽，想都沒有想，就回話說，我過去在青島做生意，也是每天推兩輛「奔馳」（內地人叫平治為奔馳）下海，沒問題，你們要相信我的實力。

這時，他的話我已經聞出「忽悠」味了，但是還是希望他是有錢的，也不希望他這樣亂花錢。於是，還是實心實意說，我們現在應該首先做好本港臺，第一可以有廣告，第二可以在廣東落地，第三做好了可以改變市民的印象。為停牌後再爭取續牌創造機會。說實話，我們還有山頭髮射站，比起其他機構爭取牌照機會應該大很多。至於做那些普通話臺普通話節目，根本就是了燒錢。

當然，他是聽不進去。後來，負面的東西越來越多了。他答應馬熙給員工普遍加薪三成，說完了就完了。他忽發奇想，要全台員工競娉各個頻道的台長，但是各臺長的權利責是什麼，說不出來。一些年輕仔滿腔熱情去參選，結果還是成了越不相信他的笑柄。直到他在內地涉及兩宗案件被揭發，新聞部說和他做專訪澄清，他先是答應後來又是沒有了下文。之後，拖糧成了慣例，我開始感到在亞視的每一天，都是被忽悠的一天。

我想，司榮彬去年六月和王征簽了股權交易合約，據說交了五千萬定金，餘下的四億五千萬在十二月交付，有半年的時間差。司榮彬原以為去年出內地股市暢旺，內地游資湧向文化產業，他以亞視為本集資一百億，「玩鋪勁」的。誰想去年下半年內地股市崩盤，玩砸了。

於是，他連亞視員工的糧都拖，「土豪金」本性露了出來。國家有個「中金」，他就搞個青島的「中金」；國家文化部有個「中國文化傳媒公司」，他就在香港註冊「中國文化傳媒國際公司」。忽悠的底牌都亮出來了。

其實，亞視近六十年歷史大都是虧本經營，但是並不會「執笠」，為什麼？因為，香港實際上長期就是形成兩家免費電視台競爭的格局，最好的註腳是，山頭的發射設備不是由政府直接建設，

也不是由香港電台經營，而是由亞視和無線合建或者各自建設。由於山頭的發射設備建設需時，不是說建就建。因此，香港的電視業長期就是無線和亞視兩家，除了早前還有個「佳視」。無線長期有錢賺，而亞視長期虧蝕。亞視人不是不努力，在一個時期亞視的創新節目比無線多，例如「今日看真D」，引進遊戲節目「百萬富翁」，劇集「還珠格格」等，逼得無線模仿應戰。但是，也不能改變一家賺錢一家蝕本的格局。到原來的老闆頂不住了，就再換新的。回歸前，都是香港的老闆接受，回歸後則主要是內地和台灣的外來資金。

亞視經營五十九年的歷史證明，香港地理環境狹小，人口不多，消費市場規模有限，靠本地市場養活一家大型的電視臺並不容易。而事實上，一直處於盈利狀態的TVB，也不是只靠香港單一市場生存，而是積極開拓海外華人市場和廣東省以及內地更為廣闊的市場。我在亞視時，其播出也可以在廣東省珠三角地區合法落地，亞視幾任經營者也都以這位生存的主要方向，但是，這樣同時也擠壓了廣東電視同行的廣告收入，被設置重重障礙。因此，如何制定電視管理政策，一直是香港特區政府需要認真處理的問題。

但是，在亞視關門前幾年，香港政府作出了發放更多免費電視牌照的決策，前通訊局的主席何沛謙主持還對香港電視市場做了一個顧問報告，事實上，前幾年通訊局擬增發免費電視牌照時，對香港電視市場做出了一個錯誤的評估，誤以為香港電視廣告市場有近180億港元。但事實上，據統計，自1996年至2011年的本地投放於免費電視廣告總開銷支年開銷在30億之內，與180億差天共地。而之後呢，無線的本地廣告收入並不見大增長，接近回歸20年期間還令人驚訝的出現虧損。而亞視從1990年代初的日虧損100萬元港元增加到200萬港元，翻了一倍；在關門前幾年每年實際廣告收入不到2億元。其他的收費電視，也是虧多過賺。

在這個錯誤估計上的電視政策開放，自然弊多利少。當時的亞

視管理者王征，因為政府發放更多免費電視牌照而擠壓亞視的廣告收入，而進行了包括司法覆核，到政府總部門前示威等反對活動，也因此遭到何沛謙更多的打壓，包括各種的罰款，警告，勸喻等等。這也影響了亞視的經營和節目製作，形成惡性循環。亞視關門後這幾年，香港電視市場環境更加惡化，不但TVB廣告收入大幅下降，而且有線電視則因長期虧蝕而決定出售被邱達昌組成的財團收購繼續經營。至於，新領了免費電視牌照的ViuTV開播以來也一直處於蝕本營運狀態。

王維基一度被稱為香港電視的奇人，不過說實話他未得到免費電視牌照，實際是救了他。王維基曾出席過我在亞視主持的「把酒當歌」節目，我問他，你用100萬的重金拍一集劇集，如何能收得回成本，他回答說，本港電視黃金時段有300萬的廣告市場，TVB拿一百萬，他也拿一百萬，其他的讓其他的去分。當時，我就心想，他上了何沛謙的當，市場哪有這麼大的餅。王維基未得到免費電視牌照，實際因禍得福，省的他去燒錢，使他少做蝕本生意。

值得一提的是，2017年春，何沛謙下台了，不過他主持的通訊局制定的每個免費電視牌照需設一個英文臺的政策還在。有線電視遇到了「白武士」，鄭家純和邱達昌等出手注資收購，有線電視原來獲政府批得的免費電視牌照還有望可以開展營運。不過，痛定思痛，有線電視執行免費電視牌照之後，真的還要開一個英文臺嗎？又開多一個英文臺，會有收視嗎？會有廣告收入嗎？我認為，何沛謙當年無疑是挖了「大坑」，逼著電視業界往裡跳。

有線電視的新東家邱達昌說，期望在三年之內扭虧為盈，不是易事。他說過最多的是裁員，或涉及大約二百人。這說明，營運狀況不佳。但是，他們還被逼要開設一個沒有多少觀眾肯定是虧本的英文臺。因為政府的免費電視牌照規定，在開一個中文台的同時也要再開一個英文臺。業界都知道，過去幾十年TVB和ATV的英文臺，都是虧本經營，未來新開的也一定虧本。我在亞視時，亞視一直都

要求放寬限制，允許在英文臺播放普通話節目，以增加收視和廣告，但是通訊局只放一個小口。如果政策不變，TVB加上ViuTV,繼續營運的有線，還有也可能獲批的鳳凰香港臺，再加上香港電台的英文電視頻道，那麼，香港就將要有五個英文臺。

自然，開英文台是站在道德高地上的，因為香港是國際都會，而香港的英文水準在下降，要有更多的英文電視節目。但是，五個英文臺也是否太多了？現實是，青年學子大都不看電視，而是上網找節目。硬要開那麼多英文台不過是站在道德高地放空砲。

因此，從亞視關門及香港整體電視也發展的實際狀況看，香港特區政府作為電視政策的制定者和管理者，是有很大的失誤。而且，重要的是，香港電視市場正在醞釀著大變革。到2020年，世界互聯網將迎來5G時代。也就是說，很快互聯網的速度是當下的一百倍以上。那時，全球電視通過網絡傳送無遠弗屆，所有的電視節目都可已經互聯網傳輸收看。香港的現有電視業者，都將迎接這一挑戰。收視觀眾和廣告收入都將被大大分薄。香港當局並沒有主動出面幫助業界克難前進。

也許，到2020年，香港通訊局管理電視的部門就要關門了，即使不關門其管理電視的一整套制度都將土崩瓦解。因為，互聯網5G時代的來臨，香港的業界就可能不再需要繼續現行的靠大氣電波傳送電視節目的方式，而是都走高速的互聯網。屆時，不但會將收費電視牌照都交還政府，免費電視牌照也失去意義。

新聞自由的基石因為一國兩制成熟更堅固

香港回歸祖國，實行一國兩制，到了20年這個節點，是一個重要的十字路口。以鄧小平的「五十年不變」計，可以說一國兩制的實踐到了一個中期階段。香港的各種政治力量都對於一國兩制的前景進行預測，自然有樂觀，也有悲觀，事實上正如鄧小平提出一國兩制之初不可能完全預知這20年香港的風風雨雨一樣，今日也

不可能完全預知未來十年、二十年、三十年的道路。但是，相信必然會按照一國兩制道路走下去，即使中央的管轄權加大，香港的自治權縮小，但是香港的基本社會制度一定不會變，尤其是自由港的制度。

《「迷失的20年」與香港制度優勢弱化》，是我2017年5月19日在香港明報筆陣刊登的一篇文章。我寫道：

> 這些年，內地城市「以彎道超車」的模式直追香港，而香港的老競爭對手新加坡則已是「扒頭」，不但絕對GDP和人均GDP超過香港，而且居住面積等生活基本素質遠在香港之上。香港人，應該有切膚之痛。
>
> 當下，方方面面都在說「一國兩制的初心」，事實上，「一國兩制」初心，就是要保持香港的繁榮穩定，就是認定香港原來的制度比起改為實行內地的社會制度更能保持香港的繁榮穩定。筆者的另一種說法，就是香港原來制度具有優勢。那麼，說「迷失二十年」，是否可以說，我們「迷失了制度優勢」。
>
> 事實上，回頭看20年，香港優勢弱化是多方面的。優先是地理優勢一步步變為劣勢，使到香港航運、物流、客運在粵港澳大灣區的領先地位不斷下降。在2004年之前，香港貨櫃運輸量一直雄踞世界第一，之後連續被上海、新加坡超越。近年更逐年被深圳港、寧波港、青島港超過。為什麼，因為香港原來最靠出海口的地理優勢變為了劣勢，貨運的「就近原則」使香港的貨運必然被鄰近內地港口不斷分薄。空中客運和貨運，也會同樣的命運。香港在這方面的努力，只是延緩下降的進程而不能改變這個趨勢。
>
> 再就是，香港原來的「獨有行業」被紛紛被打破，不再「獨有」。深圳股市的崛起壯大，打破了香港聯交所的獨有

生意。而前海、橫琴和南沙三個自由貿易區金融業的發展，也不斷分薄香港各類金融機構的業務。而且，這三個自由貿易區打正旗號的「港貨」生意，以及無限增長的免稅商品生意，必然不斷蠶食香港的「購物天堂」。現在，當有人還說「香港不可替代的優勢」時，要想想有沒有自欺欺人的成分。

回歸以來，眼見香港的生產效能下降，重大工程嚴重延期。地鐵、高鐵和港珠澳大橋香港段工程，延誤和超支成為「常態」，香港的金字招牌蒙灰。最可怕的是，香港的生產力體現在「砌磚頭」，香港始終找不到經濟發展新的內生動力。香港上世紀起飛成為四小龍之一，首先是搭上三次全球產業轉移的「便車」，內地的改革開放也給香港提供機會。但是，香港本地「地價樓價租金三高」的結構性矛盾始終得不到改善，使到產業日趨空洞化，單一化。原來異常繁榮的影視產業的江河日下，被視為香港衰敗的符號。

筆者曾在本欄為文，「一國兩制最痛：二次分配未解決」，說的正是經濟發展遲緩，基層市民生活水準徘徊不前，社會矛盾激化。收入遠遠追不上樓價，這是人人皆有切身體會，香港更是作為發達經濟體中唯一沒有全民退休保障制度的地區，長者貧困成為死症。政府二次分配不力，基層收入更與富裕階層的財富效應和累積成鮮明對照，造成量度貧富差距的堅尼係數名列世界前茅。社會怨氣的累積也為各種反政府行為提供彈藥。

筆者常思考，香港的問題，當追根於領導者；不過，領導者也有多個層面。在香港這個層面，直接的領導者是政府，間接的但是又實質的則是資產階級。香港以往三任行政長官施政的長短利弊，輿論已有充分評說，但是香港工商界領導力如何恭維？代表工商界的自由黨每況愈下，令人唏

噓。香港工商大佬雖坐擁巨資但缺乏對世界經濟潮流的把握，而在政治層面似乎是繼承了中國資產階級軟弱、勢利的弱點。筆者相信，香港保留原來的資本主義制度，甚至在功能組別等方面為其執政提供方便，應該就是讓香港資本家在政經各個層面發揮領導和主導作用。但是，二十年的實踐，事與願違，這是否正是香港制度優勢弱化的體現呢？

可以肯定的是，香港特區政府管治能力弱化，甚至不及殖民政府，正是香港原有制度優勢弱化的集中體現。歷史證明，回歸前殖民政府的「玫瑰園計畫」成功的，不但是當其時穩定香港的有力舉措，新機場等十項工程為香港也為香港的長遠發展作出堅實的鋪墊。那麼，大家是否可以問問，假如是換作特區政府決策，是否可以擬定玫瑰園計畫，又是否可以順利去推行？

那麼，再換位思考一下，如果現在還是殖民政府管治，他們是否在覓地造屋難題前束手無策？他們不敢去填海？他們不能靈活去處理郊野公園問題？他們不能找到合適的平衡點說服環保人士？再者，香港是否可以有新玫瑰園大計？香港是全世界最有錢的政府，香港是全世界最自由的自由港，香港是信息最通暢最敏感的地方，香港有什麼玫瑰園不能想，有什麼工程大計不能做？

判定管治的標準只有一個，那就是是否有效正確施政，並達至實效，使香港繁榮穩定更上層樓。以這個標準看，香港確實是「迷失了20年」。客觀看，香港踐行一國兩制，前無古人，矛盾是逐步展開。也許，北京當下對於「中央全面管治權」與「港人自治，高度自治」的矛盾，已有所認識，或者也在嘗試尋找適當的平衡點。但是，對於過去殖民時代的香港的管治制度優勢是否又能解釋清楚呢？

筆者認為，我們並不是留戀殖民統治，但是必須承認，

權力集中而決策正確，正是以前制度優勢的體現。回歸後的「行政主導」不堪一擊，一個拉布就繳械了。

未來怎麼辦？民主要推進，施政要有效，有這樣的新制度嗎？也許，在新制度誕生前，就只能看新特首的能耐了。

對於香港制度優勢弱化，事實上北京也意識到。2017年5月27日，也就是我的文章發表後，全國人大委員長張德江在在紀念香港基本法實施20周年座談會上講話，提到：

> 要充分發揮香港特別行政區基本法賦予特別行政區的高度自治權的制度優勢。「一國兩制」是香港的最大優勢所在，香港特別行政區基本法為香港的發展開闢了廣闊空間。按照香港特別行政區基本法的規定，香港特別行政區保留原有的資本主義制度，並繼續作為單獨關稅區，自行制定經濟和社會政策，還獲授權處理與其地位相適應的對外事務。在此框架下，香港既能藉助「一國」的強大後盾，又擁有「兩制」的特色差異，可以更好地與內地進行互補合作，更便利地參與國際競爭，從而推動各項事業的全面進步。
>
> 我們在把握香港未來的發展方向時，要彰顯「一國兩制」巨大的包容性與創造力，充分利用香港特別行政區基本法提供的制度優勢與便利條件，使香港更好地發揮自身所長，服務國家所需，在參與、融入國家進步和民族復興的偉大進程中創造新的輝煌。

他在講話還提到：

> 我國對香港恢復行使主權，是恢復行使包括管治權在內的完整主權，中央對香港特別行政區擁有全面管治權。在

此基礎上，香港特別行政區基本法規定了中央對香港特別行政區行使管治權的方式，即規定了一部分權力由中央政權機構直接行使，一部分權力由全國人民代表大會授予香港特別行政區依照基本法的規定行使，這就是通常所說的高度自治權。維護中央的全面管治權，就是維護國家主權，維護香港特別行政區高度自治權的來源。還需要指出的是，在「一國兩制」下，中央與香港特別行政區的權力關係是授權與被授權的關係，而不是分權關係，在任何情況下都不允許以「高度自治」為名對抗中央的權力。正確理解和把握這一點，是維護中央與香港特別行政區良好關係的關鍵。近年來，香港社會有些人鼓吹香港有所謂「固有權力」、「自主權力」，甚至宣揚什麼「本土自決」、「香港獨立」，其要害是不承認國家對香港恢復行使主權這一事實，否認中央對香港的管治權，其實質是企圖把香港變成一個獨立、半獨立的政治實體，把香港從國家中分裂出去。

要始終堅持以行政長官為核心的行政主導體制。香港特別行政區基本法所規定的香港特別行政區的政治體制，不是「三權分立」，也不是「立法主導」或「司法主導」，而是以行政長官為核心的行政主導。這一特殊的設計，符合香港特別行政區作為中央人民政府直轄下享有高度自治權的一個地方行政區域的法律地位，適應香港作為國際性工商業大都會對於政府效能的實際需要，並保留了香港原有政制中行之有效的部分，是最有利於香港發展的制度安排。在此體制中，行政長官作為特別行政區和特別行政區政府的「雙首長」，要對中央人民政府和特別行政區「雙負責」，是連接中央與特別行政區、「一國」和「兩制」的重要樞紐，必然要在特別行政區政權機構的運作中處於主導地位。與此同時，特別行政區的行政機關和立法機關既相互制衡又相互配

合，司法機關獨立行使審判權，各個政權機關依照基本法規定的許可權共同維護行政主導體制的正常運作。將來特別行政區政治體制的發展和完善，也必須符合行政主導的基本原則。

主管港澳工作的人大委員長張德江還說，

　　香港特別行政區基本法經歷了實踐的充分檢驗，展現出強大生命力。從香港層面看，在香港特別行政區基本法的保障下，香港保持原有資本主義社會、經濟制度不變，生活方式不變，法律基本不變。香港特別行政區依照基本法實行高度自治，享有行政管理權、立法權、獨立的司法權和終審權，香港居民享有廣泛的權利和自由，確保了經濟穩定增長，教育、醫療衛生、文化、體育、社會保障等社會事業不斷邁上新臺階。

　　從國際層面看，香港特別行政區基本法維護了香港中外經濟交融、中西文化交匯的特色，香港始終保持國際金融、貿易、航運中心地位，並連續多年被有關國際機構評為全球最自由經濟體和最具競爭力地區。目前，香港不僅仍是內地最大的外商直接投資來源地和內地企業最大的境外融資中心，還日益成為人民幣國際化和推進「一帶一路」建設的重要戰略平臺。到香港設立總部的外國公司持續增加，有更多的外籍人士和海外華人在港定居、工作。在中央政府的支持下，香港的對外交往進一步擴大，國際影響力不斷提升。對於「一國兩制」在香港取得的成功，國際社會給予了普遍認可和高度評價。

　　當前，香港正處在關鍵的經濟轉型期，一些長期積累的矛盾逐步顯現。這些問題反映出香港經濟社會發展的階段

性特點，有其複雜的歷史和社會根源，也與經濟全球化背景下資本主義制度固有矛盾緊密相關。這個階段既有挑戰和風險，又充滿機遇和希望。面對遇到的各種困難和問題，社會上出現了一些對「一國兩制」和香港特別行政區基本法的模糊認識，內外有些勢力也借機加勁抹黑中央政府和特別行政區政府，抹黑「一國兩制」和基本法。在這種關係香港前途的重大問題上，我們絕不能動搖對「一國兩制」的信心，要用辯證的思維，以發展的眼光去看待香港現階段出現的各種矛盾，堅定對「一國兩制」的道路自信、理論自信、制度自信、文化自信，堅決按照習近平總書記所強調的，貫徹「一國兩制」方針堅定不移，不會變，不動搖，確保「一國兩制」在香港的實踐不走樣，不變形，始終沿著正確方向前進。我們要以更加堅定的立場，以強大的法律武器和勇於開拓的創新精神去解決遇到的各種問題，攻堅克難，砥礪前行，繼續保持香港的繁榮穩定和發展。

張德江的講話基本是正面表述，對於問題只是暗示，不過可以肯定的是，他是代表中央對於踐行一國兩制20年的總結，特別是針對所遇到的突出問題作出回答，明確其中一些基本原則，也可以說這是北京繼續實行一國兩制的基本原則。未來，北京將按此繼續一國兩制走下去，是沒有問題的。他還借用習近平的話，堅定對一國兩制的「道路自信、理論自信、制度自信、文化自信」。

因此，可以推論，新聞自由作為香港新聞事業的一個基本原則，一塊基石，是穩定的、堅固的。新聞自由，也作為香港社會制度、政治制度和經濟制度，以及核心價值的組成部分，也是不可廢除的。

當然，政府方面對於輿論的調控，則是另一個問題。相信，香港當局始終不會像內地政府一樣，以有形之手直接干預和管制輿論

尺度。

　　而新聞工作者和新聞理論研究學者，恐怕還是要運用我在導言所提出的「兩個坐標」的理論這樣，即既要以成熟的西方的新聞理論做新聞實踐的真理的標準，也不能離開馬克思主義的新聞理論這個座標，並且恰當妥善處理其中的矛盾。也許，在這個基礎上，可以創造出一國兩制的新聞理論。

香港媒體因更國際化而繁榮

　　根據香港年報，截至2015年年底，香港擁有最先進的電訊科技，加上國際十分關注香港事務，所以不少國際通訊社、行銷全球的報章和海外廣播公司都在香港設立區域總部或辦事處。香港亦是多家國際傳媒機構的區域基地，例如《國際紐約時報》、《金融時報》、《日本經濟新聞》、《華爾街日報》和《今日美國》國際版。在香港有重要業務的國際電訊機構包括法新社、彭博通訊社、杜瓊斯和湯森路透；而在香港設有錄影室的國際廣播機構則有亞洲新聞台、CNBC（消費者新聞與商業頻道）、有線電視新聞網絡和鳳凰衛視。

　　由於香港的地理位置，以及其經濟、政治地位，尤其是歷史上形成的作為了解中國各方面信息的前哨陣地，一直受到國際媒體的重視。相信，在這方面，未來的趨勢是只會加強而不會削弱。應該承認，香港回歸初期，由於對香港作用的誤判，以及在香港經營媒體的成本高漲，曾有部分國際媒體撤離。例如，我曾經為其寫稿的日本《每日新聞》就撤走了，還有一些國際媒體將記者站搬到廣州或者深圳。但是，我相信，香港媒體在進入香港回歸第三個十年，國際化的進程會加快。

　　一是，因為前面幾章說到的，香港市場狹小，媒體經營虧多賺少，本地資金難以獨立支撐，需要結合中國大陸或者其他國家的資金，或者香港媒體稱為國際大媒體的分支。

二是，互聯網尤其是高速的5G挑戰。目前，FB、Youtube等國際互聯網在香港已取得成功，有香港網媒遠遠不可比擬的的超高瀏覽量。相信，未來外國的電視品牌，也會通過過各種渠道進入香港。香港當局原來設置的「防火牆」，會被新技術發展化於無形。

三是，香港媒體繼續進軍內地。香港是個狹小的市場，香港傳統媒體的發展都受到很大限制。而因為一國兩制的限制，香港媒體進入大陸市場受到限制更大。但是，香港媒體為了尋找生機，還是通過各種不同的形式往內地「鑽」，這種趨勢只會隨著香港與內地經濟的進一步融合，包括粵港澳大灣區的發展，而進一步強化。

四是，隨著中國經濟繼續發展，中國的國際地位不斷提升，加上一帶一路國策的推進，香港與一帶一路沿線國家的聯繫更加密切。香港將會成為一帶一路發展國家的一個聯繫中心，國際媒體自然在其中找到自己發展的空間。

在這種趨勢之下，需要改革的是香港舊有的媒體管理制度，「鎖港」的枷鎖一定會被打破。

最後的結語

香港回歸祖國，實行一國兩制，目前雖然已有20年了，但也只是邁出了第一步。根據鄧小平的設計，這種史無前例的社會制度，將五十年不變，甚至一百年不變，長期實行下去。以鄧小平的遠見，這是最有利中國的現代化建設，最有利實現中華民族在本世紀中業復興的宏大目標。相對中華民族復興這個目的，一國兩制只是手段。因此，處理落實一國兩制的問題和矛盾時，要從這個目的著眼。這也是我們研究在一國兩制條件下的新聞運作規律的前提。

本書通過對回歸前後香港新聞生態的分析，也深深感到對一國兩制條件下新聞運作的研究，僅僅是起步。隨著時間的推移，實踐不斷豐富，理論不斷充實，有關的研究將會長期深入下去。我相信，在這個研究的歷史長河中，凡是有利落實一國兩制的新聞觀點

才有生命力，凡是偏離一國兩制、只講兩制不要一國或者只講一國忽視兩制的新聞觀點，都是站不住腳。

參考資料

1. 方漢奇：《中國近代報刊史》　太原　山西教育出版社　1981年6月第一版
2. 楊奇主編：《香港概論》　北京　中國社會科學出版社　1993年9月第一版
3. 中國新聞學會編：《新聞自由論集》，文匯報出版社　1988年編印
4. （美）邁克爾·埃默里　愛德溫·埃默里《美國新聞史》第八版　北京　新華出版社 2001年9月第一版
5. 梁偉賢、陳文敏主編：《傳播法新論》　香港　商務印書館　1995年3月第一版
6. 成美、童兵編著：《新聞理論教程》　北京　中國人民大學出版社　1993年11月第一版
7. （美）約翰·赫爾頓：《美國新聞道德問題種種》，北京　中國新聞出版社　1988年2月初版
8. 中國社會科學院新聞研究所編：《七國新聞事業》，重慶　重慶出版社　1988年5月第一版
9. 中宣部新聞局.新聞出版署報紙管理司編：《新聞法規政策須知》　北京　中國書籍出版社　1995年出版
10. 中國人民大學新聞系編：《外國新聞事業史參考資料》　北京　中國人民大學出版社1989年4月初版
11. 張隆棟主編：《大眾傳播學總論》，北京　中國人民大學出版社　1993年7月初版
12. 史文鴻、吳俊雄主編《香港普及文化研究》　香港　三聯書店香港有限公司 1993年7月第一版
13. 程世壽、胡繼明《新聞社會學概論》北京　新華出版社　1997年初版
14. 白潤生《新聞通史綱要》　北京　新華出版社　1998年7月第一版
15. 丁柏銓《新聞理論新探》　北京　新華出版社　1999年10月初版
16. 陳炳良主編《香港的流行文化》　香港　三聯書店香港有限公司　1993年7月第一版
17. 陳韜文、朱立、潘忠黨《大眾傳播與市場經濟》香港　爐鋒學會出版　1997年6月出版
18. 馬松柏《香港報壇回憶錄》香港　商務印書館　2001年3月第一版
19. 鄭興東《受眾心理與傳媒導向》北京　新華出版社　1999年4月第一版
20. 李穀城《香港報業百年滄桑》　香港　明報出版社　2000年9月初版
21. 林子儀《言論自由與新聞自由》臺北　元照出版社　1993年4月初版
22. （美）邁克爾·特裡《大眾傳播研究》　北京　華夏出版社　2000年9月第一版
23. 黃道弘《新聞邊緣學科概論》　北京　新華出版社　1996年9月第一版
24. 新華社新聞研究所編《鄧小平論新聞宣傳》　北京　新華出版社　1998年1月第一版
25. 魏永征《中國新聞傳播法綱要》上海社會科學院出版社　1999年　9月第一版

26. 顧理平 《新聞法學》 北京 中國廣播電視出版社 1999年12月第一版

27. 鄭貞銘《新聞學與大眾傳播學》臺北 三民書局 1994年第8版

28. （美）威爾伯‧施拉姆、威廉‧波特《傳播學概論》 重慶 新華出版社 1984年9月第一版

29. 郭慶光《傳播學教程》 北京 中國人民大學出版社 1999年11月第一版

30. 老冠祥、譚志強等《變遷中的香港、澳門大眾傳播事業》臺灣行政院新聞局編印 1999年6月初版

31. 陳世光《香港大眾傳播產業概論》香港 天地圖書社 2001年6月初版

32. 童兵《中西新聞比較論綱》 北京 新華出版社1999年9月第一版

33. 蘇蘅《傳播研究調查法》臺北 三民書局 1993年再版

34. （美）羅伯特‧福特納《國際傳播》北京 華夏出版社 2000年8月第一版

35. 黃瑚《新聞法規與新聞職業道德》 成都 四川人民出版社 1998年3月第一版

36. Joseph Straubhaar&Robert LaRose《傳播媒介與資訊社會》臺北 亞太圖書出版社 1996年11月初版

37. 童兵《理論新聞傳播學導論》 北京 中國人民大學出版社 2000年1月第一版

38. 張隆棟、傅顯明《外國新聞事業史簡編》 北京 中國人民大學出版社 1988年1月初版

39. 張圭陽《金庸與報業》 香港 香港明報出版社 2000年6月初版

40. （美）斯蒂文‧小約翰《傳播理論》北京 中國社會科學出版社 1999年12月第一版

41. 魏永征、張詠華、林琳《西方傳媒的法制、管理和自律》北京 中國人民大學出版社2003年11月初版

42. 徐耀魁《西方新聞理論評析》 北京 新華出版社 1998年4月第一版

43. 《中國大百科全書（新聞出版卷）》北京 中國大百科全書社 1990年出版

44. 楊漪珊《古老生意新專業》香港天地圖書社 2001年5月初版

45. 劉兆佳主編《香港21世紀藍圖》 香港 中文大學出版社 2000年出版

46. 施清彬《香港報紙商業戰》香港 太平洋世紀出版社 1999年5月初版

47. 董玉整、董莉《鄧小平港澳戰略思想研究》廣州 廣東科技出版社 1997年10月第一版

48 （美）韋爾伯‧斯拉姆等著《報刊的四種理論》北京 新華出版社1980年11月版

社會科學類　PF0232　Viewpoint33

在河水井水漩渦之中
——一國兩制下的香港新聞生態【增訂版】

作　　　者／劉瀾昌
責任編輯／洪仕翰
圖文排版／楊家齊
封面設計／楊廣榕

發 行 人／宋政坤
法律顧問／毛國樑　律師
出版發行／秀威資訊科技股份有限公司
　　　　　114台北市內湖區瑞光路76巷65號1樓
　　　　　電話：+886-2-2796-3638　傳真：+886-2-2796-1377
　　　　　http://www.showwe.com.tw
劃撥帳號／19563868　戶名：秀威資訊科技股份有限公司
　　　　　讀者服務信箱：service@showwe.com.tw
展售門市／國家書店（松江門市）
　　　　　104台北市中山區松江路209號1樓
　　　　　電話：+886-2-2518-0207　傳真：+886-2-2518-0778
網路訂購／秀威網路書店：https://store.showwe.tw
　　　　　國家網路書店：https://www.govbooks.com.tw

2018年7月　BOD一版
定價：480元
版權所有　翻印必究
本書如有缺頁、破損或裝訂錯誤，請寄回更換

國家圖書館出版品預行編目

在河水井水漩渦之中：一國兩制下的香港新聞生
態【增訂版】/ 劉瀾昌著. -- 一版. -- 臺北市：
秀威資訊科技, 2018.07
　　面；　公分. -- (社會科學類；PF0232)
(Viewpoint ; 33)
BOD版
ISBN 978-986-326-559-7(平裝)

1. 新聞業　2. 香港特別行政區

898.38　　　　　　　　　　　　107007426

讀者回函卡

感謝您購買本書,為提升服務品質,請填妥以下資料,將讀者回函卡直接寄回或傳真本公司,收到您的寶貴意見後,我們會收藏記錄及檢討,謝謝!如您需要了解本公司最新出版書目、購書優惠或企劃活動,歡迎您上網查詢或下載相關資料:http:// www.showwe.com.tw

您購買的書名:_____

出生日期:_____年_____月_____日

學歷:□高中 (含) 以下　　□大專　　□研究所 (含) 以上

職業:□製造業　□金融業　□資訊業　□軍警　□傳播業　□自由業
　　　□服務業　□公務員　□教職　　□學生　□家管　□其它____

購書地點:□網路書店　□實體書店　□書展　□郵購　□贈閱　□其他

您從何得知本書的消息?

　　□網路書店　□實體書店　□網路搜尋　□電子報　□書訊　□雜誌

　　□傳播媒體　□親友推薦　□網站推薦　□部落格　□其他_____

您對本書的評價:(請填代號　1.非常滿意　2.滿意　3.尚可　4.再改進)

　　封面設計____　版面編排____　內容____　文／譯筆____　價格____

讀完書後您覺得:

　　□很有收穫　□有收穫　□收穫不多　□沒收穫

對我們的建議:_____

_____

_____

_____

11466
台北市內湖區瑞光路 76 巷 65 號 1 樓

秀威資訊科技股份有限公司　　　收

BOD 數位出版事業部

⋯⋯⋯⋯⋯⋯⋯⋯⋯⋯⋯⋯⋯⋯⋯⋯⋯⋯⋯⋯⋯⋯⋯⋯

（請沿線對折寄回，謝謝！）

姓　　名：＿＿＿＿＿＿＿＿　年齡：＿＿＿＿　性別：□女　□男

郵遞區號：□□□□□

地　　址：＿＿＿＿＿＿＿＿＿＿＿＿＿＿＿＿＿＿＿＿＿＿

聯絡電話：(日) ＿＿＿＿＿＿＿＿＿＿　(夜) ＿＿＿＿＿＿＿＿＿＿

E-mail：＿＿＿＿＿＿＿＿＿＿＿＿＿＿＿＿＿＿＿＿＿＿